변신 이야기 2

Metamorphoses

세계문학전집 2

변신 이야기 2

Metamorphoses

오비디우스

이윤기 옮김

민음사

차례

2권

9부 헤라클레스 외

1 아켈로오스와 헤라클레스 13
2 데이아네이라와 마인(馬人) 네소스 20
3 헤라클레스의 최후 23
4 알크메네의 해산(解産)과 갈란티스 33
5 드뤼오페와 로티스 37
6 되젊어진 이올라오스. 테바이 전쟁 40
7 뷔블리스와 카우노스의 이루어질 수 없는 사랑 44
8 남자가 된 여자, 이피스 59

10부 오르페우스의 노래 외

1 오르페우스와 에우뤼디케 69
2 퀴파리소스의 비극 76
3 미소년 가뉘메데스 79
4 꽃이 된 휘아킨토스 81
5 봄을 파는 프로포이티데스. 케라스타이 85
6 퓌그말리온의 사랑 88
7 몰약(沒藥)이 된 뮈라 91
8 아도니스의 탄생 104
9 아탈란테와 히포메네스. 아도니스의 변신 108

11부 미다스의 귀는 당나귀 귀 외

1 오르페우스의 죽음 120
2 미다스왕의 봉변 125
3 미다스왕의 귀는 당나귀 귀 129
4 라오메돈과 트로이아 축성(築城) 132
5 프로테우스의 예언. 펠레우스와 테티스 134
6 케윅스에게 몸붙인 펠레우스. 다이달리온의 변신 137
7 돌이 된 이리 141
8 케윅스의 난파 144
9 잠의 신과 꿈의 신 153
10 알퀴오네와 케윅스의 전신 159
11 잠수조(潛水鳥)가 된 아이사코스 161

12부 트로이 전쟁 외

1 이피게네이아 165
2 퀴크노스의 전신 169
3 카이네우스가 남자가 된 내력 174
4 라피타이와 켄타우로스족의 싸움 178
5 넬레오스의 아들 열두 형제 194
6 아킬레우스의 죽음 196

13부 유민의 시대

1 아킬레우스의 유품 202
2 트로이아 왕비 헤쿠바의 최후 233
3 멤논의 주검에서 날아오른 새들 244
4 아니오스의 식객이 된 아이네이아스 247
5 스퀼라 253
6 갈라테이아와 아키스의 슬픈 사랑 256
7 글라우코스 265

14부 로물루스와 레무스 외

1 스퀼라와 마녀 키르케 269
2 원숭이가 된 케르코페스 274
3 퀴메의 시빌레 277
4 아이네이아스, 아카이메니데스를 구하다 281
5 풍신(風神) 아이올로스의 선물. 오뒤세우스와 키르케 285
6 피쿠스와 카넨스 291
7 새가 된 디오메데스의 부하들 298
8 아이네이아스의 배. 아르데아 305
9 신이 된 아이네이아스 307
10 포모나와 베르툼누스. 아낙사레테의 전신 309
11 로물루스와 헤르실리아 320

15부 카이사르의 승천 외

1 뮈스켈로스. 크로톤 326
2 퓌타고라스의 가르침 330
3 에게리아의 전신. 히폴뤼토스의 소생(蘇生) 352
4 타게스. 로물루스의 창. 키푸스 357
5 역질(疫疾)로부터 로마를 구한 아스클레피오스 361
6 카이사르의 승천 369
7 결사(結詞) 377

초판에 부치는 역자 후기 378
개정판 후기 386

1권

1부 모든 것은 카오스에서 시작되었다
2부 신들의 전성시대
3부 박쿠스의 탄생 외
4부 페르세오스와 메두사 외
5부 무사이의 탄생 외
6부 신들의 복수
7부 영웅의 시대
8부 인간의 시대

일러두기

1 이 책은 로마 시대의 시인이자 작가인 오비디우스의 『변신 이야기(Metamorphoses)』를 번역한 것이다. 그러나 원저의 라틴어를 직접 한국어로 옮긴 것은 아니다. 역자가 번역 대본으로 쓴 것은 메리 이니스가 현대인을 위해 현대어로 번역한 영어 판 『오비디우스의 메타모르포시스(The Metamorphoses of Ovid)』(펭귄 북스, 1955, 영국 런던)와, 라틴어 판을 번역한 일어 판 『轉身物語』(田中秀央, 前田敬作 공역, 人文書院, 1984. 일본 교토)였다. 라틴어 대본을 쓰지 않은 데에는 두 가지 까닭이 있다. 첫째는 역자에게 고전 라틴어를 능숙하게 우리말로 번역할 힘이 부족했기 때문이고, 둘째는 굳이 그럴 필요를 느끼지 않았기 때문이다. 라틴어 원문은 원래 운문인 데다 상당 부분이 2인칭으로 서술되어 있다. 가령 "대지여, 그대가 뱀을 지어 낸 것은 바로 이때였다." 하는 식이다. 이 말은, 이때 대지가 뱀을 지어 냈다는 뜻이다. 이런 문장은 짧을 경우에는 이해하는 데 무리가 없지만 길어질 경우에는 독자들을 상당히 괴롭힐 가능성이 있다. 역자가 현대 영어로 번역된 영어 판을 대본으로 삼은 것은 우리에게는 생소한 2인칭 문장이 독자를 괴롭힐 가능성이 크다고 여겼기 때문이다. 그러나 영어 판에는 역자가 취할 수 없는 부분이 있었다. 고유명사를 현대 영어로 고쳐 놓은 것이 그것이다. 이런 식의 영어 판을 그대로 옮기면 독자는 기원전 1세기에 쓰인 작품을 읽는 재미를 누릴 수 없다. 역자가, 라틴어를 일본어로 옮긴 일어 판을 중요한 참고서로 삼은 까닭이 여기에 있다. 라틴어를 직역한 일어 판을 중요한 보조 자료로 삼았기 때문에 오비디우스 시대의 사고방식이나 세계관, 당대에 쓰이던 지명(地名)을 고스란히 살려 옮길 수 있었다. 그러니까 문체에서는 영어 판의 장점을 취하고, 고유명사 표기에서는 라틴어를 직역한 일어 판의 장점을 취한 셈이다.

2 로마 신화는 대부분 신들의 이름만 다를 뿐 사실은 그리스 신화의 복제판으로 보아도 무방하다. 그러나 저자가 로마인이다. 그래서 고유명사의 표기를 로마식으로 해야 할지, 그리스식으로 해야 할지 망설였다. 로마식으로 표기하면 그리스식에 익숙해진 독자들을 혼란에 빠뜨릴 수 있고, 그리스식으로 표기하면 저자의 의도와 달라지기 때문이다. 그래서 다음과 같은 원칙을 정했다. 1) 신들의 이름은 모두 로마식으로 표기하되 그리스식 이름을 난외주(欄外註)에 밝혔다. 예: 유피테르(그/제우스), 아폴로(그/아폴론), 유노(그/헤라). 2) 그리스 인명과 지명은 다음과 같이 그리스식으로 표기했다. 예: 다에달루스→다이달로스, 이카루스→이카로스. 3) 이 책이 쓰일 당시의 분위기를 엿볼 수 있게 하기 위해 그 시대의 지명은 가능한 한 고전 그리스식으로 표기했다. 예: 이집트→아이귑토스, 갠지스강⇒강게스강, 스페인→히베리아. 4) 본서의 난외주 작성에는 그리스 신화의 해석을 시도한 졸저 『뮈토스』의 부록을 만든 자료와 일어 판의 난외주가 큰 도움이 되었다. 일역자(日譯者) 두 분의 치밀한 난외주 작업에 경의를 표한다. 5) 난외주의 다음 기호가 뜻하는 바는 다음과 같다. 예: 그/고전 그리스어. 영/영어식 표기. 단/단수. 복/복수. 6) 본서에서는 독자의 이해를 돕기 위해 고전 그리스어 고유명사의 의미를 밝혀 보고자 했다. 예: 베누스→베누스('매력'), 포이부스→포이부스('빛나는 자').

변신 이야기 2

9부 헤라클레스 외

1 아켈로오스와 헤라클레스

그러자 넵투누스의 용감한 아들 테세우스[1]는 아켈로오스에게 한숨은 왜 쉬며 이마는 어쩌다 다쳤느냐고 물었다. 치렁치렁한 머리카락을 갈대로 질끈 동여매고 있던 이 칼뤼돈 땅의 강신(江神) 아켈로오스는 이런 이야기를 했다.

"그대가 물으시는 것에 답하기가 나에게는 고통스러운 노릇입니다. 이 세상에 제가 진 싸움 이야기를 하기 좋아할 자가 어디에 있겠습니까? 하지만 말이 나온 김에 말씀드리지요. 싸운 것 자체의 영광이 진 불명예를 덮을 수 있다면 말씀드려도 좋겠지요. 나는 그때의 싸움에서 진 것을 몹시 부끄러워합

---

1) 테세우스는 아이게우스의 아들이 아니라 해신(海神) 넵투누스의 아들이라는 설도 있다. 그의 어머니 아이트라가 넵투누스의 사랑을 받은 몸으로 아이게우스와 동침했다는 것이다.

고독한 영웅 헤라클레스.

니다만 싸운 상대가 온 세상이 다 아는 영웅이었다는 사실로 위안을 삼는답니다.

데이아네이라라는 이름 들어 보셨겠지요? 참으로 아름다운 처녀였답니다. 어찌나 아름다웠던지 한다하는 젊은이들이 모두 이 처녀를 아내 삼으려고 그 아버지의 왕궁으로 몰려갔답니다. 나도 이 처녀를 얻으려고 장차 내 장인이 될지도 모르는 분께 달려가 이런 말을 했습니다.

'파르타온의 아드님이신 왕[2]이시여. 저를 따님의 지아비로

---

2) 멜레아그로스의 아버지인 오이네우스왕을 말한다.

삼으소서.'

그런데 저 유명한 헤라클레스도 나와 같은 생각으로 거기에 와 있었습니다. 결국 다른 구혼자들은 다 떨어지고 나와 헤라클레스만 사위 후보로 남게 되었지요. 나의 연적이 된 헤라클레스는 데이아네이라를 유피테르의 며느리로 삼아야 한다며 저 유명한 열두 가지 난사(難事)[3]를 열거하면서, 자기는 의붓어머니인 유노[4]의 명에 따라 자기에게 맡겨진 일을 해냈노라고 합디다. 그래서 나는 왕에게 이런 말을 했습니다. 이 이야기를 들으시되, 이 일은 헤라클레스가 신위(神位)에 오르기 전에 있었다는 것에 유념하시기 바랍니다.

'신이 인간에게 질 수는 없는 노릇입니다. 왕이시여. 저는 전하의 땅, 비탈진 물길을 도도히 흐르는 물의 왕입니다. 전하의 사위가 되고자 하는 저는 낯선 해변에서 온 이방인이 아니라 전하의 신민 중 하나이고 전하가 다스리시는 왕국의 일부입니다. 천궁의 왕후이신 유노 여신의 미움을 사지 않았다고 해서, 유노 여신으로부터 난사의 시험을 부여받지 않았다고 해서 저를 내치지는 마소서.

그리고 알크메네의 아들이여, 그대는 유피테르 대신(大神)

3) 헤라클레스는 유노의 대리자(代理者)인 에우뤼스테우스로부터 인간으로서는 거의 불가능한 열두 가지 어려운 일을 하라는 명을 받고 이를 무난히 해낸다. 말하자면 유노가 에우뤼스테우스의 손을 빌려 유피테르의 자식인 헤라클레스를 박해한 것이다.

4) 헤라클레스는 유피테르와 알크메네 사이에서 태어난 아들이다. 따라서 유피테르의 본처인 유노는 헤라클레스에게 의붓어머니가 된다.

의 아들이라고 하는데 내가 알기로는 참으로 터무니없는 주장이다. 그대는 유피테르 대신의 아들일 리 없거니와 만일에 그대가 유피테르 대신의 아들이라고 하더라도 이 또한 자랑거리가 될 턱이 없다. 그대가 만일에 유피테르 대신을 아버지라고 부른다면 그대는 이로써 그대 어머니의 간통을 인정하는 셈이다. 자, 어쩔 테냐? 유피테르 대신의 아들이 아니라는 것을 인정할 테냐, 아니면 유피테르 대신의 아들이라고 우겨 그대가 참으로 부끄러운 짓거리의 씨앗이라고 할 테냐?'

헤라클레스는 이런 말을 할 동안 내내 나를 잡아먹을 듯이 노려보더니만 화를 삭이지 못하고 영웅들이 대개 그러듯이 우렁찬 소리로 이렇게 응수합디다.

'나는 말은 잘 못하는 사람이나 손 쓰는 데는 자신이 있는 사람이다. 만일에 나와의 싸움에서 네가 이기면 네 말이 맞는 것으로 하자.'

아, 이러더니 내게 달려듭디다. 큰소리를 친 참이라 물러서기가 창피하더군요. 나는 초록색 옷을 벗어 던지고, 두 손을 가슴에 끌어다 붙이고 방어 자세를 취하는 것과 동시에 싸울 차비를 했습니다.

그랬더니 헤라클레스는 손을 모으고 흙을 한 움큼 퍼 가지고 내게 뿌리는 것 아닙니까? 나도 황토를 퍼 가지고 그 친구에게 뿌렸지요. 온몸이 누렇게 흙투성이가 되도록 뿌렸습니다.

헤라클레스는 내 목을 노리는가 하면 어느새 다리를 노리는 등 변화무쌍한 기술을 구사하며 정신없이 공격해 왔습니다. 하지만 나는 보시다시피 몸이 여간 무거운 게 아닙니다.

그러니 그 친구의 공격에 끄덕도 하지 않았을 수밖에요. 노호하는 파도에 시달리면서도 그 우람한 모습으로 꿈쩍도 않고 의연하게 서 있는 거대한 바위처럼 말입니다.

우리는 잠시 떨어졌다가 서로 지지 않으려고 디딘 땅에 발을 단단하게 붙이고 다시 맞붙었습니다. 나는 허리를 구부린 채 그 친구의 손을 깍지 끼고 내 이마를 그 친구의 이마에 붙였습니다. 나는 언젠가 아주 근사한 풀밭과 잘생긴 암소를 두고 두 마리의 황소가 맹렬하게 싸우는 것을 본 적이 있습니다. 다른 소들은 누가 그 싸움에서 승리해서 암소를 차지할 것인지 궁금했던 나머지 두려움에 떨면서 구경하고 있었고요. 우리가 그 황소와 비슷했지요. 헤라클레스는 세 번이나 자기 가슴을 내 가슴에 대고는 나를 밀어 보려다가 뜻대로 되지 않자 내 손을 뿌리치고는 나를 한 대 쥐어박는데, 사실을 말하기로 결심한 김에 솔직하게 말씀드리리다, 정신이 없더군요. 내가 비틀거리는 틈을 이용해서 이 친구가 재빨리 내 등에 올라탑디다. 내 말을 믿으세요, 나는 그대들로부터 존경을 받으려고 불려서 말하는 것이 아닙니다. 등에 헤라클레스를 달고 있으려니 흡사 산 밑에 깔려 있는 것 같았다는 내 말에 과장 같은 것은 섞여 있지 않습니다. 나는 어찌어찌해서 온통 땀에 젖은 내 팔을 그 친구의 팔과 내 가슴 사이에 찔러 넣을 수 있었습니다. 말하자면 내 몸을 조르는 그 친구의 팔을 좀 느슨하게 풀 수 있었던 것이지요. 그러나 다소 느슨해졌다고는 하나 여전히 제대로 숨을 쉴 수 없고 힘을 쓸 수 없습디다. 헤라클레스는 잠시 후 팔로 내 목을 감더니 땅바닥에 내동댕이칩

휘드라와 싸우는 헤라클레스.

디다. 나는 흙바닥에 무릎을 꿇지 않을 수 없었지요.

힘으로는 안 되겠다 싶은 생각이 들길래 나는 방법을 바꾸어 긴 뱀으로 둔갑해 재빨리 그의 손아귀를 빠져나왔습니다. 그러나 내가 몸으로 나선형 똬리를 만들어 갈라진 혀로 쉭쉭 소리를 내고 있는 걸 본 이 티륀스의 영웅은 내 재주를 비웃으며 이런 말을 하는 것이 아니겠습니까?

'강보에 싸여 있을 때 뱀을 잡은 나다.[5] 아켈로오스야, 네가 뱀으로 둔갑은 했다만, 레르네의 휘드라[6]에 비하니 네 모양이 초라하기 그지없구나. 백 개나 되는 휘드라의 머리[7]는 예사 머리가 아니다. 하나를 자르면 전보다 튼튼한 머리가 둘씩이나 돋아났으니 말이다. 그러나 그 머리가 아무리 많이 돋아나면 무얼 하느냐, 자르는 족족 돋아나면 무얼 하고 해치려는 자의 힘을 제 힘으로 이용해 먹으면 무얼 하느냐, 결국 내 손에 도륙을 당하고 말았다. 생각해 보아라. 네가 둔갑한 꼴은 뱀 같다만, 네가 쓸 무기인 독니가 네 솜씨에 익은 것이 아니고, 그 형상이라는 것도 잠시 빌렸을 뿐인 형상에 지나지 않는데 네가 장차 내 손에 어찌 될 것인지 생각해 보아라.'

아, 이러더니 손을 쓱 내밀어, 뱀으로 둔갑한 내 목을 잡쥐는 것이 아니겠어요? 숨이 콱 막힙디다. 나는 그 친구의 손아귀에서 빠져나오려고 몸부림을 쳤지요.

나는 둔갑하고도 그 친구에게 지고 만 것입니다. 하지만 내게는 둔갑할 거리가 하나 남아 있었습니다. 우람한 황소로 둔갑하는 것이지요. 그래서 나는 황소로 둔갑하고 싸움을 다시 시작했습니다. 그러나 내 상대는 재빨리 내 왼쪽으로 몸을 비키더니 팔을 내 목에 감습디다. 나는 그의 팔을 털어 내려고 머리를 흔들었습니다만 그 친구는 내 목을 아래로 꺾어 뿔을

---

5) 헤라클레스는 태어난 지 여덟 달 만에 유노 여신이 자기를 시험하러 보낸 팔뚝 굵기의 뱀 두 마리를 죽인 적이 있다.

6) 헤라클레스는 열두 가지 난사 중 하나로, 레르네 샘에 사는 물뱀 휘드라를 죽인 일이 있다. 이 뱀은 일으키고 있는 윗몸 길이만 해도 헤라클레스의 두 길이 넘었다.

7) 휘드라의 머리는 아홉 개였다는 설도 있고, 다섯 개 또는 백 개였다는 설도 있다.

땅바닥에 박아 버립디다. 이로써 놓아 줄 줄 알았지만 어림도 없었어요. 그 친구는 내 뿔 하나를 그 우악스러운 손으로 잡더니만, 뚝 분질러 버리는 게 아닙니까? 나는 이로써 공격 무기를 잃은 것입니다. 다행히 나이아스[8]들이 이 뿔을 거두어 안에다 과일을 넣고 향기로운 꽃을 꽂아 신들께 바쳤지요. 자비로우신 코피아 여신[9]께서는 이 뿔을 축복해 주셨습니다."

강신의 이야기가 끝나자 디아나 여신처럼 차려입은 그의 시녀 요정 하나가 어깨 위로 머리카락을 늘어뜨린 채 이 뿔에다 후식으로 먹을 맛난 사과 등의, 가을걷이한 것들을 담아 내왔다.

이윽고 새벽이 오고, 이어서 아침 햇살이 산봉우리를 어루만지기 시작하자 청년 테세우스 일행은 다시 길을 떠났다. 강물이 평화로워질 때까지, 홍수가 강바닥을 비울 때까지 기다릴 수 없었던 것이다. 이들이 떠나자 아켈로오스는, 그 험상궂은 얼굴과 뿔 하나 뽑힌 자리가 흉터로 남아 있는 머리를 강물에 담그고 모습을 감추었다.

2 데이아네이라와 마인(馬人) 네소스

헤라클레스의 손에 그 탐스럽던 뿔을 뽑혔다는 사실이 한

---

8) 물의 요정. 복/나이아데스 혹은 나이데스.

9) '풍요'를 의인화한 여신. 이 여신의 축복이 내린 뒤로는, 요정들이 아무리 꺼내도 이 뿔에는 늘 과일과 꽃이 차더라고 한다. 이때부터 이 뿔은 '코르누코피아', 즉 '풍요의 뿔'이라고 불린다.

동안 아켈로오스를 몹시 상심케 했다. 그러나 몸의 다른 부위는 다친 데가 없었다. 아켈로오스는 뿔 뽑힌 자리를 감추느라고 머리에 늘 버드나무나 갈대로 관을 만들어 쓰고 다녔다. 아켈로오스 말고도 데이아네이라에 대한 사랑 때문에 헤라클레스 손에 욕을 본 이가 또 하나 있다. 마인 네소스. 그는 데이아네이라에 대한 사랑을 불태우다가 헤라클레스가 쏜 화살에 등을 맞고 죽었다. 그 사연은 이러하다.

유피테르의 아들 헤라클레스는 신부를 데리고 고향 땅으로 돌아가다가 물살이 험한 에베노스 강가에 이르렀다. 강물은 겨울 비로 엄청나게 불어나 있었다. 헤라클레스가 보기에 물살이 험한 그 강물은 건너기 쉽지 않을 것 같았다. 헤라클레스 혼자라면 그 정도 물살은 문제가 되지 않을 터였다. 그러나 헤라클레스에게는 아내가 딸려 있었다. 헤라클레스가 물가에서 어찌할 줄을 모르고 있는데 그 물살 건너는 데 익을대로 익은 네소스가 다가왔다. 네소스는 사지가 더할 나위 없이 튼튼한 마인이었다. 그가 헤라클레스에게 이런 말을 했다.

"그대는 혼자서도 이 강을 헤엄쳐 건널 수 있겠지요? 부인은 내가 업어 강 저쪽으로 건네드리겠소."

그래서 이 보이오티아 영웅은 이 마인을 믿고 칼뤼돈 왕국의 공주 데이아네이라를 맡기기로 했다. 데이아네이라는 강의 물살도 무섭고, 마인 네소스도 무서웠던지라 하얗게 질려 있었다. 헤라클레스는 몽둥이와 활을 강 건너쪽으로 던지고는 등에 멨던 화살통과 어깨에 걸치고 있던 사자 가죽[10]을 벗으면서 이렇게 중얼거렸다.

"내가 강을 정복하기로 한 바에, 어찌 이 강이라고 그냥 둘 수 있을쏘냐!"

그는 망설이거나 물살이 조용한 곳을 찾아보는 빛도 보이지 않고 물속으로 뛰어들었다. 물살을 이용하면 좋으련만 그는 그런 짓도 하지 않았다. 무사히 강을 건넌 헤라클레스는 먼저 던져 두었던 활을 집으려다가 아내의 비명을 듣고는, 네소스가 자기의 믿음을 저버리려 한다는 것을 알았다. 격분한 헤라클레스는 고함을 질렀다.

"이런 잡놈 같으니! 네가 발 빠른 것을 믿는 모양이다만 도망치려면 어디 도망쳐 보아라. 너 이놈, 마인 네소스야, 내 말을 듣고 있느냐? 네가 다른 사람들에게 이런 짓을 하는 것도 용서하지 못할 일인데 항차 나와 내 아내에게 이런 짓을 해? 네가 나를 무서워하지 않는 거야 어쩔 수 없다만, 네 아비가 못된 짓을 하다가 불바퀴에 매달려 있는데 네가 이럴 수가 있느냐?[11] 도망치려면 도망쳐 보아라만, 빠르다고 소문난 너의 그 말발굽도 너를 살려 줄 수는 없을 게다. 내가 너를 잡되, 내 발로써 따라잡는 것이 아니고 내 무기로써 따라잡을 것이기 때문이다."

헤라클레스는 말을 마치기도 전에 네소스를 향해 화살 한 대를 날렸다. 화살은 도망치는 네소스의 등에, 살촉이 가슴으

10) 헤라클레스는 네메아의 사자를 죽이고 그 가죽을 벗겨 평생 이를 옷 삼아 걸치고 다녔다.

11) 네소스의 아버지 익시온은 천궁의 왕후 유노 여신에게 못된 마음을 먹었다가 저승에서 영원히 도는 불바퀴에 매달려 벌을 받고 있다.

로 튀어나올 만큼 깊이 꽂혔다. 살촉에 꿰뚫린 네소스의 등과 가슴에서는 레르네 샘에 살던 휘드라의 독이 섞인 피가 쏟아져 나왔다.[12] 그러나 네소스도 이 독 섞인 피를 그냥 대지에 빨려들게 하지는 않았다.

"나는 죽되 내 피로 하여금 이 값을 치르게 하리라."

네소스는 이렇게 중얼거리면서 천 조각을 이 피로 적셔, 장차 요긴한 사랑의 묘약이 될 것이라는 말과 함께 이를 헤라클레스의 아내 데이아네이라에게 주었다.

3 헤라클레스의 최후

이로부터 오랜 세월이 흘렀다. 헤라클레스가 이룬 영웅적인 업적에 관한 이야기와, 유노 여신이 서자(庶子)인 이 헤라클레스를 몹시 미워한다는 이야기가 온 세상 사람들 입을 오르내렸다. 헤라클레스가 오이칼리아를 정복하고 케나이온에서 유피테르 대신께 제물을 드리려 할 때의 일이었다. 참된 것에 거짓된 것을 섞기 좋아하고, 아무것도 아닌 것을 눈덩이같이 불리기 좋아하는 파마 여신[13]이 암피트뤼온의 아들[14]이 이올레라는 여자를 사랑한다는 소문을 퍼뜨렸다. 이 소문은 헤라클

---

12) 헤라클레스는 물뱀 휘드라를 죽이고는 그 독을 화살촉에 발라 둔 바 있다.

13) 그/페메. '소문'의 여신.

14) 헤라클레스의 어머니 알크메네는 유피테르의 사랑을 입고도 암피트뤼온의 아내가 되었다. 그래서 헤라클레스는 '암피트뤼온의 아들'로도 불린다.

레스의 아내 데이아네이라의 귀에도 들어갔다. 이 소문을 들은 데이아네이라는 목을 놓고 울다가 애써 마음을 진정시키고는 이렇게 중얼거렸다.

“내가 왜 울지? 누구 좋은 일 시키려고 내가 우는 것이지? 내가 우는 것을 보면 사랑의 적이 된 그년만 좋아할 것이 아닌가. 그렇다. 그년이 머지않아 이곳으로 올 것이다. 와서 나를 대신해서 내 자리에 들어앉기 전에 손을 써야 한다. 너무 늦기 전에 손을 써야 한다. 어쩌지? 남편과 드잡이를 해? 가만히 있어? 아, 친정인 칼뤼돈으로 돌아가야 할까, 아니면 여기에 있어야 하나? 내가 이 집을 떠나거나 아무 짓도 않고 가만히 있는다면, 내 남편과 사이 계집이 나를 무시할 것이 아니겠나. 오, 멜레아그로스 오라버니, 내가 오라버니의 누이인 것이 사실이거든 어떻게든 손을 좀 써 주세요. 용감하신 오라버니시여, 내 사랑을 가로채려는 이년을 죽여 무시당한 여자의 슬픔과 고통이 얼마나 무서운가를 알게 하소서.”

자기에게 가능한 방법을 모두 헤아려 본 데이아네이라는 문득 네소스로부터 받은, 그 피에 젖은 천 조각을 생각해 냈다. 데이아네이라는 네소스의 말을 곧이곧대로 믿고 그 천 조각이 식어 가는 남편의 사랑을 소생시킬 수 있으리라고 생각한 것이다. 아무것도 모르는 데이아네이라는 이 천 조각을 기워 넣은 예복을 헤라클레스의 시종 리카스에게 주어 자신의 슬픔과 파멸의 씨앗이 될 이 엄청난 물건을 남편에게 전해 달라고 말했다. 리카스로부터 레르네 샘의 물뱀 휘드라의 독이 묻은 예복을 전해 받은 헤라클레스는 아내를 의심하지 않고 이 예복을 입었다.

제단에는 이미 불이 지펴져 있었다. 영웅 헤라클레스는 향을 사르고 신들에게 드리는 기도를 읊조리며 포도주를 대리석 제단에 부었다. 이 동안 제단에서 타는 불의 열기에 녹은 독이 그의 몸속으로 들어가 사지는 물론이고 온몸 구석구석으로 퍼지고 있었다. 헤라클레스는 타고난 용기와 참을성으로 되도록이면 오래 그 고통을 참았다. 그러나 고통이 인내의 한계를 벗어나자 그는 제단 앞을 뒹굴며 오이테산이 떠나가도록 고함을 질렀다. 그는 있는 힘을 다해 그 예복을 몸에서 뜯어내고 싶어 했다. 그러나 예복은 뜯어내려고 하면 할수록 그만큼 더 단단하게 그의 살갗에 달라붙었다. 그런 예복을 한사코 뜯어내려고 했으니 살이 상하지 않을 수 없었다. 그는 있는 힘을 다해 그 예복을 뜯어내려 했고 예복은 그의 살갗에 달라붙으려 했으니 결과는 뻔했다. 그의 살점이 무수히 떨어져 나와 뼈가 보이는 지경에 이른 것이다. 상처에서 배어 나온 피는 불같이 뜨거운 독물을 만나 쉭쉭 소리를 내며 끓어올랐다. 말하자면 그의 피는, 빨갛게 단 쇠를 만난 차가운 물처럼 끓어올랐다. 고통은 끝이 없었다. 그의 가슴속에서는 독물이 불꽃이 되어 타올랐고, 그의 온몸에서는 검은 땀이 뚝뚝 들었다. 뒤틀리는 힘살에서는 탁탁 힘줄 터지는 소리가 났다. 그의 뼈는 이 독하기 짝이 없는 독물에 녹아내리고 있었다. 참다 못한 그가 하늘을 향해 두 팔을 벌리고 외쳤다.

"오, 사투르누스의 따님이신 유노 여신이여. 제가 고통스러워하고 있으니 마음껏 보고 즐기소서. 높은 데서 고통받는 저를 내려다보시되, 그 심술이 가라앉을 때까지 마음껏 보소서. 제 팔자가 제 적인 여신까지 불쌍하게 여겨야 할 만큼 기박하다면 실컷 보신 연후에 제 피를 말리는 이 고통, 이 몹쓸 영혼을 거두어 가소서. 저에게 어울리는 선물은 죽음입니다. 이 죽음이야말로 서자(庶子)인 저에게 주시기에 알맞은 선물입니다. 제가 저 신전을 이방인들의 피로 물들이던 부시리스[15]를 죽였다고 내리시는 상이 이것입니까? 저 잔인무도한 안타이오스[16]를 공중으로 들어올려 죽였다고 내리시는 상이 이것입니까? 머리가 세 개인 히베리아[17]의 양치기[18]를 죽이고 머리가 세 개인 저 저승의 개 케르베로스[19]를 끌고 왔다고 내리는 상이 이것입니까? 이 손으로 저 무서운 황소의 뿔을 잡아 땅에다 무릎을 꿇렸고,[20] 이 발로 엘리스로 갔고,[21] 스륌팔로

---

15) 이집트로 가서 왕 노릇 한 그리스 사람. 늘 이방인을 죽여 제사를 지내다가 헤라클레스 손에 죽어 제물이 되었다. 부시리스 역시 이방인이었기 때문이다.

16) 대지(大地)의 아들. 발이 땅에 닿아 있는 한 아무도 이자를 죽일 수 없다. 그러나 헤라클레스는 이자를 공중으로 들어올려 죽임으로써 이자 때문에 곤경에 처해 있던 올륌포스 신들을 도와주었다.

17) 지금의 스페인.

18) 에뤼테이아섬에서 소 떼를 지키던 괴악한 양치기 게뤼온. 열두 가지 난사의 하나로 헤라클레스는 소 떼를 몰러 갔다가 이 양치기를 죽였다.

19) 열두 가지 난사의 하나. 헤라클레스는 저승으로 내려가 저승궁을 지키는 이 개를 끌고 지상으로 나왔다.

20) 헤라클레스는 열두 가지 난사의 하나로 미노스의 황소를 잡아 왔다.

21) 열두 가지 난사의 하나. 헤라클레스는 엘리스 왕 아우게이아스가 수십 년 묵힌 외양간을 단 하루 만에 깨끗이 치웠다.

스 늪으로 갔고,[22] 파르테니오스[23]의 숲으로 갔다고 이런 상을 내리는 것입니까? 아마존의 나라로 원정해 금을 두드려 만든 허리띠를 가져왔다고,[24] 잠들지 않는 용이 지키는 황금 사과나무에서 사과를 따 왔다고[25] 이런 상을 내리는 것입니까? 마인(馬人)들도 제 적수는 될 수 없었고 아르카디아 땅을 공포의 도가니로 몰아넣던 멧돼지도 제 상대가 될 수 없었으며,[26] 머리가 하나 잘리면 두 개가 돋아나던 저 휘드라도 제 앞을 가로막지는 못했습니다. 이들을 정복한 저에게 내리는 상이 겨우 이것입니까? 또 있습니다. 저는 인간의 살로 살이 오른 트라키아의 암말과 구유에 쌓인 인간의 고기를 보았고 이 말과 그 주인을 죽였습니다.[27] 네메아의 사자도 이 손으로 죽였고,[28] 하늘 축도 이 어깨로 멨습니다.[29] 보소서, 잔인한 유노

---

22) 열두 가지 난사의 하나. 헤라클레스는 이 늪에 사는 요사스러운 새들을 쫓았다.

23) '처녀의 숲'. 열두 가지 난사의 하나로 헤라클레스는 디아나 여신의 성지인 이 숲으로 들어가 뿔은 황금, 발굽은 청동으로 되어 있는 암사슴을 생포해 왔다.

24) 열두 가지 난사의 하나. 헤라클레스는 아마존 여왕 히폴뤼테로부터 이 허리띠를 빼앗아 왔다.

25) 열두 가지 난사의 하나. 헤라클레스는 거인 아틀라스의 나라로 가서, 잠들지 않는 용이 지키는 황금 사과나무에서 황금 사과를 따 왔다.

26) 열두 가지 난사의 하나로 헤라클레스는 이 멧돼지를 생포하러 갔다가 마인들의 마을에 들러 마인들과 한바탕 싸움을 벌인 바 있다. 이때 헤라클레스는 실수로 현자(賢者)인 마인 케이론을 죽이게 된다.

27) 열두 가지 난사의 하나로 헤라클레스는 인간의 고기를 먹고 사는 디오메데스의 암말과 그 주인을 죽였다.

28) 역시 열두 가지 난사의 하나.

아틀라스를 대신해서 산을 떠메는 헤라클레스.

여신께서 저에게 난사 맡기는 일에 지친 일은 있었을지언정 제가 그 난사를 해내는 데 지친 일은 없었습니다.

하지만 듣도 보도 못한 것이 저를 괴롭히고 있습니다. 참을성으로도 참아 낼 수 없고, 무기로도 무찌를 수 없는 것이 저

29) 열두 가지 난사의 하나로 황금 사과를 따러 아틀라스의 나라로 간 헤라클레스는 아틀라스가 이 사과를 따 올 동안 그를 대신해서 하늘 축을 메고 있었다.

를 괴롭히고 있습니다. 저의 원수인 에우뤼스테우스왕[30]은 편안하게 살고 있는데, 저는 오장육부를 그을리고 사지를 태우는 이 불길에 시달리고 있습니다. 이러는데 누가 하늘에 신들이 있다 하겠습니까?"

헤라클레스가 오이테산을 오르면서 이렇게 고래고래 고함을 질러 대는데, 그 모양은 사냥꾼이 던지고는 도망친 창을 맞고 그 창을 등에 꽂은 채로 울부짖는 들소와 비슷했다. 그는 신음하고 이를 갈면서 몸에 달라붙은 그 예복을 뜯어내려 했다. 그러다 마음먹은 대로 되지 않으면 나무를 쓰러뜨리거나 산에다 화풀이를 하거나 자기 아버지의 천궁이 있는 하늘에 삿대질을 하고는 했다.

문득 겁에 질려 동굴에 숨어 있던 리카스가 그의 시야에 들어왔던 모양이다. 고통으로 인해 반미치광이가 되어 있던 그는 리카스를 향해 고함을 질렀다.

"리카스, 너였더냐? 나에게 이 치명적인 것을 전한 자가? 내가 죽어 가는 것이 너 때문이라는 말이냐?"

리카스는 하얗게 질린 채 부들부들 떨면서 변명을 해 보려고 했다. 그가 이 영웅의 무릎을 두 팔로 안고 무슨 말인가를 하려 했다. 그러나 헤라클레스는 리카스를 잡아채 공중제비를 서너 차례 돌린 뒤 에우보이아 바다를 향해 던졌다. 투석기(投石器)로 쏘았어도 그렇게 힘있게는 날아가지 않았으리라.

---

30) 유노는 이 에우뤼스테우스에게 헤라클레스를 시험하는 열두 가지 난사를 맡겼다.

그의 몸은 하늘을 날아가면서 굳어져 돌이 되었다. 옛사람들은, 빗방울이 차가운 바람에 눈송이가 되듯이, 눈송이가 찬바람에 서로 뭉치고 굳어져 우박이 되듯이, 리카스도 헤라클레스의 무지막지한 손아귀에 잡혀 공중으로 던져져, 공포가 그의 피와 몸의 물기를 말리는 바람에 굳어져 돌이 되었다고 말한다. 지금도 에우보이아 바다에 가 보면 바다 한가운데 파도를 맞으며 서 있는 사람 모양의 조그만 바위가 있다. 뱃사람들은 이 바위를 리카스의 바위[31]라고 부른다. 그들은 혹 리카스가 그 무게를 느낄까 봐 이 바위에 오르기를 두려워하는 것으로 전해진다.

천하에 그 이름을 떨친 유피테르의 아들 헤라클레스는 험한 오이테산에서 자란 나무를 잘라 스스로 화장단(火葬壇)을 쌓았다. 그러고는 포이아스의 아들 필록테테스에게 자기 활과 화살통을 주었다. 이 활과 화살통은 후일 두 번째로 트로이아 성에서 그 이름값을 하게 된다.[32] 헤라클레스는 이 필록테테스에게 화장단에 불을 지르게 했다. 탐욕스러운 불길은, 처음에는 그가 장작더미에 깔고 누운 네메아의 사자 가죽을 태웠고, 그다음으로는 몽둥이를 베고 누운 그의 목 그리고 그다음으로는 그의 얼굴로 옮겨붙었다. 그의 표정은, 머리에는 화관

31) 에우보이아섬 북쪽에 있는 세 개의 작은 섬 리카데스 군도를 말한다.
32) 헤라클레스는 열두 가지 난사 중 하나로 아마존의 허리띠를 빼앗으러 아마존의 나라로 가는 길에 트로이아에 들러 이 성을 쑥대밭으로 만든 일이 있다. 이 활과 화살을 받은 필록테테스는 후일 트로이아 전쟁에서 활약하게 된다.

을 쓰고 술잔에 둘러싸여 있는 술잔치의 술손님의 표정과 다를 바가 없었다.

이윽고 불길은 힘을 얻어 사방으로 혀를 날름거리면서 그 불길을 두려워하지 않던 영웅의 사지를 태우고, 그 불길을 가볍게 여기던 영웅의 몸을 태웠다. 천궁의 신들은 지상의 왕자였던 이 영웅의 죽음을 애석하게 여겼다. 그러나 유피테르 대신은, 신들의 어두운 표정을 일별하고는 이런 말로 그들을 위로했다.

"슬픔에 잠긴 그대들의 얼굴을 보니 내 마음이 흡족하오. 내가 은혜를 아는 인간들의 절대자이자 왕으로 불린다는 것이 오늘처럼 만족스러웠던 날은 없소. 나는 그대들 역시 나처럼 내 아들을 지켜 주었다는 것을 고맙게 생각하오. 그대들은 저 아이가 이룬 위대한 업적으로 저 아이를 대견하게 여기는 모양이오만, 그 영광은 나로 인한 영광과 다름없소. 그러나 그대들이 온 마음으로 슬퍼해야 할 일인 것만은 아니오. 저 오이테산에서 타오르는 불길을 두려워하지 마세요. 모든 것을 정복한 헤라클레스는 그대들이 바라보고 있는 저 불길까지 정복할 것이오. 저 불카누스의 권능[33]이 태울 수 있는 것은 저 아이가 제 어머니로부터 받은 것뿐이오. 저 아이가 내게서 받은 것은 영생불사하는 것이니 저런 불길에 탈 리가 없소. 나는 이제 지상에서 한살이를 마친 저 아이를 이 천상으로 불러올리려 하오. 나는 그대들 신들이 모두 기뻐하리라고 믿소. 혹

---

33) 불카누스는 대장장이 신. 따라서 불길.

헤라클레스와 아마존 전사들.

헤라클레스가 천궁으로 올라와 신이 되고, 이런 특혜를 누리게 되는 것을 반기지 않을 이가 있을지 모르겠으나, 이런 이에게도 사감(私感)은 있을지언정 저 헤라클레스에게 그런 특혜를 받을 자격이 없다고는 생각지 않을 것이오."

신들은 모두 유피테르의 말에 갈채를 보냈다. 천궁의 왕후인 유노 여신도 유피테르가 한 말의 마지막 부분이 자기를 겨냥하고 있다는 걸 알고는 눈살을 조금 찌푸렸을 뿐 별로 싫은 내색은 하지 않았다.[34] 불카누스가 헤라클레스의 몸으로부터 불에 탈 수 있는 것을 모조리 털어내자 이 영웅의 형상은 이 영웅을 떠났다. 어머니로부터 받은 것은 하나도 남아 있지 않은 영웅의 모습, 오로지 아버지 유피테르로부터 받은 것으로만 이루어진 영웅의 모습은 이제 지상에서 숨 쉬던 영웅의 모습이 아니었다. 뱀이 낡은 껍질을 벗고 새 비늘이 반짝이는 새 껍질로 거듭나듯이 티륀스의 영웅도 필멸(必滅)의 육체를 벗고 불사의 몸으로 거듭났다. 인간의 오체(五體)를 벗고 새로운 생명을 얻은 그는 이전보다 더욱 위엄 있는 모습으로 거듭난 것이다. 전능한 그의 아버지 유피테르는 그를 사두마차에 태우고 구름으로 가려 천상으로 불러올리고는 반짝이는 별자리 사이에 박아 주었다. 아틀라스는 이 새로운 별의 무게를 어깨로 느낄 수 있었다.

4 알크메네의 해산(解產)과 갈란티스

헤라클레스가 이 땅을 떠났다고 해서 스테넬로스의 아들 에우뤼스테우스[35]의 분이 다 풀린 것은 아니었다. 에우뤼스테우스는 헤라클레스에 대한 증오의 화살을 헤라클레스의 아들에게 겨누었다. 헤라클레스의 어머니 알크메네는 아들로 인

---

34) 유노의 그리스식 이름은 '헤라'다. 헤라클레스는 이 헤라가 부과한 열두 가지 난사를 무사히 치러 냄으로써 헤라를 욕되게 한 것이 아니라 오히려 헤라를 영광되게 했다. '헤라클레스'라는 말은 '헤라의 영광'이라는 뜻이다.

35) 유노 여신을 대신해서 헤라클레스에게 혹독한 시련을 부과했던 자.

한 오랜 근심걱정 때문에 지칠 대로 지쳐 있었다. 알크메네는 이올레[36]를 의지가지로 삼고, 틈만 나면 이올레를 붙들고 나이 많은 여자 특유의 신세타령이나 세상이 다 아는 아들 이야기를 하고는 했다. 이올레는 헤라클레스의 유언에 따라 그의 아들인 휠로스의 아내가 되어 있었다. 이 이올레가 휠로스의 지극한 사랑을 받고 귀한 집 혈육을 배고 있을 때의 일이었다. 며느리가 아이를 배고 있다는 것을 안 알크메네가 어느 날 이올레에게 이런 이야기를 했다.

"신들께서 너에게만은 사랑을 베풀어 주셔야 할 텐데. 그러니까 보름달이 뜰 때가 되거든 시기 놓치지 말고 반드시 루키나 여신[37]을 찾아뵙도록 하여라. 임신한 여자들을 돌보아 주시는 여신이시다. 내가 아이를 낳을 때는 이 여신께서 유노 여신의 뜻을 받들어 나를 어찌나 괴롭히던지……. 내 그때 이야기를 들려줄 터이니 잘 들어 두어라. 태양이 하늘의 제10궁을 돌아 이 세상에서 저 엄청난 난사를 치를 우리 헤라클레스가 태어날 때가 되자, 배 속에 든 이 아이가 그렇게 무거웠다. 내 복중에 아이를 숨긴 이가 저 유피테르 대신이라는 것은 세상이 다 아는 일이었지. 진통이 어찌나 심했는지 견딜 수 없을 지경이었다. 지금 너에게 이 이야기를 하는 것만으로도 오싹 소름이 다 돋는다. 참으로 기억하고 싶지도 않은 이야기다. 나는 이레 밤낮으로 진통하면서 하늘을 향해 팔 벌리고 해산을

36) 데이아네이라의 질투를 유발해 헤라클레스를 파멸케 한 장본인.
37) 그/에일레이튀아. '해산'의 여신. 유노 여신의 딸.

주관하시는 루키나 여신과 닉시 여신[38]께 어서 좀 오셔서 나를 도와주시라고 기도했다. 아, 오시기는 오셨지. 하지만 오시기 전에 뇌물을 받으시고는 내 목숨을 잔혹하신 유노 여신께 넘기려고 오셨던 거야. 내가 비명을 질러 대는데도 문 앞 제단 옆에 가만히 앉아 계셨으니까. 그냥 가만히 앉아 계신 것이 아니라, 두 다리는 포개시고 두 손은 깍지 끼신 채로 앉아 내 해산을 저지하고 계셨던 거지. 여신께서는 가만히 무슨 주문을 외시는데, 세상에, 여신께서 주문을 외실 때마다 나오던 아기가 들어가 버려. 나는 악전고투하면서, 정신이 나갔기 때문에 그랬겠지만, 나를 그 꼴로 만들어 놓고도 나 몰라라 하시는 유피테르 대신을 원망하기까지 했다. 그랬는데도 보람이 없더구나. 나는 목석이라도 돌아앉게 할 만큼 애절하게, 차라리 죽게 해 달라고 기도했지. 그 자리에 와 있던 테바이의 여자들은 모두 나와 같은 기도를 하면서 나를 위로했단다.

내가 부리던 하녀 가운데 갈란티스라고 하는 금발 처녀가 하나 있었다. 이 갈란티스는 신분은 천해도 내 말을 잘 듣고, 내가 시키는 일이면 몸을 아끼지 않고 잘했다. 그런데 내가 아기를 낳지 못해 애쓰는 걸 보고는 유노 여신이 심술을 부리고 있다는 걸 알았던 모양이야. 한동안 집을 들락날락하던 갈란티스는 팔짱을 끼고 제단 옆에 앉아 있는 루키나 여신을 보았어. 갈란티스가 루키나 여신께 이런 말을 하지 않았겠어.

'누구신지 모르겠지만, 저희 마님을 축복해 주세요. 아르골

---

38) 임산부를 수호하는 몸이 셋인 로마의 여신.

리스의 알크메네 마님께서 방금 기도의 응답을 받으셔서 옥동자를 분만하셨답니다.'

해산의 여신께서는 이 뜻밖의 소식에 기겁을 하고 팔짱을 푸셨는데, 이분이 팔짱을 푸시는 순간에 나도 아기를 낳을 수 있었지.

갈란티스는 이 여신을 속이고도 그 앞에서 웃었다는군. 갈란티스가 웃자, 원래 성정이 모지신 이 여신께서는, 갈란티스의 머리채를 잡아 땅바닥에 내굴리셨단다. 갈란티스는 땅바닥에서 일어나려 했고, 여신은 못 일어나게 하려고 계속해서 내리누르고 그랬겠지. 결국 여신께서는 이 갈란티스의 두 팔은 앞다리가 되게 하시고 그 모습을 바꾸어 놓으셨어. 그 몸에 돋아난 털 빛깔만 머리 빛깔인 금발 그대로 두고 말이다. 갈란티스[39]는 족제비가 된 것이야. 갈란티스는 입으로 거짓말을 해서 내가 무사히 아기를 낳게 하지 않았니? 그래서 여신은 갈란티스로 하여금 입으로 새끼를 낳게 하셨어.[40] 하지만 족제비가 되었어도 갈란티스는 여전히 바지런하고 동작이 빨라. 그래서 전과 다름없이 요즈음도 자주 내 집을 드나드는 것이지."

알크메네는 이 이야기가 끝나자, 자신에게 충직했던 하녀의 팔자가 불쌍했던지 한숨을 쉬었다. 며느리인 이올레는 한숨을 쉬는 시어머니를 위로할 요량으로 이런 이야기를 했다.

---

39) '족제비'.

40) 고대인들은 족제비가 입으로 새끼를 낳는다고 믿었다.

5 드뤼오페와 로티스

"어머님께서는, 인간의 모습을 잃은 하녀를 두고 상심하십니다만, 그 하녀는 피붙이가 아니지 않습니까? 제가 제 언니 당한 이야기를 들려드리겠습니다만 어머님께서 어찌 생각하실지 궁금하군요. 시작하려고 생각만 해도 목이 메고, 눈물이 앞을 가려요.

언니 이름은 드뤼오페였어요. 저와는, 아버지는 같았지만 어머니는 달랐어요. 제 계모의 외동딸이었던 드뤼오페 언니는 아마 오이칼리아에서는 가장 아름다웠을 것입니다. 처녀 시절 델포이와 델로스를 다스리시는 신[41]의 사랑을 입은 몸으로 안드라이몬이라는 사람에게 시집갔습니다만, 형부는 그런데도 제 언니를 아내로 맞은 것을 대단한 행운으로 여겼습니다.

저희가 살던 곳에는 경사가 완만한 둑으로 둘러싸인 호수가 하나 있었습니다. 둑이 아주 좋아서 흡사 해변 같았어요. 물가에는 도금양(挑金孃)나무가 숲을 이루고 있었고요. 자기 팔자를 알 리 없는 드뤼오페 언니는 이 호숫가로 갔습니다. 드뤼오페 언니는 사실 요정들에게 바칠 꽃다발을 만들기 위해 호숫가로 갔던 것입니다. 언니는 한 살도 채 못 되는 아기를 안은 채 젖을 먹이고 있었어요. 호숫가에는 튀로스산(産) 보라색 옷감보다 더 고운 보라색 물 로토스[42] 꽃이 잔뜩 피어

41) 포이부스 아폴로.

42) 수련.

알차게 열매 맺을 때를 기다리고 있었어요. 드뤼오페 언니는 아기에게 주려고 장난 삼아 꽃을 몇 송이 꺾었습니다. 저도 마침 언니 옆에 있었어요. 저도 언니처럼 꽃을 몇 송이 꺾으려고 하다가 가만히 보니까 언니가 꽃을 꺾은 수련 대에서 피가 흐르더군요. 줄기는 바들바들 떨고 있었고요. 나중에야 그 까닭을 알았습니다만, 그 나무는 프리아포스라는 자에게 쫓기다가 로토스 나무로 변한 요정 로티스였어요. 모습은 바뀌었어도 옛날 이름을 그대로 간직하고 있었던 것이죠.

이걸 알지 못하는 드뤼오페 언니는 파랗게 질리고 말았어요. 언니는 요정들에게 기도하고는 그곳을 빠져나오려고 했죠. 하지만 언니는 발을 떼어 놓지 못했습니다. 그때 벌써 발밑에 뿌리가 생겼던 것이죠. 언니는 이 뿌리를 뽑으려고 발버둥쳤습니다만, 움직이는 것은 윗몸뿐이었어요. 땅에서 생긴 부드러운 껍질이 언니의 허벅지에 덮이는 것을 저는 똑똑히 보았습니다. 언니는 일이 이렇게 되자 미친 사람처럼 제 머리카락을 쥐어뜯으려 했습니다. 하지만 손에는 이미 잎이 돋아나 있었습니다. 곧 머리에도 잎이 돋아나기 시작했죠. 암피소스(이게 할아버지 에우뤼토스가 지어 준 언니 아들의 이름이었습니다.)는 제 엄마의 젖이 굳어지면서 젖이 나오지 않자 울기 시작했습니다. 저는 그냥 거기에 서서 팔자 기박한 언니가 나무로 변해 가는 것을 보고만 있을 수밖에 없었습니다. 아니, 제가 할 수 있었던 것은, 나무로 변해 가는 언니를 부둥켜안고 있는 것이 고작이었습니다. 어머님, 정말이지 저도 언니처럼 나무로 변하여 그런 껍질에 갇히고 싶었습니다.

이윽고 드뤼오페 언니의 남편 안드라이몬과 아버지가 달려왔습니다. 이 두 분이 저에게 드뤼오페 언니는 어디에 있느냐고 하길래 저는 로토스 나무를 가리켰습니다. 두 분은 그때까지는 여전히 따뜻한 나무둥치에 미친 듯이 입 맞추며 나무의 뿌리 짬에 매달렸습니다. 언니의 모습으로 남아 있는 것은 얼굴뿐이었습니다. 나머지는 모두 나무로 변해 버렸던 것입니다. 언니의 몸이 있던 곳에 돋아 있던 잎에서는 눈물 같은 물기가 번졌습니다. 드뤼오페 언니는 그때까지만 해도 움직일 수 있던 입으로 울음에 섞어 이런 말을 했습니다.

'팔자가 기구한 인간이 하는 말에도 귀를 기울이는 사람이 있다면, 내 신들께 맹세코 말하거니와, 내가 이렇게 엄청난 일을 당하는 것은 부당하다. 나는 지은 죄도 없이 이렇게 터무니 없는 벌을 받고 있다. 나는 남들의 비난을 받을 만한 짓을 한 적이 없다. 내 말이 거짓이라면, 내 잎은 내 가지에서 떨어질 것이고 내 가지는 말라비틀어질 것이며 내 둥치는 도끼에 찍혀 불 속으로 들어갈 것이다. 아, 이 아기를 이 가지에서 거두어 가 다오. 데리고 가서 잘 보살펴 주고 우유를 먹여 주고, 자라거든 내 가지 밑에서 놀 수 있게 해 다오. 말을 하게 되거든 이 어미에게, 슬픈 사연이나마 이런 말을 하게 해 다오.

'우리 엄마는 이 나무 안에 숨어 있대요.'

이 한마디를 하게 해 다오. 아이가 물가에 가지 않도록 해 주고, 나무에서 함부로 꽃을 꺾지 않게 해 다오. 열매가 달리는 나무는 모두 여신들의 몸이라는 것을 가르쳐 다오. 아, 이올레야, 안녕. 사랑하는 내 지아비여, 안녕히. 아버지, 만수무

강하소서. 바라건대 저를 사랑하시면, 제 둥치를 날카로운 도끼에서 지켜 주시고, 제 가지를 가축으로부터 지켜 주소서. 이제 저는 몸을 구부릴 수 없습니다. 그러니 손을 들어 저를 안으시고 저에게 입 맞추어 주소서. 제 아기를 안아 올려 주소서. 이제는 더 이상 말을 할 수 없습니다. 부드러운 껍질이 내 목 안으로 차올라 옵니다. 나무껍질이 내 몸을 빈틈없이 에워쌉니다. 아버지, 제 눈에서 손을 치우셔도 됩니다. 아버지가 감겨 주지 않으셔도 나무껍질이 제 눈을 가린답니다.'

언니의 말이 끝나는 순간부터 언니의 입이 사라졌습니다. 그러나 언니의 몸이 나무로 변했는데도 그 나무의 가지는 한동안 따뜻했습니다."

6 되젊어진 이올라오스. 테바이 전쟁

이올레가 이 불가사의한 이야기를 눈물에 섞어 하자, 알크메네는 저 역시 울면서도 이올레의 눈에서 눈물을 닦아 주었다. 그런데 이때 또 하나의 불가사의한 일이 일어났다. 이들과 조금 떨어진 문 앞에 서 있던 이올라오스[43]가 되젊어진 것이다. 그의 모습은 어느새 청년 시절로 되돌아와 있었다. 유노의 딸 헤베[44]가 지아비 된 헤라클레스의 부탁을 받고 이올라오스를 되젊어지게 한 것이다.

헤베가 다시는 어떤 인간에게든 젊음을 되돌려 주지 않겠다고 말하자 테미스 여신은 그러는 게 아니라면서 그 까닭을

청춘의 여신 유벤타(그/헤베). 유피테르는 헤라클레스를 천상으로 불러올려 이 유벤타를 아내로 삼게 했다.

다음과 같이 설명했다.

"테바이는 곧 전쟁의 소용돌이에 휘말려 들 것이다만 유피테르 대신 아니고서는 아무도 카파네우스를 정복하지 못할 것이고, 이 싸움에서는 형제가 서로 죽고 죽일 것이며, 예언자

---

43) 헤라클레스의, 아버지가 다른 아우인 이피클레스의 아들. 헤라클레스를 따라다니며 이 백부를 크게 도왔다. 후일 헤라클레스의 아들들을 거느리고 사르디니아로 건너가 많은 도시를 건설하며 오래 살았다. 청춘의 여신 헤베로부터 젊음을 얻은 그는 헤라클레스를 박해했던 에우뤼스테우스와 싸웠는데, 일설에는 이올라오스가 헤베로부터 젊음을 얻되, 단 하루의 젊음만 얻어 에우뤼스테우스와 싸웠다고 한다.

44) '청춘'. 유피테르는 헤라클레스가 천상으로 올라오자 이 헤베를 주어 아내로 삼게 했다.

암피아라오스는 갈라진 땅 틈에 빠져 산 채로 제 망령을 보게 될 것이다.[45] 암피아라오스의 아들은 어미의 피를 봄으로써 아비의 원수를 갚으나, 어쩔꼬, 아비에게 효도하나 이로써 살모(殺母)의 대죄 짓는 것을…….[46] 이런 죄를 짓고도 온전할까? 장차 제정신을 잃고 제 고향을 떠나 방황하다가 복수의 여신 푸리아이의 눈에 뜨이고 제 어미 망령의 눈에 뜨이게 되

---

45) 테미스 여신의 예언은 간단하나 그 뜻을 알기 위해서는 아이스퀼로스의 『테바이의 일곱 장수』로 유명한 이른바 테바이 전쟁의 내용을 알아야 한다. 테바이 왕 오이디푸스가 장님이 되어 왕위에서 쫓겨난 뒤, 그의 쌍둥이 아들 에테오클레스와 폴뤼케스는 1년씩 테바이를 번갈아 가면서 통치하기로 한다. 그러나 먼저 왕위에 오른 에테오클레스가 이 약속을 지키지 않자 폴뤼케스는 테바이 왕가에 전해져 내려오던 왕가의 시조(始祖) 카드모스의 아내인 하르모니아의 옷과 목걸이를 들고 국외로 나가 아르고스 왕 아드라스토스에게 도움을 청한다. 아드라스토스는 딸을 주면서 그를 도와주기로 한다. 아드라스토스의 누이인 에리퓔레의 지아비 암피아라오스는 앞일을 미리 아는 사람이라 이 전쟁의 결과를 미리 꿰뚫어 보고, 전쟁은 패배로 끝날 것이며 자기 역시 이 전쟁에서 목숨을 잃을 것이라면서 참전을 반대한다. 그러나 폴뤼케스는 미리 가져간 하르모니아의 목걸이로 에리퓔레를 매수하여 예언자 암피아라오스를 출전하게 한다. 이때 테바이 정벌에 참가하는 장수는, 여기에서 말하는 세 사람과 카파네우스, 멜레아그로스의 아우인 튀데우스, 아르카디아의 미남 청년 파르테노파이오스, 아드라스토스왕의 생질인 히포메돈 이렇게 일곱 장수다. 이 일곱 장수는 테바이성의 일곱 성문을 공격하나 히포메돈과 파르테노파이오스는 전사하고, 성벽으로 올라가는 데 성공한 카파네우스는 유피테르의 벼락을 맞아 죽으며, 튀데우스는 적장의 손에 박살당하고, 폴뤼케스는 왕좌를 놓고 쌍둥이 형인 에테오클레스와 싸우다 함께 죽으며, 암피아라오스는 유피테르의 벼락에 갈라진 땅 틈에 빠져 죽는다. 아드라스토스만은 용케 준마 이리온을 타고 전장을 빠져나간다. 이로부터 10년 뒤, 이 일곱 장수의 자식들은 암피아라오스의 아들 알크마이온의 지휘로 다시 테바이를 공격해 마침내 이 성을 깨뜨린다.

겠구나. 이자의 후처이자 아켈로오스의 딸인 칼리로에는 결국 이 황금 목걸이를 되돌려 달라고 할 테고, 이것이 이자의 명을 재촉하게 되는구나. 무슨 까닭이냐? 전처의 아비 페게우스가 이자의 옆구리를 찔러 죽일 것이기 때문이다.[47] 일이 이렇게 되면 칼리로에는 위대하신 유피테르 대신께, 어린 두 아들을 장성케 하여 남편의 죽음을 복수할 수 있게 해 달라고 기도한다. 그러면 유피테르 대신께서 어찌하시는지 아는가? 대신의 의붓딸이자 며느리인 그대[48]가 이올라오스를 되젊게 한 것처럼 대신께서도 이 여인의 두 아들을 장성한 청년으로 만드실 것이다.[49] 일이 장차 이렇게 될 것인데, 청춘의 여신인 그

---

46) 아내 에리퓔레의 흉계에 말려 어쩔 수 없이 이 전쟁에 참가하게 된 암피아라오스는 아들 알크마이온에게 어미를 죽여 자기 원수를 갚아 달라고 당부하고는 테바이 전쟁에 출전한다. 그로부터 10년 뒤, 일곱 장수의 아들들은 다시 한번 테바이를 공격하기에 앞서 신들의 뜻을 묻고는, 알크마이온의 지휘를 받으면 승리를 얻게 될 것이라는 신탁을 받는다. 알크마이온은 참전을 반대하나 어머니 에리퓔레는 폴뤼케스의 아들인 테르산드로스로부터 하르모니아의 옷을 뇌물로 받고는 아들에게 출전할 것을 강요한다. 그러자 알크마이온은 아버지의 유지를 받들어 어머니 에리퓔레를 죽이고 출전해 테바이성을 깨뜨린 다음 에테오클레스의 아들 라오다마스를 죽이고 테르산드로스를 테바이 왕에 봉한다.

47) 살모의 죄를 지은 알크마이온은 온 땅을 방황하다가 프소피스 왕 페게우스에게 몸을 붙이고 살다가 그의 딸 알시노에를 아내로 맞고는 어머니가 가지고 있던 하르모니아의 옷과 목걸이를 페게우스왕에게 준다. 그러나 프소피스 땅에 정착할 수 없었던 알크마이온은 신탁에 따라 강의 신 아켈로오스의 땅으로 가서 이 강신의 딸 칼리로에를 후처로 맞는다. 칼리로에는 알크마이온에게 하르모니아의 옷과 목걸이를 찾아올 것을 요구한다. 알크마이온은 프소피스 땅으로 되돌아가 하르모니아의 유물을 돌려줄 것을 요구했다가 페게우스의 두 아들 손에 죽는다.

대가 이를 모른다 할 것인가?"

7 뷔블리스와 카우노스의 이루어질 수 없는 사랑

미래를 예견하는 여신 테미스가 이런 예언을 하자 이를 듣고 있던 신들은 저마다 불평을 말하면서 어째서 이올라오스는 젊어지고 칼리로에의 두 아들은 하루아침에 장성하여 청년이 되었는데 다른 인간은 그런 은혜를 누릴 수 없느냐고 했다. 이들의 불평은 각양각색이었다. 티탄[50] 팔라스의 딸인 아우로라[51]는 지아비의 나이가 너무 많은 것을 불평했고,[52] 다

---

48) 헤베는 유노의 딸이나 유피테르의 친딸은 아니다. 이 헤베가 이때 이미 헤라클레스와 혼인했으니 유피테르 대신에게는 의붓딸이자 며느리가 되는 셈이다.

49) 칼리로에는 유피테르 대신께, 어린 두 아들을 장성한 청년으로 만들어 달라고 기도한다. 유피테르 대신이 이 기도를 들어주자 이들은 순식간에 성인이 되어 페게우스의 아들들을 죽여 아버지 알크마이온의 죽음을 복수하고 하르모니아의 옷과 황금 목걸이를 되찾아 아폴로 신전에 봉헌한다.

50) '거신족(巨神族)'.

51) 그/에오스.

52) 아우로라, 즉 새벽의 여신은 휘페리온의 딸로 알려져 있으나 팔라스의 딸이라는 전승도 있다. 아우로라는 트로이아 왕 라오메돈의 아들 티토노스를 유괴해 지아비로 삼고는 유피테르 대신에게 청을 넣어 티토노스에게 불사의 은혜를 베풀어 달라고 했다. 유피테르는 이 청을 받아들여 티토노스에게 불사의 은혜를 베풀어 주었다. 그러나 아우로라가 유피테르에게 기도할 때 '청춘'까지 베풀어 줄 것을 기도하는 것을 잊었기 때문에 티토노스는 쪼글쪼글 늙은 채로 영원히 살지 않으면 안 되었다.

정다감한 케레스 여신은 이아시온[53]이 하루가 다르게 늙어 가는 것이 마음에 걸려 불평했다. 그뿐이 아니었다. 불카누스는 불평하는 데 그치지 않고 유피테르에게 에릭토니오스[54]를 되젊게 해 줄 것을 요구했고, 베누스 역시 장래가 걱정스러웠던지 안키세스[55]의 젊음을 돌려주어야 한다고 주장했다. 이렇듯이 신들이 저희가 사랑하는 자의 젊음을 되돌려 주어야 한다고 주장하면서 소란을 피우자 유피테르 대신이 입을 열어 이렇게 말했다.

"그대들이 여기 있는 이 나를 대신으로 여긴다면 어디 한번 대답해 보시오. 대체 어쩌자고 이러는 것이오? 그대들은 그대들에게 남의 운명을 바꿀 만한 권능이 있다고 생각하시오? 이올라오스가 잃었던 젊음을 되찾은 것, 칼리로에의 두 아들이 때 아니게 장성하여 청년이 된 것은 다 운명의 여신께서 그리 하셔서 된 것이지 이들이 혹은 뇌물을 썼거나 떼를 썼기 때문에 그리된 것이 아니오. 그대들은 모두 운명의 지배를 벗어날 수 없는 신들이오. 그러니까 그대들은 이를 기꺼이 용인해야 하오. 나 역시 이 운명의 손길은 벗어날 수 없는 몸인 것이오. 나에게 만일 운명의 물길을 돌릴 권능이 있었다면, 아이아

---

53) 유피테르와 엘렉트라 사이에서 난 아들로 케레스의 애인이 되었다. 부(富)의 신 플루토스가 이 사이에서 태어났다.

54) 불카누스의 아들이라는 설이 있다.

55) 베누스의 유혹에 넘어가 정부가 된 다르다니아 왕. 여신 베누스와 사랑을 나누었다고 떠벌리고 다니다가 유피테르의 벼락을 맞아 평생을 불구자나 다름없이 살았다. 이들 사이에서 저 유명한 영웅 아이네이아스가 태어난다.

엉덩이가 아름다운 베누스. 이 베누스와 안키세스 사이에서 영웅 아이네이아스가 태어난다.

코스[56]의 허리는 세월의 무게로 휘어지지 않았을 것이고, 라다만토스[57]는 아직까지 혈기방장할 것이며, 지금은 노경에 들어 온갖 조롱을 받고 있는 미노스도 법을 이런 식으로 집행하고 있지는 않을 것이오."

유피테르의 말은 신들의 마음을 가라앉히기에 충분했다. 신들은 나이를 먹어 꼬부랑 노인이 된 아이아코스와 라다만

56) 유피테르와 아이기나 사이에서 난 아들. 영웅 가운데서도 가장 경건했던 영웅으로 불리다가 사후에는 저승의 재판관이 되었다.

57) 유피테르와 에우로페 사이에서 난 아들. 공정한 입법자(立法者)로 유명한 크레타 왕 미노스의 형. 이 형제 역시 죽어 저승의 재판관 노릇을 하게 되었다.

토스와 미노스를 보고는 더 이상 저희 뜻대로 되지 않는다고 불평하지 않았다.

미노스는 한창 나이에는 그 이름만으로도 이웃 나라를 공포의 도가니로 몰아넣던 영웅이었다. 그러나 노경에 접어든 그는 이제 아폴로와 디오네 사이에서 난 아들 밀레토스[58]까지 두려워하는 처지였다. 밀레토스는 젊고 용감한 데다 아폴로의 아들이라는 것을 큰 자랑거리로 여기는 청년이었다. 미노스는 밀레토스가 자기 왕좌를 노리고 있다는 것을 알면서도 감히 자기 나라에서 쫓아낼 생각을 하지 못했다. 그러나 밀레토스는 미리 무슨 낌새를 눈치챘던지 고향을 떠나 빠른 배로 아이가이아 바다의 파도를 헤치고 아시아 땅으로 건너가 한 도시를 세우고 이 도시를 '밀레토스'라고 이름했다.

이 밀레토스 땅에는, 내리흐르기도 하고 치흐르기도 하는 마이안드로스 강신의 아름다운 딸 퀴아네가 살고 있었다. 이 퀴아네는 아버지 강 마이안드로스의 아름다운 둑을 거닐다가 이 밀레토스의 눈에 들어 정분을 맺고 쌍둥이 남매를 낳으니 이 쌍둥이 남매가 바로 오라비인 카우노스와 누이인 뷔블리스다. 그런데 바로 이 뷔블리스가 세상 처녀들에게 사랑해도 좋을 상대가 있고 사랑해서는 안 될 상대가 있다는 사실을 가르쳐 준다. 무슨 말이냐 하면, 이 처녀 뷔블리스가 제 오라비인 카우노스에게 품어서는 안 될 사랑의 마음을 품은 것이다. 그렇다. 뷔블리스는 오라비 카우노스를 대하되, 누이가

---

58) 소아시아의 마이안드로스 강가에 있는 도시 밀레토스의 건설자.

오라비를 대하는 마음으로 대한 것이 아니고, 그 정도를 넘어 무슨 연인 대하듯이 한 것이다.

처음에는 이 뷔블리스도 자기 마음에 깃들어 있는 감정이 어떤 것인지 잘 모르고는, 당연한 것이거니 여기고 오라비에게 다정하게 입을 맞추거나 오라비의 목을 팔로 감아 안거나 했다.

뷔블리스는 자신의 행동에 자연스럽지 못한 구석이 있다는 것을 알고도 꽤 오랫동안 저희가 남매간이라는 것에 기대 제가 하는 짓을 정당화했다. 그러나 이러는 동안 오라비에 대한 뷔블리스의 사랑은 상궤(常軌)를 저만큼 벗어나고 있었다. 말하자면 오라비를 만나야 할 때면 가장 아름다운 옷으로 차려입거나 오라비에게 예쁘게 보이려고 턱없이 애쓰거나 자기보다 예쁜 여자가 오라비 곁에 있으면 터무니없이 질투하기 시작한 것이다. 뷔블리스는 이러면서도 자기가 무엇을 잘못하고 있는지 깨닫지 못했다. 이러한 상태는 뷔블리스가 제 느낌을 말로 나타내지 못하는 지경에까지 이르렀다. 그러나 뷔블리스의 욕망은 안으로 안으로 타 들어갔다. 이윽고 뷔블리스는, 자기와 카우노스가 남매라는 것을 나타내는 '오라버니'라는 호칭 대신에 '저하(邸下)'라는 호칭을 더 즐겨 썼고, 카우노스가 자기를 '누이'라고 부르기보다는 '뷔블리스'라고 불러 주는 것을 좋아하는 지경에까지 이르렀다.

뷔블리스는 깨어 있을 때면 곧잘 자기도 인정하기 부끄러울 만큼 탐욕스러운 상상을 하고는 했다. 그러나 잠이 들면 그보다 더 얼굴 뜨거운 꿈을 꾸었다. 말하자면 제 오라버니의 품에 안겨 잠을 자는 상상을 하고는 꿈속에서도 얼굴을 붉히는 것이었다. 어느 날 이런 잠에서 깨어난 뷔블리스는 한동안 그대로 누운 채로 꿈에서 경험한 것을 되새겨 보다가 이런 푸념을 했다.

"나같이 불쌍한 것이 세상에 또 어디에 있을꼬! 내가 어째서 이런 꿈을 꾸게 되는 것이며, 이 꿈이 뜻하는 바가 대체 무엇이냐? 이런 꿈을 다시는 꾸지 않으면 좋으련만……. 왜 나는 이런 꿈을 꾸는 것일까? 그래, 내 오라버니가 남자들의 눈에도, 심지어 좋게 보지 않으려는 남자들의 눈에도 절세의 미남으로 보이는 것은 사실이다. 나도 내 오라버니를 존경한다. 그래, 내 오라버니가 아니었더라면 사랑의 상대로 삼을 수도 있었겠지. 마침맞는 내 지아비가 될 수도 있었겠지. 그러나 나는 그분의 누이이니, 내 팔자가 사납지 않은가. 아니다. 깨어서는 그분이 내 지아비 되는 상상을 할 수 없으니, 잠들어 꿈이야 꾼들 어떠랴! 누가 내 꿈을 엿볼 것이며, 누가 내 누리는 기쁨을 탓하랴! 오, 베누스 여신이시여, 이 다정하신 여신의 날개 달린 아드님이신 쿠피도 신이시여, 일찍이 누리지 못했던 달콤한 순간이더이다. 잠들어 꿈을 꾸면 너울을 벗은 욕망이 저를 사로잡아 그 뜨거움으로 저의 뼈마디를 녹이더이다. 저를 질투하여 밤은 서둘러 새고, 그래서 제 꿈은 짧기가 그지없어도 그 일만 생각하면 그 기억이 제 몸을 저리게 하나이다.

오, 카우노스 오라버니여, 내가 만일에 이름을 바꾸어 오라버니와 혼인한다면 아버님의 좋은 며느리가 될 수 있을 텐데요. 카우노스 오라버니여, 만일에 오라버니가 나와 혼인한다면 아버님의 좋은 사위가 될 수 있을 텐데요. 아, 신들이시여, 우리가 무엇이든 서로 나누게 하소서. 그러나 우리가 남매의 정을 나누어야 하는 것만을 거두어 주소서. 아, 오라버니가 나보다 귀한 집에서 태어났더라면 차라리 좋았을 것을. 그러나 그렇게 태어나지 못하여 절세의 미남이신 오라버니는 다른 여자를 아내로 맞아 아이들을 낳게 하실 테지요. 악마가 우리를 같은 부모 밑에서 태어나게 했다는 그 이유 하나 때문에 나는 오라버니의 누이로 남아 있어야 할 테지요. 우리가 나누어 가진 것이 우리를 남남으로 나눌 테지요. 그런데 왜 나는 이런 꿈을 꾸는 것이지요? 아무런 소용도 없는 꿈은 왜 꾸는 것이지요? 아, 신들이시여, 이런 꿈은 이제 더 이상 꾸지 않게 하소서.

신들께서도 누이를 아내로 삼지 않으셨습니까? 한 어머니의 배 속에서 태어났는데도 불구하고 사투르누스[59] 신께서는 오프스[60] 여신을 아내로 맞으셨고, 오케아노스 신께서는 테튀스[61] 여신과 혼인하셨으며, 올륌포스의 지배자인 유피테르 대신께서는 유노 여신을 아내로 맞으시지 않았습니까? 하늘에는 하늘의 법도가 따로 있다고 하실 테지만, 하늘에 하늘의 법도가 따로 있고 땅에 땅의 법도가 따로 있다면, 하늘의 법도로 인간을 다스리려 하시는 것에 장차 무슨 뜻이 있겠습니까? 하오나 바라건대 이 금단의 욕망을 저에게서 떠나게 하소

59) 그/크로노스.

60) 그/레아. 사투르누스의 누이. 뒤에 아내가 되었다.

61) 오케아노스의 누이, 뒤에 아내가 되었다.

서. 떠나게 하지 못하신다면 이 금단의 욕망에 굴복하기 전에 저를 죽이소서. 죽어 관(棺)에 들면 제 오라비로 하여금 저의 시신에 입 맞추게 하소서.

이나마 우리 둘의 뜻이 맞지 않고는 되지 못할 일이겠지요. 저 혼자만 바라는 일이라면 오라비의 눈에는 더할 나위 없이 무서운 죄악으로 비칠 테지요. 하지만 아이올로스의 자식들은 제 누이들의 방을 신방(新房) 삼는 것을 망설이지 않았습니다.[62]

내가 어떻게 이런 것을 다 알고 있지? 내가 왜 이런 예를 들고 있는 것이지? 내가 대체 어쩌려는 것이지? 안 된다, 안 된다, 이렇게 부정한 생각은 안 된다. 내 사랑은 오라비에 대한 누이의 사랑을 넘어서서는 안 된다. 그렇지만 오라버니가 먼저 나를 사랑했다면? 나는 아마 오라버니의 부정한 유혹에 넘어가고 말았을 테지. 그렇다면 나는 왜 먼저 호의를 보이면 안 되느냐? 어차피 저쪽에서 요구해 왔어도 거절하지 못했을 터인데? 뷔블리스, 너는 네 입으로 이 말을 할 수 있겠느냐? 네가 고백할 수 있겠느냐? 할 수 있다. 사랑이 나를 물러서지 못하게 한다. 할 수 있을 것이다. 그래, 부끄러워서 말을 못한다면, 은밀하게 써서 이 뜻을 전하면 되는 것이다."

뷔블리스는 이렇게 결심했다. 결심하고 보니 가슴속의 의혹도 말끔히 가시는 기분이었다. 뷔블리스는 옆으로 비스듬히

---

62) 호메로스의 『오뒷세이아』에 따르면 바람의 신 아이올로스는 제 아들 여섯과 딸 여섯을 짝 지웠다.

드러누워 왼손으로 머리를 괴고 다시 이렇게 중얼거렸다.

"그래, 결정은 오라버니에게 맡기자. 나로서는 내 가슴을 태우는 이 욕망을 고백하는 수밖에 없다. 아, 나는 대체 어디로 가고 있는 것이냐? 이 가슴을 태우는 불길은 도대체 어떤 불길이라는 말이냐?"

뷔블리스는 편지의 사연을 짜고는 떨리는 손으로 적을 준비를 했다. 그래서 한 손에는 철필, 한 손에는 밀랍 서판(蜜蠟書板)을 들고 쓰다가는 망설이고, 망설이다가는 또 쓰고는 했다. 쓰다가 잘못 쓰면 지우고 다시 쓰고, 또 쓰다가 제가 쓴 것이 부끄러워지면 서판을 놓기도 하고, 그래서는 될 일이 아니라는 생각이 들면 다시 서판을 잡고는 했다. 뷔블리스는 어떻게 써야 할지 몰라 자주 망설였다. 그래서 써 놓고도 자주 마음에 들지 않는지 짜증을 부렸다. 뷔블리스는 표정으로 보아 부끄러워하면서도 대담하게 그 편지를 쓰는 것 같았다. 뷔블리스는, "그대의 누이……"라고 썼다가는 마음에 들지 않았던지 그 부분의 밀랍을 긁어 버리고는 고쳐서 다음과 같이 썼다.

"그대를 사랑하는 사람이 그대의 행복을 기도하면서 이 글월을 보냅니다. 그러나 그대는 행복해질지도 모르나 이런 기도를 하는 사람은 그대가 주지 않는 한 이 행복을 누리지 못할 것입니다. 이름을 밝히기는 참으로 부끄럽고도 부끄럽습니다. 그대에게 내 소원을 이루어 줄 의향이 없으시다면 이름을 알려고 하지 말아 주십시오. 적어도 내 기도가 이루어지기까지는 뷔블리스라는 내 이름이 알려지지 않기를 바랍니다. 내가 그대로 인해 고통받고 있다는 것을 알고 싶으시거든 창백한 내 뺨과 여윈 내 몸과 슬픔에 잠긴 내 표정, 늘 눈물이 고여 있는 내 눈을 보소서. 까닭 없이 나오는 내 한숨도 이 고통을 증언하니 그대가 알 것이요, 턱없이 잦은 내 포옹과 입맞춤도 누이가 할 수 있는 예사로운 포옹과 입맞춤과는 다르니 그대가 알 것입니다.

내 가슴의 상처가 비록 깊으나, 미친 욕망의 불길이 내 가슴속에서 비록 뜨겁게 타오르고 있기는 하나, 신들께 맹세코 나는 내 마음을 온전히 가누자고, 쿠피도 신의 이 무자비한 공격을 피해 보자고 있는 힘을 다하여 싸웠습니다. 그대는 여자가 어떻게 그같이 싸울 수 있겠느냐고 하시겠지만, 나는 나대로 그대가 상상할 수 있는 것 이상으로 싸우면서 버텨 왔습니다. 그러나 나는 이제 이 싸움에서의 패배를 인정하지 않을 수 없고, 그래서 그대의 도움을 구하지 않을 수 없게 되었습니다. 이제 그대만이 그대를 사랑하는 나를 죽이거나 살리거나 할 수 있습니다. 그러니 어떻게 할 것인지 선택하소서.

그대의 사랑을 바라는 나, 이렇게 비는 나는 그대의 원수가 아니라, 그대와는 참으로 가까운 계집, 더할 나위 없이 가까워지기를 바라는 계집입니다. 이런 일이 있어도 좋을 것인가, 이것은 죄악이 아닌가, 죄악인가…… 하는 것을 따지는 일은 어른들에게나 맡겨 놓아야 할 일인 줄 압니다. 그리고 우리 세대에 어울리는 사랑은, 점잔을 빼는 사랑이 아닙니다. 우리는, 풍속이 허락하는 것이 어디까지인지 알지 못합니다. 우리는 그저, 만사를 옳은 것으로 받아들이고, 전능하신 신들이 보이신 본을 옳은 것으로 믿고 따르면 되는 것입니다. 엄하신 아버지도, 세간의 소문에 대한 두려움도, 가문의 명예도 우리의 사랑을 방해하지는 못할 것입니다. 만일 우리 마음에 거리끼는 것이 있다면, 이 달콤한 금단의 사랑을 남매라는 이름으로 가리면 되는 것입니다. 이렇게 되면 나는 사람들 앞에서도 그대와 자유로이 이야기를 나눌 수 있을 것이며, 우리는 사람들 앞에서도 자유로이 포옹하고 입 맞출 수 있을 것입니다. 이 밖에 우리에게 소중한 것이 또 무엇이겠습니까? 사랑을 고백하는 이 계집을 가엾게 여기소서. 사랑이 목말라 죽을 지경에 이르지 않았다면 이런 고백은 하지 않았을 것입니다. 이 사랑을 거절하면 나는 죽을 수밖에 없을 것인즉 이렇게 죽은 내 묘비에 나를 죽음으로 몰아넣은 자의 이름으로 그대 이름이 새겨지는 일이 없게 하소서."

보내어 보아야 하릴없는 이러한 글귀를 서판에 가득하게 쓴 뷔블리스는 더 이상 쓸 곳이 없게 되자 마지막 인사는 서판 가장자리의 빈 데에 썼다. 이윽고 쓰기를 마친 뷔블리스는 인장(印章) 가락지를 눈물로 적셔 서판에 찍었다. 침을 발라 찍어야 했으나 입이 말라 그럴 수 없었기 때문이다. 그러기가 부끄러웠으나 뷔블리스는 애써 태연한 얼굴을 하고 시종 하나를 불러 꾸민 목소리로 이렇게 말했다.

"나를 위해 수고를 아끼지 않으니 고맙구나. 부디 이 편지를 전해 다오. 나의……."

뷔블리스는 한참 망설인 끝에야 이렇게 덧붙일 수 있었다.

"……오라버니께……."

뷔블리스가 시종에게 이 서판을 건네주려는 찰나 서판이

뷔블리스의 손에서 미끄러져 바닥에 떨어졌다. 이 불길한 징조가 뷔블리스를 불안하게 했다. 그러나 뷔블리스는 이런 징조에 마음을 쓰지 않고 시종에게 서판을 주어 보냈다.

시종은 적당한 때를 보아 뷔블리스의 오라비 카우노스에게 뷔블리스의 밀서를 전했다. 마이안드로스 강신(江神)의 외손은 그 서판을 받아 겨우 몇 줄을 읽고는 그 뜻을 짐작하고, 치를 떨면서 옆에서 부들부들 떨고 있는 시종의 멱살을 잡고 호령했다.

"이따위 편지나 전하는 이 쓰레기 같은 놈! 도망칠 수 있을 때 도망치거라! 한주먹에 때려죽이고 싶다만 너 같은 것을 죽여 내 명예를 더럽히고 싶지 않다."

시종은 혼비백산 도망쳐 와 안주인에게 카우노스가 한 말을 곧이곧대로 전했다.

뷔블리스는 그제야 자기의 진심이 크게 조롱당한 것을 알고 낯색을 잃고는 부들부들 떨었다. 이윽고 제정신을 차린 뷔블리스는 들릴락 말락 한 소리로 이렇게 중얼거렸다.

"내가 이렇게 조롱을 당해도 싸지! 어쩌자고 내 상처 난 가슴을 그에게 내보였던가! 어쩌자고 가만히 속으로 앓아야 할 내 가슴의 병을 이다지도 경솔하게 사연으로 적어 보냈더란 말이냐? 먼저 내 속을 드러내고 거절당해도 손해 가지 않을 방법으로 그의 의중을 떠 보았어야 했던 것을……. 먼저 돛으로 바람을 떠보고 바다로 나섰어야 하는 것을. 바람을 떠보지도 않고 돛을 올리고 바다로 나섰다가 배가 돌섬을 받고 난파하는 바람에 바다 밑으로 가라앉고 만 것이 내 신세로구

나. 돌이킬 수 없는 이 실수를 어쩔거나. 내가 서판을 시종에게 건네줄 때, 서판이 내 손에서 미끄러져 바닥에 떨어진 것은 내 사랑을 드러내지 말라는 계시였거늘. 서판이 떨어진 것은 내 희망도 그렇게 무참하게 깨어질 것을 미리 알리는 계시였던 것을……. 편지를 보내는 날짜를 바꾸든지 편지를 보내는 계획 자체를 바꾸었어야 했다. 어쩌자고 하필이면 이날에 이 편지를 보냈을꼬. 신들은 나에게 이런 일이 있을 것임을 경고했는데도 나는 제정신이 아니어서 이를 알아보지 못했구나. 아니다, 아니다, 나는 편지를 보내는 대신 오라버니를 직접 만나 내 마음을 열어 보였어야 했다. 오라버니에게 내 눈물과 사랑이 담긴 얼굴을 보여 주었더라면, 나는 편지가 전할 수 있는 것 이상의 뜻을 전할 수 있었을 게다. 오라버니가 내 뜻을 거절한다면, 그분의 목을 끌어안고, 내 애절한 뜻을 전하고 내 목숨 살려 줄 것을 애걸할 수도 있었을 게다. 그분이 그래도 내 애절한 뜻을 거절했다 해도, 갖은 수단을 다 쓴다면 목석 같은 그분의 마음도 풀어 놓을 수 있었을 게다.

어쩌면 내가 보낸 심부름꾼이 실수를 했는지도 모른다. 어쩌면 내 오라버니에게 제대로 접근하지 못했는지도 모르고 어쩌면 접근하는 시각을 제대로 고르지 못했는지도 모른다. 어쩌면 읽을 마음의 준비가 되어 있지도 않은데 불쑥 편지를 내민 것인지도 모른다. 그래, 내가 이토록 참담한 지경에 이른 것도 다 그 때문인지 모른다. 내 오라버니 카우노스는 사자(獅子)의 자식이 아니다. 암사자 젖을 먹고 자란 것이 아니니 그 가슴이 목석일 까닭이 없다. 다시 한번 나서 보아야겠구나. 내

숨이 붙어 있는 한 나서서 이 사랑을 이루고야 말겠다. 이 정도에서 물러설 생각이었다면, 처음부터 나서지도 않았을 나다. 기왕 이렇게 된 것, 가는 데까지 가 보는 수밖에 없다. 내가 여기에서 포기한다면, 그분은 내가 지은 허물을 잊지 않으려 할 게다. 내가 여기에서 포기한다면, 그분은 내가 한 일을 철없는 계집의 종작없는 장난으로 알거나, 내가 자기를 시험했거나 자기를 덫에 옭아 넣으려 한 줄 알 게다. 나는 사랑의 신에 쫓기고 있었는데도 그분은 내가 탐욕의 노예가 되어 이런 짓을 한 줄 알 게다. 그렇다고는 하나, 나에게 아무 죄도 없는 것은 아니다. 나는 그분에게 편지를 보냈고, 그분에게 추파를 던졌다. 그리고 내가 먹은 마음도 떳떳한 것은 아니었다. 내가 여기에서 물러선다고 하더라도 나에게 죄가 없다고 할 사람은 없다. 기왕지사 이렇게 된 것, 가는 데까지 밀고 나아가 보자. 이로써 내 희망이 이루어질 가능성이 커질 수는 있을지언정 내 죄가 이로써 더 무거워질 까닭은 없다."

뷔블리스의 독백은 여기에서 끝났다. 뷔블리스의 마음은 걷잡을 수 없이 설레고 있었다. 그러나 첫 번째 시도를 후회하면서도 뷔블리스는 두 번째 시도를 포기하려 하지 않았다. 절도(節度)라는 미덕은 이미 뷔블리스에게 아무런 의미도 없었다. 뷔블리스는 거절당할 줄 알면서도 다시 도전하려는 것이었다.

누이인 뷔블리스가 쉽사리 포기하지 않으리라는 것을 안 카우노스는 그냥 그대로 있으면 부끄러운 일을 당하리라고 생각하고는 고향을 떠나 타향 땅에 새 나라를 세웠다.[63]

카우노스가 고향 땅을 떠났다는 사실을 안 이 밀레토스의 딸은 제정신이 아니었다고 전해진다. 실성한 뷔블리스는 제 옷을 찢고 제 가슴을 치며 애통해했다. 제정신이 아니었던 뷔블리스는 만나는 사람마다 붙잡고, 자신이 금단의 욕망에 쫓겼던 사실을 고백하거나 이미 그것을 아는 사람 앞에서는 그것이 사실임을 인정했다. 절망한 뷔블리스는 제 나라, 제 집을 떠나 달아난 오라비를 찾으러 세상을 두루 돌아다녔다.

부바소스[64]의 여자들은 박쿠스 신의 튀르소스[65]에 발광해 3년 만에 한 번씩 제사를 올리며 미친 듯이 날뛰는 박카이[66] 같은 이 뷔블리스를 볼 수 있었다. 이곳을 떠난 뷔블리스는 카리아의 다른 지역, 늘 무장하고 사는 렐레게스인들의 나라에도 나타났다. 이곳뿐이 아니었다. 뷔블리스는 뤼키아 땅을 지났고, 크라고스와 리뮈레 땅을 지나기도 했으며, 크산토스산을 건너, 머리와 가슴은 사자의 머리와 가슴, 꼬리는 뱀 꼬리인 데다 전신이 불길에 싸여 있었다는 괴물 키마이라의 삶터인 험산을 넘기도 했다.

오라비를 찾아다니던 뷔블리스는 나무가 드문드문 서 있는 어느 숲에 쓰러졌다. 뷔블리스는 머리카락은 마른 땅 위에 늘어뜨리고, 얼굴은 낙엽에 댄 채 그렇게 쓰러져 있었다. 렐레게

63) 카우노스가 세운 나라는 소아시아 카리아 땅에 있던 '카우노스'라는 도시 국가였다.

64) 카리아의 다른 이름.

65) '신장(神杖)'.

66) 박쿠스 신도(信徒).

스 땅 요정들은 그 부드러운 손으로 뷔블리스를 일으켜 세우려고 했다. 뷔블리스에게 거기에 쓰러지게 된 내력을 물어 그 아픔을 치료하고 상처받은 가슴을 위로해 주려고 했다. 그러나 이미 뷔블리스의 귀에는 그들의 말이 들리지 않았다. 뷔블리스는 아무 말 없이 거기에 쓰러진 채 눈물로는 마른 풀을 적시고 손톱으로는 마른 땅을 긁고 있었다. 전해지는 바에 따르면, 렐레게스의 요정들은 끊임없이 흘러내리는 뷔블리스의 눈물을 위해 땅을 파서 눈물길을 내 주었다고 한다. 뷔블리스에게 이보다 나은 선물이 어디에 있었으랴! 소나무가 송진을 내어놓듯이, 제퓌로스[67]의 부드러운 숨결이 돌아오면 얼어 있던 대지가 맑은 물 같은 역청을 내어놓듯이, 포이부스의 피를 받은 이 뷔블리스도 그렇게 눈물을 흘렸다. 뷔블리스는 이렇게 하염없이 눈물을 흘리다 몸이 하나도 남김없이 눈물이 되어 흘러내리는 바람에 그만 샘으로 변하고 말았다. 이름이 이 처녀의 이름과 같은 '뷔블리스 샘'은 지금도 그 산자락의 계곡 감탕나무 그늘에 있다고 한다.

8 남자가 된 여자, 이피스

크레타섬 사람들은 이즈음 이피스의 변신을 두고 이야깃거리로 삼고 있었다. 이피스에게 그런 일이 일어나지 않았더라

67) '서풍'.

면 뷔블리스의 변신은 크레타에서도 많은 사람들의 입을 오르내렸으리라. 이피스가 변신한 내력은 이러하다.

크레타섬의 도시 국가 크노소스와 인접한 파이스토스에 릭도스라는 사람이 살고 있었다. 이 릭도스는 명문과는 별 인연이 없는 평범한 집안의 자유인으로 태어난 사람이었다. 신분이 신분인지라 재산도 크게 볼 것이 없었다. 그러나 그는 일상생활에서나 품행에서나 남에게 손가락질받을 짓은 않고 사는 위인이었다. 그에게는 임신한 아내가 있었는데, 이 아내 텔레투사의 해산 날이 가까워 오자 릭도스는 이런 말을 했다.

"내게는 바라는 것이 두 가지 있소. 하나는 그대가 되도록이면 진통으로 고생하지 않고 아기를 낳았으면 하는 것이고 또 한 가지는 아들을 낳아 주었으면 하는 것이오. 딸은 우리에게 짐이 될 뿐이오. 불행히도 나는 딸을 먹여 살릴 만큼 넉넉하지 못하오. 그러니 그대가 딸을 낳는 일은 일어나지 않았으면 하는 것이오. 만일에 딸이 태어나면 그 아이는 죽음을 면하기 어려울 것이오. 나도 좋아서 이런 말을 하는 것은 아니오. 다 가족을 생각해서 이런 말을 하는 것이니 나를 용서하기 바라오."

이 말이 끝나자 부부는 서로 부둥켜안고 울었다. 그러나 이런 말을 한 남편보다는 이런 말을 들은 아내가 더 섧게 울었다. 아내는 남편에게 제발 그런 말을 거두어 달라고 애원했지만 하릴없었다. 남편의 결심은 이미 아내의 말에 흔들리지 않을 정도로 확고했다.

텔레투사가 만삭이 된 몸을 가누기 어려울 즈음 이나코스

강신(江神)의 딸 이오[68]가 수많은 신들과 여신들을 대동하고 그녀의 꿈속에 나타났다. 머리에 초승달 모양의 뿔을 달고 이 뿔에 노란 옥수수 이삭을 매단 이오 여신[69] 일행의 거동은 여왕의 행차를 방불케 했다.

이오의 옆에는 개의 머리를 한 아누비스,[70] 거룩한 부바스티스,[71] 살갗에 얼룩 반점이 있는 아피스[72] 그리고 스스로도 말하지 않고, 남들에게도 말하지 말라는 뜻으로 손가락을 세워 입술에 대고 있는 신[73]도 와 있었다. 거룩한 타악기[74]도 보였고, 이오가 그토록 찾아 헤매던 오시리스 신[75] 그리고 엄청난 최면독(催眠毒)을 품은 무수한 이방(異邦)의 뱀도 보였

---

68) 유피테르의 사랑을 받았다가 유노의 해코지를 두려워한 유피테르에 의해 암소로 변신했던 여자. 이 이오는 뒷날 이집트로 와서 이집트 여신으로 섬김을 받았다. 크레타는 비교적 이집트와 가까운 곳이라 이 이야기에도 많은 이집트 신들의 이름이 나온다.

69) 이오 여신은 이집트의 풍요의 여신 이시스와 동일시된다. 머리는 뿔이 달린 암소의 머리로 되어 있는데 이는 이오가 한때 유피테르에 의해 암소로 변신했던 적이 있기 때문이다.

70) 이집트 사자(死者)의 신. 개 혹은 자칼의 머리를 한 신이다.

71) 달의 여신. 살쾡이 머리를 한 여신, 로마 신화의 디아나, 그리스 신화의 아르테미스이다.

72) 이집트에서 숭배받은 신성한 소. 얼굴에는 흰 반점이 있고 옆구리에 초승달 꼴의 무늬가 있다.

73) 오시리스와 이시스의 아들인 하르포크라테스. 로마인들과 그리스인들은 이 신을 '침묵의 신'이라고 부른다.

74) 이시스가 오시리스를 찾을 때마다 울리는, 금속성이 나는 악기.

75) 이집트의 저승신. 풍요의 여신인 이시스 여신의 지아비. 저승신이 풍요의 여신의 지아비인 것은, 로마 신화에 나오는 풍요의 여신 케레스의 딸 프로세르피나의 지아비가 저승신 플루토인 것과 비슷하다.

다. 여신이 된 이오가 텔레투사에게 말했다. 텔레투사는 금방 잠에서 깬 사람처럼 생시에 보는 것과 다름없는 이 광경을 보면서 이오의 말을 들었다.

"텔레투사, 나와 신세가 비슷한 텔레투사여, 너무 근심하지 말고 네 지아비가 그런 명을 내렸다고 너무 야속하게 생각하지도 말아라. 루키나 여신[76]이 점지하거든, 사내아이든 계집아이든 괘념치 말고 잘 기르도록 하여라. 나는 기도하는 너희에게 유익한 여신이다. 그러니 섬겨도 돌보아 주지 않는다고 야속하게 여기지도 말고 불평도 하지 말아라."

이오는 이런 말을 하고는 그 방에서 사라졌다. 크레타 여인 텔레투사는 꿈에서 깨어나 별을 향해 두 팔을 벌리고, 꿈에 본 이오 여신의 축복이 현실로 이루어지기를 빌었다.

심한 산고(産苦) 끝에 텔레투사의 무거운 짐은 새 생명으로 태어났다. 딸아이였다. 그러나 텔레투사는 태어난 아기가 딸아이라는 사실을 남편에게 알리는 대신 아들이라고 속여, 길러도 좋다는 허락을 받아 냈다. 남편은 아내의 말을 의심하지 않았다. 텔레투사가 남편을 속이고 있다는 사실을 아는 사람은 조산원(助産員)뿐이었다. 아기의 아버지는 자기의 소원이 이루어진 데 만족하고 아기의 조부 이름을 따서 아기의 이름을 '이피스'라고 했다. 아기 어머니도 이 이름을 듣고는 좋아했다. 이 이피스라는 이름은 사내아이에게나 계집아이에게나 두루 쓰일 수 있는 이름이었기 때문이다. 아기 어머니 텔레투사

---

76) 그/에일레이튀아. '해산'의 여신.

로서는 아기에게 이런 이름이 생기면서부터 자기는 아무도 속이고 있지 않다고 생각할 수 있어서 좋았다. 그러나 이때부터 텔레투사는 계속해서 거짓말을 생각해 내지 않으면 안 되었다. 이피스가 사내아이라는 사실은 아무에게도 발각되지 않았다. 아이는 성장한 채로 자라났다. 아이의 모습은 아이가 남자가 되었든, 여자가 되었든 참하다는 소리를 들을 만했다.

이피스의 나이 열세 살이 되자 아버지는 자기 딸과 이안테라는 소녀의 혼인을 서둘렀다. 이안테는 크레타 사람 텔레스테스의 딸로, 온 파이스토스에서 가장 아름답다는 소리를 듣던 금발의 소녀였다. 이피스와 이안테는 나이도 같고, 인물도 둘 다 빼어나게 아름다웠으며, 게다가 같은 스승 밑에서 공부한 사이였다. 이 둘은 이미 순수한 마음으로 서로를 사랑하여 같은 정도의 고통을 맛본 처지였다. 그러나 이 사랑에 대해 먹고 있는 마음은 사뭇 달랐다. 이안테는 이피스와의 결혼을 꿈꾸면서 그즈음 이미 말이 오가고 있던 혼례식이 거행될 날만을 손꼽아 기다리고 있었다. 이안테로서는, 자기가 마음에 두고 있던 소년이 자기 남편이 될 것임을 믿어 의심하지 않았으니 당연했다. 그러나 이피스는 절대로 사랑해서는 안 될 소녀를 사랑하고 있었다. 이 때문에 이안테에 대한 이피스의 사랑은 나날이 깊어 갔다. 이피스는 그러니까 소녀의 몸으로 소녀를 사랑하고 있는 것이었다. 이피스는 착잡한 심정을 이기지 못해 눈물을 흘리면서 혼자 이런 말을 했다.

"참으로 불가사의한 이 사랑, 이같이 기묘한 사랑에 빠진 나는 장차 어떻게 될까? 세상에 이런 사랑이 있는 줄을 그 누가 알랴? 신들께 나를 살려 두실 생각이 있었더라면 내게 이런 일이 일어나게 버려 두지 않으셨을 것이다. 그렇지 않고 나를 파멸케 할 의향이었더라면 신들께서는 인간을 치시는 여느 불행으로 나를 치셨을 것이다. 암소는 암소를 사랑할 수 없고, 암말은 암말을 사랑할 수 없는 법이다. 암양의 피를 끓게 하는 것은 숫양이요, 암사슴 뒤를 쫓는 것은 수사슴이 아니던가. 새들도 이와 같이 짝을 짓는다. 이 세상에 암컷이 암컷을 사랑하는 짐승이 어디 있던가? 아, 차라리 이 세상에 태어나지 않았더라면 좋았을 것을……. 괴물이라면 없는 것이 없는 이 크레타에서 솔[77]의 딸이 황소를 사랑한 일이 있기는 하다.[78] 그러나 왕비는 여자였고 소는 수소가 아니었던가? 말이야 바른 말이지만, 나의 이 미친 사랑에 비하면 그 왕비의 사랑은 이루어질 가능성이라도 있었으니만큼 그래도 온당한 편이다. 왕비는 암소 모형을 빌려 이 수소를 속여 사랑을 이루지 않았던가? 왕비가 속인 소는 그래도 수소가 아니었던가? 그러나 내 경우는 다르다. 세상의 재주꾼이라는 재주꾼이 다 몰려와도, 심지어 저 다이달로스가 밀랍과 깃털로 만든 날개

---

77) 그/헬리오스. 즉 태양신.

78) 솔의 딸은 크레타 왕 미노스의 아내 파시파에를 말한다. 파시파에가 해신(海神)의 황소에게 음욕을 품자, 당시 크레타에 와 있던 장인(匠人) 다이달로스가 나무로 암소의 모양을 만들어 그 안에 파시파에를 넣고 황소에게 데려다준다. 황소는 이 나무 모형을 진짜 황소로 알고 사랑하니, 나무 모형 안에 있던 파시파에는 이 황소의 씨앗으로 머리는 황소의 머리, 몸은 인간의 몸인 괴상한 자식을 지어 낳는다. 이렇게 태어난 자식이 미궁 안에서 테세우스에게 목숨을 잃는 미노타우로스다.

로 날아와도 소용없다. 다이달로스의 재주가 비록 용하다고 한들, 여자인 나를 남자로 만들어야 하는 데야 무슨 수를 낼 수 있겠는가? 여자인 이안테를 남자로 만들어야 하는 데야 무슨 수를 낼 수 있겠는가? 안 된다. 이피스여! 정신을 차리고 이 어리석은 생각, 쓸데없는 생각일랑 털어 버려야 한다. 너 자신도 속이지 말고, 남들도 속이지 말고, 네가 무엇으로 태어났는지 잘 생각해 보아라. 네가 할 수 있는 것이 무엇인지 바로 보고, 여자인 네가 사랑할 수 있는 것을 사랑하여라. 사랑에의 욕망을 낳고 이 욕망을 살찌우는 것은 바로 희망이다. 그러나 네 경우, 자연은 너에게 그런 희망을 허락하지 않았다. 네가 바라는 그 달콤한 포옹의 앞을 가로막는 것은 세상의 눈길도 아니요, 의심 많은 지아비의 질투심도 아니며, 너의 그 엄격한 아버지도 아닐 것이다. 네가 사랑하는 사람 역시 너에 대한 사랑을 거두지 않을 것이다. 그러나 신들과 인간이 너를 도와준다고 하더라도 네가 사랑하는 사람은 너의 사람이 될 수 없고, 너 또한 행복할 수 없을 것이다.

아, 신들은 내 기도를 들어주시지 않는구나. 그러나 신들은 자비로우시다. 신들은 나에게 주실 것을 모두 주셨다. 내 아버지, 내가 사랑하는 사람, 내가 사랑하는 사람의 아버지 모두가 나와 같은 기도를 드린다. 그러나 '자연'이 이를 허락하지 않는다. 내 앞을 가로막고 있는 것은 오직 자연뿐이다. 그러나 이 자연을 누를 자는 이 세상에 없다. 기다리고 기다리던 때가 다가오고 있다. 혼인할 날이 임박했다. 이날만 지나면 이안테는 내 사람이 된다. 그러나 이안테는 내 사람이 되지 않을 것이다. 나는 물속에서 갈증에 시달려야 한다. 기품 있으신 유노 여신[79]이시여, 휘메나이오스[80] 신이시여, 이날 저희에게 오소서, 신랑은 하나도 없고 신부만 둘인 이 혼인 마당으로 오소서."

말을 마친 이피스는 입을 다물었다.

이안테의 사랑 역시 이피스의 사랑에 못지않게 뜨거웠다. 그래서 이안테는 이안테대로 휘메나이오스 신이 하루빨리 오시기를 기도했다. 이안테가 그런 기도를 하고 있다는 것을 안 텔레투사는 갖가지 구실을 붙여 자꾸만 혼인 날짜를 연기했다. 때로는 병이 났다는 핑계를 대어 연기했고 때로는 불길한 징조를 보았다거나 꿈자리가 나쁘더라는 구실을 대어 연기했다. 그러나 구실이나 핑계가 떨어져 도저히 더는 댈 수 없을 때가 왔다.

질질 끌어 오기만 하던 혼례식을 겨우 하루 앞둔 날의 일이었다.

텔레투사는 딸 이피스를 데리고 신전으로 가서, 자신의 머리와 이피스의 머리에서 댕기를 풀고 머리카락을 풀어헤친 채 제단을 치며 울부짖었다.

"파라이토니온[81]에도 거하시고, 마레오티스 땅에도 거하시고, 파로스 땅에도 거하시고, 일곱 하구를 거느린 네일로스[82]

---

79) 가정의 수호 여신.

80) '혼인'의 신.

81) 북아프리카의 항구 도시. 이하 모두 북아프리카의 지명.

82) 나일.

강가에도 거하시는 이시스 여신이시여. 저를 도와주소서, 저의 이 근심을 없이하여 주소서. 여신이시여, 옛날, 저는 여신을 뵈었습니다. 여신의 제단을 뵈었고, 여신을 보필하시는 분들을 뵈었으며 횃불도 보았고 신성한 악기가 울리는 소리도 들었습니다. 저는 여신의 말씀을 듣고 이를 제 기억에 아로새겼습니다. 제 딸이 아직 살아 있고, 제가 거짓말을 하고도 벌을 받지 않고 있는 것은 여신께서 저를 도우셨기 때문입니다. 여신이시여, 저희를 불쌍하게 보시고 저희를 도와주소서."

말을 마친 텔레투사의 눈에서는 눈물이 주루룩 흘러내렸다. 이때 여신이 텔레투사의 말을 들었다는 표적으로 신전을 흔든 것 같았다. 아니, 여신은 정말로 신전을 흔들었던 것이다. 이어서 신전의 문도 일제히 흔들렸다. 여신의 이마에 달린 초승달 꼴의 장식이 달처럼 빛나면서 신성한 악기가 울렸다. 여신이 자기네 모녀를 도울 것이라는 확신은 얻지 못했으나, 좋은 징조를 보았는지라 모녀는 한결 가벼워진 마음으로 신전을 나올 수 있었다. 이피스는 어머니 옆에서 늘 그러듯이 시원시원한 보폭으로 걷고 있었다. 그런데 갑자기 그의 피부색이 변했다. 얼굴 생김새도 바뀌었다. 이피스의 근육에서도 힘살이 부풀어 올랐다. 이피스는 여자라기보다는 남자 같았다. 실인즉 조금 전까지만 해도 여자였던 이피스는 그 순간에 남자로 변한 것이다. 마땅히 신전으로 달려가 기뻐하는 마음으로, 믿는 마음으로 제물을 드려야 할 일이었다. 텔레투사와 이피스는 신전 제단에 제물을 바치고 거기에 다음과 같은 짧은 글을 남겼다.

처녀로서 약속드린 이피스의 제물을,

청년이 된 이피스가 드리나이다.

다음 날의 새벽이 온누리를 밝히자 혼인 예식이 시작되었고, 베누스 여신과 유노 여신과 휘메나이오스 신이 이 자리를 빛냈다. 청년 이피스는 이안테를 아내로 맞았다.

10부 오르페우스의 노래 외

1 오르페우스와 에우뤼디케

휘메나이오스는 가인(歌人) 오르페우스의 기도를 듣고도 그 선황색(鮮黃色) 옷자락[1]을 휘날리며 넓고넓은 하늘을 날아 키코네스인들이 사는 트라키아 땅 해변으로 왔다. 오르페우스는 이 혼인의 신을 자기 혼례식에 오시라고 했고, 혼인의 신도 그의 기도에 응답해 그 자리에 나타났으나 오르페우스에게는 그런 보람이 없었다. 이 혼인의 신이 오르페우스의 혼인을 축복해 주지 못했기 때문이다. 이 혼례식장에 나타난 휘메나이오스의 표정은 우울하기 그지없었고 다른 혼례식장에서는 빠뜨리지 않고 부르던 축가도 불러 주지 않았다. 그가 들고

1) 선황색은 환희를 상징하는 색깔이다. 그래서 혼인의 신 휘메나이오스는 물론이고 술의 신 박쿠스, 정욕의 화신인 베누스, 사랑의 신 쿠피도도 이 색깔의 옷을 입는다.

온 횃불도, 있는 힘을 다해 흔드는데도 불구하고 제대로 타지 않아 하객들은 거기에서 나는 연기 때문에 눈물을 흘려야 했다. 그러나 불길한 일은 징조에서 끝난 것이 아니다. 혼례식을 갓 치른 새색시가 요정들과 함께 들판을 거닐다가 뱀의 독니에 발목을 물려 즉사한 것이다.

트라키아의 시인 오르페우스[2]는 아내 잃은 것을 몹시 슬퍼했다. 이 땅에서 아내 잃은 슬픔을 달래다 못한 오르페우스는 원래 대담한 사람인지라 타이나로스 문(門)[3]을 통해 저승으로 내려가 저승 왕[4]의 마음을 움직여 보기로 결심했다. 기어이 이 동굴을 통해 스튁스[5]의 땅으로 내려간 오르페우스는 망령들 사이를 지나 이윽고 프로세르피나[6]와 저승 왕 앞에 섰다. 오르페우스는 저승 세계를 다스리는 저승 왕과 그 왕비 앞에서 수금을 타면서 이런 사연을 노래했다.

"죽어야 하는 존재로 태어나면 누구나 오게 되어 있는 이 저승 땅의 신들이시여, 불경한 말을 하는 것과 진실을 말하는

---

2) 그리스 최고의 시인이자 음악가. 예술의 여신인 무사이 중 하나인 칼리오페를 어머니로, 오이아그로스를 아버지로 태어난 것으로 전해지나 이 이야기에서는 본인 입으로 자신이 아폴로 신의 아들이라고 말하고 있다. 수금을 잘 탔는데, 이 수금은 아폴로로부터 받았다는 설도 있고 스스로 발명했다는 설도 있다. 오르페우스가 수금을 타면서 노래를 부르면 금수는 물론이고 산천초목까지 감응했다고 전해진다. 아르고 원정 때는 노래로 파도를 잠재웠다는 전설도 있다.

3) 저승 세계로 통하는 것으로 전해지는 전설적인 동굴.

4) 플루토. 그/하데스.

5) 원래는 저승을 흐르는 '증오의 강'이라는 뜻이나 여기에서는 '저승'.

6) 그/페르세포네. 저승 왕비.

것을 허락하신다면 한 말씀 드리겠습니다. 저는 어둠에 잠긴 타르타로스[7])를 구경하기 위해 여기에 온 것도 아니요, 세 개의 머리에 뱀이 감긴 저 메두사의 괴견(怪犬)[8])을 붙잡아 가기 위해 여기에 온 것도 아닙니다.[9]) 저는 제 아내 때문에 여기에 와 있습니다. 꽃다운 나이에 뱀에 물려 청춘의 꽃을 마음껏 피워 보지도 못하고 죽은 제 아내 때문에 여기에 와 있습니다. 제가 이 슬픔을 참아 낼 수 있을 만큼 마음이 강한 인간이면 얼마나 좋았겠습니까? 참으려고 애썼다는 것은 부인하지 않겠습니다. 그러나 아모르[10]) 신이 부리는 조화가 저에게는 너무나 힘에 벅찼습니다. 이 사랑의 신은 저 윗세상에서는 너무나 유명한 분입니다만 아마 여기에서도 그럴 것입니다. 제가 자세히는 알지 못합니다만, 이곳을 다스리시는 신께서도 오래전에 이 사랑의 신이 쏜 화살을 맞으시고, 왕비님을 사랑하는 마음을 이기지 못하시어 윗세상에서 왕비님을 모셔 왔다는 이야기가 사실이라면 아마 두 분께서도 이 사랑의 신을 아실 것입니다. 이 무서운 땅의 권능에 기대, 이 끝없는 혼돈, 이 넓은 땅을 감도는 침묵의 권능에 기대 소원합니다. 채 피기도 전에 져 버린 에우뤼디케의 운명의 실을 다시 이어 주십시오. 저희 산 것들은, 산 것들의 동아리는 모두 이곳으로 와야 한다

7) '무한 지옥', 즉 '저승 땅'.

8) 케르베로스를 말한다. 이 케르베로스는 튀포에우스와 에키드나의 자식이라고 일컬어지나, 메두사의 혈족이라는 설도 있다.

9) 헤라클레스가 저승 땅으로 내려와 케르베로스를 붙잡아 간 적이 있다.

10) 쿠피도. 그/에로스. 사랑의 신. 여기에서는 '사랑'.

뱀에게 발뒤꿈치를 물리는 에우뤼디케(티치아노의 그림).

는 팔자를 타고 태어났습니다. 빨리 오든 늦게 오든 필경 모두 이곳으로 와야 합니다. 저희는 모두 이곳으로 오고 있으며 이곳은 저희 최후의 안식처입니다. 인간은 이곳에 와서 영원히 이곳의 신이신 저승 왕의 지배를 받아야 합니다. 제 아내도 다른 산 것들과 마찬가지로 저 윗세상에서의 한살이를 마치면 신께서 다스리시는 땅으로 내려오게 되어 있습니다. 그러나 제가 소원하는 것은, 신께서 호의를 베푸시어 제 아내를 그동안만이라도 저에게 돌려주시라는 것입니다. 만일에 신께서 이를 거절하신다면 저도 돌아가지 않겠습니다. 아내를 돌려주시든지, 아내와 저를 이곳에 잡아 두시고 기뻐하시든지 마음대로 하십시오."

오르페우스가 수금을 타며 이런 노랫말로 노래를 부르자 핏기 없는 저승의 망령들까지 모두 눈물을 흘렸다. 오르페우스의 노래가 계속될 동안 탄탈로스는 영원히 물러나는 물을 쫓으려고 안달을 부리지 않았고,[11] 익시온의 불수레 바퀴는 놀랍게도 잠시 멈추었으며,[12] 티튀오스의 간을 파먹던 독수리는 잠시 부리질을 쉬었고[13] 다나오스의 딸들은 항아리에 엉덩이를 붙이고 앉아 잠시 쉴 수 있었으며,[14] 시쉬포스도 바위에 앉아 잠시 쉴 수 있었다.[15] 난생 처음으로 저 복수의 여신들인 푸리아이[16] 자매들도 오르페우스의 노래에 감동한 나머지 눈물을 흘렸다. 저승 왕과 왕비는 이 가인의 소청을 거절할 수 없었다. 그들은 에우뤼디케를 불렀다. 에우뤼디케는 저승 땅에 갓 내려온 망령들 사이에 섞여 있다가 뱀에 물린 자리 때문에 절룩거리면서 앞으로 나왔다. 트라키아 사람 오르페우스는 에우뤼디케를 껴안았다. 그러나 저승 왕은 오르페우스에게 한 가지 조건을 제시했다. 즉 에우뤼디케를 데려가되 저승

---

11) 탄탈로스는 하늘의 비밀을 누설한 죄로 이곳에서 영원히 갈증에 시달리는 벌을 받고 있었다. 물을 마시려 할 때마다 물이 도망쳐 버리기 때문에 영원히 저승에서 갈증에 시달려야 하는 것이다.

12) 익시온은 천궁의 왕후 유노 여신을 핼금거린 죄로 영원히 도는 불바퀴에 매달려 있었다.

13) 티튀오스는 라토나 여신을 폭행한 죄로 여신의 쌍둥이 아들딸인 아폴로와 디아나의 화살에 맞아 죽었으나, 저승에 온 뒤로도 독수리에게 영원히 간을 파먹히는 벌을 받고 있었다.

14) 이들은 첫날밤에 신랑을 죽인 죄로, 밑 없는 독에 영원히 물을 길어다 부어야 하는 벌을 받고 있었다.

15) 신들을 속인 죄로 시쉬포스는, 굴려올릴 때마다 다시 굴러내리는 바위를 산꼭대기로 다시 굴려올려야 하는 벌을 받고 있었다.

16) 에우메니데스. 그/에리뉘에스.

음악의 힘으로 에우뤼디케를 저승으로부터 구하려는 오르페우스와, 에우뤼디케를 다시 저승으로 데리고 가는 운명의 손길.

땅을 다 벗어나 아베르노스[17]를 다 벗어나기까지는 에우뤼디케를 돌아다보아서는 안 된다는 것이었다. 만일에 오르페우스가 뒤를 돌아다본다면 에우뤼디케는 다시 저승 땅으로 되돌아가야 한다는 것이었다.

오르페우스와 에우뤼디케는 어둠과 적막에 싸인 오르막길을 한없이 올라 이윽고 땅거죽과 가까운 곳에 이르렀다. 아내가 혹시나 지쳐 쓰러지지 않을까 염려하던 오르페우스는 근심과 걱정과 궁금증을 견디지 못하고 뒤를 돌아다보고 말았다. 그 순간 에우뤼디케는 다시 저승 땅으로 떨어졌다. 오르페우스는 아내의 손을 잡으려고 자기 손을 내밀었다. 그러나

17) 저승의 입구로 믿어지던 화구호(火口湖).

그의 손끝에 닿는 것은 싸늘한 바람뿐이었다. 두 번째로 죽어 가면서도 에우뤼디케는 남편에게 불평 한마디 하지 않았다. 하기야 그같이 극진한 사랑을 받았는데 불평할 까닭이 어디에 있었겠는가! 에우뤼디케는 남편에게 작별 인사를 했지만 그 소리는 오르페우스의 귀에 들리지 않았다. 에우뤼디케는 온 곳으로 다시 갔다.

아내의 두 번째 죽음은 오르페우스를 정신이 반쯤 나간 사람으로 만들었다. 그는 흡사 대가리가 셋인 저승의 개 케르베로스가 사슬에 묶여 지상으로 끌려 나오는 것을 보고는 그대로 굳어져 돌이 되어 버린 겁쟁이, 아니면 미모를 뽐내다가 이다산에서 돌이 되어 버린 레타이아와 그 죄를 자신의 죄로 갈음하려다 역시 돌이 되어 버린 레타이아의 연인 올레노스 같았다. 오르페우스는 다시 한번 저승의 강 스튁스를 건너려 했으나 허사였다. 스튁스강의 뱃사공[18]이 이를 거절했기 때문이다. 오르페우스는 식음을 전폐하고 이레 동안이나 이 강변에 앉아 있었다. 이 동안 그가 양식으로 삼은 것은 슬픔과 눈물뿐이었다.

오르페우스는 하릴없이 잔인한 에레보스[19]의 신들을 원망하면서 험하디험한 로도페산, 북풍이 휘몰아치는 하이모스산으로 돌아왔다.

태양이 1년 동안 돌아 피스케스자리에서 끝내는 여행을 세

---

18) 망령들을 피안(彼岸)으로 건네주는 고집쟁이 노인 카론.

19) '유암(幽暗)'. 즉 '저승'.

차례나 했을 만큼 세월이 흘렀다.[20] 이 동안 오르페우스는 어떤 여자도 가까이하지 않고 은거했다. 두 번이나 아내를 잃은 경험을 한 데다 다시는 여자를 가까이하지 않겠다고 맹세했기 때문이다. 그러나 오르페우스가 그렇게 여자를 피해 은거하고 있는데도 불구하고 그의 주위에는 속을 태우는 여자가 많았다. 이들은 저희의 접근을 허락하지 않는 오르페우스에게 앙심을 품었다. 그러나 오르페우스는 여자보다는 오히려 나이 어린 소년이나 청년 들에게 사랑을 기울이는 것을 좋아했다. 말하자면 이들이 어른이 되기까지의 인생의 봄과 갓 핀 인생의 꽃을 사랑한 것이다. 오르페우스는 트라키아 사람들에게 이런 풍습[21]을 맨 처음으로 전한 사람으로 알려져 있다.

2 퀴파리소스의 비극

이 땅의 어느 산꼭대기에는 푸른 풀이 잘 자라 있는 평평한 공터가 있었다. 햇살을 피할 만한 곳은 없었다. 그러나 신들의 피를 받은 이 가인이 이곳에 와서 자리를 잡고 앉아 수금을 타며 노래를 부르면 나무들도 이 가인을 향해 가지를 구부리는 바람에 그곳이 그늘로 변하고는 했다. 주위에는 나무가 빽빽이 자라고 있었다. 카오니아의 명목(名木)이자 유피테

---

20) 피스케스자리는 물고기자리다. 태양이 물고기자리에 이르는 것은 2월이다. 고대 로마력(曆)으로 한 해는 2월에 끝나고 3월에 새해가 시작된다.
21) 남자들의 동성애(同性愛)를 말하는 듯하다.

르 대신의 신목(神木)인 참나무, 파에톤의 누이들이 변신한 백양나무, 잎이 부드러운 보리수, 너도밤나무, 처녀 다프네가 변신한 월계수, 잘 부러지는 개암나무, 창 자루 만드는 데 쓰이는 물푸레나무, 마디가 없는 전나무, 도토리가 잔뜩 달려 가지가 휘어진 상수리나무, 언제든 열매를 맺는 무화과나무, 알락달락한 단풍나무, 강가에서 잘 자라는 버드나무, 역시 물가를 좋아하는 로토스,[22] 늘 푸른 회양목, 날씬한 위성류(渭城柳), 색깔이 두 가지인 도금양(桃金孃), 검붉은 열매가 맺히는 가막살나무로 숲은 울울창창했다. 이런 나무뿐이 아니었다. 여기에는 덩굴손으로 나무를 잡고 오르는 담쟁이, 산포도, 산포도 덩굴에 감긴 느릅나무, 산물푸레나무, 가문비나무, 장밋빛 열매를 잔뜩 달고 있는 산딸기, 승리자의 상징인 종려나무, 신들의 어머니인 퀴벨레[23] 여신이 자신의 신관(新官) 아티스[24]가 인간의 모습을 버리고 이 나무로 변신했다고 해서 유난히 사랑하던 소나무 등등……. 하여튼 이 산에는 온갖 나무가 다 있었다.

이런 나무 사이에는 원추형으로 자라는 퀴프로스[25]도 있었다. 이 나무는 오르페우스 시대에는 비록 나무가 되어 있었

---

22) 풀일 경우에는 연(蓮)이나 나무일 경우에는 대추나무에 가깝다.

23) 원래는 프뤼기아의 여신이었으나 그리스와 로마로 유입되어 모든 신들의 어머니인 '마그나 마테르', 즉 대모신(大母神)이라고 불린다. 유피테르의 어머니 레아와 동일시된다.

24) 퀴벨레 여신이 총애하던 프뤼기아의 식물신(植物神).

25) 영/사이프러스, 즉 '삼나무'.

지만 원래는 나무가 아니라 수금과 활을 좋아하던 신[26]의 사랑을 받던 소년이었다.

이 소년이 삼나무가 된 사연은 이러하다.

옛날 카르타이아에 이곳 카르타이아 벌판 요정들의 사랑을 받던, 갈래진 뿔이 유난히 튼튼하고 아름다운 수사슴이 한 마리 있었다. 이 수사슴의 뿔은 금빛으로 찬연히 빛났고, 그 뿔의 가지에는 귀한 돌로 만든 목걸이가 걸려 있었는데 이 목걸이는 이 수사슴이 걸을 때마다 목과 어깨 위에서 출렁거렸다. 수사슴의 이마에는 태어날 때부터 은제(銀製) 호부(護符)가 가죽 줄에 묶인 채로 붙어 있었다. 양쪽 귀에 매달린 진주 귀고리는 관자놀이 위에서 오락가락했다. 이 수사슴은 태어나면서부터 요정들의 사랑을 받아서 인간을 겁내는 것을 잊었는지 통 겁이 없어서 인가(人家)를 스스럼없이 드나드는가 하면 처음 만나는 사람 앞에서도 쓰다듬어 달라는 듯이 머리를 내밀고는 했다. 그러나 이 수사슴과 가장 가까이 지내던 사람은 케오스에서 가장 인물이 잘난 소년이던 퀴파리소스였다. 퀴파리소스는 이 사슴을 푸른 풀밭이나 수정 같은 물가로 데려가거나 갖가지 꽃으로 화환을 만들어 뿔에 걸어 주고는 했다. 때로는 말을 타듯이 이 수사슴을 타고 앉아, 사슴의 부드러운 주둥이를 고삐 삼아 잡고 제가 원하는 방향으로 수사슴을 몰기도 했다.

어느 여름날 정오, 거해좌(巨蟹座)의 긴 다리에 태양의 열기

26) 음악의 신이자 궁술의 신인 아폴로.

가 내리쬘 즈음 이 수사슴은 풀을 뜯는 데 지쳐 나무 그늘 아래 누워 쉬고 있었다. 그런데 퀴파리소스가 그만 부지불식간에 그 날카로운 창으로 수사슴을 찌르고 말았다. 사랑하던 수사슴이 고통스럽게 죽어 가는 것을 본 소년은 자기도 수사슴을 따라 죽기로 마음먹었다. 포이부스 신은 사랑하는 수사슴이 그렇게 고통스러워하니 슬퍼하는 것은 당연하나 죽어 가는 것은 이미 죽어 가는 것이니 너무 슬퍼하지 말라고 이 소년을 달랬다. 그러나 소년은 신들께 마지막 소원이니 수사슴의 죽음을 영원히 슬퍼하게 해 달라고 기도했다. 그러자 이상한 일이 일어났다. 너무 오래 울고 있어서 그랬겠지만 그의 몸에서는 피가 빠져나가기 시작했고 그의 팔다리는 푸른색으로 변하기 시작했다. 조금 전까지만 해도 그의 흰 이마를 덮고 있던 머리카락은 하늘을 향해 빳빳하게 일어서기 시작했다. 아폴로 신은 이것을 바라보면서 슬픔을 이기지 못하고 탄식했다.

"네가 남을 위해 슬퍼하고, 네가 고통스러워하는 이웃의 벗이 되고자 하니 나 또한 너를 위해 슬퍼하리라."

3 미소년 가뉘메데스

오르페우스는 퀴파리소스가 변신한 삼나무를 비롯한 수많은 나무에 둘러싸인 채 앉아 있었다. 곧 그의 주위로 온갖 짐승, 온갖 새들이 모여들었다. 그는 수금 통에 귀를 기울이고 엄지손가락으로 수금 줄을 퉁겨 만족스러운 소리가 날 때까지 음정을 조율(調律)하고 나서 다시 노래하기 시작했다. 그의 노랫말은 대략 이러했다.

"무우사[27]이신 어머니시여[28] 우리 모두 유피테르 신의 지배 아래 있는 만큼 제 노래도 유피테르 신의 이야기로부터 시작되게 하소서.

나는 유피테르 대신의 권능에 대해 익히 들은 바가 있다. 그래서 나는 목청껏 거인들에 관한 이야기, 플레그라 벌판에 던져졌던 저 무서운 벼락 이야기를 노래했다.[29] 그러나 오늘은 가벼운 이야기를 노래하련다. 신들의 사랑을 받던 소년, 부정한 사랑에 눈이 멀었다가 혹독한 대가를 치른 처녀 이야기를 들려주기로 하겠다.

신들의 아버지이신 유피테르 대신(大神)이 언제 한 프뤼기아 소년 가뉘메데스를 사랑한 적이 있다. 이 소년을 사랑하게 되자 대신은 당신의 본모습으로는 사랑을 이루기가 어려우리라는 것을 알고 다른 모습을 빌릴 생각을 했다. 그래서 대신은 새의 모습을 빌리기로 했다. 그러나 여느 새의 모습을 빌릴 수는 없었다. 새의 모습을 빌리되 대신의 벼락을 나를 수 있는 새[30]의 모습을 빌려야 했기 때문이다. 새의 모습을 빌린 대

27) 복/무사이, 영/뮤즈. 예술의 여신.

28) 오르페우스의 어머니 칼리오페는 무우사다. 고대 시인들은 노래를 시작할 때마다 이 무사이 여신들의 이름을 부른다.

29) 여기에서 말하는 거인들이란 올륌포스 신들과 싸우던 기간테스('거인들')다. '플레그라'라는 말은 '불타는 곳'이라는 뜻이다. 즉 유피테르의 벼락을 맞고 불타던 곳이라는 뜻이다.

30) 즉 독수리.

신은 잠시도 지체하지 않고 이 일리움[31]의 양치기 소년을 하늘로 채 올렸다. 유노 여신 보기에는 꼴사납겠지만 이 소년은 지금도 천궁에서 술을 빚고 유피테르 대신에게 술잔 드리는 일을 한다."[32]

4 꽃이 된 휘아킨토스

오르페우스의 노래는 계속되었다.

"만일에 운명이 포이부스 신께 그런 시간의 여유를 베풀었다면 아뮈클라이[33]의 미소년 휘아킨토스도 포이부스 신의 손에 이끌려 천상으로 갈 수 있었으리라. 그러나 휘아킨토스는 나름대로 불사(不死)의 몸이 되었다. 봄이 겨울을 쫓아내고 태양이 백양궁(白羊宮)에 들 때[34]마다 휘아킨토스는 다시 살아나 푸른 풀밭에 꽃으로 피어나니까……. 내 아버지 포이부스[35]는 이 세상의 산 것들 가운데서 이 휘아킨토스를 가장 뜨겁게 사랑했다. 내 아버지가 수금이나 활 같은 것도 버려 둔 채

31) 그/일리온. 트로이아.

32) 원래 이 일을 하던 이는 유노 여신의 딸인 청춘의 여신 헤베였다. 유피테르는 헤베가 헤라클레스에게 시집가는 바람에 비어 있던 이 자리에 이 가뉘메데스를 앉힌 것이다. 일설에는 유피테르가 남신(男神)들을 너무 헬금거리는 헤베를 밉게 보고 가뉘메데스로 갈아 치웠다고 한다.

33) 아뮈클라스가 다스리던 스파르타의 도시.

34) 태양이 백양궁에 드는 것은 봄이 시작되는 3월이다.

35) 바로 이 대목에서 오르페우스는 아폴로가 자기 아버지라고 말한다.

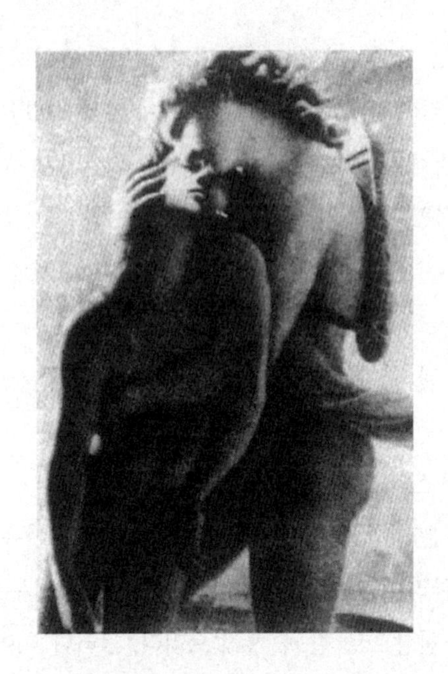

휘아킨토스의 죽음(장 브록의 그림).

휘아킨토스를 만나러 에우로타스와 성벽도 없는 스파르타의 도시로 떠나면 세계의 중심인 델포이[36]는 신이 없는 신전이 되었다. 아폴로 신은 전에 없이 휘아킨토스와 함께 사냥 그물을 들고 사냥개를 거느리고는 산속을 누볐다. 늘 함께 다니다 보

---

36) 유피테르가 세계의 동쪽과 서쪽에서 각각 한 마리씩의 독수리를 날리자 이 두 마리의 독수리는 바로 아폴로의 신탁전(神託殿)이 있는 델포이에서 만나더라고 한다. 이것은 델포이가 세계의 중심이기 때문이라는 것이다. 이 신전에는 '옴팔로스(배꼽)'라고 불리던 원추형 바위가 있었는데 당시 사람들은 이 바위가 세계의 중심 혹은 배꼽이라고 믿었다. '델포이'라는 말 자체가 '자궁(子宮)'이라는 뜻이다.

니 이 소년에 대한 아폴로 신의 사랑도 나날이 깊어 갔다.

어느 날 태양이 시간으로 보아 가 버린 밤과 장차 올 밤의 한가운데 들어, 가기도 멀고 오기도 먼 시각이었다.[37] 아폴로 신과 휘아킨토스는 옷을 벗어부치고 온몸이 번쩍거릴 때까지 올리브 기름을 바른 다음[38] 원반던지기를 겨루었다. 포이부스 아폴로 신이 먼저 던졌다. 그는 던지는 자세를 잡고는 하늘을 향해 있는 힘을 다하여 이 원반을 던졌다. 원반은 구름을 가르고 날아갔다가 한참 뒤에야 자연의 힘에 못 이겨 땅에 떨어졌다. 원반던지기는 힘과 재간이 고루 섞여야 멀리 던질 수 있는 법이다. 젊은 스파르타인 휘아킨토스는 빨리 제 차례를 잡아 원반을 던지고 싶다는 생각에서 땅에 채 떨어지기도 전에 그 원반을 주우러 달려갔다. 그러나 원반은 굳은 땅에 떨어지자마자 공중으로 되튀어 오르면서 휘아킨토스의 얼굴을 때렸다. 소년의 안색도 창백해졌지만 아폴로 신의 안색도 소년의 안색만큼이나 창백해졌다. 신은 휘아킨토스를 일으키고 사지를 주물러 따뜻하게 하는 한편 상처를 돌보고 약초를 처방하여 휘아킨토스의 영혼이 육체를 떠나지 못하게 하려고 애썼다. 그러나 아폴로의 의술(醫術)도 소용없었다.[39] 이미 치명상이라서 치료할 단계를 저만치 넘어서 있었다. 한번 대가 부러지면 다시는 바로 서 있지 못하고 대지를 향해 고개를 꺾

---

37) 한낮이었다는 뜻이다.

38) 고대 그리스 운동 선수들은 알몸에 올리브 기름을 바르고 겨루기에 임했다.

39) 아폴로는 의신(醫神)이기도 하다.

는 오랑캐꽃이나 양귀비나 백합처럼 휘아킨토스의 고개도 아래로 내리 꺾였다. 힘이 빠져나가 버린 휘아킨토스의 고개는 그에게 이미 짐이 되기 시작했는지 어깨 위로 무너져 내린 채 꼼짝도 하지 않았다. 포이부스 아폴로 신은 휘아킨토스를 안은 채 서럽게 울부짖었다.

'휘아킨토스여, 네 청춘의 꽃을 꺾이고 이제는 내게서 떠나려 하는구나. 내 눈에 보이는 네 상처가, 너를 죽인 이 상처가 나를 원망하고 있구나. 네 죽음은 내 슬픔의 씨앗이자 내 허물의 과실이다. 내 손은 너를 죽음으로 몰고 간 나의 하수자(下手者)였다. 너를 죽게 한 책임은 나에게 있다. 하지만 휘아킨토스여, 내가 대체 어떤 죄를 지었느냐? 시합을 벌인 것이 죄더냐? 너를 사랑한 것이 죄더냐? 생각 같아서는 너를 살리고 내가 대신 죽고 싶구나. 대신 죽을 수 없으니 함께 죽고 싶구나. 그러나 나는 신인지라 운명의 법에 매여 죽을 수가 없다. 나는 살아 있고 너는 죽었으나 너는 영원히 나와 함께할 것이다. 너의 이름은 영원히 내 입가를 맴돌 것이다. 내가 수금 가락을 고를 때, 노래할 때, 내 노래와 내 가락이 너를 부를 것이다. 내 너를 새 꽃으로 만들되 내 흐느낌을 그 꽃잎에 아로새기리라. 후대에 영웅 중에서도 가장 용감한 영웅이 너와 인연을 맺을 때가 올 것이다. 그때가 되면 사람들은 너의 꽃잎에서 그 영웅의 이름을 읽을 수 있을 것이다.'

거짓말을 할 줄 모르는 아폴로 신이 이렇게 부르짖고 있을 즈음 휘아킨토스가 흘린 피는 땅속으로 스며들면서 풀잎을 적시더니, 이 피가 굳으면서 모양이 백합과 흡사하고 색깔은 튀로스산(產) 보라색 옷감보다 더 고운 꽃이 피어났다. 아폴로 신이 휘아킨토스를 축복하여 꽃으로 피어나게 한 것이다. 아폴로 신은 이 소년을 꽃으로 환생하게 하는 데 만족하지 않고 자신의 설움을 그 꽃잎에 아로새겼으니 휘아킨토스[40]의 꽃잎에 '아이(αι)'라는 문자가 새겨져 있는 것은 바로 이 때문이다.[41] 휘아킨토스가 이렇듯 턱없이 죽었으나 스파르타 사람들은 이 휘아킨토스를 부끄럽게 여기지 않는다. 오늘날까지도 옛 관례를 좇아 해마다 휘아킨토스를 기념하여 휘아킨토스 제전[42]이 열리고 갖가지 경기가 베풀어지는 것만 보아도 알 수 있다."

5 봄을 파는 프로포이티데스, 케라스타이

오르페우스의 이야기는 계속되었다.

"만일에 광물이 많기로 소문난 아마토스[43]에 가서 사람들

---

40) 영/히아신스.

41) 'αι'는, '아아, 슬프다'라는 뜻의 그리스어 간투사(間投詞)다. 이 문자는 또 후대 트로이아 전쟁에서 활약하는 영웅의 이름인 '아이아스'의 두문자이기도 하다. 위에서는 이 꽃이 바로 우리가 아는 백합과(百合科)의 히아신스인 것같이 말하고 있으나 사실은 붓꽃과의 아이리스라고 하는데 이 꽃에는 그리스 문자 'αι'와 흡사한 반점이 있다고 한다.

42) 매년 하지를 전후해서 아뮈클라이에서 벌어졌던 축제. 겨루기에서는 원반던지기가 주종을 이루었다고 한다.

43) 퀴프로스섬 남쪽에 있는 도시. 구리가 많이 나기로 유명한 도시다.

에게 프로포이티데스[44]가 그 도시 사람들이었느냐고 물어보라. 아니라고 할 것이다. 그러면 이마에 두 개의 뿔이 돋아서 이름이 케라스타이[45]인 괴물이 그 도시 사람들이었느냐고 물어보라. 역시 아니라고 할 것이다. 옛날 이 케라스타이가 사는 집 문전에는 나그네의 수호신인 유피테르[46]의 제단이 있었는데, 어느 날 이 제단이 피로 물들어 있었다. 물정 모르는 사람들이 이 피를 보았더라면 제물로 쓴 젖 떨어지지 않은 송아지 피거나 아마토스산의 산양 피인 줄 알았으리라. 그러나 아니었다. 이들이 죽인 나그네의 피였다. 다정다감한 베누스 여신[47]은 이 말 같지도 않은 희생 제물에 격분한 나머지 오피우사[48] 땅을 떠나 버리려 했다. 그러나 베누스 여신은 한동안 떠나기를 망설이면서 이런 말을 했다.

'나의 성도, 내가 사랑하던 이 땅이 어째서 이런 죄를 짓는 것일까? 내게 무슨 죄가 있어서 이것들이 이런 짓을 하는 것까지 보아야 할까? 내 이 사악한 것들을 모조리 죽여 버리든지, 쫓아내 버리든지 해야겠다. 아니다. 죽여 버리거나 쫓아 버

---

44) 베누스의 신성(神聖)을 모독한 죄로 처음에는 창녀가 되었다가 뒤에 돌이 되어 버린 아마토스의 처녀들.

45) '뿔이 달린 자들'.

46) 유피테르의 별명인 '제우스 크세니오스'는 '나그네의 수호신인 유피테르'라는 뜻이다.

47) 이 여신은 퀴프로스섬 앞바다에서 태어났다. 따라서 퀴프로스섬은 베누스 여신의 성도(聖島)다.

48) 퀴프로스의 옛 이름으로 '뱀의 나라'라는 뜻이다. 이 섬은 구리 못지않게 백사(白蛇)가 많기로도 유명하다.

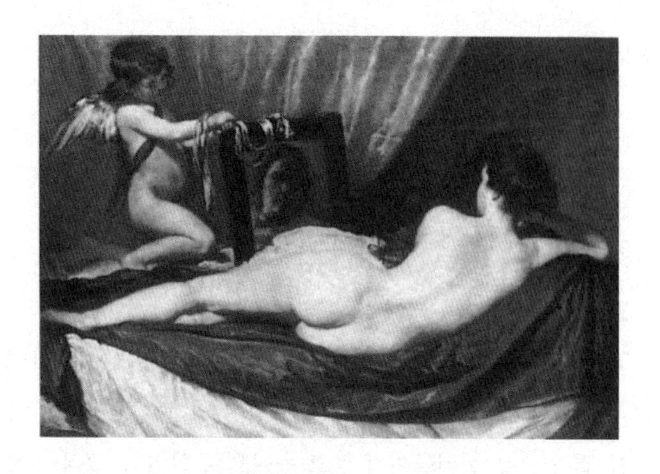

화장하는 베누스(벨라스케스의 그림).

리는 것은 이것들의 모습을 다른 것으로 바꿔 버리는 것만 같지 못하겠구나.'

모습을 바꾸기는 바꿔야겠는데 무엇으로 바꿔야 좋을지 몰라 망설이는 여신의 눈에 마침 이들의 뿔이 보였다. 그래서 여신은 옳다구나 하고 이들을 난폭한 황소의 모습으로 바꿔 버렸다.

케라스타이가 이런 벌을 받았는데도 불구하고 염치없는 프로포이티데스 무리는 가량없이도 이 베누스 여신의 신성을 모독했다. 여신의 분노가 이들에게도 미쳤다. 여신은 이들로부터 '프로포이티데스'라는 이름을 빼앗아 버리고 그 땅에서 쫓아내어 뭇 사내들에게 몸을 팔게 했다.

역사상 최초의 매춘부가 된 이들은 수치심까지 잃어 얼굴을 붉힐 줄도 몰랐다. 이들을 돌로 만들어 버리기는 따라서 간단했다."[49]

6 퓌그말리온의 사랑

오르페우스의 이야기는 또 이렇게 이어졌다.

"이렇게 사악한 삶을 사는 여자들을 본 퓌그말리온은 자연이 여성들에게 지워 놓은 수많은 약점이 역겨워 오랫동안 여자를 집 안으로 불러들이지 않고 독신으로 살았다. 그러나 정말 혼자 산 것은 아니고 더할 나위 없이 정교한 솜씨로 만든, 눈같이 흰 여인의 상아상(象牙像)과 함께 살았다. 퓌그말리온이 만든 이 상아상 여인은 세상의 어떤 여자보다도 아름다웠다. 그래서 그랬겠지만 퓌그말리온은 자기 손으로 만든 이 상아상 여인을 사랑했다. 이 상아상은 살아 있는 여인이 가진 모든 것을 갖추고 있었다. 그래서 이 상아상은 언제 보아도 살아 있는 것 같았고, 언제 보아도 금방이라도 움직일 것 같았다. 이 상아상을 만든 솜씨는 실로 인간의 솜씨로는 믿어지지 않을 만큼 신묘했다. 퓌그말리온은 틈만 나면 이 상아상을 정신없이 바라보았다. 그의 가슴에서는 인간의 형상을 본떠 만든 이 상아상에 대한 사랑이 샘솟았다. 자주 그는 그것이 정

49) 옛날 이 섬에는 처녀들이 혼인하기 전에 일정한 기간 동안 항구로 나가 몸을 파는 습속이 있었다고 한다. 몸 판 돈의 일부는 혼수를 장만하는 데 쓰고 일부는 베누스 신전에 바쳐 외로운 나그네를 보살피는 데 쓰게 했다고 하는데 이런 습속은 '신음(神淫)'이라고 불린다.

말 상아로 되어 있는지 아니면 인간의 살인지 확인하고 싶어 상아상의 살갗을 쓰다듬어 보았다. 그러고는 그것이 상아라는 것을 확인할 때마다 쓸쓸해하고는 했다. 퓌그말리온은 이 상아상에 입을 맞추면서는 이 상아상이 입맞춤에 화답하기를 바랐다. 그는 상아상에게 말을 걸기도 하고, 상아상을 껴안기도 했으며, 어쩌면 누른 자국이 생길지도 모른다는 생각에서 손가락으로 상아상의 살갗을 꾹 눌러 보기도 했다. 그러나 혹 상처가 생길지도 모른다는 생각에서 너무 깊이는 누르지 않았다.

이 상아상을 상대로 아첨 섞인 말을 할 때도 있었다. 때로는 처녀들이 좋아할 만한 것들, 가령 조개껍데기나 반짝거리는 조약돌, 예쁜 새, 갖가지 색깔의 꽃, 색칠한 공, 한때는 파에톤의 누이들이 흘린 눈물이었던 호박(琥珀) 구슬 같은 것들을 선사하기도 했다. 그는 이 상아상에 옷을 입혀 주는가 하면, 손가락에는 반지를 끼워 주고, 목에는 긴 목걸이를 걸어 주기도 했다. 이 상아상의 귀에는 귀고리, 목에는 목걸이가 젖가슴 위로 늘어져 있기도 했다. 이 모든 장신구는 아름다운 상아 처녀에게 잘 어울렸다. 그러나 가장 아름다울 때는 역시 아무것도 걸치지 않을 때였다. 퓌그말리온은 튀로스산(産) 보라색 천을 씌운 긴 의자에 이 처녀를 눕히고, 그렇게 하면 처녀가 고마워하기라도 할 것처럼 머리 밑에는 베개를 받쳐 주기도 했다. 이렇게 해 놓고 그는 짐짓 이 상아 처녀를 자기의 반려라고 불렀다.

온 퀴프로스섬이 다 떠들썩해지는 베누스 축제 때의 일이었다. 꽃다발을 뿔에 건 백설 같은 송아지가 제단 앞에서 흰 목으로 도끼날을 받고 무수히 쓰러졌다. 제단에서 향연(香煙)이 오르자 퓌그말리온은 제 몫의 제물을 드리고 제단 앞에서 더듬거리는 어조로 기도했다.

'신들이시여, 기도하면 만사를 순조롭게 하신다는 신들이시여. 바라건대 제 아내가 되게 하소서, 저…….'

퓌그말리온은 '상아 처녀를…….'이라고 하려다가 차마 그럴 용기가 없어 '상아 처녀 같은 여자를…….'이라는 말로 기도를 끝냈다.

그러나 축제를 맞아 그 제단에 임재(臨在)하여 제물을 흠향(歆饗)하던 베누스 여신은 그 기도의 참뜻을 알아차리고, 그 기도를 알아들었다는 표적으로 불길이 세 번 하늘로 치솟게 했다. 집으로 돌아온 퓌그말리온은 바로 상아 처녀에게 다가가 그 긴 의자에 몸을 기대고 상아 처녀에게 입을 맞추었다. 그런데 퓌그말리온의 입술에 닿는 처녀의 입술에 온기가 있는 것 같았다. 그는 화들짝 놀라 입술을 떼었다가는 다시 입술을 대고 손으로는 가슴을 더듬어 보았다. 놀랍게도 그의 손끝에서 그렇게 딱딱하던 상아가 부드러워지기 시작했다. 상아에는 그의 손가락 자국이 선명하게 찍히기 시작했다. 흡사 태양의 열기에 부드러워져, 사람의 손끝에서 갖가지 모양이 빚어지는 휘메토스산의 밀랍같이…….

깜짝 놀란 퓌그말리온은 그 자리에서 벌떡 일어섰다. 자기가 무슨 착각을 하고 있다고 생각한 것이다. 기뻐하기에는 아직 믿어지지 않는 데가 너무 많았기 때문이다. 그는 몇 번이고, 아내 삼기를 바라던 상아 처녀의 살갗을 만져 보았다. 그러나 사실이었다. 상아 처녀의 몸은 분명히 인간의 몸이 되어 있었다![50] 그가 손가락을 대자 이 처녀의 몸속에서 뛰는 맥박이 선명하게 손끝에 느껴진 것이다. 파포스 사람 퓌그말리온은 수다스럽게 베누스 여신께 감사 기도를 드렸다. 한동안 감사 기도를 드리던 퓌그말리온이 그래도 믿어지지 않았던지 상아 처녀에게 다시 입을 맞추자 상아 처녀는 이 입맞춤에 화답하면서 얼굴을 붉혔다. 처녀는 수줍은 듯이 눈을 뜨고는 사랑하는 사람과 날빛을 동시에 올려다보았다. 이들의 혼례식에는 이 혼례식을 있게 한 베누스 여신이 친히 임석했다. 달이 아홉 번을 차고 기울자 퓌그말리온의 신부는 아기를 낳았다. 두 사람은 퓌그말리온의 고향 땅 이름인 '파포스'를 이 아기의 이름으로 삼았다."

7 몰약(沒藥)이 된 뮈라

오르페우스의 이야기는 다음 이야기로 이어졌다.

"퓌그말리온과 상아 처녀 사이에서 태어난 딸 파포스의 몸에서는 키뉘라스라는 아들이 태어났다. 만일에 자식이 없었더라면 이 키뉘라스도 복이 많은 사람 축에 들 수 있었으리라.

내가 지금부터 하려는 이야기는 참으로 끔찍한 이야기다.

---

50) 퓌그말리온은 이 처녀를 '갈라테이아'라고 이름하게 된다.

내가 바라기로는 이 이야기는 듣되, 한쪽 귀로 듣고는 한쪽 귀로 흘렸으면 한다. 내 이야기를 듣고 이를 재미있다고 생각하는 사람이 있으면, 이 이야기를 믿지 말기 바란다. 세상에 그런 일은 있을 수 없다고 생각해 주기 바란다. 그러나 만약에 이런 일이 정말 이 세상에 있을 수 있다고 생각하는 사람은 이 이야기의 주인공이 믿어지지 않을 만큼 끔찍한 벌을 받았다는 이야기도 반드시 믿어야 한다.

자연이 이 땅에 이렇게 사악한 일이 벌어지는 것을 용인했다는 것이 사실이라면 나는 이스마로스 백성과 우리 땅[51]을 축복하지 않을 수 없다. 그렇게 사악한 일이 벌어진 땅과 이렇게 멀찍이 떨어져 있으니 얼마나 다행스러운가. 판카이아 땅[52]은 원래 발삼, 육계(肉桂), 봉아술 그리고 약이 되고 향료가 되는 그 밖의 초목이 많이 나는 나라다. 그러나 뮈르[53]가 자라기 시작하고부터는 이 땅도 약초와 향료를 자랑할 수 없었다. 새로 자라기 시작한 이 나무는 이 땅에서 났으되 귀중한 나무로는 대접받지 못했던 것이다. 쿠피도도 제 손으로 뮈라[54]에게 활을 쏘았다는 사실을 부정하고, 제 횃불로 뮈라의 가슴에 불을 질렀다는 사실을 부인한다. 복수의 여신 세 자매 중 하나는 스튁스에서 불을 붙인 횃불과 뱀의 독으로 이 뮈라를

---

51) 즉 트라키아 땅과 그 백성.

52) 향료의 원산지로 알려진, 아라비아 동쪽에 있는 섬.

53) '몰약나무'.

54) 아버지 키뉘라스를 사랑하여 속임수를 써서 아버지와 정을 통하고 천벌을 받아 뮈르, 즉 '몰약나무'로 전신한 여자.

다스렸다.[55] 아비를 미워하는 것도 용서받을 수 없는 죄인데 뮈라는 아비를 미워하는 것 이상으로 무거운, 아비를 사랑하는 죄를 지었기 때문이다.

도처에서 뮈라의 손을 잡으려고 구혼자들이 몰려들었다. 동방의 나라에서도 수많은 청년들이 이 나라로 건너와 뮈라를 아내로 차지하려고 기예를 서로 겨루었다. 그러나 뮈라는 상대를 그 구혼자들 사이에서 골라낼 수 없었다.

뮈라가 정말 사랑하는 사람은 그 구혼자 무리에 들어 있지 않았기 때문이다. 뮈라는 제 진심이 무엇인가를 깨닫고는, 이 사악한 욕망과 싸우면서 이런 푸념을 했다.

'내가 대체 무슨 생각을 하는 것이냐? 내가 대체 무슨 짓을 하려는 것이냐? 하늘에 계신 신들이시여, 부모와 자식을 잇는 사랑과 의무에 기대 비오니, 만일에 이것이 죄악이라면 이같이 참람한 마음을 먹지 않게 하시고 이같이 사악한 죄를 짓지 않게 하소서. 하오나 신들이시여, 이것이 그렇게 용서받을 수 없는 죄입니까? 이 땅에는 이런 사랑을 나누고도 멸종하지 않는 짐승들이 많이 있지 않습니까? 암소는 그 아비의 사랑을 용납하고도 부끄러워하지 않고, 수말에게는 그 딸을 아내로 삼는 경우가 있지 않습니까? 숫양은 제 씨로 지어진 암양을 거느리고, 새도 제 아비였던 새의 알을 낳는 수가 있지 않습니까? 금수(禽獸)는 이런 자유를 허락받았는데, 인간의 눈으로 보면 이것이 어찌 부러운 일이 아닐 수 있겠으며, 인간만은 이

55) 복수의 여신들이 가장 엄하게 다스리는 죄는 부모를 욕보인 죄다.

러저러한 것을 근심하여 갖가지 금제를 만들어 놓고 자연이 허락한 자유를 제한하고 있는데 이것이 어찌 한심한 일이 아닐 수 있겠습니까? 들리는 바에 따르면 사랑의 유대를 강화하되 이를 이중으로 강화하기 위해 아비와 딸이 혼인하고 어미와 아들이 혼인하는 것을 용인하는 나라가 있다고 들었습니다. 신들이시여, 그러나 저는 박복한지라 그런 땅에서는 태어나지 못하고 제가 태어난 땅의 미풍양속으로 인해 이렇듯이 고통을 받고 있습니다. 저는 제가 왜 이런 삿된 욕망을 버리지 못하는지 알지 못합니다. 바라건대 저에게서 이 금단의 욕망을 거두어 가소서. 키뉘라스왕께서는 참으로 훌륭한 분이십니다. 그러나 그분은 제 아버님이십니다. 만일에 제가 그렇게 훌륭한 임금님의 딸이 아니었더라면 저는 그분의 신부가 되었을 것입니다. 신들이시여, 그분은 이미 저의 마음 차지가 되었는데 저는 왜 그분에게 다가가서는 안 되는 것입니까? 저와 그분이 가깝다는 것이 저에게는 불행의 씨앗이 되고 있습니다. 제가 타인이었으면 그분께 다가갈 수 있는 것을……. 멀리 떠나서 이 죄를 면할 수 있다면, 기꺼이 이 나라를 떠나겠습니다. 그러나 키뉘라스왕에 대한 저의 사랑이, 저의 맹목적인 사랑이 저를 이곳에 있게 하고, 그분을 우러러보게 하며, 그분께 말을 걸게 하고, 그분의 옥체에 손을 대게 하고, 그분의 입맞춤을 용납하게 합니다. 저같이 사악한 것이 또 어디에 있겠습니까? 신들이시여, 신들께서 이름을 지으시고 관계를 지으신 것에 이같이 난잡한 일이 생기고 있다는 것을 아시는지요? 신들이시여, 인간이 어찌 제 어머니의 연적(戀敵)이 되고 제 아버지의 연인이 될 수 있겠습니까? 인간이 어찌 제 아들의 누이로 불리고, 제 형제의 어미로 불릴 수 있겠습니까?

아, 뮈라여, 너는 머리채가 올올이 검은 뱀인 세 자매 여신들[56]이 두렵지 않은가? 죄 많은 자들이면 누구나 두려워하는, 저 횃불을 들고 날뛰는 여신들이 두렵지 않은가? 아서라. 이 죄에서 놓여날 수 있을 때, 아직은 죄를 짓지 않았을 때, 마음에서 사악한 생각을 비우고, 전지전능한 자연의 법을 어기는 길에서 물러서거라. 너는 사악한 욕망에 사로잡혀 있으나 네 처지로 보아 이는 이루어질 수 있는 일이 아니다. 네 아버지는 의(義)가 무엇인지 아는 의로운 분이시다. 네가 어떻게, 그분이 너를 사랑하기를 바란다는 말이냐?'

딸의 마음속에 이런 갈등이 자리하고 있음을 알지 못하는 키뉘라스왕은 수많은 구혼자들이 딸을 바라고 자기 왕국에 와 있는 것을 보고는 공주에게 그들의 이름을 일일이 말하고 어느 구혼자를 골라 지아비 삼기를 바라느냐고 물었다. 그러나 딸은 아무 말도 않고 아버지를 바라보기만 했다. 오만가지 생각으로 마음이 무거웠던 뮈라는 뜨거운 눈물을 흘리며 가만히 있었다. 키뉘라스왕은 딸이 수줍어서 그러겠거니 여겨 더 이상 묻는 대신 눈물을 닦아 주고 딸의 뺨에 입을 맞추어 주면서 딸을 달랬다. 아버지가 뺨에 입을 맞추는 순간 뮈라는 울음을 그쳤다. 이윽고 아버지가 모여든 구혼자들이 마음에 들지 않는다면 어떤 신랑감을 바라느냐고 묻자 뮈라는 한숨

56) 복수의 여신 푸리아이 세 자매를 가리킨다.

을 쉬며 이렇게 대답했다. '아버님 같은…….'

키뉘라스왕은 딸의 말뜻을 제대로 알아먹지 못하고, '역시 너는 효녀로구나.'라는 말로 딸을 칭찬했다.

뮈라는 '효녀'라는 말을 듣고는 또 괴로워했다. 죄의식을 느꼈던 것이다.

산 사람들은 모두 근심과 걱정의 짐을 벗어 놓고 잠이 든 한밤이었다. 그러나 뮈라만은 잠을 이루지 못하고 끌 길 없는 정염의 불길에 시달리고 있었다. 뮈라는 자기의 욕망이 되살아나고 있음을 느끼고 몹시 당혹해했다. 뮈라로서는 한편으로는 절망하면서도 한편으로는 아버지의 의중을 떠보고 싶어 했고, 한편으로는 몹시 부끄러워하면서도 또 한편으로는 그 욕망을 이루고 싶어 했다. 뮈라는 그러나 어떻게 해야 좋을지 알지 못했다. 허리를 무수히 찍힌 채 도끼의 마지막 일격을 기다리면서 어디로 쓰러질지 몰라 사방을 둘러보는 나무처럼 뮈라도 어떻게 해야 좋을지 몰라 끝없이 망설였다. 때로는 이래야겠다는 생각도 해 보고, 때로는 저래야겠다는 생각도 해 보느라고 뮈라는 잠을 이루지 못했다. 뮈라는 결국 자기 사랑의 끝은 죽음이라는 결론을 내렸다. 죽기로 결심한 것이다. 뮈라는 목을 매 죽기로 결심하고 침상에서 일어났다. 문의 상인방에 끈을 매면서 뮈라는 이렇게 중얼거렸다.

'내 아버지 키뉘라스왕이시여, 만수무강하소서. 바라건대 제가 죽은 까닭을 아소서.'

말을 마친 뮈라는 올가미에 목을 넣었다.

그러나 뮈라의 말은 이 공주의 침실 문밖에서 침소를 지키던 충직한 유모의 귀에 들어갔다. 늙은 유모는 문을 박차고 들어갔다. 자살할 채비를 하고 있는 공주를 본 유모는 소리를 지르며 공주의 옷깃을 찢고 공주의 목에서 올가미를 벗겼다. 유모는 이러고 나서야 울음을 터뜨리며 공주를 끌어안고 자살하려고 한 까닭을 물었다. 그러나 뮈라는 아무 말도 하지 않았다. 그저 방바닥만 내려다보며, 한시바삐 죽을 수 없던 자신, 시간을 끌다가 유모의 눈에 뜨이고 만 자신을 탓하는 것이었다.

늙은 유모는 백발이 된 자신의 머리카락과 말라 버린 자기 젖가슴을 보여 주며, 강보에 싸여 있을 때부터 공주를 길러 온 은공을 보아서라도 자기에게 그 까닭을 말해 달라고 졸랐다. 그러나 뮈라는 대답하는 대신 울기만 했다. 늙은 유모는 기어이 그 까닭을 알아야겠다고 결심하고, 말해 주면 비밀을 지켜 주는 것은 물론이고 소원이 있다면 그 소원이 이루어지도록 돕겠다면서 이런 말을 했다.

'아씨, 무슨 연유인지 말씀하세요. 그러면 이 늙은것이 도와드리겠습니다. 저는 늙은이에 지나지 않으나 늙은이라고 해서 반드시 무용한 것은 아닙니다. 만일에 아씨께서 광기에 들려 그런 끔찍한 생각을 하셨다면 마법과 약초로 광기를 고치는 자를 불러다 대겠습니다. 만일에 누군가가 아씨께 마법을 걸었다고 하더라도 축귀(逐鬼)의 의식을 베풀어 이를 풀면 되는 일이니 근심하실 일은 아닙니다. 그도 저도 아니고, 만일에 신들의 분노가 아씨께 미쳤다면 제물을 푸짐하게 드려 신들의 노여움을 풀면 되는 일입니다. 이런 일이 아니고서야 아씨께서 이렇듯 상심하실 일이 없지 않습니까? 너무 상심하시지 마세요. 아씨 댁과 댁의 재물은 안전할 뿐만 아니라 나날이 번창하고 있으며, 아씨의 아버님과 어머님께서는 살아 계실 뿐만 아니라 건강하시지 않습니까?'

'아버지'라는 말을 들은 뛰라는 땅이 꺼지게 한숨을 쉬었다. 유모는 공주가 사랑 사연으로 고민하고 있으리라고 짐작은 하면서도 그 상대가 누구인지는 짐작도 못 하는 것 같았다. 어떻게 하든 공주가 고민하는 까닭을 알아내기로 작정한 유모는 집요하게 캐물었다. 유모는 울고 있는 공주를 그 마른 가슴으로 껴안고, 떨리는 공주의 팔을 떨리는 손으로 쓰다듬으면서 또 이런 말을 했다.

'이제야 알았습니다. 아씨는 누구를 사랑하고 계시는 것인지요? 하지만 걱정 마세요. 그 상대가 누구인지 그것만 밝혀 주시면 제가 돕겠습니다. 아버님 몰래 도와드리겠습니다.'

이 말에 뛰라는 기겁을 하고 유모의 품에서 빠져나와 침대에 몸을 던지고는 베개를 끌어안으며 소리를 질렀다.

'나가시든지 내가 고민하는 까닭이 무엇이냐고 묻지 말든지 둘 중 하나를 택하세요. 유모가 알고 싶어 하는 것은 입에 담을 수 있는 것이 아니랍니다.'

늙은 유모는 한동안 어쩔 줄을 모르고 망설이다가 뛰라의 발치에 몸을 던지고는 가르쳐 주지 않으면 왕께 달려가 공주가 자살을 기도했다는 사실을 고변하겠다면서 뛰라를 위협하는 한편, 사랑의 상대가 누구인지 가르쳐 주기만 하면 일이 성사될 수 있도록 힘껏 돕겠다고 했다.

뮈라는 고개를 들었다. 쉴 새 없이 쏟아지는 눈물이 뮈라의 뺨을 흘러내려 유모의 가슴을 적시고 있었다. 뮈라는 유모에게 속을 열어야겠다고 결심하고 고개를 들었다가도 곧 마음이 약해지는지 옷깃으로 얼굴을 가리고 흐느끼고는 했다.

'세상에, 우리 어머니같이 복 받은 사람이 또 있을까! 그런 분을 지아비로 의지하고 사시니…….'

뮈라는 이런 말을 하면서 한숨을 쉬었다.

유모는 설마 하면서도 등골이 오싹해지고 백발이 쭈뼛 서는 듯한 전율을 느끼고는 입을 다물었다. 마음 같아서는 그렇게 죽고 싶어 한다면 죽게 내버려 두고 싶었다. 뮈라의 마음 역시 마찬가지였다. 뮈라는 도와주겠다던 유모의 말이 사실이라고 하더라도 일단 마음을 먹은 이상 그 사랑이 이루어질 수 없다면 죽어 버리겠다고 결심하고 있었다. 뮈라의 이런 기분을 안 유모가 말했다.

'안 됩니다. 어떻게 하든 사셔야 합니다. 그분과의 사랑을 이루시겠다는 아씨의 소원은 이루어질 것입니다.'

유모는 '아버님'이라는 말 대신 '그분'이라는 말만 하고 입을 다물었다. 그러고는 그날 들은 것을 비밀에 부치기로 하늘에 맹세했다.

이윽고 혼인한 여자들은 모두 케레스 신전으로 가는, 케레스 여신의 제삿날이 다가왔다. 1년에 한 번씩 열리는 이 제삿날이 되면 여자들은 모두 백설같이 흰 옷으로 단장한 다음 옥수수 이삭을 꽂은 꽃다발과 그해에 처음으로 거둔 과일을 광주리에 담아 가지고 신전으로 갔다.

여자들은 이 제삿날이 오면 아흐레 동안을 금욕 기간으로 삼고 남편 곁에는 가지 않았다. 왕비이자 뮈라의 어머니인 켄크레이스도 나라 안의 다른 여자들과 함께 이 밀의(密儀)를 모시러 신전으로 갔다.

키뉘라스왕의 침소에 왕과 잠자리를 함께할 여자가 없는 것은 당연했다. 공주의 원을 풀어 준다는, 길 잃은 충정에 눈이 먼 유모는 키뉘라스왕이 술에 취할 때를 기다렸다가는 살며시 다가가 말했다.

'전하를 사랑하는 여자가 있사온데 인물로 말씀드리자면 가히 절색이라고 할 만합니다.'

왕이 유모에게 그 여자의 나이가 얼마나 되느냐고 묻자 유모는 이렇게만 대답했다.

'뮈라 공주님과 동갑입니다.'

왕이 그렇다면 그 여자를 침소에 들게 하라고 말하자 유모는 나는 듯이 뮈라에게 달려가 이런 말을 했다.

'아씨, 아씨, 기뻐하세요, 우리가 이겼습니다!'

그러나 뮈라에게 이것은 온 마음으로 기뻐할 만한 일은 아니었다. 불륜의 죄를 짓고 벌을 받을 생각이 뮈라의 마음 한 구석을 어둡게 했기 때문이다. 뮈라의 마음은 천 갈래 만 갈래로 찢어질 만큼 착잡했던 것이다.

금수초목이 잠들고, 소몰이자리가 수레를 몰고 큰곰자리와 작은곰자리에 들었을 시각이었다. 뮈라는 불륜을 범한다는 것을 알면서도 제 방을 나섰다. 금빛 달은 하늘에 없었다. 검은 구름에 가려 별도 하나 보이지 않았다. 밤은 한 줄기의 빛도 하늘에 있는 것을 허락하지 않았던 모양이다. 이카리오스의 모습도 효녀 에리고네의 모습도 보이지 않았다.[57] 뮈라는 이런 불길한 조짐에 세 번이나 걸음을 멈추었다. 그렇잖아도 올빼미가 몇 번이나 울어 불길한 조짐을 경고한 참이었다. 그러나 뮈라는 갔다. 뮈라로서는 어둠이 자신의 부끄러움을 가려 주어서 좋았다. 뮈라는 왼손으로 유모의 팔을 잡고, 오른손으로는 앞을 더듬으며 보이지도 않는 길을 따라 끌렸다.

이윽고 키뉘라스왕의 침소에 이른 유모는 그 방 문을 열고 뮈라를 안으로 안내했다. 뮈라는 오금이 떨려 자리에 제대로 서 있지도 못했다. 피가 모조리 빠져나가 버렸는지, 뮈라의 얼굴은 낯색을 잃은 지 오래였다. 정신도 제정신이 아니었다. 불륜의 현장으로 기억될 문제의 침상 쪽으로 다가가면 다가갈수록 뮈라의 가슴은 그만큼 졸아들었다. 뮈라는 자기가 하려는 짓을 후회하고 자신의 정체가 드러나기 전에 그곳에서 도망치고 싶어 했다. 그러나 이미 때늦은 다음이었다. 유모가 망설이는 뮈라의 손을 잡아끌어 왕의 침상 옆으로 데려간 것이

---

57) 박쿠스 신은 포도주 만드는 법을 가르치며 천하를 두루 다니다 아티카 땅 이카리오스의 집에 머물게 되는데 이때 박쿠스 신은 집주인의 딸 에리고네를 사랑하게 된다. 이카리오스는 박쿠스 신으로부터 기술을 배워 빚은 포도주를 마을 사람들에게 대접하나, 마을 사람들은 이를 독물인 줄 알고 이카리오스를 때려 죽이고 만다. 에리고네는 충견 마이라의 도움을 받아 아버지의 시신을 찾아 묻고는 무덤 가까이 있던 나뭇가지에 목을 매 죽는다. 박쿠스는 이 이카리오스와 에리고네와 충견 마이라를 하늘로 불러올려 각각 별자리로 박아 준다. 따라서 여기에서 말하는 이 부녀는 별자리로서의 부녀, 즉 '마부자리'와 '처녀자리'를 가리킨다.

다. 유모는 뮈라의 손목을 잡아끌어 왕에게 넘겨주면서 '키뉘라스왕이시여, 전하의 것이오니 마음대로 하소서.'라고 말하고는, 이 저주받을 한 쌍의 남녀를 남겨 놓고 그 방을 나갔다. 키뉘라스왕은 제 살, 제 피로 이루어진 이 처녀를 다정한 말로 위로했다. 만일에 키뉘라스왕이 나이가 딸의 나이와 똑같다는 이 처녀를 '딸'이라고 생각했더라면, 그리고 만일 이 뮈라가 키뉘라스왕을 단 한 번이라도 '아버지'라고 불렀더라면 둘 다 이 엄청난 불륜만은 피할 수 있었으리라.

아비의 씨를 받은 뮈라는 그 죄 많은 태(胎) 안에 죄 많은 짐인 불륜의 자식을 실은 채 그 방을 나왔다. 다음 날 밤에도 이런 일은 하나도 변한 것 없이 계속되었다. 말하자면 이런 일은 처녀의 정체가 궁금해진 키뉘라스왕이 한밤중에 살며시 불을 켜고 그 처녀가 누구인지 확인하고는 자기가 엄청난 죄를 지었다는 것을 알게 될 때까지 계속된 것이다. 처녀가 자기 딸이라는 것을 안 키뉘라스왕은 분을 이기지 못해 칼을 뽑아 들었다. 뮈라는 도망쳤다. 밤이었던 덕분에, 어둠이 사방을 가려 주었던 덕분에 뮈라는 아버지의 칼날에서 도망칠 수 있었다. 뮈라는 아버지의 왕국의 방방곡곡을 방황하다가 결국은 종려 우거진 아라비아와 판카이아 땅을 뒤로하고 고향 땅을 떠났다.

아홉 달을 방황한 뮈라는 결국 사바 땅[58]에 주저앉았다. 이즈음의 뮈라는 태 안의 아기가 자라 더 이상 다닐 수 없는 지경에 이르러 있었다. 한편으로는 죽음을 두려워하면서도 다

58) 몰약의 원산지로 알려진, 지금의 예멘 지역.

른 한편으로는 삶에 염증을 느낀 뮈라는 또라지게 어떤 기도를 하고 싶은지 스스로 알지 못하면서도 신들에게 이런 말을 푸념 비슷하게 했다.

'하늘에 신들이 계신다면, 그리고 이런 신세 타령도 들으신다면 아뢰고 싶습니다. 저는 무거운 벌을 받아 마땅한 죄를 지었습니다. 아무리 무거운 벌을 내리신대도 몸을 사리지 않겠습니다. 저는 살면 사는 대로 이 세상 사람들로부터 손가락질을 받을 죄를 지었고, 죽으면 죽는 대로 저세상 사람들의 분노를 살 죄를 지었습니다. 그러니 저를 쫓으시되 이 세상에서도 쫓으시고 저세상에도 들지 않게 하소서. 바라오니, 저를 다른 것으로 바꾸시어 죽은 것도 아니고 산 것도 아닌 몸이게 하소서.'

하늘에는 회개하는 인간의 기도를 듣는 신이 있었던 모양이다. 적어도 그런 신이 이 여자가 한 기도의 마지막 한마디는 놓치지 않고 들었던 모양이다. 뮈라가 이런 기도를 드리고 있을 동안 벌써 발은 흙 속으로 깊이 묻혔고, 발가락에서는 뿌리가 뻗어 나고 있었다는 것이 그 증거였다. 이 뿌리는 곧 옆으로 뻗어 나 나무둥치를 버틸 준비를 했다. 뮈라의 뼈는 단단한 나무가 되었고, 그 안에 있던 핏줄 속으로는 피 대신 수액이 흐르기 시작했다. 뮈라의 팔은 큰 가지가 되었고 손가락은 작은 가지가 되었으며 살갗은 나무껍질이 되었다. 나무껍질은 이미 아기가 든 아랫배를 지나 가슴을 덮고는 목까지 덮으려 했다. 기다리는 데 지친 뮈라는 스스로 몸을 움츠려 올라오는 나무껍질을 맞아 거기에 얼굴을 묻었다. 몸의 모양이 바뀌면서부터는 뮈라의 마음도 나무의 마음을 닮아 갔다. 그러나 눈물을 흘리는 것만은 여전했다. 뮈라가 눈물을 흘리는 바람에 나무에서도 물방울이 떨어졌다. 그러나 사실 이 나무에서 가장 귀중한 것은 이 눈물이었다. 그래서 이 나무에서 듣는 수액에는 이 처녀의 이름이 붙어 오늘날까지도 '뮈르'[59]라고 불린다."

8 아도니스의 탄생

오르페우스의 이야기는 또 다음 이야기로 이어졌다.

"불륜의 씨로 지은 자식은 나무 안에서 자라 어떻게 하든 그 어미의 몸이었던 나무를 떠나 바깥세상으로 나오려 하고 있었다. 때가 되자 나무 안에 들어 있는 뮈라의 아랫배는 부풀어 오를 대로 부풀어 올랐다. 그러나 뮈라에게는 진통이 와도 이를 나타낼 길이 없었다. 물론 소리를 질러 해산의 여신 루키나를 부를 수도 없었다. 그런데도 뮈라는 해산하는 여느 여자와 똑같은 진통을 겪어야 했다. 뮈라가 진통을 시작하

---

59) 즉 몰약. 아라비아산 관목인 이 나무의 수액은 방향제나 여인용 머릿기름으로 쓰인다. 특히 그 수지(樹脂)는 미라를 만들 때 없어서는 안 될 방부제로 쓰인다. 따라서 다음 장에 나오는 아도니스가 뮈라의 아들이라는 사실은 사멸하지 않고 해마다 재생하는 아도니스의 운명을 암시하는 듯하다. 원래 그리스어 '뮈라'는 '쓰다'라는 뜻이다. 아기 예수가 태어났을 때 동방 박사들이 가져온 세 가지 예물, 즉 황금과 유황과 몰약의 몰약이 바로 이것인데 이 몰약이 그리스도가 당할 고난과 부활을 암시한다고 보는 이도 있다. 뮈라 및 그 아들 아도니스와 히브리인의 관계는 '아도니스' 항목의 역주 참조.

베누스와 아도니스(티치아노의 그림).

자 나무둥치는 쉴 새 없이 삐걱거리면서 휘청거렸고, 껍질 사이로는 수액이 번져 나왔다. 연민의 정이 많은 루키나 여신은 몸소 나뭇가지 아래로 와서 나무에 손을 대고 해산의 주문을 외었다. 그러자 나무둥치가 찢어지면서 나무가 그 껍질 사이로 산 것을 내어놓았다. 사내아이의 울음소리가 난 것이다. 그러자 요정들이 몰려와 이 아기를 받아서는 제 어미의 눈물로 씻었다. 아기는 그렇게 예쁠 수가 없어서 질투의 여신까지도 보았더라면 아기의 아름다움을 칭송했을 터였다. 그 까닭은 아기의 모습이 그림에 그려진, 발가벗은 쿠피도 신과 아주 똑같았기 때문이다. 다른 것이 있다면 활을 가지고 있는 것과 가지고 있지 않은 것 정도였다. 만일에 쿠피도 신이 활을 버린다면 이 아기 같았을 것이요, 활을 들려 주었다면 아기가 쿠피도 신 같았을 터였다.

세월은 우리가 모르는 사이에 가는 법이다. 그리고 세월만큼 빠른 것도 없다. 제 누이의 아들이자 제 외조부의 아들인 그가 나무껍질에서 태어난 것이 불과 며칠 전의 일 같은데 어느새 자라 고운 어린이가 되고 소년이 되었다가는 곧 잘생긴 청년으로 장성했다. 인물은 아기 때의 인물에 못지않게 준수한 청년으로 자란 것이다. 이 청년은 이 이야기에 나오는 사건이 시작될 즈음에는 제 어머니를 죽음으로 몰아간 사랑의 불길에 복수라도 하는 듯이 사랑의 여신 베누스의 애인이 되어 있었다.

베누스 여신이 이 청년에게 반하게 된 내력은 이렇다. 베누스 여신의 아들 쿠피도는 어느 날 화살통을 멘 채로 어머니에게 입을 맞추려다 화살통 위로 비죽이 솟아오른 화살촉으로 그만 어머니 베누스 여신의 젖가슴을 찌르고 말았다. 가슴을 찔린 베누스 여신은 황급히 아들을 떠밀어 냈다. 그러나 상처는 생각보다, 베누스 여신이 생각했던 것보다 깊었다. 화살촉에 찔리는 순간 인간의 아름다움에 반해 버린 이 여신은, 자기 성도(聖島)인 퀴프로스섬의 아름다운 해변에도 가지 않았고, 사면이 바다로 둘러싸인 파포스에도, 물고기가 많이 잡히는 크니도스에도, 광물이 많은 아마토스에도 가려 하지 않았다. 심지어 하늘에도 올라가려 하지 않았다. 하늘보다 아도니스[60]가 좋았던 것이다. 베누스 여신은 이 아도니스에게 사냥할 때 쓰는 무기를 들려 항상 가까이 데리고 다녔다. 전 같으면 나무 그늘 같은 데 누워 게으르게 몸매나 만지고 있었을 베누스 여신이, 디아나 여신처럼 옷은 무릎까지 걷어 올려 질끈 동여매고는 험산이나 숲이나 바위 사이를 누비면서 사냥개를 호령하거나 산짐승을 쫓는 것이었다. 베누스 여신은 사냥하기 쉬운 짐승, 가령 메토끼나 사슴 같은 것만 즐겨 사냥했다. 여신은 난폭한 멧돼지 근처에는 얼씬도 하지 않았다. 사나운 이리, 무서운 발톱으로 무장한 곰, 가축을 해치는 사자와 싸우는 모험 같은 것은 처음부터 하려 하지 않았다. 여신은 스스로 이런 짐승을 피하는 것은 물론 아도니스에게도 이런 짐승을 조심하라면서 이런 말을 했다.

'도망치는 짐승을 보거든 용기를 내 쫓아도 좋다. 그러나 네가 사냥하려는 짐승이 너와 용기를 겨루려 하거든 피하는 것이 좋다. 이런 짐승과 겨루는 것은 위험하다. 너로 인해 고통받는 것이 나라는 것에 유념하고 겁없이 대들지 말기 바란다. 자연이 너와 대적할 무기를 내린 짐승은 도발하지 말아라. 공연히 도발했다가 무슨 일이 생기면, 명예에 대한 네 욕심 값을 나는 근심으로 치러야 한다. 베누스까지 반하게 만든 너의 그 젊음, 너의 그 아름다움, 너의 그 매력도 사자나 멧돼지나 그 밖의 사나운 들짐승의 눈이나 사나운 성정 앞에서는 아무 소용이 없다. 멧돼지는 그 무서운 엄니로 전광석화같이 공격하고 사자는 포악하여 언제나 인간을 공격할 채비를 갖추고 기

---

60) '주(主)' 혹은 '임'이라는 뜻인 히브리어 '아도나이'에서 온 말이라고 한다. 이 이야기가 원래 페니키아 전설이었다는 설도 있으나, 소아시아에서 건너온 전설인 것만은 분명하다.

다린다. 내 너에게 이르거니와 이런 짐승들은 생각만 해도 치가 떨린다.'

아도니스는 여신에게 사자 생각만 해도 치가 떨리는 까닭을 물었다. 그러자 여신은 또 이런 이야기를 했다.

'내 너에게 들려주마. 오랜 옛날에 있었던 일이다만, 너도 들으면 놀랄 것이다. 하지만 욕심 내 뛰어다녔더니만 피곤하구나. 보아라. 마침 시원한 그늘을 드리우고 있는 버드나무가 있고, 그 그늘에 풀이 잘 자라 있어서 눕기에도 안성맞춤이로구나. 여기에 너랑 나란히 누워서 이야기하자.'

여신은 이렇게 말하고 나서 풀밭에 앉아 아도니스에게 기댔다 곧 머리를 아도니스의 가슴에 파묻었다. 여신은 간간이 아도니스에게 입을 맞추며 다음과 같은 이야기를 했다."

9 아탈란테와 히포메네스. 아도니스의 변신

오르페우스의 이야기는 다시 이어졌다.

"베누스 여신이 아도니스에게 한 이야기를 들어 보기로 하자.

'아무리 발이 빠른 남자들과 달음박질을 해도 지지 않을 만큼 뜀박질을 잘하는 여자가 있었다는 이야기는 너도 들었을 것이다. 이 이야기는 사실이다. 아무리 빠른 남자라도 이 여자에게는 당하지 못했다. 그래, 이 여자의 이름이 아탈란테[61]다. 이 아탈란테는 발만 빠른 것이 아니고 용모 역시 빼어나게 아름다웠다. 이 아탈란테가 어느 날 아폴로 신에게 결혼 문제를 두고 신탁을 받아 보았는데 이때 신이 내린 신탁은 이러했다.

'아탈란테여, 너에게는 지아비가 소용없구나. 너는 남자 겪는 일을 피해야 한다. 그러나 이 일을 어쩔꼬, 너는 결혼을 피할 팔자가 아니다. 결혼한 뒤에는, 산 채로 너 자신을 잃겠구나.'

아탈란테는 아폴로 신의 신탁에 겁을 집어먹고 독신으로 숲속에서 살았다. 그런데도 이 아탈란테에게 구혼하는 청년들이 계속해서 몰려들었어. 아탈란테는 이 청년들을 물리치기 위해 이런 까다로운 조건을 붙였다는구나.

'먼저 나와 달음박질 겨루기에서 나를 이기지 못하면 절대로 내 지아비가 될 수 없습니다. 나와 겨룹시다. 겨루어 나를 이기면 그 상으로 나를 신부로 맞게 하겠습니다. 그러나 나에게 지면 그때는 목숨을 받겠습니다. 자신 있는 분이 있거든 이 조건 아래서 겨루어 봅시다.'

이 얼마나 까다로운 조건이냐? 그러나 아탈란테가 빼어나게 아름다웠기 때문에 이런 조건이 걸려 있는데도 구혼자들이 벌떼같이 몰려들었어. 이 뜀박질 경기장을 내려다보는 구경꾼 가운데 히포메네스라고 하는 청년이 있었어. 히포메네스는 여자에게 반해 목숨을 거는 다른 청년들을 아주 한심하게 생각했지.

'얼빠진 놈들. 계집 하나를 얻는 데 목숨을 걸어?'라면서…….

---

61) 아르고호 원정에 참가했고, 칼뤼돈의 멧돼지 사냥에도 참가했던 아르카디아의 여걸 아탈란테도 발이 빨랐다. 그러나 자주 동일시되고 있기는 하나 그 아탈란테와 이 이야기에 나오는 스코이네우스의 딸 아탈란테는 동일한 여자가 아니다.

그러나 아탈란테의 모습을 보는 순간, 겨루기에 앞서 옷을 벗어부친 아탈란테의 몸을 보는 순간 히포메네스의 마음도 달라졌어. 왜? 아탈란테의 몸은 내 몸, 아니면 아도니스 너의 몸(만일에 네가 여자였더라면 말이다.) 같았기 때문이지. 깜짝 놀란 히포메네스는 하늘을 향해 손을 내밀고, '사랑의 신이시여. 조금 전에 감히 신을 비난한 저를 용서하소서. 저는 겨루기에 이긴 자가 받을 상품을 못 보고 그런 말을 했던 것입니다.'라고 외쳤다지. 일단 아탈란테를 보고 그 미모에 반해 버린 히포메네스는 이번에는 아탈란테와 뜀박질을 겨루려는 젊은이들을 질투하기 시작해. 즉, 다른 젊은이들이 아탈란테를 이기는 일이 없었으면 했던 것이지.

'나라고 이 겨루기에 내 행운을 걸지 못하라는 법은 없지. 신들께서는 용기 있는 자들 편에 서신다니까.'

히포메네스의 심정은 그가 한 이 말 한마디에 잘 나타나 있지.

히포메네스가 이렇게 중얼거리고 있을 즈음 아탈란테는 날개가 달린 듯한 발로 힘차게 대지를 박차며 내달았지. 보이오티아 청년 히포메네스는 흡사 스퀴티아 사람이 쏜 화살같이 달리는 이 처녀를 보고는 침을 삼켰어. 서 있는 모습도 아름다웠지만 달리는 모습은 한 폭의 그림이었어. 발치에 걸기적거린다고 아탈란테가 모아 쥔 긴 옷자락은 바람에 흩날렸고, 머리카락은 상아색 어깨 위를 출렁거렸으며 가장자리에 자수를 한 허벅지 댕기는 바람에 옷자락이 흩날릴 때마다 이따금씩 드러나고는 했어. 게다가 처녀의 흰 살결에는 홍조가 어리기 시작했어. 새벽빛을 받으면 하얀 대리석 벽이 불그레해지지? 대리석 벽에 대리석의 색깔이 아닌, 다른 색깔이 어리어 보이지? 그와 같았어. 히포메네스의 눈앞에서 아탈란테는 먼저 마지막 한 바퀴를 돌아 승리의 관을 썼어. 아탈란테에게 진 청년들은 거친 숨결을 가다듬다가 약속에 따라 목숨을 바쳐 이 겨루기에 진 빚을 갚았지. 이 청년들이 이렇듯이 목숨을 잃었는데도 히포메네스는 겁을 먹지 않았어. 히포메네스는 겨루기 마당 한복판으로 걸어나가 이 처녀를 보면서 이런 말을 했어.

'처녀여, 왜 쉽게 이길 수 있는 청년들만 상대하시오? 왜 발도 빠르지 못하고 연습도 제대로 되어 있지 않은 자들을 이기고 뽐내시오? 나와 겨룹시다. 나와 겨루면 설사 내가 이기고 그대가 진대도 그대는 부끄러워하지 않아도 좋을 것이오. 그대가 내게 진 것을 부끄러워하지 않아도 좋은 것은, 내 아버지는 메가라 사람 온케스티오스요, 내 증조부는 넵투누스 신이기 때문이오. 그러니까 나는 저 위대하신 대양(大洋)의 왕이신 넵투누스의 증손이오. 내 문벌은 이렇듯 찬란하오만 내 용기는 내 문벌에 못지않소. 만일에 나를 이긴다면 그대의 이름은 히포메네스를 누르고 승리한 자의 이름으로 길이 빛나고 길이 남을 것이오.'

히포메네스가 이렇게 말하자 스코이네우스의 딸 아탈란테는 다정한 눈길로 이 청년을 바라보았어. 이길 수도 있고 질 수도 있다고 생각한 아탈란테는 이렇게 혼자말을 했지.

'귀중한 목숨을 걸되 그 목숨을 내 앞에 던져 청춘을 바치려 하다니, 참으로 인물이 아깝구나. 저 인물 앞에 서니 오히려 나 자신이 초라해 보이는구나. 그러나 저 인물이 내 마음을 흔들기는 한다만 정작 내 마음을 어지럽게 하는 것은 외모가 아니라 저 젊음이다. 저 청년은, 청년이라기보다 아직 소년이 아닌가? 그렇다. 내 마음을 어지럽히는 것은 저 청년의 외모가 아니라 저 청년의 젊음이다. 게다가 저 청년에게는 용기도 있고 죽음을 두려워하지 않는 배짱도 있다. 과연 해신(海神)의 자손답구나. 그러나 가장 중요한 것은, 저 청년이 나를 사랑한다는 것이다. 저 청년은 나와의 혼인을 위해서라면 목숨을 바쳐도 아까울 것이 없다고 생각하고 있다. 운이 없어 나를 이기지 못한다면 저 청년은 목숨으로 그 값을 치러야 한다. 안 된다. 가거라, 길손이여. 구혼자들의 피가 묻은 나를 버려 두고 갈 수 있을 때, 너무 늦기 전에 가거라. 나와 혼인하기 위해 그대가 치러야 할 값은 너무 비싸다. 상대가 그대 같으면 어떤 여자도 지아비로 맞는 것을 거절하지 않을 것이다. 아니, 지각 있는 처녀라면 그대 같은 지아비를 맞게 해 달라고 하늘의 신들께 기도까지 할 것이다……. 그러나 가만있자, 반드시 이렇게 생각할 일인 것만은 아니다. 내가 왜 저 청년으로 인해 상심해야 한다는 말인가? 이미 내 앞에서 수많은 청년들이 죽었는데? 저 청년의 걱정은 저 청년이 해야지 왜 내가 한다지? 죽고 싶으면 죽으라지. 수많은 구혼자들이 죽어 나가는 것을 보고서도 이렇게 나서는 것을 보면 사는 데 싫증이 난 모양이지.

그렇다면 저 청년은 죽을 것이다. 나와 함께 살고 싶어 했다는 죄밖에 없는데도 죽을 것이다. 저 청년은 자기가 죽어야 한다는 것을 어떻게 생각할까? 고통스러워할까? 사랑의 대가로 받는 이 부당한 죽음을? 그런 일이 생긴다면…… 나도 내 승리를 역겨워하게 되지 않을까? 하지만 그게 내 잘못인가? 그러나 죽지 않을 수도 있다. 이 겨루기를 포기하면 된다. 포기하거나 나보다 더 빨리 달리면 된다. 그대는 이 겨루기에 목숨을 걸고 있으니까 어쩌면 나를 이길 수도 있을지 모른다. 그러나저러나, 참 잘난 청년이 아닌가? 꼭 여자같이 잘생긴 청년이 아닌가? 아, 히포메네스여, 차라리 나 같은 계집의 꼴을 보지 않았더라면 좋았을 것을……. 그대 같은 사람은 오래오래 살아야 하는 것을, 내 팔자가 기박하지 않았더라면, 운명이 내게 지아비 맞는 것을 허락했더라면, 나와 잠자리를 나눌 수 있는 남성은 그대뿐이었을 것을…….'

아탈란테는 사랑에는 경험이 없는 처녀였어. 하지만 아탈란테의 마음속에서는 이미 사랑의 불길이 타오르고 있었지. 물론 자기에게 이러한 변화가 일어나고 있다는 것을 알지 못했어. 알지 못하면서도 아탈란테는 이미 누군가를 사랑하고 있었던 거야.

경기장에 모인 사람들과 아탈란테의 아버지가 겨루기를 독촉하자 넵투누스의 자손인 히포메네스는 나를 부르면서 이렇게 기도하더구나.

'오, 퀴테라의 여신이시여. 바라오니, 오셔서 무모하게 이 일에 뛰어든 저를 거들어 주소서. 여신께서 불을 붙이셨으니, 이 불이 더욱 힘차게 타오르게 하소서.'

이 청년의 기도가 바람결에 실려 오더라. 이 청년을 기특하게 여긴 나는 곧 이 청년을 도와주기로 했다. 퀴프로스 땅, 경치 좋은 곳에 이 섬 사람들이 '타마소스'라고 부르는 곳이 있다. 오래전에 이 섬 사람들이 내게 신전을 지어 바치면서 함께 바친 곳이다. 이 벌판 한가운데에는 그 황금빛 잎이 장하고, 그 황금빛 가지가 장하기 그지없는, 빛나는 나무가 한 그루 있다. 내게는 마침 이곳을 지나다가 따서 간직해 둔 황금 사과가 세 개 있었다. 살며시 이 히포메네스에게 내려간 나는 이 사과를 주면서 이렇게 저렇게 하라고 일러 주었다. 물론 내 모습은 다른 사람의 눈에는 보이지 않고 이 히포메네스의 눈에만 보였지.

이윽고 출발점에 서 있던 아탈란테와 히포메네스는 나팔 소리를 신호로 땅을 박차고 내닫기 시작했다. 어찌나 빠르게 어찌나 가볍게 내닫는지 바다 위를 달려도 발에 물이 묻지 않을 것 같았고 잘 익은 곡식 위를 달려도 이삭 하나 부러뜨리지 않을 것 같더라. 구경꾼들은 소리를 질러 이 청년을 응원하더구나.

'이번에는 눌러 버려라! 달려라, 히포메네스! 있는 힘을 다해 달려! 조금만 더 힘을 내면 이길 수 있다!'

이 소리가 아직도 내 귀에 들리는 것 같다. 글쎄, 이런 함성을 듣고 메가라에서 온 청년이 더 좋아했는지, 스코이네우스의 딸이 더 좋아했는지 그것은 나도 모르겠구나. 그러나 나는 보았다. 히포메네스를 앞지른 아탈란테가 짐짓 속도를 줄이고 이따금씩 뒤를 돌아다보는 것을. 아탈란테는 달리기는 달리는데 억지로 달리는 것 같았어.

드디어 히포메네스가 마른 입술 사이로 거친 숨을 몰아쉬기 시작했다. 하지만 결승점까지는 멀고도 멀었어. 일이 이렇게 되자 히포메네스는 세 개의 사과 중 하나를 꺼내 땅바닥에 굴렸어. 아탈란테는 잠시 걸음을 멈추고 이 황금빛 사과를 보더니만 옆으로 비어져 나와 이 사과를 줍더구나. 이 틈에 히포메네스는 아탈란테를 앞질렀어. 구경꾼들이 함성을 지른 것은 물론이야. 그러나 아탈란테는 곧 속력을 내 처졌던 거리를 만회하고 다시 히포메네스를 앞지르더구나.

히포메네스는 다시 사과 한 알을 꺼내 땅바닥에 굴렸고, 아탈란테는 다시 이 사과를 주우러 옆으로 비어져 나오더구나. 물론 아탈란테는 이러느라고 조금 처졌지. 하지만 아탈란테가 앞서가는 히포메네스를 따라잡는 시간은 얼마 걸리지 않았어. 겨루기는 종반으로 접어들고 있는 참이었지. 히포메네스가 또 내게 기도를 하더구나.

'저에게 사과를 주신 여신이시여. 오셔서 저를 도와주소서.'

이렇게 기도한 히포메네스는 있는 힘을 다해 마지막 하나 남은 사과를 던지더구나. 멀리 던졌지. 그래야 아탈란테가 이 사과를 주우러 가는 데 걸리는 시간도 그만큼 길어질 것이 아니겠어? 하지만 아탈란테는 사과를 주우러 가야 할지, 말아야 할지 망설이는 것 같더구나. 나 베누스가 또 손을 쓰지 않을 수 없는 판이 아니냐. 나는 아탈란테가 사과를 주우러 가지 않을 수 없게 만든 다음, 이 사과를 아주 무겁게 만들어 버렸다. 주운 뒤에도 들고 뛰려면 힘이 들게 말이다. 이야기 길게 할 것 없어. 아탈란테는 이 겨루기에서 지고 말았어. 이긴 히포메네스가 이 아탈란테를 색시 삼은 것은 물론이고.

아도니스, 너도 생각해 보아라. 이 히포메네스가 나에게 감사 표시로 제물을 바쳤어야 마땅하지 않겠느냐. 그런데도 이 지각없는 것은 나에게 제물을 바치기는커녕 그 명예를 내게 돌리는 데도 인색했다. 어찌 화가 나지 않을 수 있겠느냐? 무시당한 데 대해 몹시 화가 났던 나는 이것들에게 본때를 보여 장차 나를 대하는 인간들에게 교훈을 남기고자 했다. 그래서 나는 이 둘을 치기로 했던 것이다.

그 땅의 깊은 숲속에는 저 유명한 에키온[62]이 소원 이루어 준 것에 대한 감사 표시로 신들의 어머니[63]께 지어 바친 신전이 한 기(基) 있었다. 아탈란테와 히포메네스는 이곳을 지나다 먼 길에 지쳤던지 잠깐 쉬고자 했다. 나는 이곳에서 쉬는 이 둘을 보고는 신력(神力)을 풀어 히포메네스의 가슴에 아내 아탈란테에 대한 음욕(淫慾)을 일으켰다. 그러니 어찌 되었겠느냐? 이 신전 가까이에는 키 큰 나무로 둘러싸인 데다 바위가 하늘을 가리고 있어서 흡사 동굴 같은 곳이 한 군데 있었는데 사람들은 이곳을 신성한 곳으로 여기고 범접하기를 두려워했다. 옛날의 사제들이 이곳에 옛날에 만들어진 신들의 목상(木像)을 많이 모셨으니 그렇기도 했을 테지. 히포메네스가 제 아내를 이곳으로 데리고 들어가 금단의 욕망을 채운 것은 좋지

62) 테바이의 시조 카드모스가 왕뱀의 이빨을 땅에 뿌리자 여기에서 수많은 무사들이 돋아나는데 이들이 바로 '스파르토이('뿌린 씨에서 돋아난 자')'다. 스파르토이의 하나인 에키온은 카드모스를 도와 테바이를 건설한, 말하자면 테바이의 개국공신이다.

63) 퀴벨레 여신을 말한다.

만, 이자는 이로써 성소(聖所)를 유린한 것이 아니냐? 신들의 목상이 일제히 이 한 쌍의 남녀에게서 고개를 돌렸으니 이 얼마나 무서운 일이냐? 머리에 탑관(塔冠)을 쓰신 신들의 어머니께서는 이것들을 스틱스 강물에다 밀어 넣으려 하시다 말고 손을 멈추셨다. 이들에게 그것은 너무 가벼운 벌이라고 여기신 것이지. 그래서 신들의 어머니께서는 이들의 부드러운 목덜미에서 꺼칠꺼칠한 털이 돋아나게 하셨다. 신들의 어머니께서 이렇게 손을 쓰시니, 이들의 손가락은 휘어져 발톱이 되었고 어깨는 구부러져 영락없는 짐승의 어깨가 되었다. 어디 그뿐이냐? 힘살이라는 힘살은 다 가슴으로 모였고 엉덩이에서는 꼬리가 돋아나 땅바닥에 끌렸다. 표정도 갑자기 험악해졌지. 입에서는 말소리 대신 산을 울리는 포효가 터져 나왔고……. 산을 집 삼아 숲을 누비며 뭇 산 것들을 공포의 도가니로 몰아넣는 사자가 된 것이다. 그러나 퀴벨레 여신께서는 이 두 마리의 사자를 길들여 당신께서 타시는 수레를 끌게 하셨다. 혹시 이런 놈을 만나거든, 내 너에게 당부하거니와 몸을 피하도록 하여라. 이런 놈뿐만이 아니다. 엉덩이를 돌려 달아나기는커녕 너를 상대하려는 놈이 있거든 반드시 달아나도록 하여라. 그러지 않으면 네 무용이 비록 장하다고 하나 그 무용이 너를 지켜 주지 못할 것이다. 너에게 무슨 일이 생긴다는 것은 나에게 무슨 일이 생기는 것과 마찬가지니 유념하도록 하여라.'

베누스 여신은 아도니스에게 이런 당부를 하고는, 백조가 끄는 수레를 타고 하늘로 날아올랐다. 베누스 여신이 이런 당부를 했지만 아도니스는 원래 용감한 청년이라 베누스 여신이

시키는 대로 할 수 없었다. 아도니스의 사냥개들이 냄새를 맡으며 짐승의 흔적을 쫓다가 보금자리에서 쉬던 멧돼지 한 마리를 튀겨 냈다. 혈기방장한 이 키뉘라스의 외손은, 이 짐승이 보금자리에서 나오자마자 창을 그 옆구리에 꽂았다. 졸지에 창을 맞은 이 멧돼지는 꼬부라진 엄니로 그 창을 뽑아 버리고는 미친 듯이 날뛰면서 죽어라고 도망치는 사냥꾼을 뒤쫓았다. 아도니스는 멀리 도망치지 못했다. 날랜 걸음으로 이 아도니스를 따라잡은 멧돼지가 그 엄니로 청년의 사타구니를 찍어 누런 모래밭에 굴려 버린 것이다.

백조가 끄는 수레를 타고 하늘을 날아가고 있던 베누스 여신은 퀴프로스에 이르기도 전에 아도니스가 죽어 가면서 지르는 비명 소리를 듣고는 백조 머리를 돌려 떠났던 곳으로 되돌아왔다. 베누스 여신이 하늘에서 내려다본 아도니스는 이미 사지가 피투성이가 된 채 쓰러져 있었다. 수레에서 뛰어내린 베누스 여신은 옷깃과 머리카락을 쥐어뜯고, 그 아름다운 가슴을 사랑의 여신에게는 어울리지 않게 두드리며 운명의 여신들을 비난했다. 베누스 여신은 울부짖으며 이런 푸념을 했다.

'운명의 여신들이여, 그대들은 이렇듯이 이 가엾은 것을 죽게 하였다만 그대들 뜻대로만은 안 될 것이다. 아도니스여, 내 슬픔의 징표를 너에게 남기고야 말 터이니, 해가 바뀔 때마다 사람들은 내 슬픔을 흉내 내어 너의 죽음을 슬퍼할 것이다.[64] 너는 피는 꽃으로 변할 것이니 죽되 영영 죽는 것이 아니다. 프로세르피나가 한 여인의 몸을 멘테[65]로 바꾸었을 때도 시비하는 자가 없었는데,[66] 내가 이 용감한 키뉘라스의 외손에

게 다른 몸을 준다고 장차 누가 시비하랴!'

이 말 끝에 베누스 여신은 아도니스의 피에 향기로운 넥타르[67]를 뿌렸다. 신주가 뿌려지자 아도니스의 피에 젖었던 노란 모래에서 거품이 일었고 잠시 후에는 여기에서 핏빛 꽃이 피어났다. 꽃 모양은 외피가 종자를 싸고 있는 석류꽃과 흡사했다. 그러나 이 꽃은 피기가 무섭게 곧 지고 말았다. 워낙 대가 연약한 데다 꽃잎이 얇은지라 꽃은 산들바람만 불어도 대에서 떨어졌다. 그래서 사람들은 바람을 연상하여 이 꽃의 이름을 '아네모네'[68]라고 부른다."

오르페우스의 기나긴 이야기는 이로써 끝났다.

---

64) 이런 의식과 함께 베풀어지는 제사가 바로 아도니스제(祭)다. 매년 7월, 아도니스상과 베누스 여신상을 모셔 놓고 드리는 이 제사는 아도니스의 죽음과 베누스의 슬픔, 아도니스의 소생을 상징적으로 나타내는 의식이다. 원래 소아시아의 농사신(農事神)이었던 이 아도니스의 운명은 식물의 발아와 생육과 겨울 동안의 사멸을 상징하는 것으로 풀이된다.

65) 영/민트. '박하'.

66) 저승의 왕비 프로세르피나는 지아비인 플루토가 저승의 강신(江神) 코퀴토스의 딸 멘테를 사랑하자 이를 질투하여 이 여자를 박하라는 식물로 전신시켰다.

67) '신주(神酒)'.

68) '바람꽃'.

11부 미다스의 귀는 당나귀 귀 외

1 오르페우스의 죽음

트라키아의 가인(歌人) 오르페우스가 이런 노래를 부르자 살아 있는 산속의 모든 짐승들, 심지어 숲과 바위들까지 그의 노래에 감응했다. 그런데 이런 오르페우스의 모습이 트라키아 여자들 눈에 띄었다. 어깨에 짐승 가죽을 두른 이 여자들이 산 위에서 아래를 내려다보다가 수금 반주로 노래를 부르고 있는 오르페우스를 발견한 것이다. 그중의 하나가 산들바람에 나부끼던 머리카락을 쥐어뜯으며 외쳤다.

"보아라, 저기를 보아라! 저기에 우리를 업신여기는 자가 있다!"

이렇게 외친 여자가 아폴로 신이 사랑하는 이 가인을 향해 그토록 아름다운 노래를 부르던 입술을 겨누고, 들고 있던 무기를 던졌다. 나뭇잎이 달린 무기[1]는 과녁을 향해 날았다. 그

오르페우스의 머리와 수금을 챙긴 트라키아 처녀(모로의 그림).

러나 이 무기는 가인에게 상처를 입히지 못했다. 다른 여자 하나가 오르페우스를 겨냥하고 돌을 던졌다. 그러나 공중을 날던 이 돌은 그의 목소리와 수금 소리에 반하여, 그렇게 아름

1) 튀르소스, 즉 '주신장(酒神杖)'.

다운 노래를 부르는 가인을 공격하려 했던 것을 사죄라도 하는 듯이 가인의 발치에 떨어졌다. 여자들의 공격은 더욱 거칠어졌다. 여자들의 자제가 무너지기까지는 긴 시간이 걸리지 않았다. 여자들이 자제를 잃고 나서부터는 오직 광기가 그곳을 지배했다. 여자들이 광란했다고는 하나 이들의 무기는 오르페우스가 부르는 노래의 마력에 홀려 그 위력을 발휘하지 못했다. 그러나 여자들이 미친 듯이 지르는 고함 소리, 프뤼기아 피리 소리, 찰찰이 소리, 여자들이 저희 가슴을 치며 발악하는 소리가 수금이 지어 내는 가락을 차단했다. 이때부터 여자들이 던지는 돌은 이 가인의 피로 물들었다. 여자들 귀에는 오르페우스의 음악이 들리지 않았다.

이 가인에 앞서 희생된 것은 이 가인의 이름을 온 땅에 널리 알려지게 했던 청중들, 말하자면 그의 음악에 넋을 잃고 있던 새들, 뱀과 들짐승 들이었다. 광기 들린 여자들은 먼저 이들을 쳐 죽이고 나서 그 피 묻은 손으로 오르페우스를 공격했다. 여자들은 대낮에 나온 한 마리의 밤새[2]를 본 낮새들처럼 우르르 무리지어 달려와 오르페우스를 공격했다. 사냥개들이 원형 경기장에서 떼 지어, 바닥을 피로 물들일 팔자를 타고난 한 마리의 사슴을 죽이는 광경과 비슷했다. 여자들은 잎이 달린 튀르소스를 들고 이 가엾은 시인에게 달려들었다. 튀르소스는 사실 사람을 때리는 데 쓰려고 만들어진 것이 아니었다. 개중에는 오르페우스를 겨냥하여 흙덩이를 던지는 여

2) 부엉이.

자들도 있었고, 나뭇가지를 꺾어 이것으로 오르페우스를 때리는 여자들도 있었으며, 돌을 던지는 여자들도 있었다. 이들의 눈에는 이미 무기가 될 만한 것밖에 보이지 않았다. 여기에서 그리 멀지 않은 곳에서 농부들이 가을걷이를 위해 땀을 흘리며 소에다 쟁기를 메워 밭을 갈고 있었다. 이 농부들은 광기 들린 여자들을 보자 농기구를 밭에 버려 두고 도망쳤다. 이들이 떠난 밭에는 괭이, 고무래, 호미 같은 연장들이 그대로 남아 있었다. 광기 들린 여자들은 이 연장을 주워 들고는 먼저 뿔을 앞세우고 이들을 위협하는 소를 갈가리 찢어 죽인 다음 오르페우스에게 덤벼들었다. 오르페우스는 폭도와 다름없는 이들을 향해 두 손을 내밀고 자제할 것을 호소했다. 그러나 오르페우스의 말은 이들에게 아무 의미도 없었다. 오르페우스는 이미 말로 이들의 마음을 움직일 수 없게 된 것이다. 여자들은 오르페우스에게 최후의 일격을 가하고는 그의 몸을 갈가리 찢었다. 오르페우스의 숨결은 바위의 마음을 움직이던 그 입, 들짐승의 마음도 누그러뜨리던 그 입을 통해 빠져나가 바람 속으로 흩어졌다.

슬픔에 잠긴 새 떼, 들짐승 무리, 그의 노래에 귀를 기울이고, 그의 노래에 울고 웃던 나무와 바위 모두가 오르페우스를 위해 울었다. 나무는 모두 그 잎을 벗고 알몸이 되어 오르페우스의 죽음을 슬퍼했다. 전해지는 바에 따르면 강물은 스스로 흘린 눈물 때문에 물이 불어 둑을 넘었고, 물의 요정, 숲의 요정 들은 머리를 풀고 검은 상복을 입어 그의 죽음을 슬퍼했다고 한다. 오르페우스의 사지는 갈가리 찢긴 채 사방으로 흩어졌다. 그의 머리와 수금을 받아들인 것은 헤브로스강이었다. 그런데 놀라운 일이 일어났다. 그의 머리와 수금이 강위를 떠가면서 나직한 가락을 지어냈고 강둑은 그 노래를 듣고 눈물로 화답한 것이다. 오르페우스의 머리와 수금은 강물에 실려 고향 땅을 떠나 바다로 흘러갔다가 이윽고 메튐나 가까이 있는 레스보스섬에 이르렀다. 머리카락이 바닷물에 흠씬 젖은 채 해변에 떠오른 오르페우스의 머리는 이곳에서 뱀떼의 습격을 받았다. 그러나 포이부스 신이 나타나 이 뱀 무리를 벌하여 이들의 입을 석화(石火)시켜 버렸다. 오르페우스의 망령은 지하의 저승 땅으로 갔다. 오르페우스의 눈에 저승 땅은 낯익었다. 오르페우스는 지복(至福)의 들판을 뒤져 에우뤼디케를 찾아 그 품에 껴안았다. 이들은 나란히 이 지복의 들판을 거닐었다. 여기에서는 오르페우스가 이따금씩 뒤따라오는 에우뤼디케를 돌아보아도 이를 시비하는 자가 없었다.

박쿠스는 자기를 따르던 여자들이 오르페우스를 죽였다는 사실을 알고 크게 화를 냈다. 자신이 창시한 비교(秘教)를 노래하던, 그토록 이름 높던 시인의 죽음을 상심하던 박쿠스는 오르페우스가 변을 당할 당시 그 현장에 있던 여자들을 모두 땅바닥에서 움직이지 못하게 했다. 땅바닥에 뿌리내리게 한 것이다. 오르페우스를 뒤쫓던 이들의 발에서는 뿌리가 돋아나 땅바닥에 깊이깊이 박혔다. 보이지 않는 덫에 다리가 걸려 파닥거리는 새처럼 이들도 발가락에서 돋아난 뿌리를 땅바닥에 박은 채 그 자리에서 빠져나가려고 몸부림쳤다. 그러나 소용없었다. 이들의 손가락에도 잎이 돋아나기 시작했다. 슬픔에 잠긴 이들은 몸부림치며 허벅지를 때렸다. 그러나 허벅지는 이미 나무껍질에 덮여 있었다. 이들의 젖가슴도 어깨도 이미 참나무 껍질에 싸여 있었다. 팔도 나뭇가지가 되어 있었다. 이들은 꿈이었으면 했겠지만, 이것은 꿈이 아니었다.

2 미다스왕의 봉변

박쿠스 신은 트라키아 여자들을 이 모양으로 만들었는데도 분이 풀리지 않았던 모양이다. 그는 사람들이 모두 무지막지한 폭도들로 보이는 트라키아 땅을 떠나 그가 아끼던 포도원이 있는 트몰로스산으로 갔다. 트몰로스산에서 가까운 곳에는 팍톨로스강이 흐르고 있었다. 그러나 그가 이곳으로 간 것은 팍톨로스강이 사금(砂金)과 그 금빛 모래로 유명해지기 전의 일이다. 이 강이 금이 많은 것으로 유명해지게 된 사연은 이러하다.

이곳에 온 박쿠스 신은 실레노스[3]를 비롯한 사튀로스 무리 및 박쿠스교도(敎徒)들과 어울렸다. 그런데 어느 날 이들과 박쿠스 신이 어울린 자리에 실레노스가 없었다. 술에 취해 온 마을을 쏘고 다니는 실레노스를 본 프뤼기아 농부들이 이 박쿠스의 스승을 붙잡아 가 버렸기 때문이다.

---

3) 박쿠스의 스승인 주정뱅이 사튀로스 노인. 박쿠스 신이 끔찍이 위한 것으로 전해진다.

오르페우스와 에우뤼디케(푸생의 그림).

프뤼기아 농부들은 이 실레노스를 꽃사슬로 묶어 미다스왕에게 데리고 갔다. 이 미다스왕은 한때 트라키아에서는 오르페우스로부터, 아테나이에서는 에우몰포스로부터 박쿠스 비교를 배운 바가 있는 사람이었다.

미다스왕은 자기가 섬기던 신의 스승이자 비교의 교우(敎友)인 이 실레노스를 알아보고 반갑게 맞아들여 밤 열흘 낮 열흘 잔치를 베풀었다. 열하루째 되는 날 루키페르가 하늘의 별들을 몰아낼 즈음, 왕은 이 실레노스를 뤼디아로 데려가 거기에 있는 박쿠스 신도들에게 인도했다.

박쿠스 신은 스승이 돌아온 것을 보고는 크게 반가워하면서 미다스왕에게 선물을 하나 내리고 싶다고 말했다. 박쿠스 신은 미다스왕에게 무엇이든 좋으니 소원을 하나 말하라고 했다. 그러나 미다스왕에게, 이 박쿠스 신이 내리는 선물은 좋을 것이 없었다. 그 까닭은 이 미다스왕이 기회를 제대로 이용하지 못할 팔자를 타고 태어난 사람이었기 때문이다.

박쿠스 신이 소원을 하나 대라고 하자 미다스왕은 이렇게 말했다.

"제 손에 닿는 것이면 무엇이든 황금이 되면 얼마나 좋겠습니까?"

박쿠스 신은 그보다 나은 소원이 얼마든지 있을 텐데…… 하고 생각을 하면서도 겉으로는 내색하지 않고, 그 소원이 이루어질 것이라고 대답했다. 프뤼기아 왕 미다스는 저에게 횡액이 내린 것도 모르는 채 좋아하며 제 나라로 돌아갔다. 제 나라로 돌아간 미다스는 박쿠스 신의 말이 사실인지 확인해 볼 마음이 생겨 손에 잡히는 참나무 가지를 하나 꺾어 보았다. 신통하게도 참나무 가지는 그의 손이 닿자마자 황금 가지로 변했다. 그래도 미심쩍었던 미다스왕은 이번에는 땅바닥의 돌멩이를 하나 주워 올려 보았다. 돌멩이도 그의 손안에서 금덩어리로 변했다. 흙을 한 움큼 쥐어 봐도 흙은 금이 되었다. 무심코 지나가다가 잘 익은 곡식의 이삭을 하나 잡아 보아도 황금 이삭이 되었고 사과나무에서 사과를 한 알 따 보아도 황금 사과가 되었다. 누가 보았더라면 미다스가 헤스페리데스의 황금 사과나무에서 그 사과를 따 왔다고 했을 터였다.

기적은 여기에서 끝나지 않았다. 미다스가 왕궁으로 들어오면서 기둥을 만졌는데도 그 기둥은 황금 기둥이 되었고 손을 씻으려고 물을 한 줌 쥐어 올렸는데도 그 물은 금덩어리가 되어 손에서 미끄러져 떨어졌다. 다나에가 보았더라도 그것은 영락없는 금이었다. 그는 모든 것을 금으로 만들어 버리는 순간을 꿈꾸면서 턱도 없이 좋아했다.

미다스왕이 이 황홀한 꿈에 잠겨 있는데 시종이 음식상을 마련했다. 상에 고기를 차리고 빵을 차린 것이었다. 그러나 왕이 먹으려고 빵을 집자 빵은 딱딱하게 굳어져 금이 되었다. 배가 고파 고기를 먹으려고 한 입을 베어 물면 금으로 변한 고기에는 그의 이 자국만 났다. 그는 이러한 선물을 준 박쿠스 신의 포도주에 물을 타서 마시려고 했다. 그러나 이 포도주는 그의 입술 사이로 들어가다 말고 굳어져 금덩어리가 되고는 했다. 엄청난 부자가 되는 판인데도 미다스는 슬며시 겁이 났다. 그는 이루어진 지 얼마 안 되는 이 소원이 싫어 어떻게든 이를 모면해 볼 궁리를 했다. 음식이 아무리 많아도 먹을 수가 없었다. 목이 타는데도 아무것도 마실 수가 없었다. 그는 황금 때문에 고통을 당하고 있는 것이었다. 황금 소리만 들어도 지긋지긋해진 그는 하늘을 향해 두 팔을 벌리고 외쳤다.

"아버지 박쿠스 신이시여, 저를 용서하소서. 큰 죄를 지었나이다. 기도하옵건대 저를 불쌍히 여기시고 이 재앙에서 저를 구해 주소서."

신들은 자비로우시다. 미다스왕이 제 잘못을 인정하자 박쿠스 신은 그에게 주었던 권능을 거두어 주겠다면서 이렇게 말했다.

"황금에 눈이 어두웠던 너의 그 어리석은 욕망을 씻으려거든 사르디스에서 가까운 강으로 가거라. 그 강으로 가서 뤼디아 물길을 따라 계속해서 올라가 그 물이 발원한 곳에 이르거든 네 머리와 몸을 담그고 네 죄를 정하게 씻어라."

미다스왕은 박쿠스 신이 가르쳐 준 강의 발원지로 갔다. 그가 머리와 몸을 씻자 모든 것을 황금으로 변하게 하는 권능은 그의 손에서 강물로 옮아가 그 물빛을 바꾸어 놓았다. 이 금맥(金脈)이 여기에 묻힌 것은 아득한 옛날의 일이기는 하나, 오늘날까지도 이 근처의 흙에는 금이 많다. 말하자면 그 강물에 젖은 흙은 모두 누렇게 보이는 것이다.

3 미다스왕의 귀는 당나귀 귀

이 일이 있은 뒤부터 미다스왕은 부귀를 마다하고 산이나 숲에 정을 붙였다. 그는 황금에 신물이 난 참이라 황금 대신 산속 동굴에 사는 판[4]을 섬겼다. 그러나 그는 여전히 어리석은 사람이었다. 한번 당하고도 또 한 번 당하게 되니, 어리석어도 크게 어리석은 사람이었다.

트몰로스산에는 바다가 내려다보이는 가파른 사면이 있다. 이 사면의 한쪽은 사르디스, 다른 한쪽은 휘파이파이다.

이곳에 사는 판은 요정들을 모아 놓고 노래를 부르거나 갈대를 밀랍으로 이어붙인 피리를 불고는 했다. 노래를 부르고 피리를 부는 것은 좋은데, 이 판은 제 노래 솜씨와 피리 솜씨를 몹시 뽐냈다. 뽐내는 정도가 아니라 제 음악을 감히 아폴

---

4) 반인반양(半人半羊)의 목양신.

로의 음악에 견주면서 거들먹거렸다.

결국 이 판은 감히 아폴로와 음악을 겨룰 생각을 했다. 심판은 토몰로스 산신(山神)이 맡기로 했다. 나이 많은 이 산신은 산 사면에 자리를 잡고 앉아 조금이라도 더 잘 들을 욕심으로 귓속에서 자란 나무라는 나무는, 머리카락 대신인 참나무만 남겨 놓고 다 뽑아냈다. 그의 관자놀이에는 도토리가 잔뜩 매달려 대롱거렸다.

"심판 볼 준비는 다 되었소."

산신이 판과 아폴로 신에게 말했다.

판은 피리를 꺼내 한 곡조 멋들어지게 불었다. 판의 가락은 마침 그 자리에 와 있던 미다스의 귀에 그렇게 아름답게 들릴 수가 없었다. 판의 피리 소리를 다 들은 트몰로스 산신은 고개를 돌려 아폴로 신을 바라보았다. 그가 고개를 돌리자 트몰로스산의 나무라는 나무는 모두 아폴로 신을 바라보았다. 아폴로 신은 파르나소스의 월계수로 금발을 질끈 동여맨 채 보라색 옷자락을 끌며 나왔다. 그는 왼손에 힌두스 상아 무늬가 박힌 수금, 오른손에는 수금 채를 들고 있었다. 아폴로 신이 악신(樂神)답게 한 곡을 연주하자 트몰로스 산신은 그 가락에 취해 눈을 지그시 감고 있다가 판의 피리 소리보다는 아폴로 신의 수금 소리가 낫다고 판정했다.

그 자리에 나와 있던 청중들도 모두 이 점잖은 산신의 판정에 동의했다. 그러나 미다스만은 아니라고 했다. 그는 공정하지 못하다면서 심판의 판정에 항변했다. 델로스의 신[5]은 이같이 어리석은 자의 귀가 여느 인간의 귀와 같은 모양을 하고 있는 것이야말로 공정하지 못하다고 여겼던 모양이다. 그래서 신은 이 미다스의 귀를 잡아 늘이고는 그 안에 털이 소복이 자라게 한 다음, 미다스의 머리에 달린 채로 이쪽저쪽으로 움직일 수도 있게 만들었다. 귀만 빼면 미다스의 다른 곳은 멀쩡했다. 단지 귀 모양만 바꾼 것이었다. 미다스의 귀는 당나귀 귀와 비슷했다.

귀가 이 모양이 되자 미다스왕은 이를 감추려고 전전긍긍하다가 보라색 모자를 썼다. 그러나 그는 머리를 손질하는 이발사에게까지 그 귀를 감출 수는 없었다. 이발사는 미다스의 귀가 그 꼴이 되어 있다는 말을 하고 싶어 죽을 지경이었지만 감히 왕의 비밀을 발설할 수가 없어서 속을 끓였다. 결국 견디다 못한 그는 들판으로 나가 땅에 구덩이를 파고는 거기에다 임금님 귀가 그 꼴이더라는 말을 하고는 흙으로 다시 구덩이를 메웠다.

그제야 그는 집으로 돌아와 편히 잠들 수 있었다. 그러나 그 자리에서 갈대가 돋아나기 시작했다. 그해 말쯤 키 높이로 자란 이 갈대는 엉뚱한 짓을 했다. 즉 남풍에 흔들릴 때마다, 제가 자란 땅에 묻혔던, 임금님 귀에 대한 주인의 비밀을 누설한 것이다.

---

5) 아폴로.

4 라오메돈과 트로이아 축성(築城)

라토나의 아들 아폴로는 이렇듯이 미다스왕을 벌한 뒤에 트몰로스에서 하늘로 날아올라 한동안 창공을 비행한 후 네펠레의 딸 헬레의 바다[6]에 면한 트로이아[7] 평원에서 땅으로 내려섰다. 이곳에는, 시게이온강 하구를 왼쪽으로, 로에테움만을 오른쪽으로 끼고, 벼락의 신[8]에게 바쳐진 옛 제단이 하나 있었다. 여기에서 아폴로는 이 도시의 왕 라오메돈[9]이 새 도시를 세우고 있는 것을 보았다. 아울러 아폴로 신은, 그 축성이 많은 인력과 재물을 필요로 하는 아주 힘든 공사라는 것을 알았다. 그래서 아폴로는 삼지창(三枝槍)을 든 바다의 지배자[10]와 함께 인간의 모습을 빌려 현신(現身)하고는, 상당한 사례를 약속받은 다음에 이 프뤼기아의 군주를 위해 성을 쌓아 주었다. 그러나 축성이 끝났는데도 왕은 사례하기는커녕 자기는 그런 약속을 한 적이 없다고 잡아뗐다.

"오냐, 그러하냐? 너 어디 두고 보자!"

이렇게 벼르던 바다의 신은 온 세계의 물이라는 물은 모조

---

6) 헬레스폰토스, 즉 지금의 다르다넬스.

7) 소아시아 트로아스 지방의 한 도시. 별명은 일리움(그/일리온).

8) 유피테르.

9) 트로이아의 왕. 일로스와 에우뤼디케(물론 오르페우스의 에우뤼디케가 아닌, 아틀라스의 딸 에우뤼디케)의 아들. 프리아모스, 가뉘메데스, 안티고네, 헤시오네는 모두 이 라오메돈의 딸이다. 아폴로와 넵투누스의 도움을 얻어 트로이아를 축성한 것으로 전해진다.

10) 넵투누스.

리 이 트로이아로 끌어들여 땅을 바다로 화하게 하고, 농부들의 논밭은 물론이고 살던 집까지 물에 잠기게 했다. 그러나 그가 내린 벌은 이것뿐이 아니었다. 라오메돈왕은 자기 딸[11]을 괴물을 위한 제물로 내어놓지 않으면 안 되었다. 괴물에게 바쳐질 바닷가의 바위에 묶여 있는 이 딸을 구해 준 것은 헤라클레스[12]였다. 헤라클레스 역시 딸을 구해 주는 대가로 라오메돈이 약속한 망아지[13]를 요구했다. 그러나 왕은 이번에도 대가 치르기를 거절했다. 헤라클레스는 트로이아를 공격하고 성을 점거함으로써 그 대가를 치르게 하는 한편, 이 싸움에서 큰 공을 세운 텔라몬에게 헤시오네를 아내로 맞게 했다. 역시 이 싸움에서 공을 세운 텔라몬과는 형제간인 펠레우스가 신의 딸을 아내로 맞은 것은 유명하다.[14] 펠레우스는 이로써 조부[15]의 이름뿐 아니라 장인의 이름까지 자랑할 수 있게 되었

11) 헤시오네를 말한다.

12) 당시 헤라클레스는 아마존 원정에서 돌아오는 길에 트로이아에 들른 바 있다. 라오메돈의 약속 위반에 분개한 나머지 텔라몬과 함께 이 성을 공격한 것은 그 뒤의 일이다.

13) 유피테르는 가뉘메데스를 천상으로 데리고 가는 대신 그 아비 되는 라오메돈에게 망아지를 한 마리 주었는데, 라오메돈은 바로 이 망아지를 주겠노라고 헤라클레스에게 약속했다.

14) 펠레우스는 바다의 신 네레우스의 딸인 테티스 여신을 아내로 맞는데, 이 사이에서 태어난 아들이 저 유명한 아킬레우스이다. 테티스는 인간과 정식으로 혼인한 유일한 여신일 것이다. 이 둘의 결혼식에는 천상의 모든 신들이 초대를 받았지만 유일하게 빠진 신이 바로 불화의 여신 에리스였다. 에리스는 이 잔치에 불청객으로 참석해 불화의 사과 한 알을 던지는데, 이것이 후일 트로이아 전쟁의 불씨가 된다.

다. 무슨 말인가 하면, 유피테르의 손자인 것은 펠레우스 한 사람뿐이 아니었으나, 여신을 아내로 맞은 사람은 펠레우스 한 사람뿐이었다는 말이다.

5 프로테우스의 예언. 펠레우스와 테티스

언제인가 연로한 프로테우스[16]가 테티스에게 이런 말을 했다.

"물의 여신이여, 아이를 가지세요. 그 아이는 장차 아버지의 명예를 저만치 앞지르는 영웅이 될 게고, 아버지보다 더한 칭송을 받게 될 게요."

유피테르 역시 프로테우스의 이러한 예언을 소문으로 들어서 알고 있었다. 그래서 그는 바다의 여신들에게 뜨거운 마음이 일어도 아비 될 자기 이상의 영웅이 태어날까 봐 자제해 오던 터였다. 유피테르 대신이 테티스에게 손을 대지 않은 것은 바로 이 때문이었다. 그래서 그는 손자인 아이아코스의 아들[17]에게 명하여, 이 여신의 짝이 되어 여신을 안는 영광을 누리게 했다.

---

15) 유피테르. 펠레우스와 텔라몬의 아버지인 아이아코스는 유피테르와 아이기나 사이에서 난 아들이다.
16) 바다의 신 가운데 하나로 넵투누스의 종신(從神). 예언을 잘하고 어떤 것으로든 둔갑할 수 있는 것으로 유명하다.
17) 즉 펠레우스.

그런데 하이모니아 땅에는 낫같이 휜 두 개의 강 하구와 만나는 만(灣)이 있었다. 물이 깊었더라면 항구가 되기 마땅한 곳이었다. 그러나 물은 겨우 모래를 덮는 데 지나지 못했다. 해초 한 그루 자라지 않는 이곳의 모래는 어찌나 단단한지 누가 지나가도 발자국이 생기지 않을 정도였다. 이 만 가까이에는 빽빽한 도금양(桃金孃)나무 숲이 있고, 이 숲속에는 사람의 손으로 만든 것인지, 자연의 손길이 만든 것인지는 몰라도 하여튼 사람의 솜씨라고는 믿어지지 않으리만치 정교하게 만들어진 동굴이 하나 있었다. 테티스 여신은 돌고래를 타고 종종 이 동굴로 와서 쉬었다 가고는 했다. 펠레우스가 테티스를 처음 본 것은 바로 이곳에서였다. 펠레우스가 나타났을 당시 테티스는 잠을 자고 있었다. 펠레우스는 테티스를 취하려고 했지만 거절을 당하자 두 팔로 테티스의 목을 조르고 힘으로 도모하려고 했다. 그러나 테티스 여신은 자유자재로 변신하면서 펠레우스의 손길에서 놓여났다. 그러나 펠레우스도 만만치 않았다. 테티스가 새로 변하자 펠레우스는 그 새를 사로잡았고, 커다란 나무로 변신했을 때는 그 나무둥치에 기어 올라갔다. 테티스는 다시 점박이 호랑이로 변신했다. 담대한 펠레우스도 호랑이 앞에서는 "어, 마장 뜨거라." 하고 물러서지 않을 수 없었다.

완력으로는 도저히 안 되겠다고 생각한 펠레우스는 바닷물에 술을 뿌리고, 새끼 양의 내장을 불사른 다음 향을 피우고 바다의 신들에게 기도했다. 그러자 카르파토스[18)]의 예언자가 깊은 바다에서 얼굴을 내밀고 이런 말을 했다.

"아이아코스의 아들아, 그 여신이 동굴에서 세상 모르고 잘

전령신 메르쿠리우스.

때 밧줄을 가지고 가서 재빨리 묶어 버리면 네 신부로 삼을 수 있을 게다. 여신이 오만 가지로 모습을 바꿀 것이나 네가 속으면 안 된다. 끝까지 그 밧줄을 풀어 주지 않으면 마침내 여신은 본 모습을 보일 게다."

프로테우스는 이 말을 남기고 파도 소리와 함께 다시 물속으로 사라졌다.

이윽고 태양 수레가 하늘을 빗기어 헤스페로스의 바다[19]로

---

18) 크레타와 로도스 사이에 있는 섬. 오비디우스는 베르길리우스의 의견을 좇아 예언자 프로테우스가 이곳에 산다고 믿었다. 그러나 호메로스는 나일 강 하구라고 생각했다.

잠겼다. 그러자 네레우스의 아름다운 딸 테티스가 물에서 나와 동굴로 들어가서는 침상에 누웠다. 펠레우스가 밧줄로 재빨리 묶어 버리자 테티스는 온갖 것으로 변신했다. 그러나 그런 변신이 하릴없는 것이라고 깨달았는지 결국 본모습을 보이면서 한숨을 쉬고 말했다.

"신들의 도우심을 입지 않았더라면 그대가 어찌 날 이길 수 있었으랴."

그제서야 펠레우스는 이 여신을 껴안고 한 아이를 지으니, 이 아이가 바로 저 위대한 아킬레우스이다.

6 케윅스에게 몸 붙인 펠레우스. 다이달리온의 변신

만약에 포코스를 죽이는 죄를 범하지 않았더라면 펠레우스는 아내와 아들과 함께 운명의 갖가지 은총을 누리는 행복한 인간으로 살 수 있었으리라. 그러나 형제의 피를 묻힌 채 아버지의 집에서 쫓겨난 이 펠레우스를 받아 준 사람은 트라키스의 왕 케윅스였다. 아버지로부터 물려받은 허여멀건 얼굴로 좋은 왕이 되어 그 나라를 다스리고 있던, 루키페르의 아들 케윅스의 당시 입장은 말이 아니었다. 그는 형제의 죽음으로 슬픔에 잠겨 있었던 것이다.

---

19) 세계의 서쪽에 있는 바다. 태양이 하루의 노정을 끝내고 이 바다로 들면 테튀스 여신이 이 태양을 맞아들인다.

아이아코스의 아들 펠레우스는 먼 여행길에 지친 몸으로 트라키스 땅으로 들어섰다. 그는 함께 온 종자들은 왕성에서 그리 멀지 않은 계곡에서 기다리게 하고 혼자 왕성으로 들어가 청(請) 넣으러 온 사람이라는 표지로 양털을 감은 올리브 가지[20]를 손에 들고 왕을 배알하고는, 자신의 내력과 아버지의 이름을 고했다. 그러나 자신이 지은 죄, 고향에서 쫓겨난 까닭에 대해서는 짐짓 얼버무려서 말하고는, 성안에서든 성 밖에서든 몸 붙여서 살게 해 달라고 간원했다. 그러자 트라키스 왕 케윅스가 대답했다.

"펠레우스여, 내 나라가 베푸는 은혜는 여느 사람도 누릴 수 있습니다. 내가 다스리는 왕국은 나그네를 홀대하지 않아요. 여느 사람도 홀대하지 않는데 우리가 어찌 그대를 홀대하겠습니까? 나는 그대의 위명(偉名)을 익히 들어서 알고 있고, 그대가 유피테르의 손자라는 것도 알고 있습니다. 청을 넣느라고 시간을 허비하지 마십시오. 그대는 이미 그대가 바라는 것을 얻었습니다. 그러니 더한 것을 요구하십시오."

케윅스왕은 이 말 끝에 눈물을 떨구었다.

펠레우스가 우는 까닭을 묻자 그가 대답했다.

"산 것이 있는 하늘이면 어디에든지 나타나 새들을 공포의 도가니로 몰아넣는 매를 아시지요? 그대는 매라는 것이 옛날부터 있었을 거라고 생각하겠지만 아니올시다. 저 매는 원래 나와는 형제간인 다이달리온이랍니다. 다이달리온은 성질이

---

20) 싸울 생각이 없는 사람, 청원하러 온 사람이라는 표지.

더없이 거칠었지만 전쟁터에서는 용감했답니다. 우리는 새벽이 되어 새벽의 여신을 불러 놓고서야 잠자리에 드는 루키페르[21]를 아버지로 이 세상에 태어났습니다. 형과는 달라서 나는 평화를 사랑했습니다. 평화와 부부 생활의 행복을 지키는 것이 나의 소원이었습니다만, 형은 전쟁을 그렇게 좋아할 수 없었습니다. 용감한 그는, 많은 왕들의 무릎을 꿇리고 많은 나라를 정복했습니다. 보세요, 저렇게 모습이 바뀌어서도 티스베의 비둘기[22]를 떨게 하지 않습니까? 그런데 그에게는 키오네라고 하는 딸이 있었습니다. 이 딸은 자색이 고와서 열네댓 살 때 이미 청혼자들을 무수히 모여들게 했습니다. 그런데 어느 날 델로이에서 온 포이부스 아폴로와 퀼레네에서 온 마이아의 아들 메르쿠리우스가 동시에 이 키오네를 보고는 사랑을 느끼게 되었습니다. 포이부스 아폴로는 사랑을 이루기 위해 밤이 되기를 기다렸습니다. 그러나 메르쿠리우스는 밤이 되기까지 기다리지 않고 최면장(催眠杖)으로 얼굴을 건드려 이 아이를 잠재우고는 그만 사랑을 이루고 말았습니다. 이윽고 밤이 되어 별들이 하늘을 채울 즈음 포이부스 아폴로는 노파로 둔갑하여 키오네에게 접근해 이미 메르쿠리우스가 차지한 바 있는 이 아이를 껴안았습니다. 달이 차자 키오네는 쌍둥이를 낳았습니다. 하나는 발뒤꿈치에 날개가 달린 신[23]의 아들인 아우톨뤼코스인데, 이 아이는 제 아버지처럼 사술(詐

21) '금성'.

22) 보이오티아 해안 도시 티스베는 비둘기가 많기로 유명했다고 한다.

23) 메르쿠리우스.

術)에 능하여 흰 것을 능히 검게 할 수 있었고, 검은 것을 능히 희게 할 수 있었습니다. 또 하나는 포이부스 아폴로의 아들인 필라몬인데, 이 아이는 제 아버지처럼 노래를 잘 부르고 수금을 잘 탔습니다. 하지만 저 빛나는 별[24]의 손녀인 이 키오네가, 두 신의 사랑을 받고 두 신의 자식을 낳은 뒤로 어떻게 되었는지 아십니까? 과유불급(過猶不及)이란 이런 경우를 두고 하는 말일 겝니다. 하늘 높은 줄 모르게 된 키오네는 디아나 여신에게 그만 자기는 여신보다 훨씬 아름답다는 오만불손한 말을 하고 맙니다. 디아나 여신은 몹시 화를 내면서 활시위에다 살을 먹여 이 오만불손한 키오네의 혀를 뚫어 버립니다. 이때부터 이 혀는 움직여지지도 않거니와 설사 움직인다고 하더라도 소리를 지어 내지 못합니다. 혀만 그랬으면 좋게요? 여신의 화살에 꿰뚫리는 순간 피와 생명도 이 키오네의 혀를 통해 빠져나가고 맙니다.

나는 이 아이의 시신을 안고 그 아이의 아버지인 내 형을 위로했습니다. 그러나 슬픔으로 인해 실성한 형의 귀에 내 말이 들렸을 리 없지요. 바위에게 파도의 속삭임이 들리지 않듯이 말이지요. 형은 통곡만 합디다. 키오네의 시신이 화장단(火葬壇) 위로 오르자 형은 네 차례나 불길 속으로 뛰어들려고 했습니다만 그때마다 사람들 손에 붙잡혀 나오고는 했지요. 이렇게 되자 형은 벌 떼에 머리를 쏘인 황소처럼 벌판을 내닫기 시작했습니다. 어찌나 빨리 달리는지 도무지 뒤쫓을 수 있

---

24) 금성.

는 사람이 없었습니다. 우리가 형에게 날개가 달린 것이나 아닐까 생각했을 정도입니다. 형은 이렇게 달려 파르나소스 산정에 이르렀습니다. 거기에서 떨어져 죽을 생각이었던 모양입니다. 그러나 마악 절벽에서 몸을 던지는 찰나 형을 불쌍하게 여긴 포이부스 아폴로 신이 한 마리 새로 화하게 했습니다. 형의 몸에서는 날개도 돋아나고 부리도 돋아났습니다. 보세요, 그렇게 성정이 난폭하던 형은 저렇게 새가 되었어도 남에게 온정을 베풀기는커녕 자기 자신을 불행하게 만들고 있을 뿐 아니라 남까지도 불행하게 만들고 있는 것입니다."

7 돌이 된 이리

펠레우스가 루키페르의 아들 케윅스로부터 자기 형에 관한 이런 해괴한 이야기를 듣고 있는데, 펠레우스의 가축을 돌보던 포키스 사람 오네토르가 헐떡거리며 달려와서 고했다.

"펠레우스 님, 큰일 났습니다! 무서운 일이 터지고 말았습니다!"

펠레우스는 오네토르를 진정시키고 말을 하게 했다. 트라키아 왕 케윅스도 관심을 가지고 오네토르가 입을 열기를 기다렸다. 오네토르가 자초지종을 고했다.

"태양이 하늘 한중간의 황도(黃道)에 들어서서 온 길만큼 남은 갈 길을 바라보고 있을 즈음 저는 펠레우스 님의 가축을 몰고 해변으로 내려갔습니다. 소는 물을 만나자 해변에 무릎을 꿇기도 했고, 누워서 먼바다를 바라보기도 했습니다. 개중에는 어슬렁어슬렁 해변을 오르내리는 놈도 있었고, 헤엄을 치는 놈도 있었으며, 물에 몸을 담그고 머리만 내밀고 있는 놈도 있었습니다. 바닷가에는 제단이 하나 있었습니다. 황금과 대리석으로 짓고 꾸민 제단이 아니고, 아주 오래된 나무로 지은 제단이었습니다. 해변에서 그물을 말리고 있던 한 어부로부터 들었는데, 그 바다의 수호신들인 네레우스와 그 딸들[25]을 모신 제단이라고 합디다. 제단 근처는, 미처 빠지지 못한 바닷물이 늪을 이루고 있고 이 늪에는 버드나무가 자라고 있었습니다. 바로 이곳에서 세상을 뒤엎을 듯한 포효가 들렸습니다. 가만히 보았더니 바로 여기에서 거대한 괴물, 이리였습니다만, 거대한 괴물이 온몸에 해초를 묻힌 채 나오는 것이 아니겠습니까? 이리의 눈은 번쩍거렸고, 입가로는 피거품이 번졌습니다. 이 이리가 이렇게 포악을 부리는 까닭은 짐작건대 배가 고픈 데다 제 성질을 이기지 못해서 그러지 않았나 싶지만 제가 보기에는 배고픈 것보다 제 성질 이기지 못하는 게 먼저인 것 같습디다. 까닭은, 먹을 것을 찾았으면 한 마리 잡아먹으면 그뿐일 텐데, 그게 아니고 걸리는 소는 모두 갈기갈기 찢어 해변에 패대기를 치고 있기 때문입니다. 말리던 우리 동아리 중 몇 명이 놈의 이빨에 찢겨 죽거나 부상을 입었을 정도입니다. 해변은 온통 피바다가 되어 있고, 지금 늪은 가축이 지르는 소리로 낭자합니다. 지체하시면 희생만 늘어 갈 뿐

---

25) 네레이데스.

입니다. 망설일 시간이 없습니다. 몇 마리나마 남은 것이 있을 때 무장하고, 그렇습니다, 무장하고 합세해서 저 짐승을 무찔러야 합니다!"

오네토르의 말이 끝났다. 펠레우스는 그 짐승으로 인한 손실에는 별로 마음을 쓰지 않았다. 그가 정작 마음을 쓰는 것은 자기가 지은 죄와 네레이데스의 복수였다. 네레이데스는 자기 아들 포코스를 죽이고도 제물을 바치지 않는다고 해서 이리를 보내 펠레우스의 소를 죽이게 하고 있는 것이었다. 오이테산의 주인[26]은 부하들에게 무장하라고 명령하고 자신도 무장하고 무기를 골랐다. 그가 출정하려는 참인데 그의 아내 알퀴오네가 뛰어 들어왔다. 알퀴오네는 머리도 손질하지 못한 채로 뛰어 들어와 남편인 케윅스의 목을 껴안고는, 부하들을 보내되 왕이 직접 나서지는 말라고 눈물로 애원하면서, 왕 자신의 목숨을 아끼는 일이 자기의 목숨까지 지켜 주는 일이라는 말을 덧붙였다. 알퀴오네의 말에 펠레우스가 대신 대답했다.

"왕비시여, 당신의 두려움은 아름다운 당신에게도 어울리고, 지아비에 대한 당신의 사랑에도 어울립니다. 하지만 걱정 마십시오. 이렇듯이 나를 도와주시려는 케윅스왕께 감사드립니다만, 내게는 무력으로 저 괴물을 퇴치할 생각은 없습니다. 나는 무력을 쓰는 대신 바다의 여신들에게 기도를 드려야 할 사람입니다."

---

26) 케윅스를 말한다. 오이테산은 헤라클레스가 임종한 곳으로 유명하다. 헤라클레스 역시 이 케윅스왕과 교분이 있었다.

성채 위에는 높은 탑이 있었다. 오랜 항해에 지친 뱃사람들에게는 훌륭한 이정표가 될 만한 탑이었다. 펠레우스 일행은 그 탑으로 올라가, 울부짖는 소, 죽어 나자빠진 소, 턱 끝으로 피를 뚝뚝 떨어뜨리면서 좌충우돌 소를 찢어 죽이는 괴물을 내려다보았다.

펠레우스는 두 팔을 벌리고 바다의 여신에게 이제는 그만 노여움을 거두어 달라고 기도했다. 바다의 여신 프사마테는 처음에는 노여움을 거두지 않았으나 테티스가 남편의 허물을 용서해 달라고 비는 바람에 화를 가라앉혔다. 바다의 여신이 화를 가라앉혔는데도 불구하고 괴물은 성질을 누이지 않았다. 피 맛을 들였기 때문이다. 보다 못한 테티스 여신이 이 이리를 대리석으로 화하게 했다. 대리석상이 된 이리는 색깔만 달랐을 뿐 모양은 이리였을 때와 조금도 다르지 않았다.

이리가 대리석상으로 변한 뒤에도 그 땅에 머물 팔자를 타고나지 못했던 펠레우스는 그 땅을 떠나 오래 방황하다가 이윽고 마스네시아 땅에 이르렀다. 펠레우스의 살인죄를 닦아 준 사람은 하이모니아 왕 아카스토스였다.

8 케윅스의 난파

형 다이달리온의 변신과 그 뒤에 일어난 일련의 사건을 아무래도 심상찮게 여긴 케윅스는 델포이로 가서, 근심에 잠긴 인간에게는 더할 나위 없는 위안이 되는 아폴로의 신탁을 한

번 받아 보기로 결심했다. 그러나 육로를 통해 델포이로 가는 것은 불가능했다. 무법자 포르바스[27]가 플레귀아이 사람들과 작당하여 길을 막고 있었기 때문이다.

어떻게든 기어이 델포이에 가기로 마음먹은 케윅스는 아내 알퀴오네에게 이 말을 했다. 알퀴오네는 이 말을 듣는 순간 파랗게 질리면서 부들부들 떨다가 눈물을 흘리기 시작했다. 알퀴오네는 세 번이나 무슨 말을 하려 했지만 눈물이 앞을 가리고 목이 메는 바람에 아무 말도 못 하고 있다가 이윽고 마음을 다잡아 먹고는 이런 말을 했다.

"저에게 무슨 잘못이 있다고 이렇듯이 무서운 결정을 내리셨습니까? 그토록 저를 사랑하시던 마음은 어디로 갔습니까? 이제 와서 이 알퀴오네를 남겨 두고 떠나시겠다니…… 정말 그렇게 먼 길을 떠나시기로 작정하셨나요? 제가 눈앞에 없게 될 터인데도 저를 사랑하실 수 있을는지요. 육로로 가신대도 걱정이 태산 같을 터인데 항차 바다를 항해하시다니요? 안 됩니다. 저 바다, 저 심술궂은 바다로 그대를 보내 드릴 수는 없습니다. 해변으로 밀려온 난파선의 잔해를 왕께서 못 보셨습니까? 이름만 있을 뿐 시신은 없는 빈 무덤을 왕께서 못 보셨습니까? 바람을 부리시고, 파도를 다스리시는 장인을 믿으시는 것은 아니겠지요?[28] 그러나 아이올로스 신께서도 일단 바

27) 델포이로 가는 길에 진치고 기다렸다가 권투 시합을 걸어, 여기에 걸려든 나그네를 때려 죽였던 도둑. 후일 어린이로 변장하고 이 길을 지나던 아폴로의 손에 맞아 죽었다.

28) 알퀴오네는 바람의 지배자 아이올로스의 딸이다.

델포이의 무녀(巫女, 미켈란젤로의 그림).

다로 나온 바람은 다스릴 수가 없답니다. 아이올로스 신의 동굴을 나온 바람을 다스릴 수 있는 자는 아무도 없습니다. 이 바람은 땅이고 바다고 저희 마음대로 한답니다. 하늘의 구름을 모으기도 하고 흩기도 하고, 이로써 번개를 일으켜 파도를 때리기도 한답니다. 어릴 때 아버지의 동굴에서 익히 보았는지라 저는 잘 압니다. 바람은, 모르는 사람에게는 무섭지 않을지 모르지만 잘 아는 사람에게는 참으로 무서운 것이랍니다. 왕이시여, 만일에 결심을 바꿀 수 없다면, 결심이 반석과 같아 도저히 이제는 어쩔 수 없다면 저를 데려가 주세요. 저는 왕궁에서, 바다로 나간 왕을 기다리고 있을 수 없습니다. 함께 간다면 우리는 신고만난을 이겨 내고 저 넓은 바다를 건널 수 있을 것입니다."

저 밝은 별의 아들 케윅스는 아내의 말과 아내의 눈물에 몸 둘 데를 알지 못했다. 그의 가슴속에서 타오르는 사랑의 불길도 알퀴오네의 가슴속에서 타오르는 사랑의 불길에 못지 않았기 때문이다. 그러나 케윅스는 델포이행을 포기할 수도 없었고, 그 위험한 항해에 아내를 동반할 수도 없었다. 케윅스는 아내를 달래려고 애썼다. 그러나 알퀴오네 역시 만만치 않아서 한번 한 말을 거두어들이려 하지 않았다. 케윅스는 이런 말로 아내를 달랬다.

"하루를 떨어져 있어도 우리에게는 너무 긴 시간일 것이네만, 내 아버지께 맹세코 운명의 여신들이 허락하는 한, 달이 두 번 찼다가 지기 전에 돌아오겠네."

생각했던 것보다 빨리 돌아온다는 말에 알퀴오네는 마음을 돌렸다. 아쉬운 마음이 없었던 것은 아니었다. 케윅스는 부하들에게 배를 항구로 끌어내 뱃길 떠날 채비를 하라고 명령했다. 지아비가 타고 떠날 배를 본 순간 알퀴오네는 지아비의 슬픈 운명을 예감이나 한 듯이 또 눈물을 흘리기 시작했다. 알퀴오네는 마지막으로 지아비의 품에 안겼다가는 지아비가 포옹을 풀자 그 자리에 무너져 내렸다. 케윅스는 아내를 위로할 시간을 벌기 위해 핑계를 만들려고 했다. 그러나 벌써 노대에 앉아 노끝을 바다에 담그고 있는 젊은 뱃사람들이 케윅스를 재촉했다. 케윅스는 마음이 내키지 않았지만 뱃사람들의 재촉에 못 이겨 배에 올랐다.

배가 항구를 떠나자 알퀴오네는 눈물에 젖은 얼굴을 들었다. 알퀴오네의 눈에, 뱃머리에 서서 자기에게 손을 흔드는 지아비의 모습이 보였다. 그러나 그것도 잠깐이었다. 배가 항구를 멀리 벗어나면서부터 알퀴오네는 지아비의 모습을 알아볼 수 없었다. 그런데도 알퀴오네는 배가 보이지 않을 때까지 바다를 바라보고 있었다. 배는 알퀴오네의 눈앞에서 사라졌어도 돛대는 오래오래 수평선 위에 남아 있었다. 알퀴오네는 이 돛대마저 사라질 때까지 바다를 바라보다가 자기 방으로 돌아가 무거운 몸과 마음을 침상에 눕혔다. 알퀴오네는 자신의 일부가 사라진 그 방을 돌아다보면서 새삼 눈물을 흘렸다.

배가 항구를 벗어난 지 오래도록 바람은 돛폭을 팽팽하게 부풀리며 배를 밀었다. 선장의 자리에 오른 케윅스왕은 노를 걷고, 돛가름대를 올려 돛폭 하나 가득 바람을 받게 했다. 가야 할 뱃길의 반쯤을 갈 동안 바람은 순조로웠다. 가야 할 뱃길의 반을 갔으니 배는 떠나온 육지와 닿아야 할 육지의 중간에 있었던 셈이다. 그런데 어느 날 밤 바람이 거칠어지면서 바다의 표면이 사납게 인 흰 물거품으로 덮이기 시작했다. 거센 동풍이 불기 시작한 것이다. 선장은 뱃사람들을 호령했다.

"돛대에서 돛가름대를 내리고, 돛을 모두 내려라!"

그러나 그의 말은 거친 바람 소리와 물소리 때문에 뱃사람들에게 전해지지 않았다. 뱃사람들은 저 나름의 판단에 따라 움직이기 시작했다. 뱃사람 중에는 노를 걷는 자도 있었고, 갑판을 보강하는 자도 있었으며, 돛을 걷는 자도 있었다. 그뿐이 아니었다. 물을 퍼내는 자도 있었고, 물이 새는 곳을 막는 자도 있었다. 뱃사람들이 제각기 저 나름의 판단에 따라 움직이고 있을 동안에도 바람은 시시각각으로 거세졌다. 바람은 사방에서 불어와 그렇지 않아도 미친 듯이 날뛰는 바다를 휘저었다. 선장 자신도 이미 겁에 질려 있었다. 그는 그래서 무엇을 어떻게 해야 할지 알지 못했다. 뱃사람들에게 어떤 일을 하게 해야 할지, 어떤 일을 하지 못하게 해야 할지 알지 못했다. 바다의 광란은 이미 그의 손길이 미치는 범위를 저만치 벗어나 있었다. 뱃사람들은 비명을 질렀고, 밧줄은 바람을 받아 윙윙 소리를 냈으며 바다는 부서지는 파도 소리로 대기를 가르고 있었다. 산같이 높은 파도는 하늘에 이를 듯이 까마득하게 솟았다가는 구름과 같은 물보라를 흩뿌렸다. 물보라는 때로는 모래처럼 누렇게 보였다가 순식간에 스튁스 강물보다 더 검게 보이기도 했고 검게 보이다가는 또 어느새 흰 포말을 뱃전에 쏟아붓고는 했다. 트라키아의 배도, 그 파도에 실려 까마득하게 솟았다가는 바다의 바닥에라도 이를 듯이 내려앉고는 했다. 솟을 때는 산정에 오른 듯했고, 내려앉을 때는 계곡 아니면 아케론강의 바닥으로 내려앉는 것 같았다. 파도가 옆구리를 때릴 때마다 배는 금방이라도 부서질 듯이 소리를 냈다. 흡사 파성추에 얻어맞는 허름한 성벽 같았다. 자기를 겨누는 창칼을 향해 돌진하는 용감무쌍한 사자처럼, 바람에 쫓겨 온 파도도 그 앞을 가로막는 배의 옆구리를 향해 돌진했다. 짐이라는 짐은 이미 원래 있던 자리를 떠난 지 오래였다. 나무와 나무의 틈은 아가리를 벌린 지 오래였다. 이 틈을 메우고 있던 밀랍이 깡그리 떨어져 씻겨 나갔기 때문이다. 갑자기 구름이 열리면서 비가 쏟아지기 시작했다. 흡사 온 하늘이 비가 되어 바다로 쏟아지는 것 같았다. 바다의 물은 하늘의 물과 합세하여 배를 공격했다. 하늘에 별은 없었다. 폭우가 쏟아지는 하늘에 보이는 것은 칠흑 어둠뿐이었다. 이따금 번개가 잠깐씩 사방을 밝힐 뿐이었다. 번개가 칠 때마다 사방의 바다는 붉게 보였다.

이윽고 파도는 배 안으로 들이닥치고 있었다. 수십 차례의 공격으로 뚫어진 성벽 앞에서 병사들 중에서도 가장 유명한 병사가 불타오르는 명예욕을 주체하지 못하고 마침내 수많은 병사들을 제치고 성벽을 돌파하는 것처럼, 파도도 십중팔구는 뱃전의 돌파에 실패하다가 마침내 부서진 뱃전에 치명타를 가하고 선복으로 뚫고 들어왔다. 밖에서 돌파 공격을 계속하는 파도가 있는가 하면 이미 안에 들어와 있는 파도도 있었다. 배 안은 아수라장이었다. 적은 성 밖에서 공격하고 백성들은 안에서 혹은 저항을 계속하고 혹은 앞서 들어온 적의 칼날에 쓰러지는 한 도시 국가의 최후와 비슷한 형국이었다. 뱃사람의 용기는 이미 간 곳이 없었다. 사기가 남아 있을 리 없었다. 파도는 이들의 방어망을 허물고 배 안으로 들어오기 시작한 지 오래였다. 뱃사람들 중에는 우는 사람도 있었고, 망연자실 가만히 서 있는 사람도 있었다. 시신을 찾아 장례나 치러 주었으면 좋겠다고 하는 사람도 있었고, 보이지도 않는 하늘을 향해 손을 벌리고 신들에게 기도하는 사람도 있었다. 아버지와 형제들을 생각하는 사람도 있었고, 집과 아이들을 생각하는 사람도 있었다. 집에 남겨 두고 온 것을 생각한다는 것만은 다 같았다. 케윅스가 생각한 것은 오직 알퀴오네뿐이었다. 케윅스의 입가를 맴돈 것은 오직 알퀴오네라는 이름뿐이었다. 케윅스에게 소원이 하나 있다면 알퀴오네를 다시 한번 만나고 싶다는 것뿐이었다. 그러나 케윅스는 알퀴오네를 보고 싶어 하면서도 알퀴오네가 그 배에 타고 있지 않은 것을 큰 다행으로 여겼다. 케윅스는, 조국의 해변이 있는 쪽으로 고개를 돌리고 싶었다. 그러나 그럴 수 없었다. 바다는 쉴 새 없이 소용돌이치고 있었고, 어둠은 하늘을 가리고 있어서 고향이 어느 쪽에 있는지 알 수가 없었기 때문이다.

돌개바람에 돛대가 부러져 나가고 방향타가 산산조각이 났다. 이와 때를 같이해서 거대한 파도 하나가 하늘로 까맣게 솟아올라 뒤따라 부풀어 오르는 다른 파도를 내려다보았다. 그러다가 이 파도는 아토스산과 핀도스산을 바닥까지 갈라 버릴 듯한 기세로 이 배를 겨누고 내리꽂혔다. 배는 그 엄청난 일격에 부서지고 그 엄청난 무게에 눌려 바다의 바닥으로 가라앉았다. 두 번째로 가라앉은 뱃사람들은 다시 떠오르지 못했다. 케윅스는 한때 왕홀을 잡던 손으로 난파선의 조각을 잡고, 처음으로 불러도 대답 없는 아버지 루키페르와 장인 아이올로스의 이름을 불렀다. 그러나 그가 가장 많이 부른 이름은 역시 아내 알퀴오네의 이름이었다. 그는 알퀴오네를 생각하면서, 파도가 자기의 시신을 알퀴오네 앞으로 밀고 가 주기를 바랐다. 그래서 알퀴오네의 손에 묻힐 수 있게 되기를 빌었다. 그는 한동안 바다 위를 떠다니면서 파도가 그의 입을 막지 못하는 순간이면 잊지 않고 알퀴오네의 이름을 불렀다. 그러나 오래가지는 않았다. 거대한 파도가 하나 밀려와 케윅스를 바다 밑으로 끌고 들어갔기 때문이다. 이날 하늘에서 루키페르를 본 사람은 없었다. 하늘을 떠날 수 없어 아들을 구할 수 없었던 루키페르가 아들이 죽어 가는 것을 보지 않으려고 아예 구름으로 얼굴을 가려 버렸기 때문이다.

한편 집에 남아 있던 알퀴오네는 케윅스의 배가 난파한 것도 모르는 채 지아비가 돌아오마고 약속한 날을 손꼽아 기다리면서 지아비가 입을 옷과 자신이 입을 옷을 지었다. 옷을 지으면서 알퀴오네는 신들에게 꼬박꼬박 제물을 드리고 지아비를 무사히 돌아오게 해 달라고 기도했다. 그러나 알퀴오네가 가장 자주 찾아간 신전은 유노 여신[29]의 신전이었다. 알퀴오네는 유노 신전에 갈 때마다 지아비를 무사히 돌아오게 해 주기를 기도하는 한편 다른 여자에게 가는 일이 없게 해 달라고 빌었다. 알퀴오네가 드린 기도는 여러 가지였다. 그러나 여신이 들어줄 수 있는 기도는 이 마지막 기도 하나뿐이었다.

유노 여신은 이미 죽은 사람을 살아 돌아오게 해 달라는 알퀴오네의 기도를 견딜 수 없었다. 그래서 이 불쌍한 여인이 다시 자기 신전에 찾아오지 못하게 하려고 이리스[30]를 불러 이렇게 일렀다.

"내 충직한 전령신인 이리스는 솜누스[31]의 궁전으로 가서 내가 그러더라고 해라. 아무래도 죽은 케윅스의 모습으로 알

---

29) 유노 여신은 결혼의 수호 여신이다.

30) 유노 여신의 심부름을 도맡아 하는 무지개 여신. '무지개'.

31) 그/휘프노스. 잠의 신. '잠'.

퀴오네에게 현몽하여 케윅스가 이제는 이 세상 사람이 아니라는 것을 깨우쳐 주어야겠다더라고."

이 명을 받은 이리스는 수천 가지 색깔 옷으로 단장하고 하늘을 날아, 구름에 싸여 있는 솜누스의 궁전으로 갔다.

9 잠의 신과 꿈의 신

킴메리아인들이 사는 나라 가까이에는 높은 산과 깊은 계곡에 깊숙이 들어앉은 동굴이 하나 있었다. 이 동굴이 바로 잠의 신 솜누스의 은신처인 궁전이었다. 여기에는 햇빛도 비치지 않았다. 해가 떠오를 때도, 해가 질 때도 비치지 않았다. 이 솜누스의 궁전은 안개에 싸여 있어서 늘 어두컴컴했다. 여기에는 울음소리로 새벽을 알리는 닭도 없었고, 고요를 깨뜨리는 개나 개보다 더 귀가 밝은 거위 같은 것도 없었다. 짐승이 짖는 소리, 가축이 우는 소리도 여기에서는 나지 않았다. 심지어 가지 사이로 바람이 지나는 소리, 입씨름하는 사람들의 목소리도 들리지 않았다. 오로지 침묵, 오로지 고요가 있을 뿐이었다. 이 동굴 밑으로는 레테의 강이 자갈 위로 소리 없이 흘러가고 있었다. 동굴 앞에는 잠을 유발하는, 양귀비를 비롯한 수많은 약초가 자라고 있었다. 잠의 신은 이런 약초에서 즙을 뽑아내 세상에 뿌려 산 것들을 잠재우는 것이었다. 동굴에는 문도 없었다. 문이 있으려면 돌쩌귀가 있어야 하는데 돌쩌귀가 있으면 문이 열리거나 닫힐 때 소리가 나기 때문이었다. 그렇다고 문 앞을 지키는 문지기가 있는 것도 아니었다. 동굴 한가운데에는 흑단 침대가 하나 있고, 이 위에는 깃털보다 보드라운 보료가 깔려 있었다. 이 흑단 침대가 바로 잠의 신 솜누스의 잠자리였다. 솜누스는 여기에 누워 있었다. 솜누스의 옆에는 수많은 꿈의 신들이 누워 있었다. 꿈의 신들은 벌판에서 거둔 옥수수, 숲의 나뭇잎 혹은 해변의 모래알만큼이나 그 수효가 많았다.

이 잠의 신에게 다가가면서 이리스 여신은 손을 흔들어 앞을 막아서는 수많은 꿈의 신들을 물리쳤다. 곧 잠의 신의 침실은 이리스 여신이 뿌리는 빛줄기로 은은하게 빛났다. 이윽고 잠의 신이 눈을 떴다. 금방이라도 다시 감길 것 같은 눈이었다. 아닌 게 아니라 잠의 신은 몇 번이고 다시 침대에 쓰러졌다. 애를 써서 일어나 앉아서도 턱으로 몇 번이나 가슴을 쳤을 정도였다. 한동안 잠을 깨지 못해 애쓰던 잠의 신이 이리스를 알아보고는 어렵게 어렵게 베개에 몸을 기대고 먼 길을 온 까닭을 물었다. 이리스 여신이 대답했다.

"만물을 쉬게 하시는 잠의 신이시여, 신들 가운데서도 가장 평화로운 신이시여. 산 것들의 마음을 고요하게 하시고, 산 것들의 마음을 근심으로부터 구하시는 신이시여, 산 것들의 모양을 고스란히 흉내 낼 수 있는 꿈을 보내소서. 케윅스의 모습으로, 저 헤라클레스로 인해 그 이름이 널리 알려진 도시 트라키아의 알퀴오네에게 보내소서. 보내시어 지아비 케윅스가 난파당한 소식을 알퀴오네에게 전하시라는 유노 여신의 분부이십니다."

잠의 신 솜누스(그/휘프노스).

이리스는 유노의 명을 전갈하자마자 서둘러 그곳을 떠났다. 졸음이 와서 더는 견딜 수 없었기 때문이다. 이리스는 사지를 노곤하게 하는 잠을 털어 내고는 서둘러 날아온 하늘을 되짚어 날아 유노 여신 있는 곳으로 돌아갔다.

솜누스는 수많은 아들 가운데서 맏아들 모르페우스[32]를 깨웠다. 모르페우스는 인간으로 둔갑하는 데 능하고 인간의 흉내도 잘 내기로 이름 있는 꿈의 신이었다. 특정인의 걸음걸이, 표정, 목소리를 모르페우스만큼 완벽하게 흉내 낼 수 있는 꿈의 신은 없었다. 이 모르페우스는 그 사람의 옷차림, 그 사람이 즐겨 쓰는 말까지도 그대로 흉내 낼 수 있었다. 모르페우스는 사람의 흉내를 잘 내는 꿈의 신인 반면에 신들 사이에서는 이켈로스, 인간들 세상에서는 포베토르[33]라고 불리는

32) 꿈의 신. '조형(造形)하는 자'.

둘째 아들은 짐승이나 새나 뱀으로 둔갑하거나 이들의 흉내를 내는 데 능했고, 셋째 아들인 판타소스[34]는 땅, 바위, 물, 나무 같은 무정물(無情物)로 둔갑하거나 흉내를 내는 데 능했다. 이 세 형제는 밤이 되면 주로 왕이나 장군들의 꿈에 나타났고 나머지 형제들은 여느 사람들의 꿈에 나타났다. 그래서 노신(老神) 솜누스는 다른 꿈의 신들은 다 제쳐 두고 이 모르페우스를 골라 타우마스의 딸[35]이 전한 유노의 명을 수행하게 하고는 그 푹신푹신한 침대에 누워 다시 잠들었다.

모르페우스는 날갯짓 소리가 나지 않는 날개로 어둠 속을 날아 케윅스의 궁전에 이르렀다. 물론 알퀴오네가 자고 있을 시각이었다. 모르페우스는 날개를 벗어 놓고는 케윅스의 모습으로 둔갑했다. 케윅스로 둔갑한 모르페우스는 대리석같이 창백한 모습으로 불쌍한 알퀴오네의 침상 앞에 섰다. 옷은 다 찟겨져 나가고 없어 알몸이었다. 그의 수염에서는 물방울이 듣고 있었다. 머리도 물론 물에 젖어 있었다. 케윅스로 둔갑한 모르페우스는 알퀴오네의 침상에 기대고 서서 눈물을 흘리면서 이렇게 말했다.

"가엾은 아내여, 이 케윅스를 알아보시겠는가? 죽어서 내 형상이 혹 바뀌지나 않았는가? 나를 보시라. 그대가 모르는 사람이 아니다. 나는 산 케윅스의 몸에 깃들여 있던 유령이다. 알퀴오네여, 이제 나를 위해서 기도할 필요는 없다. 나는 죽었

---

33) '겁주는 자'.

34) '환영(幻影)'.

35) 무지개 여신 이리스를 말한다.

으니 이제는 내가 돌아올 것이라는 헛된 희망에 기댈 일이 아니다. 폭우와 함께 불어온 남풍이 아이가이온 바다에서 우리 배를 산산조각으로 부수었고, 파도는 내 입술이 부르는 그대의 이름을 씻어 갔다. 내가 전하는 소식은 뜬소문이 아니니 그대가 믿어야 한다. 난파하는 배와 함께 이제는 이 세상 사람이 아닌 내가 와서 전하니만큼 그대가 믿어야 한다. 자, 일어나시라, 일어나 나를 위해서 눈물을 흘려 다오. 그대 눈물에 젖지 못한 채 타르타로스의 나라로 가게 하지 말아 다오."

모르페우스는 알퀴오네에게 이렇게 말하면서 정말 눈물을 흘리는 것 같았다. 알퀴오네는 그 모습과 그 몸짓을 케윅스의 모습과 몸짓으로 믿어 의심치 않았다. 알퀴오네는 꿈속에서 비명을 지르며 손을 내밀어 지아비의 몸을 쓰다듬으려 했다. 그러나 알퀴오네의 손끝에 닿은 것은 허공뿐이었다. 알퀴오네는 잠결에 소리쳤다.

"기다리셔요! 어딜 그렇게 급히 가셔요? 저랑 함께 가요."

지아비의 모습에 놀라고 자신이 지른 소리에 놀라 왕비 알퀴오네는 잠을 깨어, 조금 전 꿈속에서 보았던 이가 주위에 있을 것 같아 사방을 둘러보았다. 알퀴오네가 지른 소리에 역시 잠을 깬 하녀가 등잔에 불을 밝혀 들고 들어와 있었다. 케윅스가 거기에 와 있을 까닭이 없다는 것을 깨달은 알퀴오네는 손으로 제 뺨을 꼬집어 보고 슬픔을 견디지 못해 옷을 찢고 가슴을 쳤다. 알퀴오네는 잠자다 소리를 지르고 난데없이 깨어 애통해하는 까닭을 묻는 하녀에게 헝클어진 머리카락까지 쥐어뜯으며 말했다.

"이제 알퀴오네라는 계집은 없다. 알퀴오네는 이제 아무것도 아니다. 알퀴오네는 케윅스왕과 함께 죽었다. 나를 위로하려고 하지 말아라. 왕께서는 난파선과 운명을 같이하셨다. 나는 그분을 보았다. 나는 그분을 알아보고, 떠나려는 그분께 손을 내밀어 가시지 못하게 하려고 했다. 그분은 유령이었다. 그러나 틀림없는 내 지아비인 그분의 유령이었다. 그분의 모습이 궁금할 터이니 내 일러 주겠다. 그분의 모습은 예전의 모습 같지 않았다. 그분의 얼굴은 예전처럼 빛나지 않았다. 그분은 몸에 아무것도 걸치지 않은 채 내 앞에 나타나셨다. 그분의 낯빛은 창백했다. 그분의 머리카락은 젖어 있었다. 아, 가엾은 분, 나는 그런 그분의 모습을 뵈었다. 그분은 바로 여기에, 참으로 가엾은 모습으로 서 있었다……."

알퀴오네는 케윅스가 왔던 흔적이 남아 있기라도 한 듯이, 꿈속에서 케윅스가 서 있던 곳을 살펴보았다. 그러고는 울부짖었다.

"저를 버리고 떠나지 마시라고 한 것은, 맞바람이 치는 곳으로 가시지 못하게 한 것은 이 때문이었답니다. 그대가 이렇게 될 줄 알고 두려워서 한사코 말렸던 거랍니다. 그대가 어쩌면 그런 일을 당하실지 모른다고 생각하고 저를 데려가 달라고 했던 거랍니다. 데려가 주셨으면 좋았을 것을. 데려가 주셨으면 그대 없는 세상을 살지 않아도 되는 것을. 데려가 주셨으면 함께 죽을 수 있는 것을. 저는 그곳에 없었지만, 저는 그대와 바다에서 죽지 못했지만, 제 마음은 이미 바닷속에 들어가 있답니다. 이 세상에 남아 목숨을 부지하려고 애쓴다면, 이 슬픔과 싸우면서 살아간다면 저는 그대를 앗아 간 바다보다 못한 여자입니다. 그렇습니다. 슬픔과 싸우면서 살지는 않으렵니다. 그대 없는 세상을 살지는 않으렵니다. 우리를 태운 재가 비록 한 항아리에 들지는 못할지언정, 비록 그대와 나란히 묻히지 못할지언정 저는 그대 뒤를 따르렵니다. 제 뼈가 그대 뼈와 섞이지 못할지언정 제 이름만이라도 그대의 이름과 나란히 새겨지게 하렵니다."

알퀴오네는 목이 메 말을 잇지 못했다. 흐느낌이 알퀴오네의 말을 토막냈고, 슬픔이 가슴을 갈가리 찢었기 때문이다.

10 알퀴오네와 케윅스의 전신

아침이었다. 알퀴오네는 궁전을 나와 케윅스를 떠나보낸 곳을 다시 보고 싶어 해변으로 갔다. 해변을 서성거리면서 알퀴오네는 중얼거렸다.

"그대는 여기에서 닻줄을 감아올리셨지요. 여기에서 저의 입술에 입 맞추셨지요."

알퀴오네는 지아비가 떠나던 날의 일을 하나하나 떠올리며 해변을 걷다가 바다 쪽을 바라보았다. 갑자기 알퀴오네는 가벼운 신음과 함께 흠칫 놀라면서 뒤로 물러섰다. 물가에 있는 사람의 형상과 비슷한 것을 보았던 것이다. 사람의 형상 같기는 하지만 처음에는 거리가 멀어 사람이라고 단언할 수 없었다. 알퀴오네는 그쪽으로 다가갔다. 때맞추어 밀려온 물결이 그 물체를 바닷가로 밀어냈다. 물체와 알퀴오네 사이에는 여전히 거리가 있었으나 그것은 분명히 사람의 주검이었다. 알퀴오네는 난파선의 희생자일 것이거니 여기면서 그쪽으로 다가갔다. 다가가면서 이렇게 중얼거렸다.

"아, 그대가 누구인지 모르겠으나, 그대의 인생이 불쌍하군요. 그대에게 아내가 있는지 없는지 나는 모르나, 있다면 그대의 아내가 불쌍하군요."

사람의 주검은 물결에 밀려 자꾸만 해변 쪽으로 나왔다. 주검이 가까이 밀려옴에 따라 알퀴오네의 가슴이 뛰기 시작했다. 얼굴을 알아볼 거리까지 접근한 알퀴오네는 자기 눈을 의심했다. 바로 남편의 주검이었기 때문이다. 알퀴오네는 비명을 질렀다.

"아, 그대였군요!"

알퀴오네는 재빨리 자기의 겉옷을 벗어 지아비에게 덮어 주었다. 그러고는 떨리는 손을 내밀어 지아비의 주검을 쓰다듬으며 울부짖었다.

"그대여, 이렇게 되어 돌아오시려고 저를 떠나셨나요?"

바닷가에는 방파제가 있었다. 먼바다의 파도를 막아 그 힘을 약화시킬 목적으로 사람들이 쌓아 올린 아주 높은 방파제였다. 알퀴오네는 이 방파제로 올라가 바다로 몸을 던졌다. 그런데 기적이 일어났다. 알퀴오네가 거기까지 올라갈 수 있었던 것도 기적이었고, 알퀴오네에게 거기에서 뛰어내릴 용기가 있었던 것도 기적이었다. 그러나 정작 이러한 기적보다도 더욱 놀라운 기적은 그다음에 일어났다. 방파제에서 뛰어내린 알퀴오네가 어느새 돋아난 날개로 날기 시작한 것이다. 어느새 새로 변신하여 바다 위를 날고 있는 것이었다. 바다 위를 날고 있는 알퀴오네의 입에서는, 정확하게 말하면 조금 전까지 입이었던 부리에서는 가냘픈 새의 울음소리가 새어 나왔다. 이윽고 지아비의 시신 곁에 이른 알퀴오네는 새로 돋은 날개로 지아비의 몸을 가볍게 감싸고 부리를 그의 입술에 댔다. 이미 이 세상 사람이 아닌 케윅스가 알퀴오네의 입맞춤을 느끼고 몸을 움직일 까닭이 없었다. 그러나 케윅스는 분명히 몸을 움직였다. 물결 때문이거니 했는데, 아니었다. 케윅스가 분명히 몸을 움직였다. 신들이 이 둘을 가엾게 보고 케윅스까지 새로 변신시킨 것이다. 둘의 사랑도 그때까지 유효했다. 날개를 얻었는데도 혼인의 서약은 그대로 남아 있었던 것이다. 이 두 마리의 새는 짝을 지어 알을 낳았다. 알퀴오네[36]는 바다 위에 지은 둥지에서 이레 동안 알을 품었다. 이 동안은 바다도 잠잠했다. 아기들의 외조부가 되는 바람의 신 아이올로스가 외손자들을 위해 바람을 재웠기 때문이다.

11 잠수조(潛水鳥)가 된 아이사코스

이 물총새들이 나란히 열을 지어 넓은 바다 위를 나는 광경을 보고, 이들이 끝내 이루어 내고야 만 사랑을 찬탄하는

---

36) 영/핼사이어니. '물총새'.

노인이 있었다. 잠시 후 다른 사람이 지나가다가 목이 긴 잠수조를 가리키며 이런 말을 했다. 어쩌면 처음의 그 노인이 다른 사람에게 한 말인지도 모르겠다.

"저 물총새들만 왕가의 자손들인 게 아니고 저기 저 날씬한 꼬리로 물을 차고 지나가는 잠수조도 사실은 왕가의 자손이라네. 한 대 한 대 조상을 따져 올라가면 마침내 일로스,[37] 이사라코스, 유피테르 대신의 손에 천궁으로 끌려간 가뉘메데스, 노왕(老王) 라오메돈 그리고 왕좌에 있을 동안에 트로이아가 망하는 꼴을 본 프리아모스에 이른다는 말일세. 저 새가 원래는 헥토르[38]의 아우인 아이사코스였다네. 소싯적에 기이한 운명의 장난으로 저 지경에 이르지 않았더라면 헥토르에 못지않게 이름을 후세에 남겼을 것이네. 헥토르와 아이사코스는 아버지는 같아도 어머니는 달라. 헥토르의 어머니는 뒤마스의 딸인 헤쿠바지만, 아이사코스의 어머니는 머리에 뿔이 두 개나 있었다는 그라니코스의 딸 알렉시로에였거든.

아이사코스는 이다산의 울창한 숲속에서 살아서 그랬는지 번잡한 도시를 싫어했네. 그래서 늘 한적한 데 은거했지. 일리움[39] 나들이를 전혀 하지 않았던 것은 아니지만 대개의 경우 궁전과는 거리가 먼 순박한 시골 생활을 즐겼던 것이지. 그러나 아이사코스는 사랑이 무엇인지도 모르는 투박한 농투성이는 아니었네. 이따금씩은 요정 헤스페리에의 뒤를 따라다녔다

37) 이하 트로이아 왕가의 왕들.

38) 트로이아 전쟁 당시의 트로이아 쪽 최고의 명장.

39) 그/일리온. 트로이아의 별명.

니까. 그런데 말이지, 어느 날 아이사코스는 제 아버지 강인 케브렌강의 둑에서 긴 머리채를 어깨 위로 늘어뜨리고 볕에 말리고 있는 헤스페리에를 보았네. 헤스페리에는 아이사코스를 보고는 겁을 집어먹고 도망치기 시작했지. 이리를 보고 도망치는 사슴처럼, 매를 보고 도망치는 물오리처럼. 그러다 보니 제 아버지 강에서 멀어졌을 수밖에. 트로이아의 왕자는 별생각 없이 뒤를 쫓았네. 트로이아의 왕자는 사랑하는 마음이 있어서 있는 힘을 다해 쫓아갔지. 그런데 말이지, 풀밭에 숨어 있던 독사가 달아나는 이 요정의 발을 물지 않았겠나. 독은 순식간에 요정의 온몸으로 퍼져 나갔네. 이 요정은 곧 더 이상 도망칠 수도 없었고 살아 있을 수도 없었네. 아이사코스는 싸늘하게 식어 가는 이 요정 처녀의 몸을 껴안고 울었다지.

'미안하오, 뒤를 쫓은 내 잘못이오. 그러나 이런 일이 생길 줄을 누가 알았으리오. 그대가 나로 인해 이렇게 될 줄을 누가 알았으리오. 뱀이 그대를 무는 순간 우리의 사랑도 끝났소. 그러나 이렇게 만든 책임은 나에게 있소. 책임이 나에게 있는 만큼 나도 죽어서 그대에게 사죄하려 하오.'

아이사코스는 이런 말을 남기고는 밑동이 파도에 깎인 아주 높은 절벽 위로 올라가 아래로 몸을 던졌네. 그러나 테튀스 여신은 이 청년을 가엾게 보시고 손을 쓰셨다더군. 이 청년이 바닷물에 떨어지는 순간 온몸에서 깃털이 돋았다니까. 깃털이 돋았으니 바다에 떨어져도 죽지 않는 것은 당연한 일이 아닌가. 이 청년에게는 자살이 하릴없게 된 것이네. 아이사코스는 죽으려던 자기 뜻이 그렇게 꺾이자 몹시 짜증스러웠네.

그에게는 삶이라는 게 오히려 불명예스러웠던 것일세. 그래서 아이사코스는 새로 얻은 날개로 하늘 높이 날아올랐다가 두 번째로 바다로 내리꽂혔네. 이번에도 깃털 때문에 자살이 제대로 될 것 같지 않았네. 격분한 아이사코스는 있는 힘을 다해 물속으로 헤엄쳐 들어갔네. 그 덕분에 그의 몸은 깊이깊이 가라앉을 수 있었지.

그러나 이번에는 그의 마음속에 깃들어 있는, 사랑하는 마음이 그 몸을 가벼워지게 했네. 아이사코스는 보다시피 목과 다리가 긴 새가 되었네. 이 새는 물을 좋아하네. 물에 뛰어들기를 좋아해서 이름조차 잠수조라네."

12부 트로이아 전쟁 외

1 이피게네이아

아이사코스의 아버지 프리아모스는, 아들이 새가 되기는 했으나 목숨만은 부지하고 있다는 사실을 알지 못했다. 프리아모스는 아들이 죽은 것으로 여기고 눈물로 세월을 보냈다. 아이사코스의 형 중의 하나인 헥토르도 아우가 죽은 것으로 알고 시신 없는 무덤 앞에 아우의 이름을 새긴 비석을 세우고는 후한 제물을 차려 아우의 죽음을 슬퍼했다. 이들 형제 중 하나인 파리스[1]는 장례식 때는 여기에 없었지만 장례식이 끝나고 오래지 않아 가로챈 아내[2]를 데리고 돌아왔다. 파리스에게 아내를 빼앗긴 메넬라오스는 펠라스고이 인[3]들을 몰아와 트로이아를 치게 되는데 이로써 그리스 본토와 트로이아 사이에는 큰 전쟁이 터지게 된다. 수천 척에 이르는 그리스 함대는 본토의 영웅이라는 영웅은 모두 싣고 파리스의 뒤를 추격해 왔다. 바람이 순조롭게 불었더라면 파리스와 트로이아성은 일촉즉발의 위기를 맞았을 터였다. 그러나 펠라스고이 함대는 강풍을 만나, 군사를 일으킨 즉시 바다를 건너지 못하고 물고기 많기로 소문난 아울리스 항구에 머물면서 전열을 가다듬었다.

이 아울리스에서 펠라스고이인들은 예부터 내려오는 풍습에 따라 유피테르 대신께 제물 드릴 채비를 했다. 그러나 제단을 꾸미고 불을 지핀 이들은 제단 가까이에 있는 느릅나무로

---

1) 프리아모스와 헤쿠바 사이에서 태어난 아들. 헥토르의 아우. 이 파리스를 도화선으로 트로이아 전쟁이 터지는 경위는 이렇다. 다른 신들은 다 초대를 받은 펠레우스와 테티스의 결혼식에 혼자만 초대받지 못한 불화의 여신 에리스는 신들의 자리에 사과 한 알을 던지면서, 사과의 임자는 여신들 가운데서 가장 아름다운 여신이라고 말한다. 평소에 은근히 아름다움을 뽐내던 유노 여신, 베누스 여신, 미네르바 여신은 서로 자기가 그 사과의 임자라고 주장한다. 유피테르가 여기에 끼어들어, 이다산에서 양치기 노릇을 하는 파리스에게 가장 아름다운 여신이 누구인지 가려 달라고 부탁하자고 제안한다. '파리스의 심판'이라고 불리는 이 심판에서 파리스는, 자기에게 그리스 최고의 미녀를 주겠다고 약속한 베누스를 가장 아름다운 여신으로 뽑는다. 이때의 약속에 따라 베누스 여신이 파리스에게 준 그리스 최고의 미녀는, 그때 이미 메넬라오스의 아내가 되어 있는 헬레네였다. 파리스가 이 헬레네를 꼬여 트로이아로 데리고 가자 메넬라오스는 아내를 되찾으려고 군대를 일으켜 트로이아를 치는데 이것이 저 유명한 트로이아 전쟁이다. 이 전쟁에서는 양쪽 진영의 영웅들을 편드느라고 신들도 편이 갈려 서로 싸우게 된다.

2) 헬레네를 말한다.

3) 그리스 땅의 선주 민족(先主民族), 즉 그리스인들. 트로이아인들과 싸우는 그리스 본토의 군대는 연합군으로 편성되어 있었기 때문에 여러 가지 이름으로 불린다.

파리스의 심판. 파리스 앞에 베누스, 미네르바 그리고 유노 여신이 서 있다(루벤스의 그림).

검은 뱀 한 마리가 기어 올라가는 것을 보았다. 이 나무 꼭대기에는 여덟 마리의 새 새끼가 든 둥우리가 있었다. 뱀은 이 새끼를 지키려고 둥우리 주위를 떠나지 않고 있던 어미째 이 여덟 마리의 새 새끼를 잡아먹었다. 모두가 이 광경을 보면서 불길한 예감을 지우지 못하는데 테스토르의 아들인 선견자(先見子)[4]가 그 뜻을 풀어서 말했다.

"펠라스고이 백성들이여, 기뻐하십시오. 트로이아는 패망하고 우리는 이 전쟁에서 승리할 것입니다. 그러나 우리가 승리를 얻기 위해서는 오래 싸워야 합니다."

선견자는 뱀에게 먹힌 새가 모두 아홉 마리였던 것을 상기시키면서 그 전쟁에서 승리를 얻으려면 9년을 싸워야 한다고

4) 트로이아 전쟁에 참가했던 그리스 최고의 예언자 칼카스를 말한다.

말했다. 선견자의 말이 끝나자 몸으로 나뭇가지를 감고 있던 뱀은 그 형상 그대로 굳어져 돌이 되었다. 그러나 네레우스[5]가 아오니아해(海)에 대한 앙심을 누그러뜨리지 않는 바람에 트로이아 원정대는 이 바다를 건널 수 없었다. 원정군 중에는 넵투누스가 트로이아 성벽을 쌓았던 사실을 상기시키면서 아오니아해의 파도가 가라앉지 않는 것은 해신 넵투누스가 트로이아를 지키려고 하기 때문일 것이라는 의견을 내놓았다. 그러나 테스토르의 아들인 선견자는 그런 것이 아니라고 말했다. 그는 처녀 신[6]의 분노를 삭이려면 처녀를 제물로 바쳐야 한다는 것을 알고 있었다. 실제로 그는 그렇게 해야 한다고 주장했다. 이 말을 들은 고위 장수들은 큰일을 위해서는 사사로운 정을 앞세워서는 안 된다고 주장했다. 결국 총사령관은 사령관으로서의 의무감 앞에서 부정(父情)을 희생시키지 않으면 안 되었다. 제관(祭官)들은 눈물을 머금고 이피게네이아[7]를 제단 앞에 세우고 처녀의 정한 피를 제물로 드려 디아나 여신의 화를 풀어 보고자 했다.

여신은 이피게네이아가 제물로 바쳐진 것을 내려다보고 있었다. 여신은 이 이피게네이아를 구름으로 감싸고, 제관들이

---

5) 주로 험한 파도를 일으키는 것으로 알려진 해신.

6) 디아나 여신을 말한다. 그리스군의 총사령관 아가멤논은 이에 앞서 디아나 여신의 성수(聖獸)인 암사슴을 죽인 적이 있다. 그래서 그리스군 일부에서는 디아나의 화가 미쳐 파도가 가라앉지 않는 것이라는 의견이 나오고 있는 것이다.

7) 디아나 여신의 성수를 죽인 사령관 아가멤논의 딸이다.

웅성거리는 틈을 타서 이 처녀를 빼돌리고는 그 자리에 암사슴 한 마리를 세워 놓았다. 디아나 여신의 분노가 가라앉자 바다의 파도도 가라앉았다. 펠라스고이인들은 수천 대에 이르는 원정 함대를 몰고 신고만난 끝에 프뤼기아 해안에 닿을 수 있었다.

2 퀴크노스의 전신

이 세상의 한가운데, 말하자면 땅과 하늘과 바다 한가운데, 이 땅과 하늘과 바다가 만나는 곳에는 아무리 멀리 떨어져 있어도 이 세상의 모든 것이 내려다보이고 이 세상의 모든 소리가 들리는 곳이 있다. 바로 이곳에 소문의 여신인 파마가 살고 있다. 파마가 거하는 처소는 산꼭대기에 있다. 이 집의 문은 밤낮을 불문하고 늘 열려 있다. 이 집에는 문이 수천 개가 있는데 이 많은 문이 다 항상 열려 있는 것이다. 그래야 사방의 소문이 잘 드나들 수 있을 것이기 때문이다. 집은 소리를 잘 울리는 청동으로 지어져 있다. 그래서 오고 가는 말로 집 안은 늘 시끄럽다. 침묵과 고요라는 것은 이 집 안에 없다. 고함 소리 같은 것도 없다. 그저 시끌시끌, 웅성웅성 하는 소리가 있을 뿐이다. 멀리서 들리는 파도 소리, 유피테르가 검은 구름을 친 뒤에 들리는 벼락 소리의 메아리 비슷한 소리라고 생각하면 된다. 파마 여신을 비롯한 이 집 주인들은 청동 거실에 거처한다. 이들은 늘 들락거리면서 이렇게도 들리고 저렇게도 들리는 갖가지 소문, 참말 같기도 하고 거짓말 같기도 한 갖가지 소문을 모아들인다. 이들 중에는 귀 얇은 사람들에게서 모아들인 이야기를 속닥거리는 이도 있고, 들은 이야기를 먼 곳까지 퍼뜨리는 이도 있다. 이야기에는 이렇게 전해질 동안에 살이 붙는다. 이를 듣고 다른 사람에게 전할 때는 들은 사람마다 조금씩 보태기 때문이다. 이 집에는 '경거망동', 생각이 깊지 못한 '실수 연발', 터무니없는 '기쁨', 소심한 '공포', 당돌한 '선동', 어디에서 왔는지 아무도 모르는 '속삭임'이 식객으로 붙어산다. 파마 여신 자신은 하늘과 땅과 바다에서 일어나는 일들을 두루 알아내 온 세상에 그 소문을 퍼뜨린다.

그리스 함대가 진격해 오고 있다는 소문을 트로이아에 퍼뜨린 것도 파마 여신이었다. 그 덕분에 트로이아 백성들은 그리스 함대가 수평선에 나타났을 때도 크게는 놀라지 않았다. 트로이아군은 해변을 방어하면서 그리스군의 상륙을 저지하려고 했다. 운명의 여신들이 점지한 바에 따라 맨 먼저 전사한 사람은 프로테실라오스였다. 프로테실라오스는 헥토르의 창을 맞고 죽었다. 그리스군은 프로테실라오스가 죽자 군사를 풀어 떨어진 사기를 다시 일으키려 했다. 그러나 용감한 트로이아의 장수 헥토르의 이름만 드높였을 뿐 그리스군은 서전에서 참패했다. 그러나 트로이아군은 이 싸움을 통해 그리스군의 전력이 만만치 않다는 사실을 알게 되었다.

시게이온 평원은 피로 물들었다. 넵투누스의 아들 퀴크노스는 수천의 그리스 군사를 죽였고, 아킬레우스는 병거(兵車)에 탄 채, 펠리온산에서 베어 온 나무로 자루를 해 박은 창으로 트로이아 진영 유린하기를 칼로 물 가르듯 했다. 아킬레우스는 병거를 몰아 적진을 누비면서 퀴크노스나 헥토르를 찾았다. 그러나 헥토르와의 조우는 이루어지지 않았다. 아킬레우스와 헥토르의 조우는 전쟁이 시작된 지 10년째 되는 해에나 이루어지게 되어 있었다. 아킬레우스는 적진에서 퀴크노스를 만났다.

아킬레우스는 병거 끄는 말을 채찍질하여 퀴크노스 쪽으로 돌진하면서 소리쳤다.

"이 애송이야, 나는 네가 누군지 잘 모르겠다만, 내 창에 죽거든 테살리아의 영웅 아킬레우스 손에 죽은 것을 자랑으로 알아라."

말을 마치자 아킬레우스는 퀴크노스를 칼로 치고 창으로 찔렀다. 겨냥이 빗나갔을 리가 없었다. 그러나 그가 휘두른 창은 퀴크노스의 몸에 상처를 입히지 못한 것 같았다. 아킬레우스가 느끼기로는 흡사 날이 없는 창으로 상대를 찌른 것 같았다. 아킬레우스가 당황한 나머지 병거를 물리자 퀴크노스가 호령했다.

"여신의 아들이여, 그대의 명성은 나도 익히 들어 잘 알고 있다. 왜 그렇게 놀라느냐? 내 몸에 상처가 나지 않은 것이 그렇게 놀라우냐? 내가 무사했던 것은 이 투구를 쓰고 있어서 그런 것도 아니고 이 방패를 들고 있어서 그런 것도 아니다. 마르스[8] 신도 무장은 한다더라만 내가 무사한 것은 이러

---

8) 그/아레스. 전쟁신.

한 무구(武具)가 나를 지켜 주기 때문인 것은 아니다. 나는 갑옷을 입지 않고 투구를 쓰지 않아도 무사할 것이다. 나는 네레이스[9]의 아들이 아니라, 네레우스 일족을 다스리는 해신의 아들이기 때문이다."

퀴크노스는 이렇게 말하면서 아킬레우스의 방패를 향해 창을 던졌다. 창은 청동 가리개와 열 겹으로 된 소가죽 중 아홉 장을 꿰뚫고는 열 장째 가죽에서 멎었다. 그리스의 영웅은 방패에서 이 창을 뽑아내고는 다시 한번 퀴크노스를 향해 창을 던졌다. 이 창 역시 퀴크노스에게 어떤 상처도 입히지 못했다. 아킬레우스는 세 번째로 창을 던졌다. 결과는 마찬가지였다. 아킬레우스는 분을 이기지 못해 이를 갈았다. 많은 사람들이 둘러서서 구경하고 있는 광장에서, 약을 올리는 자의 붉은 겉옷을 향해 뿔을 앞세우고 돌진하려는 황소 같았다. 그는 자기 창을 살펴보았다. 혹시 창날이 빠져나가고 없나 해서였다. 그러나 창날은 창 자루에 온전하게 박혀 있었다. 그는 고개를 갸웃거리면서 중얼거렸다.

"그 좋던 힘이 이자 앞에서는 어떻게 되기라도 했다는 말인가? 다른 자들 앞에서는 이렇지 않았다. 내가 어떤 사람이던가? 뤼르네소스성[10]을 무너뜨렸고, 테네도스와 에에티온의 도시 테바이[11]를 피바다로 만들었으며, 카이코스강을 그 땅

9) 아킬레우스는 이 네레이스, 즉 네레우스의 딸인 테티스의 아들이다.

10) 아킬레우스는 트로이아 전쟁 중에 이 성을 격파하고 아폴로 신전 제관의 딸 브리세이스를 손에 넣게 된다. 이하 모두 이 전쟁 중에 있었던 일을 가리킨다.

백성의 피로 물들였고, 텔레포스에게는 내 창의 위력을 두 번이나 보여 주지 않았던가? 어디 그뿐인가? 여기에 와서도 나는 이 오른팔로 수많은 적을 죽여 이들의 시신이 해변에 산처럼 쌓이게 하지 않았던가? 내 팔에서 힘이 빠져나갔을 턱이 없다."

이 말 끝에 아킬레우스는 뤼키아 사람인 메노이테스를 향해 창을 던졌다. 창은 메노이테스의 흉갑을 뚫고 가슴에 박혔다. 메노이테스는 말에서 굴러떨어졌다. 아킬레우스는 메노이테스의 가슴에서 창을 뽑아 들면서 다시 중얼거렸다.

"이 팔, 이 창은 다른 곳에서 공을 세우던 그 팔, 그 창과 다르지 않다. 어디 이 창을 이 퀴크노스라는 자에게 던져 보아야겠다. 이 창에 맞고도 아무렇지도 않은 듯이 버틸 수 있는지 어디 보자."

아킬레우스는 메노이테스의 가슴에서 뽑아낸 창을 퀴크노스에게 던졌다. 물푸레나무 창 자루에 청동 창날을 해 박은 창은 겨냥을 벗어나지 않고 똑바로 날아갔다. 퀴크노스는 창을 피하지 않았다. 창은 퀴크노스의 어깨에 맞았다. 그러나 창은 바위에 맞은 듯이 되튀어나왔다. 그런데도 퀴크노스의 어깨에서는 피가 들었다. 어깨에서 피가 듣는데도 퀴크노스는 웃고 있었다. 퀴크노스의 어깨에서 듣는 피는 퀴크노스의 피가 아니었다. 창에 묻었던 메노이테스의 피였던 것이다. 아킬레우스는 분기탱천해 칼을 뽑아 든 채로 병거에서 뛰어내려

11) 유명한 보이오티아의 도시 테바이가 아닌 뮈시아의 도시 테바이이다.

육탄으로 퀴크노스에게 돌진해 칼로 퀴크노스를 쳤다. 아킬레우스의 칼날은 분명히 퀴크노스의 방패와 투구를 파고들었다. 그러나 퀴크노스의 몸으로는 파고들지 못했다. 아킬레우스는 방패를 빼앗아 던져 버리고 세 번이나 칼로 퀴크노스의 얼굴을 치고 관자놀이를 찔렀다. 퀴크노스는 뒤로 물러섰지만 아킬레우스는 잠시도 여유를 주지 않고 돌진했다. 퀴크노스의 얼굴에는 공포의 빛이 역연했다. 퀴크노스는 계속해서 뒤로 물러섰다. 그러나 퀴크노스 뒤에는 바위가 있었다. 따라서 더 물러설 수는 없었다. 아킬레우스는 퀴크노스의 몸을 바위에 밀어붙였다가 땅바닥에 쓰러뜨렸다. 아킬레우스는 쓰러진 퀴크노스의 배를 타고 앉아 목을 조르기 시작했다. 퀴크노스의 숨이 끊어질 즈음이었다. 아킬레우스는 퀴크노스의 목을 조르다 말고 기겁을 하고 물러섰다. 퀴크노스는 어디로 가고 빈 갑옷만 남아 있었기 때문이다. 해신 넵투누스가 이 아들을 깃털이 눈같이 흰 퀴크노스[12]로 전신시킨 것이다.

3 카이네우스가 남자가 된 내력

격전이 끝나자 며칠 동안 소강 상태가 계속되었다. 양군은 모두 무기를 놓고 쉬었다. 트로이아성 안의 트로이아군은 성벽 위에 감시병들을 세운 뒤에 휴식에 들어갔고, 성 밖의 그리

---

12) '백조'.

스군은 참호 속에서 휴식에 들어갔다. 그리스 진영에서는 전투가 소강 상태로 들어간 틈을 이용해서 황소를 잡아 팔라스 미네르바 여신에게 제사를 지냈다. 이 제사를 집전한 사람은 퀴크노스의 정복자인 아킬레우스였다. 아킬레우스가, 잡은 황소를 제단에 올리자 연기가 신들의 천궁이 있는 하늘로 피어올랐다. 제관은 고기 중 일부는 다른 희생제 몫으로 남겨 놓고 일부는 장수들의 식탁에 올렸다. 장수들은 식탁을 앞에 두고 침상에 비스듬히 몸을 기대고는 잔에 포도주를 따랐다. 이들은 갈증과 전쟁터에서의 불안을 포도주로 씻어 냈다. 자리를 빛내 줄 악사는 없어도 밤이 깊어 가는 줄도 모르고 나누는 이야기만으로도 이들은 충분히 즐거웠다. 이야깃감이 된 것은 무용담이었다. 장수들은 제각기 자신이 경험한 전투 이야기를 했다. 적의 용기에 관한 이야기를 하는 사람도 있었고, 자기편 병사의 용기에 관한 이야기를 하는 사람도 있었다. 자신이 경험했던 위급한 상황 이야기를 하는 사람도 있었다. 그러나 아킬레우스만큼 훌륭한 이야깃감을 가진 사람이 그 자리에 있을 리 없었다. 사람들은 아킬레우스의 면전이라 이야기를 하기는 하면서도 신명을 내지 못했다. 장수들은 화제를 바꾸어 아킬레우스가 퀴크노스를 이긴 최근의 전투 이야기를 했다. 장수들은 퀴크노스의 몸이 어떤 무기에도 상하지 않았던 일을 두고 기적이라고 말했다. 아이아코스의 손자[13]와 그리스 장수들이 이 일을 두고 혀를 내두르며 놀라워하자 네스

13) 아킬레우스.

토르[14]가 이런 말을 했다.

"그대들은 퀴크노스 하나만 봤지만 이 세상에 칼로 쳐도 상처가 나지 않는 사람, 창으로 찔러도 피를 흘리지 않는 사람은 퀴크노스뿐이 아니라네. 나는 옛날에 테살리아의 카이네우스라는 자를 본 적이 있네. 카이네우스의 몸에는 수천 개의 창을 맞았는데도 상처 하나 나지 않더군. 오트뤼스산에 살던 이 카이네우스는 무공으로 세상에 널리 이름을 떨친 사람이네. 하지만 이 사람 이야기에서 정작 놀라운 것은 그것이 아니야. 그럼 무엇이냐? 원래는 이 사람이 여자였다는 것이지."

좌중의 장수들은 모두 흥미를 느끼고는 네스토르의 침상 곁으로 모여들었다. 아킬레우스가 그에게 말했다.

"우리 시대를 빛내신 참으로 지혜로우신 분이신 데다 연세도 많이 잡수셨고 언변에도 능하시니, 한마음으로 바라건대 그 이야기를 좀 들려주십시오. 카이네우스라는 사람이 대체 누구입니까? 어째서 여자로 태어나 남자가 되었습니까? 어르신네와는 어느 전투에서 함께 싸우셨습니까? 이 사람이 만일에 진 적이 있다면 대체 누구에게 졌습니까?"

노장은 잠시 뜸을 들였다가 이렇게 이야기를 계속했다.

"흐르는 세월이 내 기억을 좀먹는 바람에 옛날에 내가 보고 들은 것이 내 머리에서 많이 사라져 버렸네. 그러나 아직은

---

14) 엘리스 지방의 도시 국가 퓔로스의 왕. 헤라클레스의 손에 죽은 넬레우스의 아들. 나머지 형제들은 모두 헤라클레스 손에 죽었으나 이 네스토르만은 살아남았다. 아르고 원정과 칼뤼돈의 멧돼지 사냥에 참가했고 노년에는 두 아들과 함께 트로이아 전쟁에도 참전할 정도로 장수했다.

사라져 버린 것보다 남아 있는 것이 더 많아. 전쟁 시에도 많이 듣고 보고 평화 시에도 많이 듣고 보았네만……. 암, 나이가 많다고 많이 듣고 많이 보았다고 할 수 있다면 나는 두 세기를 살았고 세 세기째 사는 사람이니까 많이 보고 많이 들었다고 할 수 있을 테지……. 이 일처럼 잊히지 않을 것 같은 일도 없을 것이네.

카이네우스가 원래 태어나기는 여자로 태어났다고 했네만, 여자일 때의 이름은 카이네우스가 아니라 카이니스[15]였네. 엘라토스의 딸이었던 카이니스가 혼기를 맞았을 때는 아름답기로 소문난 처녀였네. 아마 테살리아에서 가장 아름다운 처녀였을 게야. 아킬레우스, 자네가 테살리아 사람이니까 하는 말이네만, 당시의 자네 고향 청년들 중에 이 처녀와 혼인하려고 설치지 않은 청년이 없었네. 모르기는 하지만 자네 부친 펠레우스 역시 만일에 그때 이미 자네 모친과 혼인한 몸이 아니었더라면 이 처녀를 넘보았을 걸세. 하지만 카이니스는 어느 누구와도 혼인하지 않으려 했네. 그런데 이때를 전후해서, 이 카이니스가 한때 혼자서 해변을 산보하다가 해신의 품에 안긴 적이 있다는 소문이 돌았네. 소문에 따르면 해신 넵투누스가 이 새 애인에게 무슨 소원이든지 말만 하면 들어주겠다고 했다는 것이네. 카이니스는 이렇게 대답했다고 하네.

"해신께서는 저를 이렇듯이 사랑해 주셨으나, 저에게는 이것이 그렇게 견디기 어려운 일일 수 없습니다. 다시는 이런 일

15) '카이네우스'의 여성형(女性形).

을 당하지 않았으면 합니다. 그러니 여자만 아닐 수 있다면 저에게 더 바랄 게 무엇이 있겠습니까?"

카이니스가 이런 말을 하는데 마지막 한마디에서는 남자나 낼 수 있는 아주 굵은 목소리가 나오더래요. 카이니스는 남자가 된 것이지. 해신은 카이니스를 카이네우스로 만들어 준 것뿐 아니고 어떤 무기도 카이네우스에게 상처를 입히지 못하게 만들어 주었다는군. 카이네우스가 해신으로부터 이런 은혜를 입었으니 얼마나 좋았겠는가. 그래서 그 땅을 떠나 남자들이나 하는 일을 하면서 테살리아 산야를 누볐다네."

4 라피타이와 켄타우로스족의 싸움

"이야기가 엉뚱한 곳으로 빗나가네만 들어들 보게. 히포다메이아와 혼례식을 올리게 된, 당돌한 익시온의 아들 페이리토스는 구름의 자식들[16]을 줄줄이 늘어선 나무 아래에 차린 잔칫상으로 초대했네. 테살리아 각국의 왕자들은 모두 초대를 받았을 것이네. 나도 초대를 받아 페이리토스의 궁전으로

---

16) 익시온은 천상의 잔치에 초대받자 당돌하게도 유노 여신에게 추파를 던지는 죄를 범한다. 유피테르가 이를 눈치채고 구름으로 유노의 형상을 빚어 천궁 안을 걸어다니게 하자 익시온은 이 가짜 유노를 취하게 된다. 이를 괘씸하게 여긴 유피테르는 이 익시온을 저승으로 보내 영원히 도는 불바퀴에 매달리게 한다. 그러나 구름으로 빚어진 가짜 유노는 이 익시온의 씨를 받아 자식을 지어 내는데 이들이 바로 상반신은 인간, 하반신은 말인 켄타우로스라는 것이다.

갔으니까. 페이리토스의 궁전은 북적대는 손님들이 질러 대는 소리로 몹시 시끄러웠네. 이윽고 손님들이 혼인 축가를 부르면서 횃불에 불을 붙여 흔들자 혼례식장이 연기로 자옥해졌지. 차례가 되자 들러리에 둘러싸인 신부가 나왔네. 물론 그 많은 부인네들이나 들러리와는 비교도 안 될 정도로 페이리토스의 신부는 아름다웠네. 우리는 페이리토스에게 참으로 복이 많은 사람이라고 하면서 결혼 생활의 행복을 빌었지.

그런데 술이 원수였는지 신부의 아름다움이 원수였는지 모르지만 켄타우로스 중에서도 포악하기로 소문난 에우뤼토스가 그만 꼭지가 돌고 말았어. 술에 취한 이자의 눈에 신부가 얼마나 아름답게 보였겠나? 그래서 그만 이성을 잃고 만 것이네. 에우뤼토스가 신부의 머리채를 끌고 나가려고 하는 바람에 식장은 순식간에 아수라장이 되어 버렸지. 술상이 뒤집어지고 술잔이 날았으니까. 에우뤼토스가 신부를 끌고 나가니까 켄타우로스들은 제각기 걸리는 대로 하나씩 손님으로 온 부인네들을 끌고 나가는 게 아니겠나. 적군의 손에 떨어진 성안의 풍경이라고나 할까? 궁전은 여자들이 지르는 비명 소리로 찌렁찌렁 울렸네. 우리는 모두 자리에서 일어났네만 가장 먼저 일어난 사람은 테세우스였네. 테세우스는 이렇게 호령했네.

'에우뤼토스, 어째서 미친 수작을 하는 것이냐? 내 눈앞에서 페이리토스의 신부를 능욕하려 하다니……[17] 페이리토스

17) 테세우스와 페이리토스는 우정이 각별한 것으로 유명하다. 이 둘은 함께 어린 시절의 헬레네를 납치한 적도 있고 산 몸으로 저승으로 내려가 저승 왕에게 왕비를 내어놓으라고 했다가 곤욕을 치른 적도 있다.

를 욕보이는 것은 곧 나와 페이리토스를 동시에 욕보이는 것인 줄 모르느냐?'

말로써는 보람이 없자 이 영웅은 켄타우로스를 붙잡아 신부를 빼앗더군. 에우뤼토스는 아무 말도 하지 않았네. 말로써 분풀이가 될 일이 아니라고 판단했던 모양이야. 에우뤼토스는 말로 하는 대신 신부를 보호하려는 영웅의 얼굴로 주먹을 날렸네. 테세우스 옆에는 마침 겉면에 무늬가 있는 골동품 술잔이 하나 있었네. 아이게우스의 아들 테세우스는 이 술잔을 집어 들고 번쩍 쳐들었다가는 에우뤼토스의 얼굴을 향해 던지더군. 에우뤼토스는 이 술잔을 얼굴에 맞고 쓰러져 부러진 이와 술과 피를 토했네. 에우뤼토스가 죽자 형제 켄타우로스들이 한목소리로 외치더군.

'무기를 들라! 형제가 죽었다!'

술이 이들의 용기에 불을 지른 것이네. 싸움이 시작되었지. 술잔과 술 항아리와 음식 그릇이 날았네. 잔치 마당이 싸움터가 된 것이지.

무기 될 만한 것을 찾으려고 신들의 사당 안으로 맨 먼저 뛰어 들어간 것은 오피온의 아들 아뮈코스였네. 아뮈코스는 사당 안의 제단에서 가지가 여러 개인 촛대를 들고 나오더군. 아뮈코스는, 제관이 제단에 차릴 희생 제물인 황소를 잡으려고 도끼를 둘러메는 것처럼 이 촛대를 둘러메었다가는 라피타이[18] 중 하나인 켈라돈의 이마를 향해 던졌네. 켈라돈은 이

18) 라피테스족. 신랑인 페이리토스가 바로 라피타이이다.

촛대에 이마를 맞고 벌렁 나자빠졌는데, 가서 봤더니 얼굴을 알아볼 수가 없더군. 눈알은 튀어나오고, 코는 주저앉아 버렸으니까. 펠라 사람 펠라테스가 단풍나무로 만든 술상의 다리를 뽑아 들더니 이걸로 아뮈코스의 턱과 가슴 사이를 갈겼네. 아뮈코스는 쓰러져 부러진 이와 피를 뱉고는 타르타로스의 나라[19]로 떠났네.

그뤼네오스는 연기가 오르는 제단 옆에 서서 제단을 바라보고 있다가 이렇게 소리를 질렀네.

'우리가 왜 이런 건 쓸 생각을 않지?'

그뤼네오스는 이러면서 불길과 연기가 오르는 제단을 번쩍 들어 라피타이 한복판으로 던지더군. 이 제단에 깔려 브로테아스와 오리오스 두 사람이 죽었네. 오리오스는 무녀(巫女)인 뮈칼레의 아들인데 이 뮈칼레는 무력(巫力)이 신통해서 주문으로 하늘의 달을 끌어내렸다는 여자였네만, 용한 무녀면 무엇 하는가, 아들이 그렇게 죽을 줄은 몰랐던 모양이네. 이번에는 엑사디오스가 소리쳤네.

'내가 무기를 잡으면 네놈들은 모두 후회할 게다.'

엑사디오스는 이러면서 신들의 이름으로 치는 서약의 증표로 소나무에 걸어 놓은 사슴뿔을 벗기더니 이걸로 그뤼네오스의 눈을 찔렀어. 용케도 두 갈래 진 사슴뿔은 그뤼네오스의 눈을 각각 하나씩 찔렀지. 엑사디오스가 이 사슴뿔을 뽑아내니까 눈알 하나는 뿔 끝에 묻어 나왔고, 하나는 뚝 떨어지다

---

19) 저승.

가 수염에 매달려 대롱거리더군. 로이토스는 제단 위에서 타고 있던 장작을 하나 주워 옆에 있던 카락소스의 관자놀이를 찔렀네. 노란 머리카락에 덮여 있던 카락소스의 관자놀이에 불이 붙는데, 보고 있으려니까 흡사 옥수수 밭에 불이 난 것 같더군. 이어서 상처에서 흐른 피가 이 관자놀이의 불길을 만나니까 대장장이가 벌겋게 달아오른 쇠를 물에 넣었을 때처럼 쉭쉭 소리가 났네. 그러나 카락소스는 관자놀이야 타건 말건, 쉭쉭 소리야 나건 말건 소리를 크게 지르더니 문지방을 뜯어내 번쩍 쳐들더군. 문지방이라는 게 얼마나 무거운가? 들기야 했지만 이걸로 사람을 친다는 게 보통 어려운 일인가? 겨냥이 빗나가는 바람에 결국은 애꿎은 친구 코메테스만 이 문지방에 맞아 죽었네. 로이토스가 깔깔대면서 이러더군.

'그 패거리에 저렇게 멍청한 놈 또 없나?'

로이토스는 이러면서 불붙은 장작으로 카락소스의 머리를 갈겼네. 한 번, 두 번, 세 번…… 어찌나 세게 쳤던지 부서진 카락소스의 머리에서는 골이 튀어나왔지.

의기양양해진 로이토스는 에바그로스, 코뤼토스 그리고 드뤼아스에게 달려들었네. 코뤼토스는 뺨에 노란 털이 나기 시작하는 애송이였는데 로이토스의 장작개비에 견딜 수가 있나. 쓰러졌지. 에바그로스가 '아이를 때려 죽이는 게 어른이 할 짓이냐?'라면서 로이토스에게 달려들었네만, 로이토스는 이 장작개비를 에바그로스의 입에 찔러 넣었네. 어찌나 세게 찔러 넣었던지 목구멍이 다 불에 타 버렸을 정도였다네. 로이토스는 이 장작개비를 머리 위로 흔들어 대면서 이번에는 드뤼아스를 치려고 하더군. 드뤼아스가 가만히 있나? 드뤼아스 역시 불에 타던 장작을 하나 집어 들고 로이토스의 목을 찔렀네. 불의의 공격을 당한 로이토스는 목에서 이 장작을 뽑고는 온몸을 피로 적신 채 고래고래 비명을 지르며 도망쳤네.

도망친 것은 로이토스뿐이 아니었네. 오르네이오스도 도망쳤고, 뤼카바스도 도망쳤으며 오른쪽 어깨를 크게 다친 메돈, 타우마스와 피세노르도 도망쳤으니까……. 뜀박질 겨루기라면 상대가 없을 만큼 발이 빠른 메르메로스는 어찌 된 셈인지 도망칠 때 보니까 걸음이 별로 빠르지 못하더군. 그래서 알아보았더니 부상을 당했다더군. 폴로스, 멜라네우스, 멧돼지 사냥꾼으로 유명한 아바스, 싸우지 말자고 동료들을 달래던 점쟁이 아스뷜로스도 자리를 떴네. 행여나 창을 맞을까 봐 전전긍긍하고 있던 네소스[20]에게 점쟁이 아스뷜로스가 이렇게 소리치더군.

'도망치지 말게. 자네는 절대로 여기에서 죽지 않아. 나중에 헤라클레스가 쏘는 화살의 과녁이 되어야 하니까.'

그러나 에우리노모스와 뤼키다스, 아레오스와 임브레오스에게는 도망칠 겨를이 없었네. 드뤼아스가 이들을 때려 죽였거든. 크레나이오스는 싸움판에서 도망치고 있었는데도 미간에 창을 맞았지. 왜? 그냥 도망쳤으면 좋았을 것을 도망치다가 뒤를 돌아다보았기 때문이지.

---

20) 후일 헤라클레스의 아내 데이아네이라를 욕보이려 했다가 헤라클레스의 화살에 죽게 되는 켄타우로스.

잔치 자리가 이 지경이 되어 있는데도 아랑곳하지 않고 와상에 누워 한잠 늘어지게 잔 친구도 있었네. 아피다스라는 친구였네. 아피다스는 와상에 제 손으로 오사산에서 잡은 곰가죽을 깔고 누워 자다가 깨어 술잔을 잡으려고 손을 내밀었네. 멀리서 이것을 보고 있던 포르바스는 판이 난장판인데도 어울려 싸울 생각은 않고 있는 그를 괘씸하게 여기고는 창을 잡으며 비아냥거리더군.

'술이 그렇게 좋거든 스튁스 강물을 섞어 마시게.'

포르바스는 이러면서 창을 던졌네. 아피다스는 반듯이 누운 채 손만 내밀고 있다가 목이 창에 꽂히는 바람에 죽는 줄도 모르고 죽었네. 아피다스의 목에서 쏟아진 피는 와상의 깔개를 적시면서 술잔에 고였네.

페트라이오스가 도토리가 잔뜩 열린 떡갈나무를 뽑으려고 용을 쓰고 있는 게 눈에 띄더군. 두 팔로 나무둥치를 안고 이리저리 흔들면서 용을 쓰는데 아닌 게 아니라 나무가 금방이라도 뽑힐 것 같았네. 하지만 뽑히면 뭘 하나. 페이리토스가 창을 던져 페트라이오스의 몸과 나무둥치를 한 창날에 꿰어 버렸는걸. 뒤에 들었는데, 뤼카스와 크로미스도 페이리토스의 손에 죽었다더군. 헬로프스는 페이리토스가 던진 창이 오른쪽 관자놀이로 들어가 왼쪽 관자놀이로 나오는 바람에 죽었고, 딕튀스는 좁은 산길을 따라 도망치다가 죽었지. 뒤따라오는 페이리토스에게 쫓기다가 벼랑으로 떨어져 제 무게에 부러진 물푸레나무에 꿰여 죽었던 게야.

아파레우스가 딕튀스의 복수를 한답시고 산비탈의 바위를

하나 들어 페이리토스에게 던지려고 했네만, 테세우스가 이걸 보고 있다가 들고 다니던 참나무 몽둥이로 아파레우스의 팔꿈치를 부숴 버렸지. 켄타우로스를 더 죽일 기분도 아니고, 죽일 이유도 없다고 생각한 테세우스는 키가 유난히 큰 켄타우로스인 비에노르의 잔등으로 홀쩍 뛰어올랐네. 비에노르의 잔등? 주인 아니면 아무도 태워 주지 않던 잔등이었다네. 테세우스가 잔등에 올라 무릎으로 배를 죄며 갈기를 잡자, 이 켄타우로스란 놈, 가만히 있었으면 좋았을 것을 테세우스에게 욕지거리를 했다는군. 그래서 테세우스는 곤봉으로 이놈의 대가리를 부숴 버렸어. 어쩔 수 없이 다시 싸움판으로 뛰어든 테세우스는 곤봉으로 네뒴노스와, 창잡이 뤼코페스, 수염으로 가슴을 가리고 다니는 히파소스, 테살리아의 산기슭에서 곰을 잡아 산 채로 집까지 둘러메고 왔다는 테레우스, 나무와 키를 겨룬다는 리페오스를 때려 죽였네.

테세우스가 설치는 꼴을 못마땅하게 생각한 것은 데몰레온이었네. 데몰레온은 소나무를 한 그루 뿌리째 뽑아 이걸로 테세우스를 치려고 하다가 소나무가 뽑히지 않으니까 가지를 하나 분질러 잔가지를 치더니 이걸 테세우스에게 던지더군. 테세우스가 이런 것에 맞나? 나중에 들었더니 테세우스는 팔라스 여신의 도우심에 힘입어 이 가지를 피할 수 있었다고 하더군. 그러나 데몰레온에게 이 가지를 던진 보람이 전혀 없었던 것은 아니네. 키다리 크란토르의 왼쪽 어깻죽지에 맞았으니까. 아킬레우스, 크란토르라면 자네도 들은 적이 있을 걸세. 자네 부친의 시종이었으니까. 옛날 돌로페스인들의 왕 아뮌토르가 싸움을 걸어왔다가 자네의 부친인 펠레우스를 보고는 도저히 안 되겠다고 생각하고 화해의 공물로 바친 자가 바로 이 크란토르였다네. 펠레우스는 멀리서 크란토르가 죽어 가는 것을 보고는 이렇게 외쳤네.

'크란토르, 나를 위하여 신명을 바쳐 온 전사여, 내 그대를 위해 길동무를 만들어 주리라.'

펠레우스는 이러더니 데몰레온을 향해 물푸레나무 창을 던졌네. 창은 살같이 날아가 데몰레온의 갈비뼈 틈에 박혔지. 켄타우로스 데몰레온은 이 창의 자루를 잡고 힘껏 갈비뼈 틈에서 빼냈네. 그러나 자루는 빠졌지만 창날은 그대로 이 켄타우로스의 갈비뼈 틈에 박혀 있었다네.

최후의 발악이라는 게 있지 않나. 데몰레온은 치명적인 부상을 입었으면서도 멀찍이 물러섰다가 돌진하면서 발굽으로 펠레우스를 짓밟으려고 하더군. 그러나 펠레우스는 머리에 쓴 투구와 손에 든 방패로 데몰레온의 발굽을 막고는 다른 한 손에 들고 있던 창으로 데몰레온의 가슴을 찔렀네. 자네의 부친 펠레우스가 죽인 켄타우로스는 이들뿐이 아니야. 플레그라이오스와 휠레스도 멀리서 던진 자네 부친의 창을 맞고 죽었네. 이피노오스와 클라니스는 자네 부친이 가까이서 던진 창을 맞고 죽었고……. 참, 펠레우스 손에 죽은 켄타우로스 중에는 도릴라스도 있네. 이자는 머리에는 늑대 털가죽으로 만든 모자를 쓰고, 손에는 창 대신에 황소의 머리에서 뽑은 뿔 두 개를 가지고 다니는 자였네. 싸움이 한동안 계속된 다음에 보니까 이자가 들고 있는 황소 뿔 끝이 피로 빨갛게 물들어 있더군. 이자를 보고 나는 '네 황소 뿔과 내 창이 어떻게 다른지 보여 주랴?'라고 놀려 주고는 창을 던졌네. 이자가 무슨 수로 내 창을 피해? 창이 이자의 이마에 맞았던 모양이야. 한 손으로 미간을 가리고 고래고래 고함을 질러 댔으니까. 이자가 치명상을 입고 이러고 있는 것을 옆에 있던 펠레우스가 보았네. 펠레우스는 칼을 뽑아 이자의 배를 갈라 버렸어. 이자는 창자를 쏟으면서 길길이 뛰기 시작했네. 창자를 쏟으면서 밟으면서 길길이 뛰던 이 켄타우로스, 그러나 얼마 못 가서 다리가 꼬이면서 쓰러지고 말더군. 배 속의 창자가 다 쏟아져 나왔는데 제가 무슨 수로 살아.

아름다움이라는 것은 말이네, 보는 눈에 따라서 그 기준이 달라. 하지만 퀼라로스는 자타가 인정하는 미남 켄타우로스였네. 황금빛 수염에 묻히기 시작하는 턱, 어깨까지 치렁치렁하게 늘어진 황금빛 머리카락……. 어쨌든 이자는 보기가 좋았네. 표정은 늘 싱싱했고, 목, 어깨, 손, 가슴 등등 인간의 형상을 한 것은 모두가 대리석으로 조각한 것 같았네. 말의 형상을 한 하반신도 상반신 못지않게 아름다웠어. 우리가 이놈을 보면서, 잔등에 카스토르[21]를 태우면 어울리겠다고 생각했을 정도네. 그만큼 힘살에도 흠잡을 데가 없고 가슴이 넓었던 것일세. 몸의 털빛도 검었네만 꼬리와 다리만은 흰색이었네. 이자의 외모가 이러한데 켄타우로스 암컷들이 가만히 있었겠나? 이자의 짝이 된 것은 휠로노메라고 하는 아름다운 암켄

21) 말을 잘 타는 장수로 유명한 유피테르의 아들.

타우로스였네. 그 많은 암켄타우로스 중에서 퀼라로스의 마음을 사로잡은 것은 깊은 숲속에 사는 이 휠로노메뿐이었다고 하더군. 이 휠로노메는 퀼라로스의 마음을 사로잡기 위해 늘 갈기를 잘 빗질하고, 머리에는 오랑캐꽃이나 장미나 백합 같은 것을 꽂고 다녔다고 하더군. 어디 그뿐인가. 파가사이산 숲에서 흘러내리는 물에 하루에 두 번씩 얼굴을 씻었고, 하루에 두 번씩 그 물에 멱을 감았다고 하더군. 그래, 휠로노메는 제 몸에 잘 어울리는 짐승의 털가죽을 오른쪽 어깨에 비스듬히 걸치고 다녔네. 둘 다 서로를 사랑했으니까 그랬을 테지, 이들은 늘 나란히 산을 누비다가 해가 저물면 둘만을 위한 동굴로 돌아오고는 했다네.

페이리토스의 혼례식에도 이 둘은 어깨를 나란히 하고 왔다가 역시 어깨를 나란히 하고 싸웠네. 그런데 왼쪽 어딘가에서 날아온, 임자 없는 창이 그만 이 퀼라로스의 목덜미에 꽂히고 말았네. 상처가 깊었던 모양일세. 휠로노메가 달려와 이 창을 뽑았을 때는 이미 그의 몸이 싸늘하게 식어 가고 있었으니까. 몸에서 창이 뽑혀 나가는 순간 그 생명의 뿌리도 뽑혀 나갔던 모양이네. 휠로노메는 두 팔로 애인의 식어 가는 몸을 껴안고, 생명의 숨결이 애인의 몸을 떠나지 못하게 하느라고 제 입술로 그의 입술을 막았네. 이윽고 퀼라로스가 숨을 거두자 휠로노메는 무슨 뜻인지 알아먹을 수도 없는 말로 푸념을 하더니, 애인의 목덜미에서 제 손으로 뽑아낸 그 창을 땅에 거꾸로 세우고는 거기에 몸을 던져 목숨을 끊었네. 애인의 시체 위로 쓰러지면서 숨을 거둔 것이네.

지금도 생생하게 기억나는 켄타우로스가 또 하나 있네. 파이오코메스라는 켄타우로스인데, 당시에는 여섯 장의 사자 가죽을 갑옷 삼아 인간의 형상을 한 상반신과 말의 형상을 한 하반신에 두루 걸치고 다녔지. 이 파이오코메스는 황소 두 마리가 끌어도 끌려올까 말까 한 나무둥치를 안고 휘두르다가 이걸로 올레노스의 아들인 텍타포스의 머리를 갈겼네. 머리가 부서지면서 안에 들었던 게 사방으로 튀고, 입과 코와 눈과 귀로 나오는데…… 참나무로 만든 통에서 우유가 새 나오는 것 같았네. 그러나 자네 부친이 잘 알고 있네만, 이자의 허벅지를 칼로 찌른 것은 바로 나였네. 크토니오스와 텔레보아스도 내 칼 아래 쓰러졌지. 크토니오스는 나뭇가지로 만든 몽둥이를 휘둘렀고, 텔레보아스는 창을 휘두르다가 내 손에 죽었네만, 텔레보아스의 창에 찔린 상처의 흉터는 지금도 여기에 남아 있네. 보게, 여기 흉터가 그대로 남아 있지 않은가. 아, 그 시절에 이 트로이아 원정이 있었더라면……. 그 시절에는 내게도 힘이 있었네. 그 시절 같으면 헥토르를 이길 수는 없다고 하더라도, 상대하는 것만은 적어도 망설이지 않았을 것이네. 하지만 그 시절은 헥토르가 나기도 전인걸. 아니, 어린아이였을 시절이었나? 옛날 일 이야기해서 무엇 하나……. 이제는 나이를 먹어 그자와는 겨룰 힘이 없는 내가…….

하지만 기왕 말이 나온 김에 마저 하지. 페리파스는 켄타우로스 퓌라이토스를 죽였고, 암퓍스는 날이 빠진 창으로 다리가 넷인 켄타우로스 에케클로스의 얼굴을 때려 땅에 내굴렸지. 마카레우스는 몽둥이로 가슴을 때려 펠레트론에서 온 에

릭두포스를 쓰러뜨렸고……. 참, 네소스가 던진 창은 퀴멜로스의 엉덩이에 박혔지. 그 자리에는 암퓌코스의 아들 몹소스도 있었네.

자네들 몹소스를 점쟁이로만 생각하는 건 아닐 테지? 천만에. 켄타우로스 호디테스의 입에 창을 꽂아 넣은 사람은 몹소스였네. 호디테스는 몹소스의 창에 혀와 턱과 목이 한 두름에 꿰이는 바람에 말 한마디 못 하고 죽었다네.

카이네우스는 이 동안 켄타우로스를 다섯이나 죽였어. 스튀펠로스, 브로모스, 안티마코스, 엘뤼모스, 도끼 잘 쓰던 퓌라크모스……. 카이네우스가 이 켄타우로스들을 어떻게 죽였는지는 잘 모르겠지만 그 숫자와 이름만은 이렇듯이 고스란히 기억하고 있네. 카이네우스가 이렇듯이 좌충우돌하니까, 덩치 큰 라트레우스가 마케도니아 사람 헬레소스를 죽이고 빼앗은 무기를 들고 나섰네. 당시의 이자 나이는 기억나지 않네만, 중년에 접어들지 않았나 싶군. 힘은 젊은이 못지않았지만 귀밑머리는 희끗희끗했으니까. 손에는 방패와 마케도니아 창을 들고 발굽으로는 대지를 울리며 내닫는 이 라트레우스의 모습은 참으로 볼만했네. 라트레우스는 동료들을 한 차례 둘러보고는 카이네우스를 조롱하기 시작했네.

'카이니스야! 나 아니고서야 누가 너를 카이니스라고 부를 수 있겠느냐? 오냐, 내 너를 카이니스라고 불렀다. 너는 사내가 아니고 계집이니까 카이니스라는 이름이 마땅하다. 너에게는 남자 행세 할 권리가 없지 않느냐? 그런데도 남자 행세를 하면서 이렇듯 설쳐 대니 너는 네 근본도 모르느냐? 네 근본

을 알거든 이 싸움터는 남정네들에게 맡겨 두고 네 방으로 돌아가 실이나 감고 물레나 돌리거라.'

이 말을 들은 카이네우스는 창을 던졌고, 창은 허공을 가르며 날아가 이 켄타우로스의 가슴께, 그러니까 사람 형상이 끝나고 말 형상이 시작되는 부분에 꽂혔지. 라트레우스는 고통으로 몸부림치면서도 무방비 상태인 카이네우스의 얼굴을 겨냥하고 창을 날렸네. 그러나 창은 맞자마자 튀어나오더군. 지붕에 떨어진 우박처럼. 라트레우스는 창을 던져서는 안 되겠다고 생각했는지 이번에는 카이네우스에게 돌진하더니 칼을 뽑아 카이네우스의 옆구리를 찔렀어. 하지만 이 카이네우스의 몸에 어디 칼이 들어가던가. 그러나 라트레우스는 물러나지 않았네.

'칼끝이 무딘 모양이니까 이번에는 날로 베어 보리라. 일단 내 손에 걸린 이상 너는 죽은 목숨이다.'

라트레우스는 이러면서 이번에는 칼날로 카이네우스의 허벅지를 내리쳤네. 그러나 하릴없는 일이었네. 우리는 카이네우스의 허벅지에 닿자마자 라트레우스의 칼이 뚝 부러지는 것을 보았네. 카이네우스는 기겁을 하고 어쩔 줄을 모르고 서 있는 라트레우스에게 이러더군.

'내 몸을 시험해 보았으니 이번에는 네 몸을 한번 시험해 보자. 내 칼끝에 견디는지 견디지 못하는지.'

카이네우스는 라트레우스의 옆구리에 찔러 넣고는 내장에다 박은 채로 칼을 비틀더군. 라트레우스가 죽을 힘을 다해 비명을 질렀을 수밖에.

일이 이렇게 되자 켄타우로스 무리는 함성을 지르며 몰려와 이 카이네우스 한 사람만 공격했네. 수많은 창이 날아오고 수많은 칼이 날아왔지만 카이네우스의 몸에는 상처 하나 나지 않았네. 말하자면 그 많은 창칼 중에 카이네우스의 피가 묻은 창칼은 하나도 없었던 것이지. 켄타우로스 무리는 아연실색할 수밖에. 그중의 하나가 고함을 지른 것은 이때였네. 모뉘코스라는 켄타우로스였지.

'이 무슨 창피한 노릇인가! 우리 무리가 단 한 놈, 그것도 놈이라고 불러 주기도 아까운 것의 손에 노리개가 되지 않았는가. 그러니 우리는 이자를 남자로 인정해야 한다. 계집 꼴이 된 것은 이자 하나 변변히 해치우지 못하는 우리이다. 우리의 큰 덩치를 두었다가 어디에 쓰려는가? 인간의 갑절을 넘는 우리의 힘은 두었다가 무엇 하려는가? 우리는 살아 있는 것들 가운데서도 가장 강하기로 소문난 인간과 말의 속성을 골고루 갖추고 있지 않은가? 사내도 계집도 아닌 것 하나를 이기지 못하고서야 어찌 우리가 여신의 자손이라고 할 수 있으며, 천궁의 오만한 여신인 유노를 욕보인 자랑스러운 익시온의 자손이라고 할 수 있으랴. 바위를 굴리고, 나무를 쓰러뜨려라! 온 산의 나무를 다 베어 저자를 묻어 버려라. 저자 위에 쌓아 저 질긴 자의 사기를 꺾어 놓아야 한다. 저자의 몸에 상처를 내려고 하지 말고 나무를 쌓아 저자의 숨통을 막아 버려야 한다!'

모뉘코스는 이렇게 외치면서 마침 거센 남풍에 쓰러져 있던 나무둥치를 하나 들어 카이네우스에게 던졌네.

이것을 보고 있던 나머지 켄타우로스들도 우르르 몰려다니며 나무를 뽑아 카이네우스에게 던졌지. 얼마나 뽑아 던졌던지 오트뤼스산과 펠리온산이 벌거숭이가 되었을 지경이었네. 당황한 카이네우스는 나무 무더기에 깔린 뒤에도 그 튼튼한 어깨로 한동안 버티었네. 하지만 나무는 한정 없이 쌓이고 또 쌓여 급기야 숨조차 제대로 쉴 수 없는 지경에 이르렀네. 아무리 장사인들 그 지경에 이르면 힘을 쓰지 못하는 것은 당연지사. 카이네우스는 머리 위로 쌓이는 나무를 헤치면서 이따금씩 머리를 밖으로 내밀고 숨을 쉬려고 몸을 뒤척였네. 그럴 때마다 나무 더미가 우르르 무너지는데, 그 광경은 흡사 지진 때의 이다산 같았네. 그다음 일이 어떻게 되었는지 아무도 확실하게는 몰라. 나무 더미에 깔려 카이네우스가 타르타로스 땅으로 내려갔다고 하는 이야기가 돌았어. 그러나 점쟁이 몹소스는 그렇지 않다고 단언하더군. 몹소스는 그 나무 더미에서 날개가 튼튼한 새 한 마리가 날아오른다고 소리쳤네. 그래, 나도 그 새를 보았네. 처음 보는 새더군. 몹소스는 큰 소리로 울면서 하늘에서 원을 그리는 이 새를 보고 소리쳤네.

'카이네우스 만세. 라피타이의 영광이여, 용감무쌍한 영웅이여. 이제는 새가 된 카이네우스 만세!'

우리는 몹소스의 말을 믿었네. 왜냐? 몹소스는 점쟁이였으니까. 우리의 슬픔은 곧 분노로 변했네. 우리는 한 사람을 집중 공격 한 수많은 켄타우로스를 용서할 수 없었네. 우리는 칼을 들고 싸웠네. 이 싸움에서 우리가 죽인 켄타우로스는 전체 숫자의 반을 넘었을 것이네. 어둠이 내리고, 나머지 켄타우로스가 모두 도망친 뒤에야 이 싸움은 끝났네.”

5 넬레우스의 아들 열두 형제

퓔로스의 노영웅(老英雄)이 라피타이와 마인(馬人) 켄타우로스 사이에서 벌어진 싸움 이야기를 신나게 하자, 틀레폴레모스[22]가 참다못해 한마디했다. 그는 켄타우로스 이야기가 나오는데도 헤라클레스라는 이름은 한 번도 나오지 않는 데 화가 났던 것이다.

“어르신네, 왜 헤라클레스는 한 번도 거명(擧名)하시지 않는지요? 저의 선친께서도 수많은 구름의 자손들을 죽였다고 하시던데요.”

그러자 네스토르[23]가 이런 이야기를 했다.

“이 사람아, 어째서 이 늙은이의 묵은 상처를 건드리는가? 세월이 아물게 한 상처를 다시 건드려, 자네 선친에 대한 내 증오와 자네 선친이 내게 자행한 의롭지 못한 행패를 상기시켜서 어쩌자는 것인가? 자네 선친이 참으로 큰일을 해내 온 세상 사람들을 이롭게 했다는 것은 신들께서 다 아시는 사실이네. 나도 부정하고 싶네만 사실인 것을 어쩌겠나? 하지만 우

---

22) 헤라클레스와 아스튀오케 사이에서 태어난 아들. 로도스섬의 왕으로 아홉 척의 군함을 이끌고 이 원정에 참가했다.

23) 엘리스 땅 퓔로스 출신인 이 네스토르는 헤라클레스 손에 아버지 넬레우스를 비롯해 열한 명의 형들을 잃은 장본인이다.

리가 테이포보스나 폴뤼다마스나 헥토르[24]를 찬양할 수는 없는 일. 어떻게 적을 찬양할 수 있겠는가? 자네 선친은 메세나 성벽을 깨뜨리고, 죄없는 도시 엘리스와 퓔로스를 폐허로 만들었으며 불과 칼로 내 집안을 쑥대밭으로 만든 장본인이라네. 말하고 싶지 않네만 내 아버지 넬레우스는 헤라클레스의 손에 죽임을 당하셨네. 우리 형제들도 나만 빼고 열한 형제가 모두 헤라클레스 손에 죽임을 당했네. 그러나 죽은 사람들은 기왕에 죽었으니 어쩌겠나만, 내 형 페리클뤼메노스 이야기는 좀 하고 넘어가야겠네. 페리클뤼메노스의 죽음은 다른 이들의 죽음과 다르니까.

우리 넬레우스 가문의 조상이신 넵투누스 신께서는 이 페리클뤼메노스에게 특별한 권능을 부여하셨다네. 무슨 권능이냐 하면, 원하면 무엇으로든 둔갑할 수도 있고 원래대로 돌아올 수도 있는 권능이지. 페리클뤼메노스는 헤라클레스의 손에 잡히자 어떻게든 도망치려고 온갖 물상(物象)으로 다 둔갑해 보았네. 하지만 상대가 헤라클레스라서 별 효험이 없었던 모양이야.

이것저것으로 둔갑해 봐도 안 되니까 마지막으로 페리클뤼메노스는 신들의 왕이 총애하시는 새[25]로 둔갑했지. 유피테르 대신의 벼락을 나른다는 새 말일세. 페리클뤼메노스는 독수리의 힘과 용기와 발톱으로 헤라클레스의 얼굴을 할퀴고는

24) 모두 트로이아군의 장수들.

25) 신들의 왕 유피테르가 총애하는 독수리.

하늘로 날아올랐지.

티륀스의 영웅 헤라클레스는 버럭 화를 내면서 활시위에 살을 메워 하늘로 쏘아 구름 위로 올라간 이 독수리의 날갯죽지를 맞혔네. 상처가 깊지는 않았지만 마침 살을 맞은 곳이 날개를 움직이는 힘줄이었어. 따라서 독수리로 둔갑한 페리클뤼메노스는 더 이상 날지 못하고 땅으로 떨어졌지. 날갯죽지에 화살이 꽂힌 채 말일세. 이 화살이 먼저 땅에 닿고 페리클뤼메노스의 몸이 나중 닿았으니 어찌 되었겠는가. 몸무게 때문에 화살은 날개를 꿰뚫고는 가슴을 지나 목에 박혔고 페리클뤼메노스는 이로써 죽고 말았네. 로도스섬에서 온 미남 선장이여. 이러한데도 내가 헤라클레스를 찬양해야 하겠는가? 그러나 헤라클레스의 무공을 비방함으로써 내 형제들의 죽음을 복수할 생각은 내게 없네. 자네와 나는 이제 전우니까."

노영웅은 이로써 이야기를 끝냈다. 술잔이 다시 한 순배 좌중을 돈 뒤 장수들은 자리에서 일어났다. 밤이 깊었기 때문이었다.

6 아킬레우스의 죽음

삼지창으로 바다의 파도를 다스리는 신[26]은 파에톤이 사랑하는 새[27]로 변한 자기 아들 퀴크노스를 생각하며 속을 끓

26) 넵투누스.

였다. 그는 퀴크노스의 죽음을 생각하면서 아킬레우스를 저주하다가 아킬레우스를 쳐서 아들의 죽음을 복수하기로 마음먹었다. 그러나 전쟁이 10년이나 계속되는데도 그럴 기회는 오지 않았다. 넵투누스는 장발(長髮)을 한 스민테우스[28]에게 이런 말을 했다.

"내 조카들 중에서도 가장 내 마음에 드는 조카여. 나와 함께 이 트로이아성을 쌓은 아폴로여. 이 성이 언제 깨어질지 모르는 판국인데 속이 상하지도 않나? 다른 것은 다 참을 수 있다고 치세만 제 조국의 성채 밑에서 죽어 질질 끌려다닌, 그것도 우리의 눈앞에서 질질 끌려다닌 헥토르의 망령을 어찌 생각하는가?[29] 이 피비린내 나는 전쟁을 일으킨 자 중의 하나, 우리가 쌓아 올린 이 성채를 부서뜨리려는 이 야만인인 아킬레우스가 아직도 살아 있네. 나는 이자에게 내 삼지창의 위력을 보여 주고 싶네. 그러나 나는 신인지라 이자와 몸과 몸으로 맞서 싸울 수가 없네. 그러니까 자네가 그 보이지 않는 화살로 이자를 쏘아 주게."

아폴로는 그러마고 했다. 숙부의 부탁이 있어서 그러마고

---

27) 태양신의 아들 파에톤의 죽음을 슬퍼하다가 백조로 변한 퀴크노스. 즉 '백조'를 가리킨다. 그리스 신화에서 '퀴크노스'라는 이름을 가진 인간은 모두 백조로 변하는데 이 경우 '퀴크노스'라는 말은 고유명사라기보다는 '백조'를 지칭하는 일반명사에 가깝다.

28) 아폴로 신의 별명.

29) 아킬레우스는 헥토르를 죽인 뒤, 시신을 자기 아버지 앞으로 보내 달라는 헥토르의 유언을 무시하고 병거에 묶어 끌면서 트로이아성을 몇 바퀴 돈 것으로 전해진다.

한 것이 아니었다. 아폴로도 이 아킬레우스를 좋게 보지 않던 참이기 때문이었다. 아폴로는 구름으로 몸을 가리고 트로이아 전쟁의 일선으로 갔다. 그는 이 전선에서 하잘것없는 병사를 상대로 싸우는 파리스를 발견했다. 아폴로 신은 자신의 본 모습을 보이고 파리스에게 말했다.

"왜 하찮은 것들을 죽이는 일로 창에 피를 묻히고 있느냐? 만일에 너에게 형제를 사랑하는 마음이 있거든 아이아코스의 손자[30]를 공격하여 죽은 네 형들의 원수를 갚아라."

아폴로는 이렇게 말하면서, 칼을 휘두르며 트로이아 병사들을 죽이고 있던 아킬레우스를 가리켰다. 아폴로는 파리스를 위해 활의 겨냥을 도와주기까지 했다. 파리스가 화살을 날리자 아폴로는 화살을 인도하여 아킬레우스에게 명중하게 했다.[31] 아들 헥토르가 전사한 이래 프리아모스왕이 웃는 얼굴을 보인 것은 이때가 처음이었다.

수많은 트로이아 영웅들을 이겨낸 저 유명한 영웅 아킬레우스는 이렇게 해서, 그리스 땅에서 남의 아내를 꼬드겨온 비겁한 자의 손에 죽었다. 아킬레우스는 자신이 여자만도 못한

---

30) 아킬레우스.

31) 아킬레우스의 어머니 테티스는 아킬레우스가 태어나자마자 이 아기의 발목을 잡고 스튁스 강물에 담갔다가 꺼냈다. 이로써 아킬레우스는 불사의 몸이 되었다. 그러나 어머니 테티스가 손으로 쥐고 있었기 때문에 발목에는 스튁스 강물이 묻지 않았다. 그래서 아킬레우스는 불사의 권능을 얻었지만 이 발목 부분만은 여느 인간의 몸과 다름없었다. 말하자면 이 발목 부분이 아킬레우스의 치명적인 급소인 것이다. 이때 파리스가 쏜 화살은 바로 아킬레우스의 급소인 발뒤꿈치에 명중했다.

헥토르의 석관(石棺).

파리스 같은 자의 손에 죽으리라는 것을 알지 못했을 터였다. 진작에 알았더라면 아킬레우스는 차라리 아마존[32]의 도끼에 맞아 죽는 편을 택했으리라.

트로이아군 쪽에서 보면 공포의 대상이었고, 그리스군에서 보면 거룩한 평화의 수호자였던 이 불굴의 전쟁 영웅도 결국은 화장단 위에서 재가 되었다. 아킬레우스의 갑옷을 지어 주었던 그 신이 이번에는 불꽃으로 그의 육신을 소진시킨 것이다.[33] 살아 있을 때는 범 같은 장수였던 아킬레우스도 재가 되었을 때는 항아리 하나도 채우지 못했다. 그러나 그의 영광은 온 세상에 차고 넘쳤다. 아킬레우스라는 이름이 있을 곳으

---

32) 여인족.

33) 불의 신이자 대장장이 신인 불카누스는 테티스의 부탁을 받고 아킬레우스를 위해 훌륭한 갑옷을 만들어 준 바 있다. 그런 불카누스 신이 이번에는 그 불길로 아킬레우스의 육신을 태웠다는 뜻이다.

유피테르에게 아킬레우스의 운명을 바꾸어 줄 것을 요구하는 테티스(앵그르의 그림).

로 마땅한 곳은 넓디넓은 우주뿐이었다. 이 펠레우스의 아들은 영원히 살 곳으로는 마땅하지 않다고 해서 타르타로스의 나라에도 내려가지 않았던 것이다. 그가 남긴 방패까지도 불화의 씨앗이 되었다. 남은 장수들은 그가 남긴 무기가 누구에게 돌아가야 하느냐는 문제를 두고 다투었을 정도였다. 그의 유품을 차지하기 위한 싸움에도 아무나 끼어들 수 있는 것이 아니었다. 튀디데스도, 오일레우스의 아들인 아이아스[34]도, 아트레오스의 작은아들[35]도, 나이로 보나 무공으로 보나 아

34) '작은 아이아스'라고 불린다.

우보다는 윗길인 큰아들[36]도 끼어들 수 없었다. 아킬레우스의 유품을 두고 소유권을 주장할 자격이 있는 사람은 오직 텔라몬의 아들 아이아스[37]와 라에르테스의 아들 울릭세스[38]뿐이었다. 어쩌면 불화의 불씨가 될지도 모르는 이 문제의 결정권을 쥔 탄탈로스의 자손 아가멤논은 그리스 장수들을 한자리에 모이게 하고 이 문제를 중의(衆意)에 따라 심판하게 함으로써 자기 몫의 짐을 벗었다.

35) 메넬라오스를 가리킨다.

36) 그리스군의 총사령관 아가멤논.

37) '큰 아이아스'라고 불린다.

38) 영/율리시스, 그/오뒤세우스. 이하 '오뒤세우스'로 부르기로 한다.

13부 유민의 시대

1 아킬레우스의 유품

장수들이 좌정하자 병사들이 이 장수들 뒤로 모여 섰다. 일곱 겹 황소 가죽 방패의 주인인 아이아스[1]가 일어섰다. 원래 성미가 불같은 것으로 이름난 아이아스는 시게이온 해안에 정박해 있는 그리스 함대를 돌아다보면서 주먹을 불끈 쥐고 웅변을 토했다.[2]

"나는 유피테르 대신의 이름으로, 저기에 정박해 있는 우리의 함대 앞에서 내 몫의 말을 하렵니다. 나는 이로써 아킬레

1) 이 아이아스가 바로 '큰 아이아스'이다. 이 아이아스는 튀키오스라고 하는 가죽 전문가가 황소 가죽 일곱 장을 겹쳐 만든 거대한 방패를 자유자재로 다루는 괴력의 소유자다.

2) 이 자리에서 아이아스와 오뒤세우스는 아킬레우스가 남긴 유품이 자기 차지가 되어야 한다는 당위성을 주장한다.

우스의 유품이 오뒤세우스의 것이 되어야 한다는 주장을 논파하려 합니다. 저 헥토르가 우리 함대에 불을 질렀을 때 오뒤세우스는 도망쳤습니다만 나는 불길을 잡는 한편 함대 근처에서 트로이아군을 몰아냈습니다.[3] 오뒤세우스가 왜 도망쳤을까요? 오뒤세우스는 무기로 하는 싸움보다는 말로 하는 싸움을 더 좋아하기 때문입니다. 나는 창칼로 싸우는 데 능하지만 오뒤세우스는 세 치 혀로 싸우는 데 능하기 때문입니다. 내가 세 치 혀로 싸우는 데 능하지 못하듯이 오뒤세우스 역시 창칼로 싸우는 데 능하지 못하기 때문입니다. 그리스의 장수들이여, 그러나 나는 굳이 이런 이야기까지 하고 싶지는 않습니다. 그대들이 눈으로 보았으니 익히 알고 있을 것이기 때문입니다. 오뒤세우스 역시 자기에게도 공이 있다고 주장할 것입니다. 그러나 그가 공을 세우는 것을 본 사람, 이를 증언할 사람은 하나도 없습니다. 오뒤세우스의 공을 증언할 수 있는 것은 어둠뿐입니다. 내가 마땅히 내 것이 되어야 한다고 주장하는 아킬레우스의 유품은 신성한 것입니다. 그러나 나와 더불어 그 소유권을 주장하는 오뒤세우스의 인품은 이 신성한 유품을 욕보이고 있습니다. 여러분이 아시다시피 이 아이아스는 설사 이 유품을 차지한다고 하더라도 자랑스럽게 여기지 못하게 되고 말았습니다. 왜냐하면 이 아이아스가 차지하기 전에 이미 오뒤세우스에게 이를 차지하고자 하는 욕심이 있

3) 아킬레우스가 아가멤논왕과의 불화를 핑계로 싸움터에 나서지 않고 있을 동안 헥토르는 그리스 진영을 공격하고 정박해 있던 함대에 불을 질렀다. 이때 아이아스는 함대를 떠나지 않고 끝까지 분전했다.

대장장이 신 불카누스가 퀴클롭스 세 형제의 도움을 받아 가면서 아킬레우스의 방패를 만들고 있다. 오뒤세우스와 아이아스가 다투는 것은 바로 이때 만들어진 아킬레우스의 방패 및 유품 때문이다.

었기 때문입니다. 오뒤세우스가 욕심을 부렸다는 사실만으로 이 유품은 더 이상 신성할 수 없게 되고 말았습니다. 그러나 나의 적수인 오뒤세우스는, 설사 이 논쟁에서 패배하고 유품을 나에게 양보하게 된다고 하더라도 그만한 보람은 얻는 셈입니다. 오뒤세우스라는 이름은, 오뒤세우스가 이 아이아스를 상대했다는 사실만으로도 유명해질 테니까요.

나를 보십시오. 내 용기를 의심해 본 사람이 있습니까? 그러나 있다고 해도 좋습니다. 있다고 하더라도 나에게는 이 신성한 유품의 소유권을 주장할 자격이 있습니다. 왜냐? 나와 아킬레우스는 같은 양반 집안의 자손이기 때문입니다. 여러분도 아시다시피 나는 텔라몬의 아들입니다. 텔라몬이 누구입니까? 영웅 헤라클레스의 휘하에서 트로이아성벽을 깨뜨렸던 장수, 파가사이에서 지은 배[4]로 콜키스 해변에 상륙하신 분입니다. 텔라몬의 아버지 아이아코스는 지금 고요가 지배하는 저 망령의 나라[5]의 판관으로 계십니다. 이 나라가 어떤 나라던가요? 아이올로스의 아들이자 여기에 있는 이 오뒤세우스의 조상인 시쉬포스가 무거운 바위를 험한 산정으로 굴려 올리는 무서운 벌을 받고 있는 나라입니다. 신들의 왕이신 유피테르 대신께서 이 아이아코스를 저승의 판관으로 세우신 것은 아이아코스를 알아보시고, 당신의 아드님으로 용인하셨기 때문입니다. 그러므로 여기에 있는 이 아이아스는 유피테르 대신의 증손자가 되는 것입니다. 그리스의 장수들이시여, 나는 이 빛나는 가문을 빌미로 삼아 이 유품의 소유권을 주장하려는 것이 아니올시다. 아킬레우스와 내가 같은 집안의 자손이라는 것을 지적하기 위해서 드린 말씀이올시다. 그렇습니다. 아킬레우스의 유품은 내 사촌의 유품인 것입니다. 사기와 협잡의 명수인 시쉬포스의 자손 오뒤세우스여, 우리 집안과는 아무 인연도 없는 그대가 왜 이 아이아코스 집안 일에 뛰어들어 아킬레우스 유품의 소유권을 주장하는 것이오?

여기에 있는 나는 트로이아 원정이 시작된다는 말을 듣고는 자진해서 원정대에 합류한 사람이고, 이 오뒤세우스는 어쩔 수 없어서 합류한 사람입니다. 이런 내가 이 오뒤세우스에게 유품을 양보해야 하겠습니까? 오뒤세우스는 이 전쟁에 참전하지 않으려고 일부러 미친 사람 행세를 하고 있던 사람입

4) 아르고 원정 당시의 아르고호를 말한다.

5) 저승을 말한다.

니다. 그러나 오뒤세우스는 자기보다 더 꾀 많은 사람의 술수에 걸려 더 이상 잔꾀를 부리지 못하고 원정대에 합류한 사람입니다.[6] 큰 꾀로 이 오뒤세우스의 잔꾀를 폭로한 사람은 나우플리오스의 아들 팔라메데스입니다. 오뒤세우스는 만일에 창칼을 무기로 들고 싶지 않다면 그 잔꾀를 무기로 삼아서라도 이 원정에 참가하려고 했어야 하는 것이 아닙니까? 그렇습니다. 오뒤세우스는 이 전쟁의 참전을 기피했지만 나는 처음부터 위험을 무릅쓰고 이 전쟁에 목숨을 바쳤던 사람입니다. 이런 내가 내 사촌의 유품을 횡령당하는 수모를 겪어야 하겠습니까?

나는 당시 오뒤세우스가 정말 미친 것이 아니었던 것을 유감으로 생각하는 사람입니다. 다른 사람들이 그의 미친 사람 행각에 기만당하지 않았던 것을 유감으로 생각하는 사람입니다. 만일에 오뒤세우스가 정말 미친 사람이었던들, 사람들이 그의 사기 행각에 넘어가 주었던들 오늘 이 트로이아성 아래

6) 아내 페넬로페, 아들 텔레마코스와 함께 행복하게 살고 있던 오뒤세우스는 이 전쟁에 참전하기 싫어서 일부러 미친 사람 행세를 했다. 즉 소와 당나귀에 쟁기를 매 밭을 갈고는 여기에 소금을 뿌리는 기행을 한 것이다. 오뒤세우스에게 참전을 권하러 갔던 팔라메데스가 이걸 보고는 오뒤세우스의 아들 텔레마코스를 안아다 쟁기 앞에 놓았다. 만일에 오뒤세우스가 정말 미쳤다면 쟁기로 아들을 죽일 것이요, 미치지 않았다면 아들을 피해 갈 것이라고 생각한 것이다. 과연 오뒤세우스는 아들 텔레마코스가 다칠까 봐 쟁기를 치우고는, 자신이 일부러 미친 사람 행세를 하고 있었음을 고백하고 원정군에 합류했다. 이때 큰 꾀로 오뒤세우스의 잔꾀를 물리친 팔라메데스는 후일 거꾸로 이 오뒤세우스의 간계에 걸려 목숨을 잃는다.

에는 오뒤세우스 같은 협잡꾼은 없었을 것이 아닙니까? 이런 협잡꾼이 없었던들 우리가 저 포이아스의 아들 필록테테스를 렘노스섬에 유기하는 죄를 짓지 않았을 것이 아닙니까?[7] 내가 듣기로 이 필록테테스는 이 섬의 동굴 속에 기거하면서 신들께 눈물로 기도한다고 합니다. 자신을 버려 두고 가자고 한 라에르테스의 아들 오뒤세우스에게 천벌이 내리기를 기도한다고 합니다. 하늘에 신들이 계시는 바에 그의 기도는 헛되지 않을 것입니다. 우리와 같은 이유로 이 전쟁에 참전했던 용사이자 우리 지도자의 한 사람이자 헤라클레스의 저 유명한 활의 상속자인 이 사람은 지금 그 외로운 렘노스섬에서 헐벗고 굶주리면서, 트로이아를 향해 쏘아야 마땅한 활을 하늘을 나는 새들에게 쏘고 있다고 합니다. 그러나 그는 아직 살아 있습니다. 다행히도 원정선을 타고 와서 오뒤세우스의 휘하에 들지 않았던 덕택에 그는 아직 살아 있습니다.

팔라메데스가 죽었다는 사실을 모르시는 분은 없을 테지요? 이 필록테테스처럼 렘노스섬에 남아 있었더라면 팔라메데스는 죽지 않았을 것입니다. 그러나 팔라메데스는 죽었습니다. 누명을 쓰고 비참하게 죽었습니다.[8] 오뒤세우스는 팔라메데스가 자기를 욕보인 것을 잊지 않고 있다가, 팔라메데스

---

7) 필록테테스는 헤라클레스의 화장단에 불을 질러 주고 그 대신 헤라클레스의 활을 얻은 활의 명수. 트로이아 원정에 참전했으나 도중에서 독사에 물린다. 이 상처가 악화되자 원정대원들은 오뒤세우스의 제안을 받아들여 이 필록테테스를 렘노스섬에 내려놓는다. 그러나 후일 트로이아 전쟁에 승리하려면 필록테테스의 활이 있어야 한다는 신탁에 따라 다시 전장에 합류한다.

가 그리스군을 반역했다는 소문을 퍼뜨리고 그 증거물로 자기가 그 전에 몰래 묻어 놓은 황금을 파내 군법 회의에 제시했습니다. 이로써 오뒤세우스는 한 사람은 렘노스섬에 유기함으로써, 또 한 사람은 억울한 죽임을 당하게 함으로써 우리 그리스군의 전력을 약화시켰습니다. 이것이 바로 오뒤세우스의 참모습입니다. 우리가 이 오뒤세우스라는 자를 두려워해야 하는 까닭이 여기에 있습니다.

오뒤세우스는 네스토르 장군[9]을 능가하는 웅변가인데도 불구하고, 이 죄 없는 장군을 유기한 까닭[10]을 나에게 설명하지 못할 것입니다. 이 노장군은 이때 이미 지쳐 있었습니다. 그는 그 자리를 피하려 했으나 말이 부상하는 바람에 피할 수 없었습니다. 이 위급한 상황에서 네스토르 장군은 오뒤세우스에게 구원을 청했지만 오뒤세우스는 노장군을 버리고 달아났습니다. 내가 거짓말을 하고 있지 않다는 것은 튀데우스의 아들 디오메데스가 잘 알 것입니다. 왜냐하면 오뒤세우스의 이름을 부르면서, 겁에 질려 도망치는 이 오뒤세우스를 원

---

8) 오뒤세우스는 꾀를 써서 자신을 이 전쟁에 참전하게 한 팔라메데스를 벼르다가 어느 날 팔라메데스의 부하를 매수하여 팔라메데스의 침대 밑에 트로이아 왕의 가짜 편지와 황금을 묻은 다음 팔라메데스가 적과 내통한다는 소문을 퍼뜨린다. 조사 결과 증거물이 나오자 팔라메데스는 반역 죄인으로 몰려 박살형을 당한다.

9) 웅변가로 유명하다.

10) 네스토르의 말이 파리스의 화살을 맞아 쓰러지자 헥토르가 네스토르를 공격하려 하는 위급한 상황에서 디오메데스는 네스토르를 구하려고 하나 오뒤세우스는 이를 못 본 척했다.

망한 장본인이 바로 디오메데스니까요. 여러분 중에는 이 현장을 보지 못한 분들도 있을 것입니다. 그러나 하늘에 계신 신들은 인간 세상에서 벌어지는 이 같은 일을 하나도 빠짐없이 내려다보고 계십니다. 그래서 남에게 도움을 베풀기를 거절한 오뒤세우스에게 남에게 도움을 청할 일이 생기게 했던 것입니다. 다른 사람이 내미는 구원의 요청을 거절했던 오뒤세우스가 그래서 이번에는 구원의 요청을 거절당하게 된 것입니다. 이로써 오뒤세우스는 스스로 자기 자신에게 불리한 선례를 만들었던 것입니다.

그렇습니다. 오뒤세우스는 전우들에게 도움을 요청했습니다. 나는 달려가서 오뒤세우스를 보았습니다. 오뒤세우스는 물론 죽음이 두려워서 그랬겠지만 파랗게 질린 채 부들부들 떨고 있었습니다. 나는 내 거대한 소가죽 방패로 땅바닥에 엎드려 있는 오뒤세우스를 가려 그 목숨을 구해 주었습니다만, 하찮은 일이니 이 일로 나를 칭송하려고는 하지 마시기 바랍니다.

오뒤세우스, 아킬레우스의 유품을 나에게 양보하고 싶지 않거든 그때의 그 일을 생각해 보시오. 그대를 노리던 적들의 창칼, 그대가 입었던 부상, 그대의 공포, 내 방패 밑에서 그대가 나에게 던졌던 눈길을 생각해 보시오. 내가 그대를 위험에서 구해 냈더니, 부상으로 몸도 못 가눌 것 같던 그대는 언제 부상을 입었더냐는 듯이 쏜살같이 달아났지요.

헥토르가 신들의 도우심에 힘입어[11] 전장으로 나온 것은 이때였습니다. 오뒤세우스, 그대도 보았으니 알 것이오. 헥토르가 나서자 우리 장수들은 모두 겁을 먹고 물러서지 않던가요. 오뒤세우스, 그대도 예외는 아니었소. 그러나 여러분, 나는 그자의 콧대를 꺾었습니다. 그자는 우리 진영을 피바다로 만들었습니다만 나는 멀리서 바위를 던져 그자를 물러서게 했습니다. 그자가 그리스에 진정한 장수가 있으면 나와서 대적하자고 했을 때, 나가서 그자와 맞선 사람이 바로 이 아이아스가 아닙니까? 헥토르를 대적할 자를 정하는 제비뽑기에서, 아카이아[12]의 용사들이여, 그대들은 내가 뽑히기를 기도했겠지요? 그렇습니다. 여러분의 기도가 이루어져 내가 뽑혔던 것입니다. 여러분도 내가 이 일대일의 대전에서 헥토르에게 지지 않았다는 걸 보셨지요?[13] 트로이아군이 유피테르 대신의 도움을 받으며 손과 손에 창칼과 횃불을 들고 우리 그리스 함대를 공격하던 일, 잊지 않았겠지요? 말 잘하는 오뒤세우스여, 그때 그대는 어디에 있었소? 그대들 귀향의 희망이 실려 있는 우리 함대를 등에 지고 이들을 가슴으로 막아 낸 자가 누굽니까? 바로 여기에 있는 이 아이아스가 아닙니까? 내가 함대를 지켰으니 그 대가로 아킬레우스의 유품인 무기를 주십시오. 솔직하게 말씀드리리다. 사실 아킬레우스가 남긴 무기가

11) 그리스 함대를 위협하던 헥토르는 아이아스가 던진 바위에 맞아 부상을 입고 후송된다. 유피테르는 의신(醫神) 아폴로에게 명하여 이 헥토르를 치료하게 한다.

12) 그리스를 말한다.

13) 제비뽑기로 선정된 아이아스와 헥토르의 대전은 해 질 때까지 결말이 나지 않아 다음 날로 연기되었다.

그 상속자에게 요구하는 명예는 내가 얻은 명예로도 부족합니다. 아킬레우스의 무기는 나 이상의 명예를 가진 자가 임자가 될 것을 요구합니다. 그러나 그나마 이 무기의 소유권을 주장할 수 있는 것은 나밖에 없습니다. 이 아이아스가 무기를 요구하는 것이 아니고 무기가 이 아이아스를 요구하고 있는 것입니다. 레소스[14]와, 싸울 생각도 없는 돌론[15]을 죽였고, 프리아모스 왕의 아들 헬레노스[16]를 생포했고, 팔라스 여신의 성상(聖像)[17]을 훔쳐냈으니 저 이타카의 왕[18]에게도 공이 없다고는 할 수 없겠지요. 그러나 그 정도의 공을 내가 세운 공에 견줄 수는 없는 일입니다. 여러분이 아셔야 하는 것은 이 사람이 세운 공에 대명천지에 세운 공이 없고, 디오메데스의 도움을 받지 않고 세운 공이 없다는 것입니다. 만일에 여러분이 이같이 하찮은 일을 공적으로 삼고 아킬레우스의 유품인 무기

---

14) 전쟁 발발 10년째 되는 해에 트로이아 쪽을 응원하러 왔으나, 도착 당일 밤 몰래 들어온 오뒤세우스와 디오메데스의 손에 죽은 트라키아 왕.

15) 트로이아군의 척후병. 헥토르가 만일에 그리스군의 진영을 염탐하고 돌아오면 아킬레우스의 신마(神馬)를 주겠다고 약속하자 이리 가죽을 쓰고 그리스군 진영에 들어갔다가 오뒤세우스와 디오메데스의 손에 붙잡혀 오히려 트로이아군의 사정을 낱낱이 일러 주고는 참살당했다.

16) 프리아모스와 헤쿠바 사이에서 난 아들. 설득력이 없는 예언을 하는 것으로 유명한 카산드라와는 쌍둥이 남매다. 파리스가 헬레네를 데려오자 이로써 큰 전쟁이 터질 것임을 예언한 바 있다. 일설에는 자기의 조국 트로이아가 목마 때문에 망하리라는 것도 예언했다고 한다.

17) '팔라디오'라고 불리던 팔라스 미네르바의 성상. 트로이아인들이 호국 여신상으로 모시던 성상이다. 오뒤세우스와 디오메데스가 트로이아로 숨어들어가 이 성상을 훔쳐 냈다.

18) 오뒤세우스를 말한다.

를 내리시고 싶다면 내리시되, 이를 나누시고 큰 몫을 디오메데스에게 내리셔야 할 것입니다.

하지만 비무장(非武裝)한 적을 기계(奇計)로 죽이고, 술수로 순진한 적을 속이는 일을 다반사로 하는 이타카 사람에게 귀한 상을 내려서 어쩌자는 것입니까? 금으로 치장한 투구를 이 사람에게 씌우면 어떻게 되겠습니까? 숨기 좋아하는 이 사람이 이 금빛 투구 때문에 숨을 수가 없지 않겠습니까? 금방 적의 눈에 띄고 말지 않겠습니까? 그것뿐이 아닙니다. 이 오뒤세우스가 저 무거운 아킬레우스의 투구를 쓰고 배겨 낼 것 같습니까? 펠리온산의 물푸레나무로 자루를 해 박은 아킬레우스의 창은 저렇게 약한 오뒤세우스에게는 너무 무거울 것이 아니겠습니까? 훔치는 일이나 능사로 아는 오뒤세우스의 가냘픈 왼팔에, 넓고넓은 우주를 새겨 넣은 아킬레우스의 방패가 당할 것 같습니까? 오뒤세우스, 참으로 세상 물정을 모르는 분이여, 그대를 파멸케 할 이런 것들에 왜 욕심은 내는지 모르겠군요. 만일에 그리스군에서 이 아킬레우스의 유품인 무기를 그대에게 내리는 실수를 범하는 경우, 그대의 목숨이 걱정스럽습니다. 그대에게 능한 것이 하나 있다면 그것은 도망치는 것인데, 이런 무기를 몸에 지닌다면 그대는 제대로 도망치지도 못할 것이 아니겠습니까? 그대의 방패만 해도 그렇습니다. 제대로 싸워 보지 못한 그대 방패이니만큼 아직은 말짱한 것으로 압니다. 하지만 내 방패는 전장에서 수천 개의 창을 받은 방패라 상태가 말이 아닙니다. 따라서 새 방패가 있어야 하는 사람은 바로 나입니다.

이런 이야기를 해 보아야 무슨 소용이 있겠습니까? 행동으로 누가 유품의 임자가 되어야 하는지 보여 주기로 합시다. 이 영웅의 유품을 적진에 던져 두고 우리 둘을 보내 이를 찾아오게 해 주십시오. 이로써 찾아오는 사람을 임자로 정하면 되지 않겠습니까?"

텔라몬의 아들 아이아스의 말이 끝났다. 장수들 쪽에서는 아이아스의 말에 환호하는 사람들이 적지 않았다. 이윽고 라에르테스의 아들 오뒤세우스가 일어났다. 오뒤세우스는 한동안 바닥을 내려다보고 있다가 고개를 들어 장수들을 바라보면서 기다리고 있던 사람들을 향해 입을 열었다. 그는 웅변조로 말했는데, 웅변하는 솜씨는 우아하다고 해도 좋을 만큼 탁월했다.

"펠라스고이인들이여, 만일에 신들께서 내 기도와 그대들의 기도를 들어주셨더라면,[19] 우리가 아킬레우스의 유품을 둘러싸고 벌이는 이런 분쟁 같은 것은 처음부터 없었을 것입니다. 그렇습니다, 아킬레우스여, 그대가 살아 있더라면 그대는 아직도 이 무기로 싸우고 있을 것이고, 우리는 그대와 함께 싸우고 있었을 것입니다. 그러나, 여기에 모이신 장수 여러분, 가혹한 운명이 우리와 아킬레우스를 이렇게 갈라놓은 이상……."

이 대목에서 오뒤세우스는 눈물 닦는 시늉을 하고 말을 이었다.

"……우리는 누가 이 아킬레우스의 뒤를 이을 수 있느냐는

---

19) '아킬레우스가 죽지 않았더라면'이라는 뜻.

문제보다는 누가 과연 이 아킬레우스를 트로이아 원정군에 합류하게 했느냐는 문제를 따져 보아야 할 것입니다. 내가 여러분에게 당부드리고 싶은 것은, 나와 이 유품을 다투게 된 이 사람에게만은 아킬레우스의 유품이 넘어가서는 안 된다는 것입니다. 왜냐하면 이 사람은 대단히 머리가 둔한 사람처럼 보이는 데다(실제로 둔합니다만) 나에 대해 터무니없는 편견에 사로잡혀 있기 때문입니다. 이 사람이 편견에 사로잡혀 있는 것은 내가 지혜로써 여러분을 자주 이롭게 했기 때문입니다. 내가 이렇게 드리는 말씀을 웅변이라고 할 수 있다면, 나는 내 웅변이 사감(私感)을 지어내는 웅변이 아니기를 바랍니다. 자주 여러분을 이롭게 하는 데 쓰였던 이 웅변이 지금은 그 주인을 변호하고 있을 뿐입니다. 사람은 누구든 자신이 지닌 재주를 써서 제 주장을 펴야 하는 것이니까요.

가문이라든지 조상이라든지 우리는 듣도 보도 못한 가문의 내력에 관한 이야기들이 나옵니다만, 나는 내 가문이나 조상이나 내력이 어떻게 아이아스의 가문이나 조상이나 내력과 다른지 그 까닭을 모르겠습니다. 말씀드리자면 이렇습니다. 아이아스는 자신이 유피테르 대신의 4대손이라고 주장하고 있습니다. 그렇다면 나는 이렇게 말하겠습니다. 유피테르 대신이 어디 한두 집안의 조상입디까? 나 역시 유피테르 대신의 4대손입니다. 내 아버지 라에르테스는 아르케시오스의 아들이고, 아르케시오스는 바로 유피테르 대신의 아들이니까요. 그뿐이 아닙니다. 우리 집안에는 죄를 지은 이도 없고 제 나라에서 쫓겨난 이도 없습니다.[20] 신혈(神血) 받은 것을 따지자면 내게는 따질 것이 하나 더 있습니다. 내 어머니 역시 메르쿠리우스의 손녀입니다.[21] 말하자면 나는 아버지와 어머니 양쪽이 다 신혈붙이인 것입니다. 그러나 내 어머니가 아이아스의 어머니보다 더 좋은 가문에서 태어났기 때문에 내가 아킬레우스의 유품을 상속받아야 한다고 주장하는 것이 아닙니다. 내 아버지가 손에 형제의 피를 묻히지 않았으니까[22] 내가 아킬레우스의 유품을 상속받아야 한다고 주장하는 것이 아닙니다. 텔라몬과 펠레우스가 형제간이었다는 사실과 아이아스의 공적은 아무 상관도 없는 만큼 이런 것으로 유품 상속자의 적부(適否)를 심사할 것이 아니라 오직 우리가 한 일만을 고려에 넣어 주시기 바랍니다. 다시 말하면, 우리의 가문을 보고 정할 것이 아니라, 우리가 용기로써 이루어 낸 업적으로 평가해 주시라는 것입니다. 내가 집안을 따져서는 안 된다고 한 데에는 까닭이 있습니다. 만일에 집안을 따져서 아킬레우스와 가장 가까운 사람이 아킬레우스의 유품을 거두어야 한다면 당연히 아킬레우스의 아버지 펠레우스나 아킬레우스의 아들 퓌로스가 거두어야지 어떻게 아이아스가 여기에 손을 내밀 수 있습니까? 차라리 이 아킬레우스의 유품을 프티아[23]나 스퀴로

---

20) 아이아스의 아버지 텔라몬과 백부 펠레우스(즉 아킬레우스의 아버지)가 포코스를 살해하는 죄를 짓고 아이기나섬에서 추방당한 일을 말한다.

21) 오뒤세우스의 어머니 안티클레이아는 메르쿠리우스의 아들인 아우톨뤼코스의 딸이다.

22) 아이아스의 아버지 텔라몬과 백부 펠레우스가 죽인 포코스는 이 둘의 이복 아우였다.

스로 보내 버려야 하는 일이 아닙니까? 그곳으로 보내지 않고 아킬레우스의 사촌에게 주기로 한다면, 아이아스만 사촌이고 테우케르는 사촌이 아닙니까? 테우케르가 아킬레우스의 사촌이라는 것을 내세우면서 유품의 상속권을 주장합디까? 주장한다고 여러분이 테우케르에게 주겠습니까? 따라서 이 자리에서는 단지 우리가 이룬 업적만이, 오직 업적만이 고려의 대상이 되어야 합니다. 그렇다면 나는 내 업적을 당당하게 이 자리에서 말할 수 있습니다. 내가 이루어 낸 일은 참으로 많습니다만, 이 자리에서는 내가 맨 처음으로 이루어 낸 일 한 가지만 말씀드리기로 하겠습니다. 이로써 넉넉할 테니까요. 아킬레우스의 어머니 되시는 네레이스[24]께서는 아들이 이 전쟁에 참가하면 천수(天壽)를 누리지 못한다는 것을 아시고 아들을 여자로 꾸며 은밀한 곳에 숨기신 일이 있습니다.[25] 여신의 이러한 술수를 꿰뚫어 본 사람은 아무도 없었습니다. 물론 아이아스도 여신의 속을 헤아리지 못했습니다. 그러나 나는 이를 꿰뚫어 보고 여자로 차림한 아킬레우스에게 전쟁 무기를 보여 주었습니다. 아킬레우스는 이런 무기를 보자 가슴속에서 타는 용기의 불길을 더 이상 숨기지 못했습니다. 나는 여자 옷과 장신구 같은 것은 본 체도 않고 창과 방패를 집어 드는 아킬레우스에게 이렇게 말했습니다.

'신의 아들이여, 트로이아를 궤멸시키려면 그대가 필요하오.

---

23) 아킬레우스의 출생지. 당시에는 아킬레우스의 아버지 펠레우스가 살고 있었다.

24) '네레우스의 딸'. 즉 테티스를 말한다.

어찌하여 저 도시를 쳐부수러 나가기를 망설이오?'

그러고는 이 영웅을 원정군에 들게 하여 그대들이 아는 바와 같은 영웅적인 공훈을 쌓게 했습니다. 아킬레우스의 공훈이 곧 나의 공훈인 까닭이 여기에 있습니다. 저 용감한 텔레포스를 창으로 쓰러뜨리고 그에게 치명상을 입혔다가 애원하는 것이 불쌍해서 상처를 치료해 준 사람도 바로 나였습니다. 테바이를 무너뜨린 사람도 바로 납니다. 레스보스, 테네도스, 크뤼세스, 킬라 같은 아폴로의 도시와 스퀴로스를 떨어뜨린 것도 내가 아니던가요? 뤼르네소스 성벽을 땅바닥에 주저앉힌 게 바로 내 오른팔이 아니던가요? 아킬레우스가 세운 공을 여기에서 일일이 꼽지 않겠습니다만, 헥토르를 무찌를 만한 이 용장 아킬레우스를 우리 연합군에 끌어넣은 사람이 나였다는 것은 잊지 말아야 합니다. 그렇습니다, 저 유명한 적장 헥토르

---

25) 테티스 여신은 아들이 전쟁에 참가하면 이름을 천하에 떨치기는 하나 단명하고, 전쟁에 참가하지 않으면 이름을 떨치지 못하나 천수를 누릴 수 있다는 신탁을 믿고, 아들을 여자로 전신(轉身)시켜 스퀴로스 땅 뤼코메데스왕의 궁전에 숨어 살게 했다. 아킬레우스는 한동안 이 궁전에서 공주들 틈에 섞여 살았다. 그러나 그리스 진영에서는, 이 아킬레우스 없이는 트로이아성을 깨뜨릴 수 없다는 신탁을 받고 꾀 많은 오뒤세우스를 보내 어떻게 하든지 아킬레우스를 찾아 데려오게 했다. 꾀 많은 오뒤세우스는 방물장수로 변장해 뤼코메데스의 궁전으로 들어가 옷과 장신구 같은 것을 펼쳐 보이며 살 것을 권했다. 오뒤세우스가 펼쳐 놓은 물건 중에는 여성용 물건 이외에도 창과 방패 같은 것도 있었다. 당연한 일이지만 공주들은 옷과 장신구만 골랐지만 아킬레우스는 제 근본을 숨기지 못하고 창과 방패를 쓸 줄 아는 체하다가 오뒤세우스의 눈에 발각되고, 이 때문에 하는 수 없이 오뒤세우스 손에 끌려 나와 트로이아 원정군에 합류했다.

는 내가 우리 연합군에 합류시킨 아킬레우스의 손에 죽었으니 곧 나로 인해 죽은 것입니다. 나는 아킬레우스를 우리 편으로 끌어들이기 위해 기지(機智)라는 무기를 쓴 나의 공로를 셈하여 아킬레우스의 무기를 나에게 줄 것을 요구하는 바입니다. 나는 그가 살아 있을 때 그에게 무기를 베풀었습니다. 이제 그가 세상을 떠났으니 그 무기는 내 것이 되어야 마땅하지 않겠습니까?

메넬라오스의 슬픔[26]이 온 그리스 땅의 관심사가 되자[27] 우리는 1000여 척에 이르는 함대를 에우보이아섬의 맞은편에 있는 아울리스에 정박시켰지요? 우리는 순풍을 기다렸습니다만, 오랫동안 바람은 불어오지 않았고 어쩌다 불어오는 바람은 그나마 역풍이었습니다. 사령관 아가멤논이 딸[28]을 디아나 여신께 바쳐야 바람이 순조로워질 것이라는 잔인한 신탁을 받은 것은 이때가 아니었습니까? 아버지 되는 아가멤논은 거절했지요? 아가멤논은 신들을 원망할 기세였습니다.

군왕(君王)으로서의 의무감보다는 아버지로서의 사랑이 더 진했기 때문이었을 것입니다. 이때 사리를 따져 대의(大義)를 위해서는 부녀간의 사랑을 희생시켜야 한다고 그를 설득한 사

---

26) 아내 헬레네를 빼앗긴 슬픔.

27) 헬레네를 두고 수많은 구혼자들이 다투었을 때 오뒤세우스는 누가 헬레네와 혼인에 성공하든, 나머지 사람들은 헬레네의 지아비로 선택되는 사람을 위해 끝까지 헬레네를 지켜 주겠다는 서약을 하게 한다. 메넬라오스에게 아내 헬레네를 찾아 주는 일에 온 그리스 땅 장수들이 나선 것은 그때의 서약이 있었기 때문이다.

28) 즉 이피게네이아.

람은 바로 납니다. 아트레오스의 아들[29]도 이렇게 말하는 나를 용서할 것입니다만, 솔직히 말해서 그에게도 여간 어려운 일이 아니었을 것입니다. 공정한 심판을 해야 하는 연합군의 사령관인 그가 자신의 이해가 걸린 문제의 심판관이 되어야 했을 테니까요. 그러나 그는 민중의 대의를 위해, 아우[30]의 불명예를 씻기 위해, 자신이 맡은 총사령관이라는 직위에 충실하기 위해, 이로써 자신의 명예를 지키기 위해 딸을 희생시키기로 결심했습니다. 처녀의 어머니[31]를 설득하는 일을 맡은 것도 나였습니다. 이때 나는 설득한다기보다는 속임수를 써서 딸을 데려오지 않으면 안 되었습니다.[32] 만일에 이때 내가 가지 않고 아이아스가 갔더라면 우리 함대는 아직까지도 아울리스항에서 순풍을 기다리고 있을 것입니다.

사신(使臣)이 되어 트로이아성으로 들어간 것도 나였습니다. 나는 저 높은 트로이아성의 의사당을 당당하게 쳐다보며, 수많은 원로들 사이로 당당하게 걸어 들어갔습니다. 나는 프리아모스왕을 만나 그리스 연합군이 나에게 맡긴 사명을 당당하게 말하고, 헬레네를 꼬드겨 간 파리스를 비난하는 한편 헬레네를 돌려줄 것을 요구했습니다. 내 말을 듣고 프리아모스와 안테노르[33]는 일리 있는 주장이라면서 상당한 공감

29) 즉 아가멤논.

30) 메넬라오스.

31) 아가멤논의 아내 클뤼타임네스트라를 가리킨다.

32) 오뒤세우스는 아킬레우스와 혼인시킬 생각이라면서 이피게네이아를 데리고 왔다.

을 나타냈습니다. 그러나 파리스와 그 형제들 그리고 이 비열한 약탈 행위의 공모자들은 그 죄 많은 손으로 우리를 해치려 했습니다. 메넬라오스여, 그대도 이 일을 잊지 않을 것이오. 이 날의 우리는 이리 굴에 들어간 어린 양 신세였으니까요.

이 피비린내 나는 전쟁이 시작된 이후 혹은 힘을 써서 혹은 머리를 써서 내가 한 일은 일일이 열거하는 데만도 오랜 시간이 걸릴 것입니다. 개전(開戰) 초에 한바탕 교전이 있은 다음 적이 성문을 굳게 닫고 우리에게 싸울 기회를 주지 않았던 것을 기억하시지요? 그렇습니다. 우리는 10년째 되는 올해에 이르러서야 교전다운 교전을 할 수 있었습니다. 자, 아이아스여, 싸움밖에 모르는 그대는 그 동안 무엇을 하고 있었소? 그 동안 그대가 한 일이 무엇이오? 나더러 무엇을 했느냐고 물어보시오. 그러면 내가 대답하리다. 나는 적병이 내습할 경우에 대비해서 우군(友軍)을 매복했고, 우리 진영에 참호를 팠으며, 이 기나긴 소강 상태를 견딜 수 있도록 군사들을 격려했고, 병참을 조달하는 방법과 무기 다루는 방법을 가르쳤으며, 우군이 나를 필요로 할 때는 사자로서 적진을 드나들었소.

그동안 우리의 사령관은 꿈을 빙자하고 유피테르 대신의 명이라면서 전투를 포기하고 병력의 철수를 명했지요? 유피테르 대신의 현몽(現夢)이었으니 아가멤논인들 어쩔 수 없었을 테지요.[34] 이때 아이아스 같은 장수는 마땅히 사령관의 제

---

33) 트로이아 왕 프리아모스의 중신(重臣)이자 반전론자(反戰論者). 이때 사신으로 들어간 오뒤세우스와 메넬라오스를 자기 집으로 초대하여 헬레네를 반환하는 데 동의했다.

안에 맞서 트로이아를 궤멸시키자고 주장했어야 하는 일이 아닙니까? 아이아스가 할 수 있는 일은 이것뿐이니까요. 나는 이해할 수 없습니다. 왜 아이아스가 이때의 철군을 저지하지 않았는지……. 왜 무기를 잡고, 우왕좌왕하는 군사를 지휘하지 못했는지, 나는 이해할 수 없는 것입니다. 입만 열었다 하면 뽐내기부터 하는 아이아스에게 이런 질문을 던지는 것부터가 무리한 일일까요? 철군을 저지하고, 우왕좌왕하는 군사들을 지휘했어야 마땅할 아이아스는 이때 가장 먼저 전장을 떠났습니다. 여러분은 이것을 어떻게 생각하십니까? 아이아스여, 철군론자(撤軍論者)가 되어 귀향의 뱃길에 오르려는 그대를 보는 순간 내가 얼마나 창피했는지 그대는 알아야 하오. 그때 나는 고함을 질렀소.

'전우들이여, 대체 무슨 짓을 하는 것이오? 다 떨어진 트로이아를 두고 물러서다니, 정신이 있는 것이오, 없는 것이오? 10년 세월을 전장에 있다가 고향으로 돌아간다니, 그대들이 가져가는 것이 무엇이오? 불명예밖에 아무것도 없소.'

나는 서글픔을 견디지 못해 고함을 지르면서 앞서가는 자들 앞을 가로막고 승선하려는 자들을 돌려세웠소. 여러분, 아가멤논 사령관은 겁에 질린 연합군에게 집합을 명했습니다만, 텔라몬의 아들은 꿀 먹은 벙어리 모양으로 아무 말도 하지 못

---

34) 유피테르 대신은 아가멤논의 꿈속에 나타나 트로이아군과의 대회전을 명했다. 아가멤논이 부하들의 사기를 위해 일단 병력을 철수시킬 것을 제안하자 전의를 상실하고 있던 연합군 장수들은 이 제안에 동의했다. 그러나 오뒤세우스만은 끝까지 싸울 것을 주장했다.

했습니다. 테르시테스[35] 같은 자도 장수들에게 제 의견을 욕지거리로나마 나타냈다가 내 손에 혼이 나지 않았던가요? 나는 분연히 일어나 적이 무서워 도망치듯이 철군의 무리에 합류하려던 내 전우들을 꾸짖어 잃었던 용기를 되찾게 해 주었습니다. 이때부터 이들이 세운 공은 다 내가 세운 공이나 다름없습니다. 내가 도망치는 이들을 돌려세웠으니까요.

자, 아이아스여, 우리 그리스 진영에 그대를 찬양하는 동시에 그대를 훌륭한 전우로 여기는 자가 있겠소? 내게는 디오메데스가 있소. 디오메데스는 늘 자신의 공격을 나와 나누는 것을 아까워하지 않고, 나를 인정하며, 날 진정한 전우로 여기고 있소. 수많은 그리스군 가운데서 디오메데스에 의해 유일한 전우로 꼽힌다는 것은 아무나 누릴 수 있는 영광이 아니오. 나는 디오메데스와 함께 저 위험한 트로이아성으로 들어갔소만, 이는 내가 제비뽑기를 잘못해서 간 것이 아니오.[36] 우리는 적도, 어둠도 두려워하지 않고 적진으로 숨어 들어가 우리와 같은 임무를 수행하던 적장 돌론을 잡아 죽였소. 그러나 그냥 불문곡직하고 잡아 죽인 것은 아니오. 우리는 이자로부터 자백을 받고, 트로이아가 무서운 공격을 준비하고 있다는

---

35) 그리스군 최고의 추남이자 험구가인 대머리 용사. 철군을 망설이는 아가멤논 사령관에게 욕지거리를 하다가 오뒤세우스에게 얻어맞았다.

36) 디오메데스는 야간에 트로이아성을 정탐하러 나가면서 오뒤세우스에게 길라잡이를 부탁했다. 이들은 도중에 트로이아 쪽의 밀정 돌론을 잡아 죽이고 트라키아 왕 레소스의 진영을 유린했다. 아이아스는 그 이전에 헥토르와 대적할 장수를 정하는 제비뽑기에서 출전 장수로 뽑힌 적이 있다.

잠의 신 솜누스와 죽음의 신 모르스가 사르페돈의 주검을 저승으로 운반하고 있다.

정보를 얻은 뒤에야 이자를 죽였소. 그렇소, 우리는 우리가 바라던 것 이상의 성과를 올리고 적에게 빼앗은 병거를 타고 개선장군들처럼 돌아왔소. 적의 밀정은 공을 세울 경우 아킬레우스의 말을 받기로 되어 있었다고 합디다. 그러니 이 밀정을 잡아 죽인 나에게 아킬레우스의 유품인 무기를 주는 것이 당연하지 않겠소. 만일에 여러분이 나에게 아킬레우스의 무기를 준다면 아이아스는 대단히 인색한 사람이 되는 것입니다.[37)]

뤼키아 사람 사르페돈의 부하들을 이 칼로 풀 베듯 했다는 말을 구태여 해야 하겠습니까? 말이 나온 김에 하기로 합시다. 나는 사로페돈의 부하들 중 이피토스의 아들 코이라노스, 알라스토르와 크로미오스, 알칸데르와 하일오스, 노이몬

---

37) 아이아스는 만일에 오뒤세우스와 디오메데스에게 무기를 준다면 디오메데스의 몫을 더 후하게 주어야 한다고 말한 바 있는데, 오뒤세우스는 이때 아이아스가 한 말을 비아냥거리고 있는 것이다.

과 프뤼타니스를 죽였습니다. 토온과 케르시다마스, 카로프스 그리고 무정한 운명의 손에 끌려 내 손으로 넘어온 엔노모스를 피의 제물로 삼았으며, 그 밖의 이름도 없는 수많은 자들을 트로이아 성벽 아래서 저승으로 보냈습니다. 여러분, 나 역시 부상을 입었습니다만, 위치를 보십시오, 보시면 이 부상이 얼마나 영광스러운 부상인지 아실 것입니다. 믿어지지 않는다면, 내가 이렇게…… 옷을 걷어 올릴 테니, 여러분을 위해 싸워 온 이 가슴을 보십시오. 나는 이렇게 부상을 입었습니다만 텔라몬의 아들은 그 긴 세월을 싸웠는데도 피 한 방울 흘리지 않았습니다. 따라서 그의 몸에는 흉터가 없습니다.

아이아스는 우리 그리스 함대를 지키느라고 트로이아 군대와도 싸웠고, 유피테르 대신과도 싸웠다는[38] 주장을 펼 수도 있습니다만 그거야 그럴 수도 있겠지요. 나도 아이아스가 싸웠다는 것은 인정합니다. 아이아스는 분명히 저들에게 무기를 겨누었습니다. 나는 남의 공을 낮추어 보려고나 하는 사람이 아닙니다. 그러나 나는, 아이아스는 자기가 혼자서 세웠다고 하는 공을 여러분에게도 마땅히 나누어 주어야 한다고 생각하는 것입니다. 트로이아군이 우리 함대에 불을 지르려고 했을 때 이 트로이아 군세를 뒤엎은 사람은 아킬레우스로 변장한 파트로클로스[39]지 아이아스가 아닙니다. 아이아스는 이뿐 아니라 우리의 사령관이 있었고, 여러분 장수들이 있었고, 또 내가 있었는데도 불구하고 헥토르를 맞아 싸운 것은 오직 자

---

38) 이 전쟁 기간 동안 유피테르는 주로 트로이아 쪽, 특히 헥토르를 편들었다.

기뿐이었다는 환상에 사로잡혀 있습니다. 헥토르를 대적하는 장수를 가리는 제비뽑기에서 아이아스가 뽑힌 것은 아홉 번째의 제비뽑기가 아니었습니까? 자, 이제 내가 아이아스에게 묻겠습니다. 아이아스여, 용감한 영웅을 자칭하는 장수여, 헥토르와의 일전은 대체 어떻게 끝났던가요? 헥토르는 털끝 하나 다치지 않고 그 자리를 떠나지 않았던가요?

아, 우리 그리스군의 보루이던 저 아킬레우스가 쓰러지던 날을 어찌 눈물 없이 추억할 수 있겠습니까? 물론 슬프고도 무서웠습니다만 나는 분연히 뛰어나가 쓰러진 그를 둘러멨습니다.

이 어깨로 둘러멨습니다. 나는 아킬레우스의 시신을 둘러멨을 뿐 아니라 내가 지금 이 자리에서 내 차지가 되어야 한다고 주장하는 그의 무기도 거두어 들었습니다. 내게는 그의 시신을 둘러메고도 그의 무기까지 거두어 들 힘이 있었고, 여러분이 만일에 유품의 상속자로 나를 선택하신다면 그런 명예에 값할 만한 용기도 있습니다. 아킬레우스의 어머니이신 저 바다의 여신이 그토록 아들에게 내리고 싶어 했고, 그래서 마침내 내리신, 저 천품(天品)이 벼려 낸 이 천상의 보물[40]을 저 무식하고 거친 장수의 손에 맡기겠습니까? 내가 아이아스

39) 아킬레우스의 절친한 친구이자 인척. 헥토르가 그리스군의 진지를 유린할 때 명장 아킬레우스가 아가멤논과의 불화를 핑계로 싸우지 않으려 하자 이 파트로클로스가 아킬레우스의 갑옷을 빌려 입고 출정하여 그리스 함대를 불길에서 구하고 트로이아군을 성안으로 쫓아 버렸다. 그러나 이로부터 오래지 않아 헥토르의 손에 죽임을 당했다.

40) 아킬레우스의 어머니 테티스는 저 대장장이 신 불카누스에게 부탁하여 아킬레우스의 방패를 만들게 했다.

를 이렇듯이 험담하는 데에는 까닭이 있습니다. 아이아스는 저 방패에 새겨진 참으로 의미심장한 부조(浮彫), 가령 바다와 땅과 땅에 산재하는 도시, 별 박힌 하늘, 플레이아데스 성단(星團), 휘아데스 성단, 바다에는 들 수 없는 곰자리[41] 그리고 오리온의 저 빛나는 칼날의 의미를 이해하지 못합니다. 그러니까 아이아스는 그 의미와 가치를 알지도 못하는 아킬레우스의 유품을 요구하고 있는 것입니다.

게다가 아이아스는 내가 전쟁의 의무를 기피하고 있다가 남들이 시작해 놓은 이 전쟁에 뒤늦게야 뛰어들었다고 비난하고 있습니다. 그러나 그는 이로써 저 위대한 영웅 아킬레우스를 나와 싸잡아 비난하고 있다는 것을 알지 못합니다. 만일에 자신의 본모습을 다른 모습으로 위장한 것이 죄라면, 나와 아킬레우스는 본모습을 위장했으니만큼 죄를 지은 셈입니다. 그리고 원정군에 늦게 합류한 것이 죄라면 우리는 둘 다 죄를 지은 셈입니다. 그러나 아킬레우스는 나보다 늦게 원정군에 합류했습니다. 아킬레우스가 그러면 나보다 더 무거운 죄를 지은 죄인이 되어야 하는 것입니까? 나는 사랑하는 내 아내 때문에 합류가 늦었고, 아킬레우스는 사랑하는 어머니 때문에 합류가 늦었습니다. 우리는 개전 초에는 각각 아내와 어머니에게 사랑을 바쳤지만 그 나머지 동안은 여러분을 위해 신명을

---

41) 큰곰자리, 작은곰자리는 유피테르의 사랑을 받다가 곰으로 변한 요정 칼리스토와 그 아들의 별자리다. 유노는 자기가 벌을 내려 곰으로 전신시킨 칼리스토 모자가 별자리로 박히는 것을 시샘하여 바다의 신 오케아노스에게 부탁하여 이 모자의 별자리를 바다에는 들지 못하게 했다.

바쳤습니다. 여러분, 나는 나 자신의 과오를 변명하는 데 실패할망정 저 위대한 영웅이 나와 함께 매도당하는 것은 참을 수 없습니다. 그러나 이 말만은 하고 넘어가겠습니다. 나 오뒤세우스는 아킬레우스의 가면을 벗길 수 있었습니다만, 아이아스는 이 오뒤세우스의 가면을 벗기지 못했습니다.

아이아스가 저 난폭한 입심으로 나를 비난하고 있는 것은 별로 놀라운 일도 못 됩니다. 아이아스는 스스로 부끄러워해야 할 일로도 능히 여러분을 비난할 수 있을 테니까요. 여러분께 한 가지 더 묻겠습니다. 팔라메데스를 무고(誣告)한 나는 마땅히 수치스럽게 여겨야 하고, 팔라메데스를 돌로 쳐 죽인 여러분은 명예롭게 여겨야 합니까? 나우플리오스의 아들 팔라메데스는 자신의 무죄를 석명(釋明)하지 못했습니다. 여러분 역시 그에게 불리한 증언만을 들은 것이 아니고 여러분 눈으로 그에게 불리한 증거물을 보았습니다. 나는 그가 적으로부터 뇌물을 받았다는 사실을 입증함으로써 내 기소(起訴)의 정당성을 입증했습니다.

필록테테스를 불카누스의 섬인 렘노스[42]에 남겨 놓았다고 해서 나만 비난을 받아야 한다는 논리는 당치 않습니다. 필록테테스를 렘노스에 남겨 놓는 데 동의한 여러분도 여러분의 허물을 변호할 수 있어야 합니다. 나는 내가 필록테테스에게 오랜 항해와 이 항해 끝의 힘겨운 전투가 견디기 어려울 테

---

42) 불카누스는 유피테르의 발길에 채어 지상으로 떨어졌는데, 이때 불카누스가 떨어진 곳이 바로 렘노스섬이다. 그래서 이 섬은 종종 '불카누스의 섬'이라고 불린다.

니 렘노스에 남아 쉬면서 몸을 보양하고 훗날을 기약하라고 말했다는 사실 자체를 부인하지는 않겠습니다. 그 충고는 나의 호의에서 나온 것일 뿐 아니라 그 결과도 좋았습니다. 그러나 예언자는 지금 트로이아를 깨뜨리기 위해서는 그가 있어야 한다고 주장하고 있습니다.[43] 그를 데리러 가는 일만은 나에게 맡기지 말아 주십시오. 이 일을 하는 데는 나보다 아이아스가 더 적합할 것입니다. 아이아스라면 그 뛰어난 변설(辯舌)로든 지혜로운 술수로든 이 병든 필록테테스의 슬픔과 분노를 가라앉히고 이 전장으로 그를 데리고 올 수 있을 것입니다. 그러나 시모니스강의 물이 거꾸로 흘렀으면 흘렀지, 이다산 나뭇잎이 다 떨어졌으면 떨어졌지, 우리 그리스군이 트로이아를 지켜 주기로 약속하는 일이 있었으면 있었지, 내 재주가 여러분에게 하릴없게 되고, 저 둔재 아이아스의 머리가 우리 그리스군에게 요긴하게 되는 날은 오지 않을 것입니다. 그러므로 내가 가야 합니다. 비록 필록테테스가 우리 연합군에 대해, 우리의 사령관인 아가멤논왕에 대해, 그리고 나에 대해 꺼질 줄 모르는 증오의 불길을 피워 올리고 있다고 해도, 비록 그가 나를 저주하고 있다고 해도, 내가 그를 부인했듯이 그 또한 나를 부인할 기회를 노리고 있다고 해도 나는 그에게 달려가 이 전장으로 데려와 보이겠습니다.

여러분은 내가 적진으로 들어가 미네르바 여신의 성상을

---

43) 오뒤세우스가 생포한 트로이아 예언자 헬레노스는 트로이아 전쟁을 끝내는 데는 헤라클레스의 활이 있어야 한다는 예언을 한 바 있는데, 이 활의 임자가 바로 필록테테스였다.

모셔 내왔다는 사실을 기억하고 있을 것입니다. 트로이아의 예언자를 생포해 왔다는 사실도 아실 것이고 이 예언자로부터 트로이아에 대한 신들의 뜻을 읽었다는 사실도 아실 것입니다. 포르투나 여신[44]께서 도우신다면, 나는 미네르바 여신의 성상을 손에 넣었듯이, 트로이아의 예언자를 손에 넣었듯이 저 헤라클레스의 활도 손에 넣을 수 있을 것입니다. 자, 이런 일을 하는 능력을 두고 저 아이아스를 나에게 견줄 수가 있겠습니까? 여러분은 우리가 저 성상을 손에 넣지 않고는 트로이아를 손에 넣을 수 없다던 신들의 뜻을 기억하셔야 합니다. 우리는 이 성상을 손에 넣어야 했습니다. 여러분, 그때 용감한 아이아스는 어디에 있었습니까? 힘과 용기를 뽐내던 여러분의 영웅은 어디에 있었습니까? 여러분은 왜 두려워하고만 있었습니까? 어둠을 뚫고 적의 진지를 뚫고, 창칼의 숲을 헤치고, 높디높은 적의 성채는 물론이고 여신의 신전에까지 들어가 우리의 승리를 보증할 여신의 성상을 들고, 다시 적진을 빠져나올 용사가 왜 오뒤세우스여야 했습니까? 내가 이 일을 해내지 못했다면, 텔라몬의 아들이 자랑하는 일곱 겹 소가죽 방패인들 마침내 무슨 의미가 있겠습니까? 그날 밤, 나의 거사(擧事)로써 우리는 트로이아를 취한 것이나 다름없습니다. 그때 바로 그곳에서, 나는 이 거사를 통해 트로이아성을 취했던 것입니다.

여러분, 웅성거리면서 디오메데스 쪽을 보시지 않아도 됩니

44) '행운'의 여신.

다. 디오메데스를 향해 고개를 끄덕이지 않아도 됩니다. 여러분이 그러지 않아도 나는 디오메데스에게 주의를 기울이고 있습니다. 그렇습니다. 디오메데스는 디오메데스 몫의 공을 세웠습니다. 그러나 디오메데스여, 이것을 알아야 하오. 방패로 그리스 함대를 지킬 때 그대는 혼자가 아니었소. 그대는 수많은 군사들과 그리스 함대를 지켰지만 나는 혼자서 트로이아성으로 들어갔소.

그러나 무기로 싸우는 자에게만 공이 있고, 머리로 싸우는 자에게는 공이 없는 것은 아니오. 따라서 상은 무기로 싸워 공을 세운 사람에게만 돌아가야 하는 것이 아니오. 그대가 만일에 이것을 안다면 그대에게도 아킬레우스의 유품인 무기를 요구할 권리가 있소. 그대뿐이 아니고, 저 아이아스에 비하면 그래도 겸손을 아는 사람이라고 할 수 있는 또 하나의 아이아스,[45] 견줄 데 없이 용감한 에우뤼퓔로스, 안드라이몬의 아들 토아스, 이도메네오스, 이도메네오스와 동향 사람인 메리오네스, 아트레오스의 둘째아들 메넬라오스에게도 이 무기를 요구할 권리가 있습니다. 그러나 힘으로 말하면 천하의 장사들이요, 세운 공으로 말하자면 영웅들이었던 이들은 내 지혜의 값을 따져 그 권리를 나에게 양보했습니다.

아이아스여, 우리가 이 싸움에서 이기자면 그대의 오른팔

45) '작은 아이아스'라고 불리던 오일레우스의 아들 아이아스. 아킬레우스와 겨룰 수 있을 만큼 발이 빠른 장수였으나 후일 트로이아 공주 카산드라를 능욕했을 정도로 성정이 잔인하고 오만불손했다. 몸집이 작아서 '작은 아이아스'라고 불렸다.

이 필요하오. 그러나 그대에게는 그대의 갈 길을 일러 줄 내가 필요하오. 그대에게는 힘은 있되 지혜가 없소만 나는 오래전부터 지혜로운 자로 불리던 사람이오. 그대는 싸울 수 있는 사람이오만, 아트레오스의 아들들[46]은 나와 상의한 연후에야 싸울 때를 정하오. 그대는 그대의 몸으로만 우리 그리스군을 섬기지만 나는 온몸과 온 마음으로 그리스군을 섬기오. 키잡이는 노잡이보다 나은 법이고, 장수는 졸병보다 귀한 법이오. 따라서 나는 그대보다 낫고 그대보다 귀한 사람이오. 나의 지력(知力)은 나의 체력보다 윗길인데, 내 힘은 바로 이 지력에서 나오는 것이오.

그리스의 장수 여러분, 이제 여러분은 저 아이아스에게 내리려던 상을, 오랫동안 몸과 마음을 바쳐 여러분을 보살펴 온 이 사람에게 그 숱한 공적에 대한 보상으로 내리시기 바랍니다. 나에게 이러한 명예를 내리시어 내가 세운 공적을 빛내 주시기 바랍니다. 이제 내가 해야 할 일은 끝났습니다. 나는 내 손으로 운명의 족쇄를 풀었고, 트로이아의 봉쇄를 가능하게 하여 저 험하디험한 트로이아성을 여러분의 손에 붙였습니다. 이제는 우리의 것이 된 희망의 날에 기대어, 미구에 폐허가 될 트로이아성에 걸고, 우리가 적의 손으로부터 빼앗은 신들의 이름에 걸고, 우리가 지혜로운 조언을 따라 해야 하되 아직 하지 못한 일이 있다면 그 일에 걸고 여러분께 말합니다. 아직도 우리가 해야 할, 위험하고 어려운 일이 있거든, 트로이아를

---

46) 총사령관 아가멤논과 그의 아우 메넬라오스.

멸망시키는 데 필요한 일이 아직도 남아 있거든 이 오뒤세우스를 기억하십시오. 여러분이 아킬레우스의 무기를 나에게 주지 않으려거든 여기에 바치십시오!"

오뒤세우스는 미네르바의 성상을 가리키며 연설을 마쳤다.

장수들은 오뒤세우스의 웅변에 술렁거렸다. 웅변의 힘은 과연 위대했다. 영웅 아킬레우스의 유품인 무기는 이 웅변가인 오뒤세우스의 차지가 되었으니까…….

혼자서 헥토르를 대적했고, 불과 창칼과 심지어 유피테르 대신과 맞서는 것도 마다하지 않았던 아이아스는 분노로 마음을 가누지 못했다. 슬픔과 분노가 어느 누구도 정복하지 못하던 아이아스를 정복한 것이다. 그는 칼을 뽑아 들고 이렇게 외쳤다.

"누가 뭐라고 하든 이 칼만은 내 것이다. 아니다, 오뒤세우스는 이 칼까지 요구할지도 모른다. 그러나 내게 필요한 것은 이것뿐이다. 내 마음대로 쓸 수 있는 것도 이것뿐이다. 트로이아군의 피를 부르던 이 칼이 이제 아이아스 이외에는 어느 누구도 정복할 수 없는 이 칼의 주인, 아이아스의 피를 부를 것이다."

아이아스는 이렇게 말하고는 급소인 가슴에 칼끝을 대고 깊이 찔러 넣었다. 그의 팔은 찔러 넣은 칼을 다시 뽑아내지 못했다. 칼을 뽑아낸 것은 용솟음치는 핏줄기였다. 피에 젖은 대지는 휘아킨토스의 피에 젖은 대지에서 핀 것과 똑같은 보랏빛 꽃을 피워 올렸다. 꽃잎 한가운데에는 미소년 휘아킨토스의 죽음과 아이아스의 죽음을 동시에 상기시키는 문자[47]가

새겨져 있었다. 그 문자는 휘아킨토스의 죽음을 애도하는 탄식인 동시에 이 영웅의 이름을 기억하게 하는 두문자이기도 했다.[48)]

2 트로이아 왕비 헤쿠바의 최후

아킬레우스의 유품인 무기를 얻은 오뒤세우스는 힙시퓔레와 토아스의 이야기로 유명한 나라, 아내가 남편을 살해한 것으로 악명 높은 섬[49)]으로 갔다. 오뒤세우스가 이 섬으로 간 것은 헤라클레스의 활을 얻기 위함이었다. 오뒤세우스가 그 활과 활의 새 주인을 데리고 트로이아로 돌아오고 나서 오래지 않아 그토록 오래 끌던 트로이아 전쟁도 끝났다.[50)] 트로이아성은 함락되었고 프리아모스왕은 죽임을 당했다. 프리아모스왕의 아내 헤쿠바는 모든 것을 잃고 나서 결국은 인간의 형

---

47) 'ai'.

48) 'ai'는 우리말의 '아아!'에 해당하는 말인 동시에 '아이아스'라는 이름의 두문자가 되기도 한다는 뜻이다.

49) 렘노스섬을 말한다. 토아스왕 시절에 이 섬나라 사람들은 베누스 여신 섬기기를 거절한 적이 있다. 화가 난 베누스 여신은 이 섬 여자들에게 벌을 내려 여자의 몸에서 심한 악취가 풍기게 했다. 남자들이 이 악취를 견디지 못해 여자들을 멀리하자 여자들은 남자라는 남자는 모조리 죽였는데, 힙시퓔레만은 아버지 토아스를 배에 태워 멀리 도망치게 한 뒤에 이 섬나라의 여왕이 되었다. 아르고 원정대가 이 섬에 들렀을 때 이아손은 아버지를 구한 것을 아름답게 보아 이 힙시퓔레에게 자식을 끼쳐 대를 잇게 한 바 있다.

상까지도 잃었다.[51] 헬레스폰토스가 좁으장하게 오므라지는 해협의 양안(兩岸)을 그 짖는 소리로 낭자하게 한 것이다. 그 내력은 이러하다.

일리움[52]이 불바다가 되어 있을 동안 유피테르 신전의 제단은 연로한 프리아모스왕의 피로 젖었고, 포이부스 아폴로의 제니(祭尼)인 무당[53]은 머리채를 잡힌 채 끌려 나왔다. 제니는 하늘을 향해 기도했으나 하릴없었다. 트로이아 여자들은 불타는 신전에 모여, 예부터 섬기던 신상을 부여안고 기도를 드렸으나 승리자인 그리스군은 소중한 전리품인 이들을 사정없이 끌어냈다. 아스튀아낙스[54]는, 어머니[55]와 함께 올라가 조국을 위해 싸우는 아버지의 모습을 내려다보던 탑루에서 등을 떠밀리는 바람에 아래로 떨어져 죽었다.

이윽고 북풍의 신 보레아스가 그리스인들에게 항해를 재촉

---

50) 오뒤세우스는 디오메데스와, 아킬레우스의 아들인 네오프톨레모스를 대동해 이 섬으로 가서 필록테테스를 데리고 트로이아로 돌아왔다. 필록테테스가 이 활로 트로이아 전쟁의 불씨였던 파리스를 쏘아 죽이는 것과 거의 때를 같이해서 트로이아 전쟁도 끝났다.

51) 헤쿠바는 인간의 형상을 잃고 개가 되었다.

52) 그/일리온. 트로이아의 별명.

53) 트로이아의 공주인, 아름다운 카산드라를 말한다. 이 카산드라는 아폴로의 총애를 받고 예언하는 능력을 얻었으나 끝내 몸을 허락하지 않았기 때문에 남을 설득하는 능력을 빼앗겼다. 따라서 카산드라의 예언은 아무도 믿지 않는다. 카산드라가 오래전부터 트로이아 전쟁을 예언했지만 아무도 이를 믿지 않았던 것도 이 때문이다. 카산드라는 미네르바 여신의 신전에 숨어 있다가 작은 아이아스에게 발각되어 능욕당하고 본토로 끌려갔다가 클뤼타임네스트라 손에 죽었다.

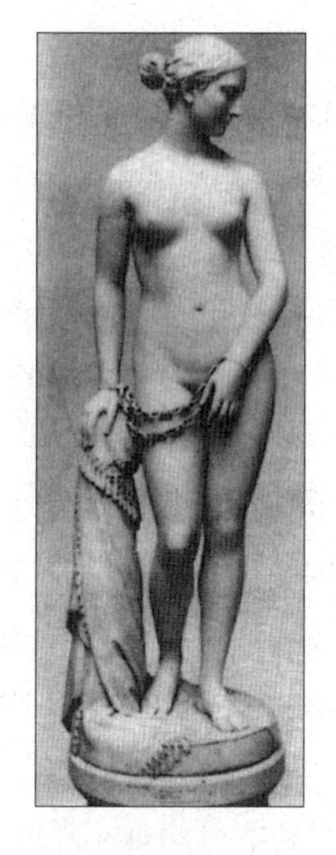

그리스의 노예
(하이럼 파워스의 조각).

하며 함대의 돛을 바람으로 부풀렸다. 뱃사람들도 장수들에게 바람이 좋을 때 배를 띄우자고 채근했다. 트로이아 여자들은 조국 트로이아의 해변에서 눈물을 흘리며 외쳤다.

"잘 있거라, 트로이아여! 다시 만날 날을 기약할 수 없구나.

---

54) 헥토르와 안드로마케 사이에서 난 어린 아들. 아킬레우스의 아들 네오프톨레모스의 손에 죽임을 당했다.
55) 안드로마케. 트로이아가 멸망한 뒤 네오프톨레모스의 노예로 끌려갔다가 네오프톨레모스의 사후에는 그 왕국을 물려받은 헬레노스의 아내가 된, 팔자가 기구했던 여인.

우리는 이렇듯이 끌려가니……."

여자들은 조국의 흙에 입 맞추며 눈물을 뿌렸다. 그러고는 불타는 성채를 돌아다보며 배에 올랐다. 마지막으로, 엎어지고 자빠지면서 배에 오른 것은 트로이아의 왕비 헤쿠바였다. 헤쿠바는 아들들의 무덤에 있다가 끌려왔던 것이다. 아들들 무덤 앞에 엎드려 있던 것을 오뒤세우스가 억지로 끌고 왔던 것이었다. 그러나 헤쿠바는 어느새 아들 헥토르의 뼈를 수습하여 품속에 간직하고 있었다. 헥토르의 무덤 앞에다 백발이 다 된 자기 머리채를 한 줌 잘라 바치고 애곡하면서 아들의 뼈를 수습했던 것이다. 헤쿠바의 머리채는 어머니가 눈물과 함께 영웅인 아들의 주검에 바친 제물이었던 것이다.

한때 트로이아가 있던 프뤼기아 땅 맞은편에는 트라키아인들이 사는 나라가 있었다. 이 나라의 왕은 폴뤼메스토르였다. 프리아모스왕은 트로이아 전쟁이 터지기 직전에 막내아들 폴뤼도로스를 은밀히 이곳으로 보내 폴뤼메스토르에게 맡긴 바 있다. 만일에 아들을 보낼 때 많은 돈을 주어 보내지 않았더라면 프리아모스왕의 계획은 먼 앞날을 내다보고 세운 아주 훌륭한 계획이라고 할 수 있었을 것이다. 그러나 프리아모스왕의 막내아들에게는 많은 돈이 있었다. 돈이라는 것은 성한 사람도 유혹하는 법인데 마음이 맑지 못한 사람을 그대로 둘 까닭이 없다. 트로이아가 패망하자 사악한 트라키아 왕은 칼을 들어, 제 품 안으로 들어와 있는 트로이아 왕자의 목을 따 버리고는 범죄의 증거를 인멸할 요량으로 시체를 바다로 던져 버렸다.

아가멤논은 바람이 자고 바다가 고요해질 때를 기다릴 마음에서 함대를 트라키아 해변에 대게 했다. 함대가 해변에 정박한 지 오래지 않아 갑자기 땅이 갈라지면서 아킬레우스의 유령이 생시와 똑같이 엄장한 모습으로 아가멤논 앞에 나타났다. 아킬레우스의 유령은 험상궂은 얼굴을 하고 칼을 뽑아 들이대면서 아가멤논을 위협했다.

"나를 두고 너희 그리스 함대는 떠나는구나. 내 공적에 대한 그대들의 찬사는 나와 함께 묻어 버리고 떠나는구나. 이럴 수는 없다. 내 무덤은 내 몫의 공적에 대한 보상을 요구한다. 그러니 폴뤽세나를 제물로 바쳐 아킬레우스의 혼을 위로하고 떠나거라!"

아킬레우스의 전우였던 아가멤논은 유령의 말이 떨어지기가 무섭게 폴뤽세나를 제물로 바칠 준비를 했다. 가엾은 왕비 헤쿠바의 희망이었던 폴뤽세나는 아가멤논의 명령 일하에 어머니 품에서 끌려 나왔다. 그 지경에 이르렀어도 폴뤽세나는 용감했다. 폴뤽세나는 당당하게 자신이 희생 제물로 바쳐질 화장단 앞으로 걸어갔다. 화장단 앞에 선 폴뤽세나는 자신이 희생 제물이 될 것이라는 사실을 알면서도 자세를 허물어뜨리지 않았다. 칼을 뽑아 든, 아킬레우스의 아들 네오프톨레모스를 똑바로 노려보면서 폴뤽세나는 당당하게 말했다.

"빨리 나를 찔러 내 고귀한 피를 보아라. 몸을 사리지는 않겠다. 내 목을 찔러도 좋고 내 가슴을 찔러도 좋다……."

폴뤽세나는 옷을 찢어 가슴을 드러내고는 말을 이었다.

"……이 폴뤽세나는 마침 남의 노예로서는 죽지 않겠다고 생각하던 참이다. 그러나 너희가 알아야 하는 것은 이런 식으로 가라앉힐 수 있는 신의 분노는 없다는 사실이다. 그러나 내게 마지막 소원이 하나 있다. 내 어머니에게만은 내가 죽었다는 것을 당분간 알리지 말아 주었으면 하는 것이다. 내 어머니가 정말 두려워해야 하는 것은 나의 죽음이 아니라 당신의 죽음이겠지만, 내 죽음으로 크게 상심하실 것이기 때문이다. 어머니가 상심하실 것을 생각하니 마음 편하게 죽을 수 없을 것 같아서 이런 부탁을 하는 것이다. 부탁할 것이 또 한 가지 있다. 내 말에 일리가 있는 듯하거든, 나는 처녀의 몸이니 내 주검에는 남정네의 손이 닿지 않게 해 주기 바란다. 바라건대 자유인 처녀의 몸으로 스틱스의 땅으로 내려가게 해 주기 바란다. 나를 죽여 마음의 평정을 얻으려 하는 사람이 있다면 그 사람에게 말하겠다. 노예를 죽이는 것보다야 자유인을 죽이면 더 낫지 않겠는가. 이 말을 하는 것은 노예 폴뤽세나가 아니고 프리아모스왕의 딸인 자유인 폴뤽세나다. 마지막 소원을 더 듣고 싶은 사람이 있으면 말하겠다. 만일에 내가 죽었다는 사실을 내 어머니에게 알려야 할 경우 내 주검은 다치지 말고 그대로 다 내 어머니에게 돌려주기 바란다. 내 어머니는 물론 돈이 있으면 돈으로도 사실 것이지만, 돈이 없으니까 아마 눈물로 내 주검을 사실 것이다."

폴뤽세나의 말은 이로써 끝났다. 폴뤽세나가 참고 있는 눈물을 주위에 있던 사람들이 대신해서 흘렸다. 이 희생제를 집전하던 제관조차 눈물을 흘렸다. 그는 폴뤽세나가 찌르라고 가슴을 들이대고 있는데도 불구하고 한참을 망설인 연후에야 장수들의 독촉에 못 이겨 폴뤽세나의 가슴을 찔렀다. 폴뤽세나는 무릎을 꺾고는 땅바닥에 쓰러졌다. 그러나 폴뤽세나의 표정만은 끝까지 평온했다. 심지어 쓰러지면서도 가슴을 열어젖힌 채로 죽을까 봐 옷깃을 여몄을 만큼 끝내 요조숙녀의 품위를 지켜 냈다.

트로이아 여자들은 폴뤽세나의 시신을 운반하면서, 적의 손에 죽은 프리아모스의 자녀들 수를 헤아리며 한 가문이 겪은 유례를 보기 드문 비극을 슬퍼했다. 그들은 프리아모스가의 처녀와, 얼마 전까지만 해도 왕비였고 왕가의 종부(宗婦)였으며 아시아의 상징이었으나 졸지에 포로들 중에서도 가장 비참한 포로가 된 헤쿠바의 팔자를 애곡했다. 만일에 헤쿠바가 헥토르를 낳지 않았다면 오뒤세우스는 구태여 이 헤쿠바를 자기 포로로 삼지 않았으리라……. 그렇다면 헤쿠바를 노예로 삼은 것은 결국 그 아들 헥토르인 셈이다.

이제는 용기도 생명도 떠나 버린 딸의 시신을 안은 어머니 헤쿠바는 지아비를 위해, 조국을 위해 흘리던 눈물을 자기 자신을 위해 흘렸다. 헤쿠바는 딸의 가슴에 난 상처에 소금기가 밴 눈물을 쏟으며 죽은 딸의 입을 입맞춤으로 봉하고 가슴을 쳤다. 얼마나 쳤던지 헤쿠바의 가슴은 이미 멍들어 있었다. 헤쿠바는 그 멍든 가슴을 쥐어뜯으며, 울음에 섞어 이렇게 외쳤다.

"아가야, 이 어미의 희망이던 아가야! 너까지 이렇듯이 죽었으니, 이제 내게는 아무것도 남은 것이 없구나. 네 몸에 난 상처는 너의 상처이자 나의 상처이기도 하다. 다시는 자식이 피 흘리는 꼴을 보지 않으려 했더니 결국은 너마저 피를 흘리고 죽었구나. 너만은 칼날 아래 이슬이 되지 않을 줄 알았더니, 너는 여자로 태어났는지라 칼날 아래 이슬 되는 신세만은 면할 줄 알았더니, 결국 너마저 이런 신세가 되는구나. 수많은 네 오라비를 죽인 아킬레우스, 트로이아를 잿더미로 만든 아킬레우스가 필경 너까지 이렇게 죽이고 이 어미를 자식 없는 늙은이로 만드는구나. 아킬레우스가 파리스와 포이부스[56]의 화살에 쓰러질 때 나는 이제 아킬레우스를 두려워할 일은 없겠다 했더니, 아킬레우스는 죽은 다음에도 사람을 죽이는구나. 아킬레우스는 무덤에 들고도 이렇듯이 우리 집안에 대한 증오를 버리지 않으니 우리는 이제 그자의 무덤까지도 두려워해야 하는구나. 내가 아이아코스의 손자[57]를 위해 자식을 낳았다더냐? 그자의 손에 트로이아는 잿더미가 되었고, 우리가 더불어 아파하던 조국의 운명도 이제는 끝이 났구나. 그러나 나의 트로이아는 아직 무너지지 않았고, 나의 슬픔 또한 끝나지 않았다. 내 지아비, 내 자식, 내 사위, 내 며느리 덕분에 그 땅의 왕비이자 종부였던 내가 지금은 내 가족의 무덤에서 끌려 나와 이렇듯 페넬로페[58]의 종으로 끌려가는구나. 그 집 물레 앞에 앉아 실을 감고 있는 나를 손가락질하며 페넬로페는 그러겠지.

'저 여자가 그 유명한 헥토르의 어머니이자 프리아모스왕의 왕비였던 여자다.'

56) 활의 신으로서의 아폴로.
57) 아킬레우스.
58) 헤쿠바를 노예로 끌고 가고 있는 오뒤세우스의 아내.

그토록 많은 자식을 잃은 내가 어찌하여 이 어미의 슬픔을 가까이서 위로해 줄 너마저 잃어야 하느냐? 어찌하여 너마저 적장의 죽음에 제물로 바쳐야 하느냐……. 그래, 나는 너를 적장의 죽음에 제물로 바친 꼴이구나. 아, 참으로 사나운 내 팔자여, 나는 도대체 왜 살아 있는 것이냐? 나는 왜 살아서 어정거리고 있는지 모르겠구나. 늙고 병든 내가 무슨 좋은 꼴을 보겠다고 이러고 있는지 모르겠구나. 무정한 신들이시여, 왜 이 늙은이의 죽음을 유예하시는지요? 저에게 더 보아야 할 주검이 있나이까?

트로이아가 잿더미가 되고 나서 죽은 프리아모스왕을 누가 복 많은 임금이라고 했던가. 그러나 그 말이 옳구나. 그분은 네가 죽는 걸 보기 전에, 당신의 왕국과 당신의 목숨을 동시에 잃었으니……. 아가야, 너는 일국의 공주이니, 장례식도 성대하게 치러 주게 하고 네 아버지 무덤 옆에 묻히게 해 주어야 마땅하나, 지금은 그럴 형편이 아니다. 너의 죽음에 어미가 바칠 수 있는 제물은 눈물과 이국의 모래뿐이구나. 우리는 이제 모든 것을 잃었다. 남아 있는 것은 오직 폴뤼도로스뿐. 어미가 그래도 죽지 못하는 것은 이 폴뤼도로스가 있기 때문. 폴뤼도로스, 불쌍한 아이야, 한때는 한 나라의 막내 왕자이더니 지금은 유일하게 살아남아 이국의 땅, 트라키아 왕에게 몸 붙여 사는 폴뤼도로스. 이 어미가 살아 있으니 이 어미를 기다리거라. 그러나저러나 내가 왜 이러고 있는 것이냐? 물로 이 아이의 상처와, 피투성이가 된 이 아이의 얼굴을 씻어 주지 않고……."

말을 마친 헤쿠바는 백발이 성성한 머리카락을 쥐어뜯으며 나이 많은 여자 특유의 뒤뚱거리는 걸음걸이로 해변을 서성거렸다. 한참을 그렇게 서성거리던 헤쿠바는 바닷물을 뜰 요량으로 트로이아 여인들에게 소리쳤다.

"항아리를 갖다 다오. 바닷물이라도 좀 길어 가게."

헤쿠바는 이렇게 소리치다가 바닷가로 밀려와 있는 폴뤼도로스의 시체와 폴뤼도로스를 난자한 트라키아 왕의 칼자국을 보았다. 트로이아 여자들은 외마디 소리를 질렀다. 그러나 헤쿠바는 아무 소리도 내지 못했다. 슬픔과 고통이 목구멍을 막고, 눈물을 말려 버린 것이다. 바위처럼 버티고 선 채 헤쿠바는 모랫바닥과 하늘과 죽은 아들의 얼굴과 아들의 몸에 난 상처를 번갈아 바라보았다. 아들의 몸에 난 상처에는 시선이 오래 머물렀다. 표정이 굳어지는 것으로 보아 복수를 결심하는 것 같았다. 헤쿠바는 분노를 견디지 못하고 치를 떨면서, 자신이 예전과 다름없는 일국의 왕비이기나 한 것처럼 복수를 결심하고, 복수의 방법을 생각하는 데 온 마음을 쏟았다. 잡은 먹이를 다른 짐승에게 도둑맞고는 분노를 이기지 못해 서성이다가 이윽고 그 도둑의 발자국을 따라가는 암사자처럼, 헤쿠바도 분노와 슬픔에 사로잡힌 채 나이도 자기가 처한 형편도 잊고, 배은망덕하게도 자기 자식을 죽인 트라키아 왕 폴뤼메스토르의 궁전을 향해 걸음을 옮겨 놓았다. 궁전에 이른 헤쿠바는 자기 아들에게 줄 황금이 남아 있다면서 폴뤼메스토르왕의 알현을 청원했다. 폴뤼메스토르왕은 한번 황금을 빼앗아 본 사람이라 재미가 붙어서 그랬겠지만 헤쿠바의 말을 곧이곧대로 믿고 독대(獨對)를 허락했다. 독대한 자리에서 폴뤼메스토르왕은 음흉한 얼굴을 하고 나직하게 말했다.

"헤쿠바여, 지체하지 말고 아들에게 줄 황금을 내게 건네주시오. 신들께 맹세코, 그대가 지금 나에게 건네주시는 황금, 그대가 기왕에 주어 보내신 황금은 모두 아드님의 것이 될 것이니."

헤쿠바는 거짓 맹세까지 하는 이 폴뤼메스토르왕을 바라보며 끓어오르는 분노를 억눌렀다. 그러다가 궁전까지 함께 온 트로이아 여자들을 부르면서 헤쿠바는 왕에게 매달려 손가락을 왕의 두 눈에 찔러 넣고는 눈알 두 개를 한꺼번에 뽑아 버렸다. 헤쿠바가 이럴 수 있었던 것은 분노가 헤쿠바에게 기이한 힘을 샘솟게 했기 때문이다. 헤쿠바는 더러운 왕의 피가 묻은 손가락으로 다시 한번 눈알이 빠진 자리를 찔렀다.

왕이 이 지경이 되자 트라키아 백성들은 떼를 지어 트로이아 여자 헤쿠바를 공격하러 왔다. 그들은 헤쿠바를 향해 창과 돌을 던졌다. 헤쿠바는 날아오는 창과 돌을 손으로 막으면서 트라키아 백성들에게 사정을 말하려고 했다. 그러나 헤쿠바의 입에서 나오는 것은 말이 아니라 개 짖는 소리였다. 이런 일이 벌어졌던 땅에는 지금도 이 일을 상기시키는 지명이 붙어 있다.[59] 개가 된 헤쿠바는 과거의 고통을 잊지 못했던지 트라키아 땅을 방황하며 짖었다. 불쌍한 트로이아 왕비의 비극은 트로이아 유민(流民)들은 물론이고 수많은 그리스인들, 심지어

---

59) 헬레스폰토스에서 가까운 이곳의 지명은 '퀴노스세마', 즉 '개의 무덤'이라는 뜻이다.

신들의 마음까지 움직였다. 유피테르 대신의 누이이자 아내인 유노 여신까지도 헤쿠바의 불행을 가슴 아프게 생각했을 정도였다.

3 멤논의 주검에서 날아오른 새들

아우로라[60]는 트로이아 백성들만큼 트로이아를 사랑했으나 트로이아의 패망이나 헤쿠바의 슬픈 이야기에 마음을 쓸 여유가 없었다. 그보다 훨씬 절실한 슬픔, 말하자면 아들을 잃고 슬픔에 잠겨 있었기 때문이다. 이 장밋빛 옷을 입고 다니는 여신은 아들 멤논[61]이 프뤼기아 벌판에서 아킬레우스의 창을 맞고 쓰러지는 것을 보았던 것이다. 아우로라 여신이 아들 죽는 광경을 내려다보고 있는 순간 아침은 창백해졌고 날빛은 구름 뒤로 모습을 감추었다. 멤논의 시신이 화장단 위로 오르자 아우로라 여신은 보고 있을 수가 없어서 고개를 돌렸다. 아우로라 여신은 머리카락을 풀어헤친 채로 유피테르 대신에게 달려가 그의 발치로 몸을 던지고는 눈물로 애원했다.

"황금빛 천궁에 사는 신들 가운데 지위가 가장 낮은 여신이 저라는 것은 압니다. 저에게 바친 신전이 가장 적은데, 제가 이를 모를 리 있겠습니까? 그러나 지위야 낮지만 여신은

---

60) 그/에오스. '새벽'의 여신.

61) 아우로라 여신과, 매미로 전신한 이집트 티토노스왕 사이에서 난 아들.

여신입니다. 그러나 저는 성지(聖地)를 주십사고 온 것도 아니고 신전을 지어 주시라고 온 것도 아니며, 인간에게 저를 제사지낼 제일(祭日)을 베풀어 주십사고 온 것도 아닙니다. 대신이시여, 저는 여신인지라 비록 힘이 미약합니다만, 제가 대신을 위해서 한 일을 잘 아시지요? 저는 밤이 이 땅에 머무는 시간을 정하여 시각이 되면 밤을 쫓고 아침을 부르는 일을 합니다. 그러니 대신께서 저에게 상을 내리실 일이지 모르는 척하실 일은 아닙니다. 지금 이 아우로라는, 세운 공을 빙자하여 상을 바랄 입장이 아닙니다. 이 아우로라가 여기에 온 것은, 제 아들 멤논이 제 숙부를 도운답시고 분연히 일어났다가 아까운 나이에 저 아킬레우스에게 죽임을 당했기 때문입니다. 다 대신께서 주장하시는 섭리에 따른 일인데 모른다고야 하지 않으시겠지요? 대신이시여, 신들의 지배자이신 대신이시여, 바라건대 제 자식에게도 영광을 좀 나누어 주시어, 상처 입은 어미의 마음을 달래 주십시오. 그러면 제 마음에 위로가 되겠습니다."

유피테르 대신은 그러겠다는 뜻으로 고개를 끄덕였다.

이윽고 멤논의 시신을 태우던 화장단이 불길 한가운데로 내려앉았다. 여기에서 오른 연기가 구름을 가렸다. 강이 내뿜은 안개가 햇빛을 가리는 형국이었다. 내려앉은 화장단에서 솟은 검은 재는 하늘로 날아 올라가 덩어리로 뭉치면서 하나의 형상으로 빚어졌다. 불길의 열기와 튀어오르는 불꽃이 하나의 생명을 지어 낸 것이다. 불의 가벼운 기(氣)는 이 생명을 얻은 형상에 날개를 부여했다. 얼핏 보기에는 새 같았다. 과연 새였다. 이 새가 날갯짓하며 날기 시작하자, 같은 물질에서 같은 과정을 거친 수많은 다른 새들이 하늘로 날아올라 어지러이 날기 시작했다. 이 새들은 세 차례나 화장터 상공을 선회하며 한목소리로 시끄럽게 울다가 네 바퀴째 돌 즈음에는 두 편으로 갈리었다. 두 편으로 갈린 이 새들은 부리로 쪼고, 날개로 치고, 발톱으로 할퀴며 싸우기 시작했다. 저희 근본이, 용감한 트로이아 전쟁 용사 멤논을 태운 재라는 사실을 아는지, 이들은 이 영웅에게 제물이라도 드리는 듯이 화장터 상공에서 싸우다 떨어져 멤논의 시신이 탄 재에 저희 몸을 파묻었다. 멤논의 시신을 태운 재에서 태어났다고 해서 사람들은 이 새를 '멤노니데스'[62]라고 부른다.

태양이 황도대(黃道帶)의 12궁(宮)을 돈 뒤에도[63] 이들은 다시 모여 저희 아버지 되는 멤논의 죽음을 추모하며 그렇게 싸우다 죽었다.

요컨대 다른 사람들이 개가 되어 온 세상을 떠도는 헤쿠바의 신세를 슬퍼하고 있을 때도 아우로라는 자기 몫의 슬픔에 잠겨 있었다. 이 아우로라는 지금도 온 세상에 아들의 죽음을 슬퍼하면서 눈물[64]을 뿌리고 있다.

---

62) '멤논의 딸들'.

63) '1년이 지난 뒤에도'라는 뜻이다.

64) 새벽 이슬.

4 아니오스의 식객이 된 아이네이아스

트로이아성이 잿더미가 되었다고는 하나 트로이아 백성의 희망마저 잿더미가 된 것은 아니었다. 베누스 여신의 아들인 아이네이아스[65]는 한쪽 어깨에는 트로이아의 수호 성상(守護聖像), 한쪽 어깨에는 성상만큼이나 소중한 불구자 아버지를 메고 길을 나섰다. 효성이 지극한 아이네이아스는 그 많은 금은보화도 마다하고 아버지와 아들 아스카니우스만을 대동하고 유민들과 함께, 죄 많은 왕 폴뤼메스토르가 다스리던 나라, 폴뤼도로스의 피로 더럽혀진 트라키아를 지나고 안탄드로스항을 지났다. 다행히도 바람과 조수가 순조로워 그는 큰 고생 하지 않고 일행과 함께 아폴로의 도시인 델로스에 이를 수 있었다. 당시 델로스 왕은 왕과 아폴로 신전 사제를 겸하는 아니오스였다. 아니오스는 아이네이아스 일행을 궁전이자 신전인 자기 집으로 맞아 환대하고는 그 도시, 유명한 신전 그

---

65) 베누스가 인간인 안키세스와 사랑을 나누자 유피테르 대신은 안키세스에게 만일에 여신과 사랑을 나누었다는 사실을 누설하면 큰 벌을 내리겠다고 말한다. 그러나 안키세스는 이 비밀을 누설했다가 유피테르의 벼락을 맞는다. 안키세스는 베누스가 이를 막아 준 덕분에 목숨은 가까스로 건지나, 이때 벼락을 맞은 일로 평생 힘을 쓰지 못하는 불구자로 살게 된다. 여기에서 태어난 아들이 바로 영웅 아이네이아스다. 그리스인인 호메로스의 『일리아스』에서는 별로 중요한 인물로 다루어지지 않는 이 아이네이아스가 후일의 로마 신화에서는 신화적인 영웅으로 대접받는 것은 바로 아이네이아스가 트로이아 유민을 이끌고 이탈리아 반도로 이주해 로마 건국의 기틀을 닦게 되기 때문이다. 베르길리우스의 장편 서사시 『아이네이스』는 바로 이 아이네이아스의 행적을 노래한 것이다.

리고 라토나 여신이 아폴로 신과 디아나 여신을 낳을 때 붙잡았다는 저 유명한 두 그루의 나무도 보여 주었다. 트로이아 유민들은 제단에 향불을 피우고 포도주를 부어 올렸다. 이윽고 트로이아 유민들은 제물로 잡아 바친 황소가 다 타자 다시 궁전으로 돌아왔다. 아니오스왕은 손님들에게 편한 의자를 권하고 케레스 여신의 선물인 빵과 포도주를 넉넉히 차려 내게 했다.

안키세스가 아니오스왕에게 이런 말을 했다.

"복 받으신 포이부스 신의 사제시여, 제가 잘못 보았는지도 모르겠습니다만, 지난번에 여기에 왔을 때는 네 자매의 따님과 아드님을 뵌 것 같은데요."

그러자 아니오스가 흰 머리끈[66]을 맨 머리를 가로저으면서 대답했다.

"위대한 영웅이시여, 잘못 보신 것이 아닙니다. 그때 영웅께서는 다섯 남매의 아비인 저를 보셨습니다. 그러나 사람의 팔자 시간 문제라더니, 지금은 무자식 신세가 되었습니다. 아들이 있기는 있지요만, 지금은 이 아비 곁을 떠나 아비를 대신해서 안드로스라는 제 이름이 붙은 도시 안드로스를 다스리고 있으니 없는 것과 별로 다르지 못합니다. 델로스의 신이신 아폴로께서는 제 아들에게 앞일을 예견하는 능력을 주셨고, 박쿠스 신께서는 제 딸들에게 이와는 좀 다른, 엄청난 은혜를 내리셨던 것이지요. 딸들이 입은 은혜가 무엇인고 하니, 이 아

---

66) 제관이라는 표적.

이들이 만지기만 하면 무엇이든지 옥수수가 되게 하고, 무엇이든지 포도주가 되게 하며, 무엇이든지 올리브 기름이 되게 하는 능력이었습니다. 이 아이들에게 이것이 얼마나 어마어마한 재산이었겠습니까? 제 딸들이 이런 능력을 얻은 지 오래지 않아 귀국(貴國)을 침략했던 저 아트레오스의 아들 아가멤논이 이 소문을 듣고 제 딸들을 이 아비의 품에서 빼앗아 갔습니다. 안 가겠다는 아이들을 억지로 끌고 간 것이지요. 굳이 말씀드리자면 저희 역시 귀국을 치는 이 무지막지한 전쟁의 소용돌이 속으로 휘말려 들었던 것이지요. 아가멤논은 제 딸들에게, 하늘이 내린 은혜를 이용해서 그리스 함대에 탄 군사들 먹일 양식을 마련하라고 했답니다. 그러나 제 딸들은 함대에서 도망쳐 제각기 숨기 쉬운 곳에 숨었더랍니다. 그러니까 둘은 에우보이아로 도망쳤고 둘은 저희 오라버니의 나라인 안드로스에 가서 숨었던 것이지요. 그런데 아가멤논은 이 안드로스에 군대를 보내 제 딸들을 내놓지 않으면 싸울 수밖에 없을 것이라고 제 아들 안드로스를 위협했습니다. 제 아들인 안드로스왕은 평소에 누이들을 끔찍이도 위하는 오라비였으나 대가 약한지라 나라가 전쟁의 소용돌이에 휘말리는 것을 두려워하여 누이를 이들에게 내주었더랍니다. 이 대가 약한 녀석을 어쩌면 좋습니까? 누가 이 녀석을 용서할 수 있겠습니까? 안드로스에는 트로이아 백성들을 격려하며 10년 동안이나 그 지겨운 전쟁을 계속할 수 있게 해 주었던 아이네이아스나 헥토르 같은 용장이 없었던 것이지요. 사로잡힌 딸들은 족쇄와 수갑을 차게 되기 직전에 하늘을 향해 두 팔을 벌리고 저희의 수호신이신 박쿠스께 빌었더랍니다.

'아버지이신 박쿠스시여, 저희를 도와주소서!' 하고요.

박쿠스 신께서는 이들의 기도를 들으시고 이들을 도와주셨답니다. 참으로 불가사의한 방법으로 이들을 파멸시킨 것까지 도움이라고 할 수 있다면 말씀입니다만……. 저는 이들이 어떻게 인간의 형상을 잃었는지 잘 알지 못합니다. 따로 소상하게 말씀드릴 수도 없습니다. 그러나 제 딸들의 비참한 말로에 대해서만은 저도 알고 있습니다. 제 딸들은 겨드랑이에서 날개가 나오면서 눈같이 흰 비둘기로 변신했다고 합니다. 비둘기가 장군의 부인이신 베누스 여신의 신조(神鳥)이니 아마 잘 아시겠지요."

아니오스왕의 이런저런 이야기를 들으면서 안키세스 일행은 한동안 시간을 보내다가 상을 물리고는 각자 잠자리에 들었다. 다음 날 아침에 일어난 이들은 신탁전으로 가서 아폴로의 신탁을 받아 보았다. 신탁은 이들에게 먼 조상들의 고향인 옛 모국[67]의 해변을 찾아가라는 뜻을 전했다.

아니오스왕은 이들과 동행하여 한동안 여행을 함께 하다가 이별할 때가 되자 안키세스에게는 왕홀(王笏)을, 안키세스의 손자에게는 겉옷과 화살통을, 아이네이아스에게는 술잔을 하나 선물로 주었다. 이 술잔은 테바이에 살던 아니오스왕의 친구 테르세스가 선물로 보낸 것이었다. 아니오스왕에게 이 선

67) 로마 전설에 따르면, 트로이아인들의 먼 조상인 다르다노스인들은 이탈리아에서 트로이아로 건너온 것으로 되어 있다.

물을 보낸 사람은 테르세스였지만 이를 만든 사람은 휠레[68]의 알콘이라는 사람이었다. 알콘의 술잔에는 한 도시에 관한 긴긴 이야기가 부조로 새겨져 있었다. 이 도시에는 성문이 일곱 개나 있었다. 따라서 도시 이름은 없는데도 불구하고 누가 보든 어느 도시인지 알 수 있게 되어 있었다.[69] 성문 앞으로 보이는 것은 장례식 광경이었다. 무덤이, 불붙은 화장단이, 가슴을 드러낸 채 머리를 산발하고 애곡하는 여자들이 보였다. 샘물이라는 샘물은 모조리 말라 버렸다고 탄식하는 물의 요정들도 보였다. 잎이 하나도 남아 있지 않은 나무도 보였고, 풀을 찾으러 바위산을 헤매는 양 떼도 보였다. 조각가가 테바이 성 한가운데다 새겨 놓은 것은 오리온의 두 딸이었다. 오리온의 두 딸은 베틀의 북을 뽑아 들고 그 뾰족한 모서리로 저희 몸을 난자하고 있었다. 한 딸의 손길은 겨냥도 정확하지 못했고 손질도 단호하지 못했다. 이들은 백성을 구하기 위해 스스로 목숨을 끊고 있는 것이었다.[70] 테바이 백성들은 이들의 시

68) 아이아스의 일곱 겹 소가죽 방패를 만든 유명한 갖장이 튀키오스도 이 휠레 사람이었다.

69) 테바이성에는 일곱 개의 성문이 있었던 것으로 전해진다. 다음 광경은 테바이에 역병이 번지고 있을 당시의 상황을 그린 것인 듯하다.

70) 미남 사냥꾼 오리온에게는 메티오케와 메니페라는 두 딸이 있었다. 이 두 딸은 직조의 여신 미네르바로부터는 베 짜는 기술을, 아름다움의 여신 베누스로부터는 미모를 얻었으나, 테바이에 역병이 창궐할 당시 두 처녀가 제물로 몸을 바치면 백성을 구할 수 있을 것이라는 신탁을 받고는 북으로 저희 몸을 난자하고 백성들을 구했다. 저승의 왕인 플루토와 프로세르피나는 이들을 기특하게 여겨 하늘의 유성으로 전신하게 했다.

신을 수습하여 성읍 한복판에 차린 화장단에 올리고 화장하고 있는 것이었다. 수많은 사람들이 이 화장단을 둘러싸고 슬픔에 잠긴 얼굴을 하고 불길을 바라보고 있었다.

부조에는 또 '코로나이'라는 이름으로 유명한 두 청년이 어머니의 재로부터 솟아 나와 장례 행렬을 선도하는 광경도 보였다.[71] 청동 술잔에는 대개 이런 사연의 부조 이외에도 주둥이 부분에는 아칸사스 잎이 나란히 부조되어 있었다.[72]

트로이아 유민들도 주인인 아니오스왕에게 이에 못지않은 물건을 답례품으로 주었다. 트로이아인들이 아니오스왕에게 준 것은 사제가 요긴하게 쓸 수 있는 향합(香盒)과 제물을 담을 수 있는 접시와 금과 진주로 치장한 왕관이었다.

---

71) '코로나이'는 '코로니스들' 혹은 '코로노스의 자식들'이라는 뜻이다. 오리온의 별명이 '코로노스'라는 설에 따르면 이 말은 '오리온의 자식들'이라는 뜻이 된다. 그러나 아폴로의 화살을 맞고 죽어 화장당한 처녀의 이름이 '코로니스'(이때 까맣게 탄 몸에서 꺼낸 아폴로의 아들이 저 유명한 의신 아스클레피오스이다.)였다는 사실과, 유피테르의 벼락을 맞고 까맣게 타 죽은 세멜레의 복중에도 자식이 있었는데, 이 아이를 기른 요정의 이름이 '코로니스'(이때 까맣게 탄 세멜레의 몸에서 나와 코로니스 손에 자란 유피테르의 아들이 저 유명한 주신 박쿠스이다.)였다는 사실을 감안하면 이 이름은 화장 및 재생(再生)과 깊은 관계가 있을 듯하다. 이 '코로니스'라는 말은 '까마귀'라는 뜻이기도 하다.

72) '아칸사스' 혹은 '아칸토스'는 엉겅퀴 비슷한 식물. 코린토스 양식의 기둥에서 자주 볼 수 있는 장식 무늬다.

5 스퀼라

트로이아인들은 이곳에서, 트로이아인들이 테우케르의 자손이라는 것을 상기하고는 테우케르의 땅인 크레타로 건너갔다. 그러나 트로이아인들은 기후가 맞지 않아 이곳에 정주하지 못하고 다시 배를 바다로 내몰았다. 이들이 성읍이 많은 이 섬을 떠나면서 겨냥한 곳은 아우소니아[73]였다. 그러나 폭풍이 바다에 떠 있는 이 영웅 아이네이아스 휘하의 유민들을 괴롭히는 바람에 이들은 잠시 스트로파데스항에 피항(避港)했다. 그러나 이곳에서도 오래 있을 수 없었다. 하르퓌아이 중 하나인 아일로가 이들을 못살게 굴었기 때문이다. 이곳을 떠난 유민들은 저 모사(謀士) 오뒤세우스가 지배하던 둘리키움 항구와, 이타카, 사모스섬, 네리토스 왕국을 차례로 지났다. 유민들은 신들이 싸운 곳이라는 암브라키아 땅[74]과 원래는 판관이었다는 석상도 보았다. 이 땅은 악티움에 있는 아폴로의 신전으로 지금도 유명하다. 유민들은 말하는 참나무가 있다는 도도나 신전[75]도 구경했고, 카오니아만(灣)도 구경했다.

---

73) 괴조(怪鳥) 하르퓌아이의 섬.

74) 이 땅을 두고 아폴로와 디아나 그리고 영웅 헤라클레스가 소유권을 주장한 일이 있다. 이때 판관으로 뽑힌 크라갈레오스라는 사람은 소유권이 헤라클레스에게 있다고 판정했다가 아폴로의 성미를 건드려 돌로 전신했다고 한다. 여기에서 가까운 악티움에는 유명한 아폴로의 신전이 있다.

75) 도도나에는 유피테르의 신탁전이 있다. 아폴로의 신탁전에서는 제관이 아폴로의 뜻을 전하지만 이 도도나의 유피테르 신탁전에서는 참나무가 유피테르의 뜻을 전했다고 한다.

카오니아만은 저 몰로소스왕의 아들들이 새로 전신하는 덕택에 저희 손으로 지른 불길에서 날아 나올 수 있었다는 전설로 이름 있는 곳이었다.[76]

이런 곳을 두루 거친 이들은 이윽고 좋은 과실이 많이 난다는 파이아케스인들의 나라[77]를 찾아갔다가 다음으로는 에피로스에 있는, 트로이아와 흡사하게 꾸민 도시 국가 부트로토스에 이르렀다. 당시 이 나라의 왕은 프리아모스의 아들인 예언자 헬레노스[78]였다. 이곳에서 헬레노스로부터 이들의 장래에 관한 예언을 들은 이들은 다시 시켈리아[79]를 바라고 돛을 올렸다.

이 섬에는 세 개의 곶이 바다에 돌출해 있었다. 즉 비구름을 머금은 남풍이 불어오는 쪽으로 돌출해 있는 파퀴노스, 서풍이 불어오는 쪽으로 돌출해 있는 릴뤼바이온, 바다에는 잠기지 않는 별자리인 곰자리와 북풍이 불어오는 쪽으로 돌출

---

76) 몰로소스 왕 무니코스의 세 아들은 예언자로 이름을 떨치고 있었는데 어느 날 집에 도둑이 들자 놀란 김에 저희 집에 불을 지르는 실수를 범했다. 다행히 유피테르 대신이 새로 전신시켜 준 덕분에 이들 네 부자는 불길에서 날아 나올 수 있었다고 한다.

77) 오뒤세우스가 고향으로 돌아가는 도중에 들렀다가 환대를 받았던 지상의 낙원 같은 나라. 마음보다 더 빨리 달리는 배로 오뒤세우스를 고향 이타카까지 실어다 준 사람들도 바로 이 파이아케스인들이었다.

78) 트로이아가 패망하자 조국을 배신한 헬레노스는 아킬레우스의 아들인 네오프톨레모스와 함께 이곳으로 와서 트로이아와 비슷한 나라를 일으켰다. 처음에는 네오프톨레모스가 왕이었으나 그가 죽자 헬레노스가 왕위에 올랐다.

79) 시칠리아섬.

해 있는 펠로로스가 그것이었다. 트로이아 유민들이 배를 댄 것은 이 펠로로스곶이었다. 유민들은 조수의 힘을 빌리고 노를 저어 해 질 녘에는 배를 장클레[80] 해변에 댈 수 있었다. 좌우로는 각각 뱃사람들을 위협하는 스퀼라와 카륍디스가 보였다. 카륍디스는 아시다시피 소용돌이로 배를 감아 들여 바다 밑까지 끌고 들어갔다가 다시 토해 내는 무서운 괴물이고, 스퀼라는 허리에 개 대가리가 주렁주렁 달린 괴물이다. 이 스퀼라는 그런데도 얼굴만은 처녀의 얼굴을 하고 있다. 허다한 시인들이 노래하고 있듯이, 이 스퀼라도 한때는 아름다운 처녀였다. 수많은 구혼자들이 혼인을 졸랐지만 이 스퀼라는 이들을 마다하고 바다의 요정들에게 달려가 구혼자들이 혼인을 조른다는 자랑을 늘어놓는 것으로 소일했다.

어느 날 스퀼라가 빗을 수 있도록 머리카락을 맡기고 있던 바다의 요정 갈라테이아[81]가 구혼자들을 따돌리고 왔다는 스퀼라의 말에 한숨을 쉬면서 이런 이야기를 했다.

"스퀼라, 그래도 네 손을 잡으려던 구혼자들은 짐승같이 무지막지한 자가 아니니 얼마나 좋으냐? 네가 싫으면 싫다고 할 수 있으니까 말이다. 그러나 바다의 신인 네레우스와 바다의 요정인 도리스의 딸인 나는 자매간이 그렇게 많은데도 구혼

---

80) 시칠리아섬의 옛 이름.

81) '우윳빛 여자'. 저 조각가 퓌그말리온이 흰 상아로 깎아 만들었다가 베누스 여신이 인간으로 전신시키자 아내로 삼았던 상아 처녀의 이름도 갈라테이아였다. 그러나 여기에서 말하는 갈라테이아는 그 갈라테이아가 아니라 네레우스의 딸 중의 하나인 바다의 요정 갈라테이아다.

자를 뿌리칠 수가 없었다. 구혼자가 저 퀴클롭스[82]였으니…….
이 퀴클롭스 때문에 내게 남은 것은 한과 슬픔뿐이구나."

이렇게 말하는 갈라테이아의 눈에서는 눈물이 하염없이 흘러나왔다. 스퀼라는 백설같이 흰 손으로 그 눈물을 닦아 주면서 요정을 위로했다.

"저에게 우시는 사연을 들려주십시오. 저를 믿으시고, 그렇게 슬퍼하시는 사연을 숨기지 말아 주십시오."

그러자 네레우스의 딸 갈라테이아는 크라타에이스[83]의 딸에게 이런 이야기를 했다.

6 갈라테이아와 아키스의 슬픈 사랑

"아키스라는 청년이 있었다. 파우누스[84]인 아버지와 바다의 요정인 쉬마이티스 사이에서 난 아들이었다. 부모님은 이 아키스를 끔찍이도 사랑했지만, 나는 부모님 이상으로 아키스를 사랑했다. 내가 사랑한 인간은 오직 아키스뿐이었으니까.

정말 잘생긴 청년이었다. 열여섯 살이 되어, 부드러운 턱이 보드라운 솜털로 덮이기 시작하는. 나는 이 아키스를 사랑했다. 하지만 이 일을 어째? 외눈박이 거인인 폴뤼페모스[85]가

82) '둥근 눈'. 외눈박이 거인을 말한다.
83) 스퀼라의 어머니.
84) 그/판. 반인반양(半人半羊)인 목양신.
85) 후일 오뒤세우스에 의해 장님이 되는 퀴클롭스.

나를 사랑하고 있었는걸. 모르겠어. 아키스에 대한 내 사랑의 감정이 강했는지, 폴뤼페모스에 대한 내 증오의 감정이 강했는지는……. 아마 비슷비슷했을 거야.

스퀼라, 저 사랑의 여신 베누스는 한없이 부드러워 보이지만 이 여신이 부리는 조화는 참으로 무시무시한 것이란다. 괴물 폴뤼페모스가 누구더냐? 들짐승들도 두려워하는 폴뤼페모스, 나그네에게는 공포의 대상인 폴뤼페모스, 심지어 올륌포스 신들에게도 대든 폴뤼페모스가 아니더냐? 그런데 이 폴뤼페모스라는 괴물도 사랑을 알고 나니 참으로 희한해지더구나. 사랑을 안 뒤부터 폴뤼페모스는 가슴에 불이 붙었는지 양떼고 동굴이고 도무지 아는 체를 하지 않아. 폴뤼페모스가 흉측한 제 외모에 관심을 기울이기 시작하고, 남들 눈에 들려고 애를 쓰기 시작한 게 이즈음부터였어. 나뭇가지를 꺾어 들고 머리를 빗는가 하면, 낫으로 수염을 깎고는 맑은 물에 제 모습을 비추어 보고는 울지를 않나, 웃지를 않나. 이러기 시작하고부터는 이 피에 굶주려 있는 것 같던 폴뤼페모스는 아무것도 죽이지 않았어. 지나가는 배들도 무사히 그 섬을 지나갈 수 있었고.

빗나가는 예언은 하는 법이 없는 저 에우뤼모스의 아들인 예언자 텔레모스가 여행중에 잠시 시켈리아에 들러 아이트나에 온 것은 이즈음이었지. 폴뤼페모스를 만난 이 텔레모스는 이 괴물에게 이렇게 경고했어.

'그대의 이마 한가운데 박혀 있는 그 눈이 머지않아 오뒤세우스의 손에 멀게 되고 말리라.'

하지만 폴뤼페모스는 예언자를 비웃으며 이렇게 응수했지.

'그런 소리 마라, 이 엉터리 예언자야. 이미 한 아름다운 처녀의 미모 앞에서 멀고 말았는데, 더 멀고 자시고 할 눈이 어디 있느냐?'

폴뤼페모스의 귀에는 이미 텔레모스의 예언 같은 것은 들리지도 않았지. 폴뤼페모스는 텔레모스의 예언은 들은 체도 않고 미치광이처럼 해변을 걸으면서 가슴에서 타오르는 불길을 잡으려 했고, 그러다 지치면 동굴로 들어와 벌렁 드러눕고는 했어.

그 섬에는 바다 쪽으로 쐐기 모양을 하고 툭 튀어나온 험하디험한 바위산이 하나 있었어. 이 바위산 양쪽에서는 파도가 부서지고 있었고……. 외눈박이 거인 폴뤼페모스는 제멋대로 날뛰는 양 떼를 따라 이 바위산으로 올라와서 꼭대기에 앉아 시간을 보내고는 했어. 이 산꼭대기에는 배의 돛댓감으로도 넉넉한 소나무가 한 그루 있었어. 하지만 폴뤼페모스에게는 이게 지팡잇감밖에는 안 되었을 거야. 폴뤼페모스는 이 나무에 발을 걸쳐 놓고는 수백 개의 갈대를 잘라 만든 피리를 꺼내 불기 시작했어. 그 가락에 온 산이 울리고 파도가 춤을 추는 것 같더군. 나는 이 바위산 기슭, 호젓한 곳에서 아키스의 팔을 베고 누워 있었어. 가만히 듣고 있자니까, 한동안 피리를 불던 폴뤼페모스가 노래를 부르더군. 이런 내용이었어.

'오, 갈라테이아여, 넓은 풀밭에서 아름답기로 쳐도 으뜸이고 곱기로 쳐도 으뜸인, 백설같이 흰 매발톱꽃 꽃잎보다 희고, 오리나무보다 더 키가 크고 더 의연하며, 수정보다 더 투명하고 어린아이들보다 더 천진한 갈라테이아여, 만나면 겨울의 햇살보다, 여름의 응달보다 더 반갑고, 보면 키 큰 백양나무를 보는 것보다 더 마음이 시원해지는 갈라테이아, 잘 익은 능금보다 붉고, 잘 익은 포도보다 달콤하고, 백조의 깃털이나 갓 만들어 낸 건락(乾酪)보다 보드라운 갈라테이아여, 어디로 도망치려 하는가, 손질 잘한 뜰보다 아름다운 그대여.

갈라테이아여, 길들이지 않은 송아지보다 거칠고, 나이 먹은 참나무보다 단단하고, 바다보다 무정하고, 버드나무 진보다 쓰디쓰고, 바위보다 드세고, 강보다 요란하고, 공작새보다 오만하고, 불보다 뜨겁고, 돌밭 다듬는 써레보다 더 튼튼하고, 어미 곰보다 엄하고, 대양보다 귀가 어둡고, 밟힌 뱀보다 무자비한 갈라테이아여, 그러나 이런 것은 나도 어쩔 수 없구나. 사냥개에 쫓기는 사슴처럼, 바람처럼 빠르게 달아나는 것은 나도 어쩔 수 없구나.

그러나 그대가 내게서 달아나는 것은 나를 모르기 때문. 그대가 나를 알면 달아난 것을 후회하리라. 그대가 나를 알면 낭비한 시간을 아까워하고, 그대가 나를 알면 내 품에 안기기를 망설이지 않을 것이다. 내게는 굴이 있으니까, 좋은 돌이 이루어 낸 산자락의 굴이 있으니까. 여름에는 햇볕도 닿지 못하고, 겨울에는 추위가 파고들지 못하는 굴이 있으니까. 내게는 포도송이 늘어진 포도나무가 있고, 이 포도나무에는 금빛 포도송이도 달려 있고, 보랏빛 포도송이도 달려 있으니까. 내게는 모든 것이 넉넉하다. 내 집에 오면 그대는 그대 손으로 응달에서 익은 딸기도 딸 수 있다. 가을이면, 버찌와 자두도 있고, 물이 많은 흑딸기는 물론이고 갓 따 낸 밀랍같이 말랑말랑한 노랑딸기도 있다. 그대가 내 아내가 되면, 밤이 주렁주렁 열린 밤나무, 열매로 가지가 휘어지는 양매나무도 그대의 것이다.

갈라테이아여, 여기 있는 양은 모두 내 것이다. 하지만 골짜기에서 헤매는 내 양은 아직 얼마든지 더 있다. 숲속에 사는 양도 있고 내 집인 동굴 안 우리에도 양이 있다. 그대가 물으면 뭐라고 할까? 나는 사실 내 양이 몇 마리나 되는지 알지 못한다. 양의 대가리 수를 제대로 알고 있는 것은 가난뱅이들뿐이니까…….

갈라테이아여, 내 말만 듣고 믿으려고 애쓸 것은 없다. 와서 보면 알게 될 테니까. 젖통이 어찌나 큰지 양이 제대로 걷지도 못하는 걸 보면 알게 될 테니까. 우리 집 따뜻한 우리에는 어린 양도 있고, 다른 우리에는 갓 태어난 새끼 양도 있다. 양유(羊乳)가 어찌나 풍족한지 날로 마실 것도 넉넉하고 굳혀서 먹을 것도 넉넉하다.

그대가 데리고 놀 짐승 또한 얼마든지 있다. 아기 사슴, 메토끼 새끼, 염소 새끼, 비둘기 한 쌍……. 이렇게 쉬 잡을 수 있는 짐승만 있는 것이 아니다. 산꼭대기에서 나는 어미 곰과 모양이 비슷비슷한 새끼 곰 한 쌍을 보아 두었다. 어미에게서 떼어 놓는 것은 쉽지 않겠지만 그대가 원한다면야 내가 데려오지 못할까. 이놈들을 보는 순간, 언젠가 내 사랑하는 이에게 주어야겠다고 해 두었는걸.

그 깊고 푸른 바다에서 빛나는 머리만 내밀어 보렴, 사랑하는 갈라테이아여. 내게로 오되 내가 드리는 선물을 하찮다고 비웃지 마시라. 나는 그대가 무엇을 좋아하는지 알고 있으니.

나는 내가 어떤 꼴을 하고 있는지, 그것도 알고 있다. 얼마 전에 맑은 물이 고여 있길래 거기에 내 모습을 비추어 보았지. 그대는 거기에 비친 내 모습이 얼마나 볼만했는지 모를 것이다. 그대는 내 키가 얼마나 큰지 모를 것이다. 그대들의 유피테르도 나만큼은 크지 않다. 내 머리카락은 탐스럽게 흘러내려 내 어깨 위에서 숲을 이룬다. 갈라테이아여, 내 몸이 털로 덮여 있다고 흉측하게 여기지 마시라. 잎이 없는 나무 꼴이 어떠하겠으며, 갈기 없는 말 꼴이 어떠할 것인가? 깃털 없는 새, 양털 없는 양의 모습을 상상해 보시라. 턱에는 수염이 있고, 가슴에는 털이 있는 것, 이것은 남성만이 누리는 특권과 같은 것. 내게는 눈이 이마 한가운데 박힌 것 하나밖에 없지만 이게 크기가 방패만 하다. 생각해 보시라, 태양도 이런 눈으로 우리 사는 세상을 내려다보고 있지 않은가? 태양에게도 눈이 하나밖에 없지 않은가?

내 아버지가 그대가 사는 바다의 지배자라는 것도 잊지 마시라.[86] 내가 그대를 이 지배자의 며느리로 만들어 주리라. 그러니 나를 불쌍하게 여기고, 내 애달픈 구애를 물리치지 마시라. 그대 앞이 아니면 내가 누구 앞에 무릎을 꿇으랴. 유피테르와 천궁과 벼락을 두려워하지 않는 나에게 두려운 것이 있다면, 아름다운 네레이스여, 그대뿐. 그대가 보내는 비웃음은

---

86) 외눈박이 거인 폴뤼페모스는 바다의 신 넵투누스의 아들이다.

유피테르의 벼락보다 내게는 무서운 것이다. 그대가 조롱하더라도 그 조롱이 그대의 천성에서 나온 것이라면 견디지 못할 것이 무엇이랴. 그러나 아름다운 갈라테이아여, 퀴클롭스 족속의 사랑을 받는 그대가 무엇이 부족하여 아키스 같은 자를 사랑하는지 알다가도 모르겠구나. 내 품보다 아키스의 품을 좋아하는 까닭을 알다가도 모르겠구나. 갈라테이아여, 아키스는 그대로 인하여 세상 넓은 줄을 알지 못하고 저러는 것이다. 아키스를 내 손에 붙인다면, 나는 내가 겉모습만 엄장한 것이 아니고 힘 또한 엄청나게 세다는 것을 보여 줄 수 있을 것이다. 나는 능히 산 채로 그자의 내장을 뽑아내고, 산 채로 사지를 찢어 그대가 사는 바다의 파도 위에 던져 줄 것이다. 아키스에게는 이로써 그대를 만나게 하면 족하지 않겠는가.

갈라테이아여, 가슴에 붙은 사랑의 불길이 나를 태울 것만 같구나. 내 가슴속에는 아이트나 화산이 들어앉은 것 같은데, 어쩌란 말인가, 갈라테이아, 그대는 아는 척도 않으니…….'

나는 이런 노랫말로 노래를 부르는 폴뤼페모스를 보고 있었어. 말을 마친 폴뤼페모스가 일어서더군. 흡사 암소를 놓친, 발정한 황소 같았어. 폴뤼페모스는 당연한 일이겠지만, 한곳에 서 있지 못하고 숲속을 헤매기 시작했지.

일이 잘못되느라고, 나란히 누워 있던 나와 아키스는 그만 이자의 눈에 띄고 말았어. 이야기를 나누느라고 폴뤼페모스가 다가오고 있다는 것도 몰랐던 것이지. 아니야, 우리 쪽으로 다가오리라고는 상상도 못 하고 있었던 거야. 나란히 누워 있는 우리를 보고 폴뤼페모스가 고함을 질렀어.

'여기 있었구나. 여기서 이승에서 나누는 마지막 포옹을 나누고 있었구나. 내가 이 포옹을 마지막 포옹이게 하리라.'

퀴클롭스 족속의 음성, 그것도 화가 난 퀴클롭스 족속의 음성이니 얼마나 컸겠어? 아이트나산도 움츠렸을 정도였어. 나는 정신없이 가까이 있는 물속으로 뛰어들었고…… 내 사랑하는 아키스는 도망치면서 소리쳤어.

'갈라테이아, 도와주세요. 어머니, 아버지, 도와주세요. 이제는 두 분의 왕국으로 돌아갈 수 없게 된 저를 도와주세요. 도와주지 않으시면 저는 죽습니다!'

폴뤼페모스는 아키스 뒤를 쫓다가 산 한 귀퉁이에서 바위를 하나 뜯어내 아키스를 향해 던졌어. 바위는 폴뤼페모스의 몸집에 비하면 그렇게 크지 않았지만, 아키스 하나 깔아 버리는 데는 그것만으로도 충분했지. 운명의 여신이 나에게 힘을 주지 않았는데, 내가 무슨 수를 쓸 수 있었겠어? 아키스의 조상이 지니고 있던 권능이 아키스에게 내리도록 비는 수밖에 없었어.[87] 바위에 깔린 아키스의 시체에서 붉은 피가 흘러나와 땅바닥에 고였는데, 이상하게도 이 피 색깔이 자꾸만 묽어지더군. 이 피는 곧 비 온 뒤의 강물 색깔이 되었다가 파랗게 변했어. 그 순간 폴뤼페모스가 던진 바위가 턱 갈라지더니 여기에서 갈대가 한 포기 자라기 시작하는가 했는데, 갈대 밑에서 갑자기 물줄기가 솟구쳐 나오더니…….

87) 강의 신이었던 아키스의 외조부 쉬마이토스는 원래는 인간이었다가 강으로 전신했다.

갈라테이아의 승리(라파엘로의 그림).

아, 놀라워라! 머리에 뿔이 돋은 젊은이 하나가 그 뿔에 꽃다발을 걸고 그 물줄기 속에서 불쑥 솟아오르는 것이 아니겠어?[88] 젊은이의 몸은 허리까지만 물에 잠겨 있었어. 가만히 보니까 덩치가 커지고 얼굴이 파랗게 변한 것을 제외하면 영락없는 아키스…… 맞아, 아키스였어. 아키스는 강으로 전신했던 것이지. 지금도 이 땅에 있는 강은 '아키스강'이라고 불리

---

88) 강의 신 머리 위에는 뿔이 돋아 있는 것이 보통이다. 뿔은 거침없는 강의 역동적인 흐름을 상징하는 듯하다. 강의 신 아켈로오스도 두 개의 뿔 중 하나를 헤라클레스 손에 뽑힌 바 있다.

고 있어."

7 글라우코스

갈라테이아의 이야기가 끝나자 네레우스의 딸들인 바다의 요정들은 뿔뿔이 흩어져 제각기 잔잔한 바다 저쪽으로 헤엄쳐 갔다. 스퀼라는 바다의 요정들처럼 바다에 뛰어들 수도 없는 일이어서 혼자 해변을 걸었다. 스퀼라는 마른 모래 위를 한동안 걷다가 그것도 심드렁해지자 한적한 웅덩이를 찾아가 옷을 벗고 물속으로 들어갔다.

그때 무시무시한 소리와 함께 글라우코스가 바다 저쪽에서 나타났다. 이 글라우코스는 바다에 살게 된 지 얼마 되지 않은 바다의 신이었다. 그가 바다의 신으로 전신한 것은 에우보이아 맞은편에 있는 안테돈에서였다. 그런 글라우코스가 이 처녀의 모습을 보고는 자기 것으로 만들고 싶다는 일념에서 다가온 것이다.

처녀 스퀼라는 도망쳤다. 그러나 글라우코스는 온갖 말로 처녀를 달래며 쫓아왔다. 스퀼라는 있는 힘을 다해 해변에서 그리 멀리 떨어져 있지 않은 산꼭대기로 올라갔다.

스퀼라가 서 있는 산꼭대기의 숲에서는 넓은 바다가 내려다보였다. 스퀼라는 이곳에 앉아 바다를 내려다보면서 바다에 몸을 담그고 있는 글라우코스에게 눈길을 던졌다. 스퀼라로서는 글라우코스가 괴물인지 바다의 신인지 알 수 없었다.

스퀼라의 눈에 글라우코스의 모습은 기이했다. 어깨를 지나 등까지 덮고 있는 치렁치렁한 머리카락은 초록색이었다. 글라우코스의 하반신은 인간의 하반신이 아니라 물고기의 하반신이었다. 글라우코스는 스퀼라가 자기 모습을 관찰하고 있다는 사실을 알고는 가까이 있는 바위에 기대 이런 이야기를 했다.

"처녀여, 나는 괴물도 아니고 바다에 사는 맹수도 아니다. 나는 이래 봬도 어엿한 바다의 신이다. 이 바다에서는 바다의 신들인 프로테우스도 트리톤도 아타마스의 아들인 팔라이몬도 나를 당하지 못한다. 그러나 나도 과거에는 인간이었다. 나는 바닷가에 살면서 바다에서 나는 물산(物産) 거두는 일을 업으로 삼을 만큼 바다를 좋아했다. 인간이었을 적에 나는 낚싯대로도 고기를 잡았고 그물로도 고기를 건졌다.

내가 고기잡이하러 처음 가 본 곳에 푸른 풀밭으로 둘러싸인 해변이 있었다. 해변이니까 당연하겠지만, 한쪽은 바다였고 다른 한쪽은 풀밭이었다. 그런데 이 풀밭이 참으로 희귀한 풀밭이었다. 왜냐? 소도 양도 염소도 이 풀밭에서는 풀을 뜯은 적이 없었으니까. 그뿐이 아니었다. 꿀벌도 이 풀밭의 풀꽃에서는 꿀을 따 간 적이 없고, 어떤 처녀도 이 풀밭의 풀꽃으로는 꽃다발을 만든 적이 없으며, 어떤 농부도 이 풀밭의 풀에는 낫을 대 본 적이 없는…… 풀밭이었다. 그러니까 나는 처음으로 그 풀밭에 앉아 젖은 낚싯줄을 말린 인간이었던 것이다.

나는 그 풀밭에 앉아 내 그물에 걸려든 고기, 의심 없이 내 낚시를 물었다가 걸려든 고기를 세기 시작했다. 바구니에서 한 마리씩 꺼내 풀밭에 놓으면서 센 것이다.

그런데 참으로 기이한 일이 일어났다. 그대는 내가 이 말을 지어서 한다고 생각할지도 모르겠다만, 내가 무엇 하러 이런 이야기를 지어서 그대에게 하겠는가?

내가 풀밭에 놓자마자 고기는 몸을 뒤척이면서, 물속을 헤엄치듯이 풀밭 위를 기어가기 시작했다. 나는 기겁을 한 채 서 있었다. 그동안 물고기는 한 마리 남김없이 이 새 주인을 버리고 저희 고향으로 돌아가 버렸다. 나는 한동안 그 까닭을 생각해 보았다.

'신들이 부리는 조화일까, 아니면 풀밭에서 자라는 풀에 신기한 효능이 있어서 물고기를 되살리는 것일까?' 하고.

나는 어쩌면 풀에 신비한 효능이 있을지도 모른다는 생각에서 풀잎을 하나 뜯어 씹어 보았다. 풀에서 나온 즙이 혀끝에 닿자마자 이상한 일이 일어났다. 갑자기 가슴이 쿵쾅거리면서 물이 그리워지기 시작한 것이다. 나는 견딜 수가 없어서 '땅이여, 안녕. 내가 영원히 다시 밟지 못할 땅이여, 안녕.'이라고 부르짖고는 물속으로 뛰어들었다.

바다의 신들은 나를 영접하면서 동아리가 된 것을 환영한다고 했다. 수많은 바다의 신들은 저 오케아노스 신과 테튀스 여신에게 어떻게 하면 내가 인간 세상에서 지은 죄를 닦을 수 있느냐고 물었다. 이 두 분 신들께서는 내 죄를 닦아 주셨다. 정죄의 주문을 아홉 번 외게 하셨고, 백 개의 강에 몸을 닦으라고 하셨다. 나는 강을 찾아다녀야 할 줄 알았는데 사방에서 물이 내 머리 위로 쏟아졌다. 그 뒤로 나는 별별 희한한 일을 다 겪었으나, 그대에게 들려줄 마음만 있을 뿐 기억할 수가 없구나.

정신을 차리고 나니 나는 내가 아니었다. 몸과 마음이 전과는 전혀 다른 글라우코스가 되어 있었던 것이다. 나는 이때 처음으로 푸른 색깔로 변한 내 수염, 숱이 많은 이 머리카락, 엄청나게 넓어진 어깨, 검푸른 이 팔, 지느러미와 흡사하게 변한 내 다리를 보았다.

내 비록 바다 신들의 동아리가 되었고, 내 모습이 이렇게 변했다만 그대가 나에게 관심을 가져 주지 않는다면 무엇 하랴.

원컨대 그대가 내 마음을 알아주었으면 한다."

글라우코스는 이렇게 말하고 나서 몇 마디를 덧붙이려 했다. 그러나 스퀼라는 이미 달아나고 있었다. 달아나는 스퀼라의 뒷모습을 바라보면서, 심한 배신감을 느낀 글라우코스는 다시 물속으로 들어가 태양신의 딸인 키르케[89]의 아름다운 집을 향해 헤엄쳐 갔다.

---

89) 티탄 신족(神族), 거신족(巨神族)에 속하는 태양신 솔(그/헬리오스)의 딸. 마법에 능한 이 여신은 '새벽의 섬'이라는 뜻을 지닌 아이아이섬에서 살고 있다. 키르케에게는 마법으로 이 섬의 방문자들을 짐승으로 변신시키는 재주가 있다. 오뒤세우스 일행도 이 섬에 상륙했다가 그중 일부가 짐승으로 전신하는 봉변을 당하게 된다.

14부 로물루스와 레무스 외

1 스퀼라와 마녀 키르케

글라우코스는 순식간에 옛날 어느 거인의 목 위에 올려졌다는 아이트나산을 지나고,[1] 거름을 하지 않아도, 갈지 않아도 늘 기름진, 그래서 곡식을 거두는 자들도 쟁기가 무엇인지, 써레가 무엇인지 모르는 퀴클롭스 족속의 땅을 지났다. 계속해서 글라우코스는 장클레와, 그 맞은편 해안에 있는 레기움 성벽 밑 아우소니아[2]와 시켈리아 사이에 있는, 암초가 많

---

1) 옛날 대지의 여신은 튀폰이라는 괴물을 낳아 길러 올륌포스 신들을 치게 한 일이 있다. 유피테르 대신은 이 괴물 때문에 곤욕을 치르다가 결국 이를 제압하고, 다시는 이 괴물이 살아나 행패를 부리지 못하도록 아이트나산을 들어 이 괴물의 목 위에 올려놓은 일이 있다. 아이트나산이 화산으로 유명한 까닭은, 튀폰이 이 산 밑에 깔린 채로 계속해서 불을 뿜고 있기 때문이라는 것이다.

2) 이탈리아.

아 뱃사람들에게는 험로로 악명 높은 해협을 지났다. 여기서부터는 더욱 속도를 늘려 단숨에 튀레니아[3] 바다를 건넌, 이 에우보이아 출신인 바다의 신은 이윽고 태양신의 딸인 키르케의 섬에 이르렀다. 키르케의 궁전은 온 산을 덮고 있는 약초와, 키르케가 이 약초로 전신시킨 짐승들 한가운데에 있었다. 글라우코스는 이 여신을 만나 수인사가 끝나자마자 이런 말을 했다.

"여신이여, 바라건대 이 가엾은 바다의 신에게 자비를 베풀어 주십시오. 나에게 여신의 도움을 받을 자격이 있는지 없는지는 모르지만, 이 슬픈 사랑병 앓는 나를 도울 수 있는 분은 여신뿐입니다. 티탄의 딸이여, 그대의 약초가 얼마나 영험한가는 그 약초로 인해 이렇게 바다의 신으로 전신한 나보다 더 잘 아는 이가 없습니다. 하지만 여신께서는 내가 이러는 까닭을 모르실 테니 지금부터 내가 그 연유를 설명하겠습니다.

메세나 맞은편에 있는 이탈리아 해안에서 나는 스퀼라라는 처녀를 처음 보았습니다. 내가 이 처녀를 유혹한 감언이설, 내가 이 처녀에게 한 약속은 일일이 말하기 부끄럽습니다만, 어쨌든 나는 이 처녀를 감언이설로 유혹했고, 처녀에게 아름다운 장래를 약속했습니다. 그러나 나는 참담하게 거절당하고 말았습니다. 그러니 만일에 여신의 주문이 아직도 영험하다면 그 거룩한 입술로 몇 마디 일러 주십시오. 만일에 여신이 쓰는 약초가 주문보다 낫다면 나를 대신해서 약초로 손을 좀

---

3) 에트루리아.

써 주십시오. 나는 여신께 내 사랑병을 고쳐 달라고 하는 것이 아닙니다. 내 가슴의 상처를 치료해 달라고 하는 것이 아닙니다. 처녀에 대한 이 사랑에 죄가 있는 것이 아니고 처녀에게 죄가 있으니, 처녀도 내가 당한 만큼 고통을 당하게 해 주시면 되는 것입니다."

천성이 그래서 그랬는지, 아니면 아버지인 태양신 때문에 곤욕을 치른 베누스 여신이 그 분풀이로 태양신의 딸을 그렇게 만들어서 그랬는지는 모르지만,[4] 키르케만큼 사랑에 약한 여신도 없었다.[5] 글라우코스의 말을 듣고 있던 키르케는 이렇게 대답했다.

"그런 여자를 두고 가슴을 앓기보다는 그대를 원하고 그대를 따르고자 하는 여성, 그대가 사랑하는 만큼 그대를 사랑하는 여성을 찾아내면 되는 것입니다. 그대는 남의 짝사랑을 받기에 충분한 분이니까요. 그대에게는 아직 시간이 있습니다. 그러니 그 사랑을 던질 생각이 있거든 나를 믿고 나를 사랑하세요. 아직은 늦지 않았습니다. 자기 자신에 대한 의혹과 우유부단한 태도를 버리세요. 그리고 자기 자신의 외모에 자신을 가지세요. 하늘에서 빛나는 태양신의 딸인 나는 이래 봬도 여신이랍니다. 게다가 내가 가진 약초의 효험도 만만찮고, 내가 풍기는 매력 또한 만만찮답니다. 그러니 나를 차지할 생각

---

4) 베누스 여신은 지아비인 불카누스 몰래 전쟁신 마르스와 자주 밀통했다. 이를 하늘에서 내려다보고 있다가 올륌푸스 신들에게 고자질한 신이 바로 태양신이었다.

5) 키르케가 후일 오뒤세우스를 유혹하는 것도 이런 이유 때문인지 모른다.

을 해 보세요. 그대를 능욕한 계집일랑 잊어버리고, 그대를 따르고자 하는 나를 따르세요. 그대 마음먹기에 따라 나는 그대의 것이 될 수 있고 그대는 내 것이 될 수 있답니다. 이것이 우리에게는 피차 어울리는 일일 테니까요."

그러나 키르케가 이렇게 말했는데도 불구하고 글라우코스는 딴소리를 했다.

"스퀼라가 살아 있는 한, 바다에 들풀이 돋고, 산꼭대기에 해초가 자랄지언정 스퀼라에 대한 내 사랑은 변하지 않을 것입니다."

여신 키르케는 화를 냈다. 그러나 키르케는 글라우코스를 해칠 수 없었다. 해칠 마음도 없었다. 글라우코스를 사랑하기 때문이었다. 키르케는 그래서 글라우코스에게 분풀이하는 대신 자기보다 나은 대접을 받고 있는 인간 스퀼라에게 분풀이할 결심을 했다. 사랑을 거절당한 키르케는 이를 악물고 밖으로 나가 무서운 독초를 모아들인 다음 이를 가루로 만들고 헤카테 여신으로부터 배운 주문을 외며 이 독초 가루를 섞었다. 이윽고 독약 만들기를 끝낸 키르케는 검은 옷을 입고 궁전을 나가 궁전 주위에서 우글거리는 짐승 무리 사이를 빠져나갔다. 키르케가 소용돌이를 일으키며 흐르는 이곳의 급류를 마른 땅 밟듯 지났다. 이 근방에는 스퀼라가 자주 와서 노는 초승달 모양의 만(灣)이 있었다. 태양이 남중하여 바로 위에서 내리쬐는 바람에 그림자 길이가 가장 짧은 시각이었다. 스퀼라는 이런 시각이면 물에서 나와 짧으나마 그늘을 찾아 들어가고는 했다. 그러나 키르케가 여기에 당도한 시각에 스퀼라는 나와 있지 않았다. 키르케는 머지않아 스퀼라가 오겠거니 여기고 스퀼라가 자주 멱을 감는 웅덩이에 가지고 온 독초 가루를 풀면서, 아무도 들은 적이 없는 주문을 아홉 번씩 세 차례 읊었다.

오래지 않아 스퀼라가 나타났다. 스퀼라는 허리가 잠길 때까지 물속으로 들어가다가 말고 비명을 질렀다. 자기 허벅다리가 개 대가리로 변하고 있었기 때문이었다. 스퀼라는 처음에는 그게 자기 몸의 일부라는 사실이 믿어지지 않았던지 몸을 움츠리고는 이 개 대가리를 떼 버리려고 했다. 처녀인 스퀼라가 개 대가리, 그것도 입을 벌리고 짖어 대는 개 대가리를 무서워한 것은 무리가 아니었다. 그러나 이 개 대가리는 스퀼라가 몸을 비킬 때마다 따라다녔다. 이러한 개 대가리는 곧 스퀼라의 장딴지, 허리, 발에도 돋아나 저승의 번견(番犬) 케르베로스처럼 짖어 댔다. 스퀼라의 하체에 이제 인간의 모습은 남아 있지 않았다. 스퀼라는 맹렬하게 짖어 대는 개 무리에 둘러싸인 셈이었다.

허벅지에서, 사타구니에서 돋아나 하반신을 이루는 수많은 개 무리의 등에 타고 있는 셈이었다. 글라우코스는 스퀼라의 이 무서운 변신과 기구한 스퀼라의 팔자를 슬퍼하며 약초를 쓰되 지나치게 잔인하게 쓴 키르케의 구애를 피해 멀리 도망쳤다. 스퀼라는 거기 그 자리에 머물렀다. 후일 스퀼라는 오뒤세우스의 배를 난파시키고 수많은 이타카 용사들을 죽임으로써 키르케에게 복수했다.[6] 이 스퀼라가 지금은 바위로 변하여 파도 위에 우뚝 서 있다. 이 스퀼라가 바위로 변하지 않았더라면, 트로이아인들[7]도 여기에서 무사하지 못했으리라. 바위로 변했는데도 불구하고 이 스퀼라는 여전히 뱃사람들에게는 공포의 대상으로 남아 있다.

2 원숭이가 된 케르코페스

트로이아 유민을 태운 배는,[8] 이 스퀼라를 무사히 지나고, 탐욕스러운 소용돌이인 카륍디스를 지나 이탈리아 해변으로 접근했다. 그러나 이때 폭풍이 불어 이들의 배는 다시 리뷔아 해안 쪽으로 밀려갔다. 시돈 사람인 디도 여왕[9]은 아이네이아스를 맞아 지아비로 삼게 해 달라고 애원했다. 아이네이아스는 디도를 아내로 삼고 한동안 이곳에서 살았다. 그러나 디도는 새 지아비와 이별하지 않으면 안 되었다. 아이네이아스는 그 땅을 떠나지 않을 수 없었기 때문이다. 디도 여왕은 제물을 바친다는 거짓 명목으로 화장단을 쌓게 하고 그 위로 올라

---

6) 트로이아에서 고국으로 돌아가던 오뒤세우스는 메르쿠리우스가 준 마늘 덕분에 이 섬에 상륙하고도 키르케의 요술에 걸리지 않았다. 오뒤세우스는 이 섬에서 약 1년간 머물면서 키르케의 사랑을 독차지한다. 키르케는 이윽고 고국으로 돌아가는 오뒤세우스에게 스퀼라를 주의하라고 충고한다. 그러나 오뒤세우스는 복수를 벼르던 스퀼라에게 걸려 많은 부하들을 잃는다.

7) 아이네이아스 일행.

8) 장클레에 도착한 데서 중단되었던 아이네이아스 일행의 이야기가 여기에서 다시 이어진다.

9) 원래는 포이니키아 태생이나 리뷔아로 건너가 카르타고를 건설한 여왕.

가 칼로 자결하고는 화장단 불에 자신을 태웠다. 디도는 많은 사람들을 속임으로써 버림받은 사랑의 종지부를 찍었다.[10] 사막 위에 세워진 이 신생국을 떠난 아이네이아스는 에뤽스[11]로 갔다가 여기에서 다시 아케스티스[12]에게 가서 거기에 몸 붙였다. 아이네이아스는 이곳에서 망부(亡父)[13]의 묘를 짓고 제사를 드렸다. 한동안 여기에 머문 아이네이아스는 유노 여신의 심부름꾼인 무지개 여신 이리스가 지른 불에 타다 남은 배만 몰고 다시 바다로 나섰다.[14] 아이네이아스는 히포타데스[15]가 유황 연기가 오른 땅에 세웠다는 나라[16]를 지나고, 시레

10) 아이네이아스가 디도를 버리지 않을 수 없었던 것은, 유피테르 대신으로부터 새 나라를 건설하라는 명을 받았기 때문이다. 후일 로마와 카르타고가 앙숙이 된 것은 이 일에서 비롯되었다고 한다. 디도는 원래 공주로 태어났으나 지아비 쉬카이오스가 오라비 손에 죽는 바람에 재산을 모두 싣고 조국을 떠난 여자다. 이런 디도가 두 번째 지아비인 아이네이아스가 떠나자 자결하는 사연을 노래한 재미있는 시가 V. 녹스가 편집한 『명시선집』에 실려 있다. "초혼도 실패, 재혼도 실패로구나/디도여, 참으로 팔자가 기박한 여자여/첫 번째 남편이 죽으니까 떠나더니, 두 번째 남편이 떠나니까 죽는구나……."

11) 베누스 여신의 아들인 에뤽스가 세운 나라. 에뤽스와 아이네이아스는 이부 형제(異父兄弟)가 된다.

12) 트로이아 왕 프리아모스의 외손자.

13) 아이네이아스의 아버지 안키세스는 그 전해에 시켈리아에서 세상을 떠났다.

14) 트로이아인들을 별로 좋아하지 않던 유노 여신은, 아이네이아스 일행의 이탈리아 이주를 막으려고 무지개 여신 이리스를 보내 선단에 불을 지르게 했다. 그러나 유피테르가 비를 내려 이 불을 꺼 준 덕분에 네 척을 제외한 나머지 배는 건질 수 있었다.

15) '히포테스의 아들'. 바람의 신 아이올로스를 말한다.

16) 아이올리아, 즉 '아이올로스의 나라'.

네스[17]의 섬을 지났다. 일행이 유능한 키잡이[18]를 잃은 것은 이 근처에서였다. 아이네이아스 일행은 키잡이도 없이 이나리메, 프로퀴테, 그리고 주인의 정체를 짐작케 하는, 불모의 언덕으로 이루어진 섬 피테쿠사이[19]를 지났다. 이 섬 주인인 케르코페스[20]는 원래 사람이었으나 속임수에 능하고 거짓 맹세를 잘하는 아주 고약한 사람들이어서 신들의 아버지 유피테르가 이들을 모양은 사람과 비슷하되 사실은 사람이 아닌 짐승으로 전신시켜 이 섬으로 보내 버린 것이다. 그래서 이들은 키가 작고, 코는 들창코며, 얼굴에는 쪼글쪼글 주름이 져 있는 데다 온몸은 갈색 털에 덮여 있다. 이렇게 전신한 뒤로는, 거짓 맹세를 하던 그 혀는 쓸 수가 없었다. 그저 무슨 소린지 알아먹을 수 없는 소리로 깩깩거릴 수 있을 뿐이었다.

---

17) 단/시렌, 영/사이렌. 요상한 노래로 뱃사람들을 홀린다는, 상반신은 여자, 하반신은 물고기 형상을 하고 있다는 괴물. 괴조(怪鳥)였다는 설도 있다.
18) 베누스 여신은 일행의 안전을 약속하는 대신 인신 공양을 요구했다. 이 인신 공양에 희생된 것이 유능한 키잡이 팔리누로스였다. 팔리누로스는 갑판에 있다가 바다에 떨어져 죽었다. 후일 아이네이아스가 저승에서 만난 팔리누로스는 사명을 완수하지 못한 것이 원통했던지 어디를 가든 키를 들고 다니고 있었다고 한다.
19) '원숭이의 섬'.
20) 대양의 신 오케아노스의 손자들인 쌍둥이 형제. 올륌포스 신들과 티탄 사이에 전쟁이 터졌을 때 유피테르 대신을 도와주기로 약속하고도 이 약속을 지키지 않았다. '꼬리 달린 것들'이라는 뜻이다.

3 퀴메의 시뷜레

이 섬을 지난 아이네이아스 일행은 오른쪽으로는 파르테노페[21] 성벽, 왼쪽으로는 유명한 나팔수인, 아이올로스의 아들 미세노스[22]의 무덤을 지나 이윽고 퀴메 땅의 물풀 우거진 해변에 이르렀다.

이 땅에서 아이네이아스는 시뷜레의 동굴로, 오래 산 것으로 이름난 시뷜레[23]를 찾아가, 저승으로 내려가 망부의 혼령을 만날 방도를 일러 달라고 빌었다.[24] 시뷜레는 한동안 땅바닥만 내려다보고 있다가, 이윽고 접신(接神)한 음성으로 이렇게 말했다.

"오른손으로는 칼을 잡아 무훈의 공적을 쌓으시고, 왼손으로는 불길에서 아버지를 구하시어 효성의 공덕을 세우신 위대한 영웅이시여, 그대가 바라는 것은 심상한 것이 아닙니다. 그러나 트로이아의 영웅이시여, 걱정하지 마십시오. 내가 시키

---

21) 나폴리의 옛 이름.

22) 처음에는 헥토르의 나팔수였으나 트로이아가 패망한 뒤에는 아이네이아스의 종자가 되었다. 일행의 배가 암초에 걸리자 미세노스는 자기 나팔로 뿔고둥 나팔의 신 트리톤의 흉내를 내어 이를 모면하려다가 트리톤의 저주를 받아 바다에 빠져 죽었다.

23) 아폴로 신의 신탁을 전하던 무녀. 처음에는 예언에 능한 다르다노스의 딸 이름이었으나, 이 다르다노스의 딸이 워낙 유명해지는 바람에, '시뷜라'라는 말은 무녀를 지칭하는 일반명사로 쓰였다. 신화 시대에는 약 10명의 시뷜레가 있으나 이 퀴메의 시뷜레가 가장 유명하다.

24) 아이네이아스는 이에 앞서, 새 나라를 세우려면 저승으로 내려가 망부 안키세스에게 방법을 물어야 한다는 신탁을 받은 바 있다.

는 대로 하시면, 그대는 소원대로 우주에서 가장 무서운 왕국과 저 지복(至福)의 들 엘뤼시온으로 내려가 사랑하는 아버지의 혼령을 뵐 수 있을 것입니다. 그대가 쌓은 미덕의 앞을 막을 수 있는 것은 아무것도 없습니다."

시뷜레는 이렇게 말하고는 아베르노스의 유노[25]에게 봉헌된 성림에서 자라는 나무의 황금 가지를 가리키면서, 아이네이아스에게 꺾으라고 말했다. 아이네이아스는 시뷜레가 시키는 대로 한 덕분에 무서운 오르코스[26]의 나라로 내려가 아버지 안키세스를 만나고 아버지로부터 저승의 풍습과 제도 그리고 앞으로 있을 전쟁에서 처신하는 방법 같은 것을 배웠다.

아이네이아스는 금방이라도 눈앞으로 쏟아질 듯이 가파른 길을 되짚어 이승으로 올라오면서 퀴메의 시뷜레와의 이런저런 이야기로 피로를 잊으려 했다. 어둡고 험한 길을 따라 올라오면서 아이네이아스는 시뷜레에게 이런 말을 했다.

"당신이 여신이신지, 아니면 신들의 총애를 받는 인간이신지 저는 알지 못합니다. 그러나 제가 생각하기로 당신은 여신입니다. 고백하거니와 제가 이렇듯이 살아 있는 것은 당신의 덕분입니다. 저로 하여금 사자(死者)의 나라로 갈 수 있게 하셨고, 그 나라를 두루 돌아볼 수 있게 하셨으며, 이렇게 되돌아올 수 있게 해 주신 분은 당신이시기 때문입니다. 저는 당신께서 저에게 베풀어 주신 은혜를 잊을 수 없습니다. 하여 이승

---

25) 아베르노스 호수를 통해 내려갈 수 있는 저승의 유노. 즉 저승 왕비 프로세르피나를 가리킨다.

26) 타나토스에 해당하는 '죽음'의 신.

퀴메의 무녀(巫女) 시뷜레(미켈란젤로의 그림).

에 이르는 대로 당신을 위해 사당(祠堂)을 짓고, 향을 피워 올리겠습니다."

그러자 시뷜레는 아이네이아스를 돌아다보며 한숨을 쉰 다음 이런 말을 했다.

"나는 여신이 아닙니다. 따라서 그대는 신이 아닌 인간에게, 신들께나 드리는 제사를 드리면 안 됩니다. 혹 그대가 나를 오해할지 몰라서 내 내력을 말하니 잘 들으세요.

내가 철모르는 처녀이던 시절 이야기입니다. 나를 사랑하시게 된 포이부스 아폴로 신께서는 나에게 사랑을 허락하면 영원한 생명을 주겠노라고 하셨습니다. 내가 뜻대로 되지 않아서 그러셨겠지만, 아폴로 신께서는 온갖 선물을 다 약속하시면서, '퀴메의 처녀야,[27] 원하는 것이면 무엇이든 말만 하여라, 네 소원은 무엇이든 다 이루어질 것이다.' 하시더이다. 나는 순진했는지라 흙덩어리 하나를 가리키면서, 저 흙덩어리에 든 흙의 낱알 수만큼 생일이 많았으면 좋겠다고 했습니다만 나는 큰 실수를 저지른 것입니다. 영원한 청춘을 함께 요구하는 것을 잊었던 것입니다. 그러나 아폴로 신께서는 만일에 자기가 요구하는 사랑을 받아들이면 그만한 수명은 물론이고 영원한 청춘까지 주겠다고 했습니다. 나는 그의 요구를 받아들이지 않고 이날 이때까지 처녀의 몸으로 살고 있습니다.

이제 인생의 황금기는 나를 떠나고, 황혼이 비틀거리며 내게로 다가옵니다만 나는 이런 채로 오래오래 더 살아야 합니다. 보시다시피 나는 7세기를 살았습니다만, 흙덩어리에 들어 있는 흙의 낱알 수에 해당하는 햇수를 살려면 300번의 씨뿌리기와 300번의 가을걷이를 더 보아야 합니다. 오래오래 살다 보면 언젠가는 내 몸이 한 움큼도 못 되게 오그라지고 내 사지 역시 오그라져 한 줌의 흙으로 돌아갈 날이 오겠지요. 누가 나를 보고, 한때는 사랑을 받았고, 심지어는 신까지 즐겁게 해 준 적이 있는 여자라고 하겠습니까? 이제는 포이부스 아폴로 신께서도 나를 알아보지 못하시거나, 알아보시더라도 내게 애정을 기울이신 일이 있다는 것을 부인하실지도 모릅니다. 언젠가는 내 모습도 사라져 사람들의 눈에는 보이지 않게

27) '퀴메의 처녀'라는 말에는 무리가 있다. 시빌레가 아폴로에게 900년의 수명을 약속받은 곳은 뤼디아였다. 시빌레는 그 뒤에 퀴메로 건너왔다.

되는 날이 올 것입니다. 그러나 나는, 모습은 사라질지언정 목소리만은 이 땅에 남겨야 하는 팔자를 타고났습니다. 그때가 되면 사람들은 목소리를 듣고 그게 내 목소리인 줄 알게 되겠지요."

시뷜레의 이야기가 끝났다.

4 아이네이아스, 아카이메니데스를 구하다

트로이아의 유민 아이네이아스는 시뷜레의 이런 이야기를 들으며 저승인 스튁스의 땅에서 이승인 퀴메 땅으로 올라섰다. 퀴메 땅에서 아이네이아스는 약속했던 대로 제물을 준비해 시뷜레의 은공에 감사하는 의식을 베풀고는 자기의 유모와 이름이 똑같은 '카이에타' 해변으로 나섰다. 아이네이아스는 이곳에 사는 그리스 사람을 만났다. 트로이아 전쟁터에서는 서로 창을 겨누면서 싸웠던 네리토스[28] 사람 마카레우스가 그 사람이었다. 마카레우스는 오랫동안 오뒤세우스를 따라 항해를 계속하다가 그곳에 낙오되어 있었다. 이 마카레우스가 아이네이아스의 일행에 섞여 있는 아카이메니데스를 보고는 기겁했다. 아카이메니데스 역시 오뒤세우스와의 항해 도중 외눈박이 거인 폴뤼페모스가 사는 아이트나섬에서 낙오되었다가 아이네이아스 일행 덕분에 구사일생으로 살아난 사람이

28) 이타카.

었다. 마카레우스가 아카이메니데스를 보고는 죽었다 살아난 사람이라도 만난 듯이 깜짝 놀라고 반가워하며 물었다.

"아카이메니데스, 자네가 살아 있다니, 대체 어떻게 살아났나? 어떤 신께서 자네를 살려 주셨는가? 트로이아 유민의 배에 적국인 그리스 사람이 타고 있다니 도대체 어떻게 된 것인가? 자네는 그 배를 타고 어디로 갈 작정인가?"

폴뤼페모스가 사는 아이트나섬에서 낙오했지만, 아카이메니데스가 입고 있는 옷은 누더기가 아니었다. 언제 낙오되었냐는 듯이 말쑥하게 차려입은 아카이메니데스가 대답했다.

"내가 만일에 내 고국 이타카를 이 배보다 더 소중하게 생각한다면, 내가 만일에 내 아버지를 아이네이아스 장군보다 더 소중하게 생각한다면, 지금이라도, 인간의 피로 물든 저 폴뤼페모스의 입으로 들어가도 좋다. 나는 내 목숨을 바쳐도 아이네이아스 장군께 입은 은혜를 갚을 수 없다. 죽은 목숨이 이렇게 살아나 이 대기를 숨쉬고, 저 하늘, 저 태양을 볼 수 있게 되었는데 내가 어떻게 장군의 은혜를 잊을 수 있겠으며, 내가 어떻게 장군을 내 아버지로 섬기지 않을 수 있을까 보냐! 아이네이아스 장군은 저 외눈박이 거인의 아가리에서 나를 구원해 주셨네. 장군께서 구해 주시지 않았으면 저 괴물의 배 속에 들어가 있을 내가 이제는 죽어도 이 땅, 이 흙에 제대로 묻힐 수 있게 된 것일세. 자네들은 나를 그 섬에 버려 두고 떠나갔네. 나는 공포에 질려 내 정신이 아니었어. 그런 곳에 홀로 남은 내가 떠나가는 자네들을 보는 심정 상상이나 할 수 있겠나? 나는 소리를 질러 떠나가는 배를 부르고 싶었네. 그러나 폴뤼페모스가 나를 해칠까 봐 소리를 낼 수 없었어. 오뒤세우스가 소리를 지르는 바람에 자네들이 탄 배도 박살이 날 뻔하지 않았는가.[29] 나는 숨어서 이 외눈박이가 산사면에 있던 바위 하나를 뽑아 바다에 뜬 아군의 배를 향해 던지는 것을 보았네. 괴물이 던진 바위는 흡사 투석기로 쏜 것처럼 허공을 날아가더군. 배가 나를 버리고 떠나 버렸다는 것을 아는 순간 나는 견디기 어려운 배신감을 느꼈네. 차라리 그 배가 폭풍을 만나 침몰해 버렸으면 좋겠다는 생각이 들었을 정도로. 자네들을 태운 배가 이 죽음의 땅에서 벗어나자 폴뤼페모스는 미친 듯이 아이트나산을 누볐네. 고래고래 고함을 지르면서, 손에 걸리는 나무라는 나무는 다 뽑으면서……. 눈알을 뽑았으니 앞이 보일 까닭이 없지. 폴뤼페모스는 나무나 바위에 걸려 넘어지고 자빠지고 하면서도 피 묻은 주먹을 바다 쪽으로 휘두르면서 그리스인들을 저주했네.

'오뒤세우스도 좋고, 오뒤세우스의 부하라도 좋다. 한 놈만 내 손에 걸린다면, 그래서 그놈을 찢어 먹을 수 있다면, 산 채로 가랑이를 찢어 피는 마시고 살과 뼈는 씹어 먹을 수 있다면……. 아, 이런 소원만 이루어질 수 있다면 장님이 된 것도

29) 오뒤세우스의 일행이 끝을 불에 태운 나무로 외눈박이 폴뤼페모스의 눈을 찌르고 황급히 배를 타고 섬을 빠져나갈 때의 일을 말한다. 아카이메니데스는 이때 무리에 합류하지 못하고 이 괴물의 섬에 낙오되었다. 배를 몰고 바다로 나간 오뒤세우스가 괴물 폴뤼페모스에게 욕지거리를 퍼붓자 괴물이 소리로 방향을 가늠하고 바위를 던지는 바람에 배가 부서질 뻔한 일이 있었다.

그렇게 억울하지 않겠다.'

이렇게 소리소리 지르면서 돌아다니는데, 이걸 보고 있는 내 정신이 어디 정신이었겠나. 제 손으로 잡아 찢어 먹은 우리 전우들 살점이 묻은 괴물의 입, 그 무서운 손, 뻥 뚫린 눈구멍, 우리 전우들의 피가 묻은 수염을 보고 있으려니, 눈앞이 캄캄했네.

사신(死神)이 내 얼굴을 똑바로 노려보고 있는 것 같았네만, 내가 두려워한 것은 죽는 것 자체가 아니었네. 나는 그 괴물이 나를 잡아 통째로 삼키는 광경을 상상하지 않을 수 없었네. 우리 동료들이 그 괴물에게 먹히는 광경이 내 뇌리에서 사라지지 않았어. 이 괴물은 우리 동료들을 잡아 서너 번 땅바닥에 패대기치고는, 먹이를 감싸쥐고 뜯어먹는 사자처럼 그렇게 우리 동료들을 먹지 않았나. 뼈에서는 흰 골수가 튀고, 다리는 여전히 살아서 꿈틀거리는 우리 동료들을 먹지 않았나. 우리 동료들을 꾹꾹 씹어 먹다가 이따금씩 뼈마디를 뱉거나 마신 포도주를 토하는 그 괴물의 모습을 바라보고 있자니 온몸에서 피가 빠져나가는 것 같더군. 나는 나 역시 그런 신세가 되겠거니 생각하면서, 나뭇잎 바스락거리는 소리에도 깜짝깜짝 놀라면서 며칠을 숨어 있었네. 나는 한편으로는 차라리 죽는 것이 낫겠다고 생각하면서, 또 한편으로는 죽음을 두려워하면서, 도토리와 풀잎과 풀뿌리로 연명했네. 외로웠네. 그 죽음의 섬에 홀로 남은 내게는 희망도 없고, 희망을 가져야 할 건더기도 없었네. 그런데 며칠을 그렇게 지내던 나는 멀리서 지나가는 배를 발견했네. 나는 해변으로 달려 나가면서 소리를 질렀네. 살려 달라고. 배에 탄 사람들이 내 목소리를 듣고 나를 발견했어. 이렇게 해서 트로이아 배가 한때는 적이었던 그리스 사람을 구원한 것이네.

이제 내 이야기를 했으니, 자네 이야기도 좀 들어 보세. 그래, 오뒤세우스 장군은 어찌 되셨는가? 오뒤세우스 장군과 함께 바다로 나간 그때의 우리 동료들은 어떻게 되었는가?"

5 풍신(風神) 아이올로스의 선물. 오뒤세우스와 키르케

마카레우스가 이야기를 시작했다.

"우리의 지도자인 이타카의 오뒤세우스 장군은 히포테스의 아들인 풍신 아이올로스로부터 귀한 선물을 받았네.[30] 이 아이올로스가 바람을 소가죽 부대에 넣어 주었거든. 자네도 알다시피 아이올로스는 투스쿠스 바다[31]의 지배자가 아닌가? 그래서 아이올로스는 이 바다에서 부는 바람이라는 바람은 모조리 동굴 속에 가두어 놓고 부린다네. 오뒤세우스 장군을 비롯한 우리 일행은 아흐레 동안 순풍을 받으면서 항해해 이윽고 우리 목적지가 수평선 위로 보이는 곳에 이르렀네. 하지만 열흘째 되는 날 새벽, 우리 동료들 중 몇몇이 오뒤세우스

---

30) 오뒤세우스는 아이올로스의 섬에 이르러 풍신의 식객으로 한 달간 머물렀다. 가야 할 때가 되자 아이올로스는, 항해에 필요할 것이라면서 바람을 넣은 가죽 부대를 오뒤세우스에게 선물로 주었다.

31) 지금의 토스카나, 즉 에트루리아 바다를 말한다.

장군이 아이올로스로부터 받은 선물이 무엇일까 궁금하게 여기기 시작했네. 좋은 선물을 받았으면 당연히 저희에게도 몫이 돌아가야 한다고 생각한 것이야. 이 친구들은 그 가죽 부대에 금은보화가 들었겠거니 여기고 부대를 풀었어. 갇혀 있던 바람이 한꺼번에 빠져나갔을 수밖에. 배는 엄청나게 사나운 풍랑을 타고 온 길을 되짚어 밀려가 우리가 떠난 곳, 말하자면 풍신 아이올로스의 섬의 항구로 되돌아갔네.

아이올로스의 섬을 떠난 우리가 다음으로 도착한 곳은 옛날 라무스가 세웠다는 라이스트뤼고니아[32]였네. 당시 이 나라를 다스리고 있던 자는 안티파테스라는 자였지. 동료 둘과 함께 나는 이 나라에 상륙했네만, 나와 동료 하나만 도망치는 데 성공했고, 나머지 하나는 이들에게 잡아먹히고 말았어. 이 저주받을 족속은 인간의 피를 턱에 묻혔던 것일세. 도망치는 우리를 본 안티파테스왕은 저희 백성을 몰아 우리를 추격했네. 우리가 무사히 배에 이르자 배는 닻을 올렸는데, 이놈들이 언덕 위에서 던진 바위에 맞아 여러 척의 배가 뱃사람째 바다 밑으로 가라앉았네. 오뒤세우스와 우리가 탄 배 한 척만 그 나라 해안을 빠져나올 수 있었지.

우리는 동료들의 죽음을 슬퍼하면서 항해를 계속해 이윽고, 저기를 보게, 저기 멀리 보이는 섬 있지, 저 섬에 도착했네. 저 섬은 멀리서 보면 그렇게 아름다울 수 없는 섬이네만 사실

---

32) 고대 이탈리아의 식인 거인족인 라이스트뤼고네스족(族)의 나라. 이 나라를 세운 라무스는 해신 넵투누스의 아들인 것으로 전해진다.

은 그렇지 못해.

아이네이아스 장군, 장군께도 내 경고하건대, 저 섬을 경계하십시오. 장군은 여신의 아드님이신 데다 가장 용감했던 트로이아의 용장이라서 드리는 말씀입니다. 전쟁은 끝났고, 이제는 적도 아군도 없게 된 마당이라서 드리는 말씀입니다. 저게 바로 키르케의 섬이니 절대로 가까이 가서는 안 됩니다.

우리는 저 섬의 해안에 배를 댔네. 오뒤세우스 장군은 섬에 상륙해서 어떤 사람들이 사는지 정찰해 보라고 했지만, 우리는 가지 않으려고 했네. 라이스트뤼고네스족의 섬과 외눈박이 거인 폴뤼페모스의 섬에서 혼이 난 우리에게는 정체를 모르는 섬에 상륙한다는 게 참으로 싫었네. 그래서 할 수 없이, 제비를 뽑아 상륙할 사람을 정하기로 했네. 그 결과 키르케의 궁전으로 올라갈 사람으로는 나와 성실한 폴리테스, 에우륄로코스,[33] 술을 지나치게 좋아하는 엘페노르를 비롯해 스물두 명이 정찰대로 뽑혔네. 섬에 상륙해 키르케의 궁전으로 올라간 우리는, 엄청나게 많은 짐승들이 달려나와 우리를 맞는 데 놀라고 말았네. 이리, 곰, 사자를 비롯해 별별 짐승이 다 있더군. 하지만 두려워할 필요는 없었어. 우리를 해칠 것 같지 않았으니까. 해치려 하기는커녕 꼬리를 치며 우리를 반기더니 안으로 우리를 안내하기까지 했네. 이들의 안내를 받아 안으로 들어가니까 이번에는 하녀들이 나와 우리를 저희 안주인의

---

33) 오뒤세우스의 부장(副將)이자 외숙부. 좋게 말하면 합리적인 사람, 나쁘게 말하면 겁이 많은 사람이었다.

대리석 궁전으로 인도하더군.

키르케는 번쩍거리는 옷 위에 금실로 수를 해 박은 겉옷을 입고, 호화롭게 꾸민 방에 차려진 보좌에 앉아 있었네. 바다의 요정들, 숲의 요정들이 옆에 있었네만, 이들은 양털 다듬는 일이나 물레 잣는 일을 하는 게 아니고, 바닥에 흩어져 있는 키르케의 약초를 분류해서 바구니에 담는 일을 하고 있었네. 약초에 대해서라면 모르는 것이 없는 키르케는 옆에서 이것은 저 바구니에 담아라, 저것은 이것과 섞어라, 하면서 일을 지휘하고 있더군. 이따금씩은 약초를 집어 가만히 들여다보기도 하면서.

우리를 바라보고 있던 키르케는 우리 인사를 받고는 아주 밝게 웃더군. 키르케가 웃는 것을 보면서 우리는 물과 양식을 얻을 수 있겠구나 생각했네. 키르케는 하녀들을 불러 음식을 장만하게 했네. 오래지 않아 보리빵, 꿀, 독한 포도주, 건락, 처음 보는 약초 즙 같은 음식이 차려졌네. 우리는 음식을 맛있게 먹으면서, 여신 키르케가 황금 잔에 듬뿍듬뿍 따라 주는 약초 즙을 마셨네. 우리가 이걸 마시니까 여신은 들고 있던 조그만 지팡이로 우리 머리를 살짝살짝 건드리더군. 말하기 창피하네만 자네가 궁금하게 여기니까 하기는 하겠네……. 그 순간 내 몸에서는 뻣뻣한 털이 돋기 시작했네. 말을 하려고 했네만 말이 되지 않았네. 꿀꿀거리는 소리가 내 입에서 튀어나왔을 뿐. 몸이 앞으로 구부러지기 시작했네. 정신을 차리고 보니까 얼굴이 바닥에 닿을 지경으로 몸이 구부러져 있더군. 입은 자꾸 길어지다가 끝이 위로 올라갔고, 목살은 자꾸만 부풀

키르케와 마주 앉은 오뒤세우스.

어 올랐네. 조금 전까지만 해도 황금 잔을 들고 있던 내 손은 바닥을 짚고 있는데, 자세히 보니까 어느새 가운데가 갈라진 발이 되어 있었네.

약초 즙이 조화를 부렸던 것일세! 하녀들은 이렇게 모두 형상이 변해 버린 우리를 돼지우리로 몰아넣었네. 키르케의 방에서 나가면서 보니까 에우륄로코스만은 돼지로 변하지 않고 온전한 사람으로 남아 있더군. 이 사람만은 키르케가 권하는 약초 즙을 마시지 않았던 것일세. 에우륄로코스마저 그 약초 즙을 마셨더라면, 우리는 이날 이때까지도 키르케의 돼지우리에서 뻣뻣한 털을 세우고 꿀꿀거리고 있을 것이네. 왜냐? 오뒤세우스에게 우리가 그 꼴이 되어 있다는 걸 알리고 키르케의 마법으로부터 우리를 구하게 한 사람이 바로 에우륄로코스였거든.

에우륄로코스의 보고를 받은 오뒤세우스 장군은 우리를

구하러 올라왔네. 그런데 말이지, 평화의 수호자이신 메르쿠리우스 신께서 우리를 구하러 올라오는 오뒤세우스 장군에게 꽃은 하얗고 뿌리는 검은 약초를 주셨다고 하더군. 신들의 세계에서는 '몰뤼'[34]라는 이름으로 불리는 식물이었다고 들었네. 메르쿠리우스 신께서는 이 약초를 주시면서 키르케를 조심하라는 당부까지 하셨다지. 키르케가 장군을 반갑게 맞아들이고, 우리에게 먹였던 약초 즙을 권한 다음 조그만 지팡이로 머리를 건드리려는 순간 장군은 이 여신을 바닥에 쓰러뜨리고는 칼을 뽑아 목에다 들이댔네. 장군의 이런 태도에 기겁을 한 키르케는 그제야 장군에게 항복했지. 키르케는 화해의 손을 내밀면서 장군에게 지아비가 되어 달라고 했고, 장군은 지아비가 되어 줄 테니 혼인 선물로 우리를 본래 모습으로 되돌리라고 요구했네. 키르케는 우리에게 약초 즙을 뿌리고는 지팡이로 우리 머리를 가볍게 두드린 다음 마법을 푸는 주문을 외더군. 키르케의 주문이 시작되고부터 우리는 조금씩 허리를 펴고 일어날 수 있었네. 처음에는 우리 몸에서 뻣뻣한 털이 빠져나갔고, 다음에는 발굽이 변하여 손발이 되었으며, 팔은 팔답게 다리는 다리답게 변했네. 우리는 눈물을 흘리며 오뒤세우스 장군을 얼싸안고 이구동성으로 고맙다는 말씀을 드렸네. 장군도 눈물을 흘렸지."

34) '야생 마늘'.

6 피쿠스와 카넨스

마카레우스의 이야기는 계속되었다.

"우리는 한 해 동안이나 이 섬에 머물렀네. 그동안 눈으로 본 것도 많고 귀로 들은 것도 많아. 본 것, 들은 것 다 자네에게 말할 수는 없지만, 이 이야기 하나만은 하고 넘어가야겠네. 키르케의 섬에서 신성한 제사 드리는 일을 맡고 있던 키르케의 네 시녀 중 하나가 나에게 은밀하게 직접 들려준 이야기네. 키르케가 우리 오뒤세우스 장군과 함께 지내느라고 우리에게는 관심을 기울이지 못하는 틈을 타서 이 시녀는 나에게 하얀 대리석으로 깎은 청년의 석상을 하나 보여 주었네. 보니까 이 석상의 머리에는 역시 대리석으로 깎아 만든 딱따구리가 한 마리 앉아 있더군. 이 석상은 신전 안에 있었는데, 석상의 목에는 꽃다발이 걸려 있었어. 나는 그게 누구의 석상이고, 어째서 신전 안에 놓여 있으며, 왜 새가 머리 위에 앉아 있느냐고 물어보았네. 그랬더니 시녀가 이런 말을 하는 게 아니겠나.

'마카레우스, 내 이야기를 잘 들으면 우리 주인이신 여신의 힘이 얼마나 무서운지 알 수 있을 거예요.

옛날에 사투르누스[35]의 아들인 피쿠스[36]가 이 아우소니아 땅을 다스릴 때가 있었습니다. 이 피쿠스에게는 취미가 하나 있었어요. 말을 기르는 것이었죠. 특히 군마(軍馬)를 조련하는

35) 고대 로마의 농경신(農耕神).

36) '딱따구리'. 목신 파우누스와 라티누스의 조부가 된다.

데는 상당한 재간도 있었나 봐요. 이 피쿠스의 외모는 지금 보고 있으니까 잘 아시겠지만, 다시 한번 이 석상을 보면서 실물을 상상해 보세요. 굉장한 미남이었을 테죠? 외모도 외모려니와 용기 또한 출중했어요. 하지만 당시 피쿠스의 나이는, 5년만에 한 번씩 엘리스에서 열리는 그리스 경기에 참가할 정도는 되지 않았나 봐요.[37]

이 피쿠스가 어찌나 미남이었던지, 당시 라티움산[38]의 요정, 샘의 요정, 물의 요정 할 것 없이 모두 이 피쿠스를 쫓아다녔대요. 알불라강,[39] 누미키우스강, 아니오강, 짧기로 소문난 알모강, 흐름이 거친 나르강, 강변에 나무가 많은 파르파루스강, 숲속에 있는 스퀴티아의 디아나 연못에 사는 물의 요정들은 모두 피쿠스를 짝사랑했답니다. 하지만 피쿠스는 이 많은 요정들에게는 눈길 한 번 주지 않고 오직 한 요정만을 죽자고 사랑했다지요. 피쿠스가 사랑한 이 요정은 어머니 베닐리아[40]와 아버지 야누스[41]의 딸로 팔라티움[42] 언덕에서 태어났대요. 이 요정 처녀는 혼기가 되자 수많은 구혼자들은 다 마다하고 라우렌툼[43] 사람 피쿠스의 신부가 되었답니다. 이 요정은 예쁘기도 했지만, 노래를 어찌나 잘 부르는지 이름마저 '카넨스'[44]였

---

37) 고대의 올륌피아 경기를 말한다. 당시에는 5년마다 한 번씩 열렸으나, 이 5년은 현대식으로 환산하면 4년이 된다. 이 경기에 참가할 나이가 되지 않았다는 것은 만 20세가 되지 않았다는 뜻이다.

38) 이탈리아 중부, 로마시가 자리잡았던 곳에 있는 산. 이 근방에 살던 라티니족의 언어가 바로 라틴어다.

39) 이하 모두 로마 근방에 있는 강의 옛 이름이다.

40) 산모와 갓난아기의 수호신인 필룸누스의 딸인 요정.

다지요. 카넨스는 노래를 어찌나 잘 불렀는지, 이 색시의 노래를 들으면 나무와 바위도 감동했고, 사나운 짐승들은 성질을 눅이고 고분고분하게 말을 들었으며, 강은 노래가 끝날 때까지 흐름을 멈추었고, 새들은 날개를 접고 노래를 들었더랍니다.

피쿠스는 어느 날 사랑하는 아내의 노래를 들으며 라우렌툼 들판으로 사냥을 나갔대요. 거기에 산다는 멧돼지를 사냥하러 말이지요. 피쿠스는 보라색 겉옷을 황금 단추로 잘 채우고, 왼손에는 사냥용 창을 들고는 준마를 타고 나갔대요. 공교롭게도 키르케 여신도 키르카이아[45]를 떠나 약초를 뜯으러 이 기름진 들판에 와 있었어요. 키르케 여신은 나무 그늘에 앉아 있다가 이 피쿠스를 보고는 그만 발에 뿌리라도 내린 것처럼 그 자리에 우뚝 서 버렸어요. 이 젊은 왕에게 반하고 만 것이지요. 키르케의 손에서는, 그때까지 뜯은 약초가 흘러내렸어요. 사랑의 불길이 골수를 태울 듯이 뜨겁게 뜨겁게 타오

---

41) 로마의 고대 신. 원래는 문(門)의 신이다. 문은 인간이 궁극적으로 도달하는 종점인 동시에 시발점이기도 하다. 그래서 이 신에게는 서로 반대쪽을 향하는 두 개의 얼굴이 있다. 이 상징적 성격 때문에 제의(祭儀) 때는 늘 신들의 선두를 차지한다. 지나간 해와 새해를 동시에 접하고 있는 달인 1월을 '야누아리우스(영/재뉴어리)'라고 부르는데, 이 말은 '야누스의 달'이라는 뜻이다.

42) 로마의 일곱 언덕 중 하나.

43) 로마의 일곱 언덕 중 하나.

44) '노래하는 자'.

45) '키르케의 곳'을 말하는 듯하다.

르는 판인데 까짓 약초가 문제인가요. 한동안 정신 나간 사람처럼 그렇게 서 있던 키르케 여신은 평정을 되찾자 피쿠스왕에게 사랑을 고백하려고 했어요. 하지만 피쿠스왕의 말이 워낙 빠른 데다 주위에는 신하들이 있어서 그게 여의치 않았나 봐요. 키르케 여신은 혼자서 이렇게 중얼거렸지요.

'그대가 바람을 타고 도망쳐 보아라. 내게서 도망칠 수 있나. 내가 누구더냐. 내 약초가 어떤 약초인 줄 아는가. 그대는 내 마법을 피할 수 없을 게다.'

키르케 여신은 이러면서 가짜 멧돼지를 한 마리 지어 피쿠스왕 앞을 지나가게 했어요. 물론 실체가 없는 환영(幻影)이었지요. 여신이 지어 낸 이 멧돼지의 환영은 빽빽한 숲속으로 들어가 버렸어요. 나무가 어찌나 빽빽하게 들어차 있는지 말을 타고는 들어갈 수 없는 숲이었지요. 피쿠스왕은 그게 가짜 멧돼지인 줄 모르고 말 잔등에서 내려 이 가짜 멧돼지를 따라 숲으로 들어갔어요. 키르케 여신은 숲속으로 들어가는 피쿠스왕을 보면서 정체 모를 신들에게 드리는 기도문과 주문을 외었어요. 키르케 여신이 이런 기도를 드리고 주문을 외면 어떻게 되는지 아세요? 백설같이 밝던 달이나 여신의 아버님이신 태양이 구름 속으로 들어가게 되는 거지요. 이때도 여신이 주문을 외자 하늘이 어두워지면서 온 땅이 안개에 묻혔어요. 피쿠스왕의 신하들은 길을 잃고 숲을 헤맸지요. 왕이 어디에 있는지 모르는 판인데 어떻게 왕을 경호할 수 있겠어요? 신하들을 이 지경으로 만들어 놓은 다음에야 여신은 피쿠스왕에게 말씀하셨어요.

'나를 사로잡은 그대의 아름다운 눈, 여신인 나를 사로잡아 이렇듯 부끄러움을 모르게 한 그대의 아름다운 청춘에 기대 드리는 말씀이니, 들으소서. 원컨대 내게 친절을 베푸시어 나를 사랑해 주시고, 만물을 내려다보시는 태양신의 사위가 되소서. 마음 문을 여시되, 티탄의 딸인 이 키르케를 욕보이지 마소서.'

그러나 피쿠스왕은 키르케 여신의 애원을 일언지하에 거절했어요. 이러면서요.

'그대가 누구신지 모르나 나는 그대 사람이 될 수 없어요. 나는 이미 다른 여성의 포로가 된 몸, 오래오래 이렇게 포로로 머물고 싶어 하는 사람이랍니다. 그러니 운명의 여신이 나와 야누스의 딸 카넨스를 떼어 놓지 않는 한 혼외(婚外)의 사랑으로 유혹해 사랑의 맹세를 깨뜨리게 하지 마시오.'

키르케 여신은 몇 번이고 애원했지만 허사로 돌아가자 이렇게 외쳤어요.

'곧 이를 후회하게 될 것이다. 사랑의 상처를 입은 여자의 원한이 얼마나 깊고 무서운지 알게 될 테니. 이제 그대는 카넨스에게 돌아갈 수 없을 게다.'

그러고는 동쪽으로 두 바퀴 돌고, 서쪽으로 두 바퀴 돈 뒤에 지팡이로 피쿠스의 어깨를 세 번 때리며 주문을 외었어요. 피쿠스는 도망쳤어요. 하지만 도망치면서도 피쿠스는 놀라고 말았어요. 자기가 어떻게 해서 그렇게 빠른 속도로 달리게 되었는지 그 까닭을 알 수 없었기 때문이죠. 도망치면서 자기 몸을 내려다본 피쿠스는 그제야 자기 몸이 깃털로 덮이고 있다는 것을 알았어요. 졸지에 라티움 숲의 새가 되었다는 사실을 안 피쿠스는 화가 나서 그 뾰족한 부리로 나무둥치를 쪼고, 가지를 마구 부러뜨렸어요. 피쿠스는 보라색 겉옷을 입고 있었기 때문에 이 새의 깃털은 보라색이고, 피쿠스의 겉옷에는 금 단추가 달려 있었기 때문에 이 새의 가슴에는 금빛 반점이 있는 거죠. 피쿠스왕에게 남은 것은, 자기가 전에는 피쿠스왕이었다는 기억과 '피쿠스'[46]라는 이름뿐이었어요.

왕의 신하들은 왕의 이름을 부르면서 온 숲을 누볐어요. 하지만 피쿠스왕이 이들 앞에 나타날 리 없는 거죠. 왕을 찾으러 다니던 신하들은 이윽고 키르케 여신을 만났어요. 키르케 여신은 마악 안개를 비산(飛散)시키고 해를 가리고 있던 구름을 걷은 참이었어요. 사정을 안 신하들은, 왕의 모습을 되돌려 놓으라고 키르케 여신을 위협했어요. 심지어 말을 듣지 않으면 죽이겠다면서 여신에게 창을 겨누기까지 했죠. 하지만 키르케 여신은 이들에게 독초 즙을 뿌리고는, 에레보스[47]와 카오스[48]로부터 '밤'[49]과 밤의 신들을 불러내고는, 절규에 가까운 소리로 헤카테 여신에게도 기도를 드렸어요. 그러자 땅에서는 갑자기 나무가 자라 올라오면서 숲을 이루었고, 대지는 신음했으며 근처에 있는 나무들은 색깔을 잃고 창백해지기 시작했어요. 풀은 핏빛으로 물들었고, 돌멩이는 저희끼리

46) '딱따구리'.

47) '그윽한 어둠'의 땅.

48) '혼돈'.

49) '밤'이라는 뜻의 뉙스 여신.

부딪치기 시작했어요. 사방에서는 개들 짖는 소리가 났고, 검은 뱀 무리가 나타나 지면을 기어 다녔어요. 그뿐인가요? 유령들이 나타나 소리 없이 주위를 배회하기 시작했어요.

사냥 나왔던 왕의 신하들은 공포에 질려 부들부들 떨었죠. 키르케 여신은 파랗게 질린 채 부들부들 떨고 있는 이들의 얼굴을 마법의 지팡이로 툭툭 건드렸어요. 그러자 이들은 모두 갖가지 짐승으로 변신했어요. 한 사람도 남김없이 말이죠.

저녁 해가 타르테소스 해안으로 잠겨 들 때까지 카넨스는 왕을 기다렸어요. 하지만 딱따구리가 된 지아비가 돌아올 턱이 있나요? 궁전의 신하들과 백성들은 날이 어두워지자 모두 손에 손에 횃불을 들고 국왕 일행을 찾으러 나갔어요. 새색시였던 요정 카넨스는 옷과 머리를 쥐어뜯으면서 울고 있는 것으로는 마음이 풀리지 않았던지 궁전을 뛰쳐나가 지향도 없이 라티움 숲을 누볐어요. 엿새 밤, 엿새 낮을 카넨스는 산과 골짜기를 누볐어요. 자지도 않고 먹지도 않고 말이죠. 슬픔에 젖어, 기나긴 방황에 지쳐 넋을 놓고 강둑에 앉아 있는 카넨스를 마지막으로 본 것은 튀브리스강의 신이었다고 해요. 카넨스는 이 강둑에 앉아 울면서 곡을 붙여 신세 타령을 했다는데, 그 노랫소리는 흡사 백조가 죽기 직전에 부른다는 마지막 노래 같았다고 해요. 슬픔은 결국 이 카넨스의 골수부터 녹이기 시작했어요. 결국 카넨스는 이렇게 녹아 사라져 버렸어요. 하지만 이 카넨스의 슬픈 이야기는 오늘날까지도 이 지방에 전해지고 있답니다. 카메나[50]들의 이름이 이 요정의 이름 카넨스와 비슷했기 때문이죠.'

키르케의 섬에 1년을 머물면서 나는 이런 이야기를 수도 없이 들었고, 이런 이야기의 진위를 실증할 수 있는 것도 많이 구경했네. 하지만 바다를 떠돌던 우리가 거기에 그렇게 머물렀으니 싫증이 날 수밖에. 어느 날 출항 명령이 떨어졌네. 티탄의 딸인 키르케는 우리가 견뎌야 할 험하디험한 뱃길과 무서운 바다 이야기를 수도 없이 했네. 솔직히 말해서 나는 그런 항해가 두려웠네. 그래서 배가 여기에 닿자 아주 여기에 주저앉고 만 것이네."

마카레우스의 이야기는 이로써 끝났다.

7 새가 된 디오메데스의 부하들

아이네이아스의 유모 카이에타가 죽은 것은 이곳에서였다.[51] 아이네이아스는 유모를 후하게 장사 지내고 다음과 같은 글귀가 새겨진 비석을 세워 주었다.

효성이 지극해서 만인의 본이 되는 내 양자(養子)가, 한때는

50) 복/카메나이. 라티움 지방에서 숭배되던 샘의 요정들. 그리스의 무사이와 동일시되나, 이들에게는 예언력이 있었다는 점이 무사이와 다르다. '카넨스'라는 말과 '카메나'라는 말은 둘 다 '카네레('노래하다', '예언하다')'라는 동사에서 유래한다.

51) 이 땅은 이때부터 '카이에타'라고 불린다. 지금의 나폴리와 로마 사이에 있는 카에타가 바로 이곳이다.

그리스인들이 지른 트로이아의 겁화에서 나를 구해 내더니, 오늘은 나를 법도에 따라 화장해 이렇듯이 장사 지내 주었구나.

아이네이아스 일행은 카이에타 해변에서 닻을 올리고 다시 바다로 나갔다. 심술궂은 것으로 악명 높은 키르케의 섬을 멀리하고 아이네이아스 일행을 실은 배는 양 둑에 나무가 많은 튀브리스강이 그 황토색 물을 바다에다 쏟아붓는 곳[52] 쪽으로 달렸다. 아이네이아스는 파우누스의 아들인 라티누스[53]의 왕국으로 쳐들어가 왕녀[54]를 손에 넣었다. 그러나 피 흘려 싸우지 않고 거저 얻은 것은 아니었다. 아이네이아스는 용감하기로 소문난 족속[55]과 싸워야 했는데 이 족속의 지도자 투르누스는 빼앗긴 약혼자를 되찾으려고 죽기를 각오하고 싸웠다. 온 에트루리아가 이 전쟁의 소용돌이에 휘말렸다. 양군은 장기간에 걸쳐 필사적인 공방을 계속했다.

양군은 공방을 계속하면서도 주위의 종족들을 서로 자기편에 끌어넣으려 했다. 당연한 일이지만 어떤 종족은 루툴리족

---

52) 튀브리스강은 지금도 '비욘도 테베레', 즉 '누런 튀브리스강'이라고 불릴 정도로 물이 탁한 강이다.

53) 라티니족의 시조. 라티움 라우렌툼의 왕. 여기에서는 파우누스의 아들이라고 하고 있으나, 그리스 신화에서는 오뒤세우스와 키르케 사이에서 태어난 아들이라고 전해진다.

54) 라비니아를 말한다. 아이네이아스의 아내가 된다. 아이네이아스는 후일에 건설한 새 도시에 이 라비니아의 이름을 딴 '라비니움'이라는 이름을 붙이게 한다.

55) 루툴리족. 이 족속의 지도자 투르누스는 라비니아의 약혼자였다.

을 편들었고, 어떤 종족은 트로이아 유민들을 편들었다. 아이네이아스는 에반드로스[56]에게 도움을 요청했다. 에반드로스는 기꺼이 아이네이아스를 도와주었다. 루툴리족의 장수 베눌루스는 그리스에서 망명한 장수 디오메데스에게 도움을 청했다. 그러나 디오메데스는 베눌루스를 도울 형편이 아니었다. 당시의 디오메데스는 이아퓌기아 사람 다우노스의 도움으로 건설한 도시를 다스리고 있었다. 다우노스가 이 디오메데스를 사위로 삼으면서 삶터를 나누어 준 것이다. 베눌루스가 투르누스왕의 사신으로 원군을 청하러 가자 아이톨리아의 영웅 디오메데스는 그럴 힘이 없다는 구실을 내세워 원군 파견을 정중하게 거절했다. 디오메데스에게는 무리가 아니었다. 그로서는 장인의 군대를 남의 집안 싸움에 파견할 생각이 없었다. 장인의 군대를 제외하면 그에게는 사실 군대다운 군대가 없었다. 디오메데스는 원군 파견을 거절하면서 이런 이야기를 했다.

"군대를 파견하기 싫어서 핑계를 댄다고 생각하지 말아 주십시오. 하다 보면 슬픈 기억이 또 한 번 나를 괴롭히겠지만, 내가 여기까지 흘러와 이렇게 몸 붙이고 살게 된 이야기를 할 터이니, 청컨대 들어주시기 바랍니다.

저 난공불락의 트로이아성이 그리스군이 지른 불에 잿더미가 된 일은 모르실 리 없겠지요. 하지만 이때 저 나뤽스의 영

---

56) 원래는 아르카디아의 도시인 팔라티움(그/팔리티온)의 영웅. 젊은 시절부터 트로이아의 프리아모스왕과 아이네이아스의 아버지 안키세스와 친하게 지냈다. 아이네이아스가 원군을 요청하자 아들 팔라스에게 기병 400을 주어 아이네이아스를 돕게 했다.

웅 아이아스[57]는 처녀 신 미네르바의 성상을 욕보였습니다. 아이아스에게 내려야 할 여신의 진노가 우리 그리스군에 미쳤을 수밖에요. 우리 그리스군은 귀향길에 바다에서 뿔뿔이 흩어졌습니다. 바다에서 무서운 폭풍을 만났던 것이지요. 우리는 끓어오르는 듯한 바다와 무시무시한 벼락과 어둠과 폭우와 싸워야 했습니다. 카파레우스곶 앞바다가 뒤집히는 것 같더군요.

그때 우리가 당한 괴로움을 일일이 다 말씀드릴 생각은 없습니다만, 그때의 우리를 내려다보았더라면 불쌍하게 죽은 트로이아의 프리아모스왕까지도 우리 그리스군을 동정했을 것입니다. 그러나 의로운 전쟁의 여신이신 미네르바께서는 나를 불쌍하게 보시고는 진노를 거두시고 우리를 구해 주셨습니다. 그런데도 우리는 고향 아르고스에 닿을 수 없었습니다. 베누스 여신께서, 내가 당신께 부상을 입힌 것[58]을 잊지 않으시고 다시 나를 벌하신 것입니다.

나는 바다에서는 폭풍 때문에 모진 고생을 했고, 땅에서는 밑도 끝도 없는 전투로 죽을 고생을 했습니다. 오죽했으면, 전쟁터에서 죽은 부하들, 바다에서 죽은 부하들을 부러워했을까요. 내 부하들은 바다에서 혼이 나고 전투에서 죽을 고비를 여러 번 넘겼는지라, 나에게 어디라도 좋으니 눌러앉자고 하더

57) 작은 아이아스.

58) 트로이아 전쟁 때 베누스 여신은 아들 아이네이아스가 속해 있는 트로이아를 편들었다. 여신은 이때 아이네이아스를 구하려다 디오메데스의 무기에 부상을 입은 일이 있다.

이다.

그러나 성미가 불같은 아크몬은 의기소침해 있는 내 부하들을 꾸짖었습니다.

'전우들이여, 그렇게 험한 고초를 겪고도 겁을 먹는가? 지금까지 우리가 겪은 것보다 더 견디기 어려운 고초는 이제 없다. 베누스 여신이 이 이상 우리를 괴롭힐 수 있다고 생각하는가? 두려움은 인간을 허약하게 만드는 법이다. 그러나 역경을 두려워하지 않는 인간은 오히려 그 역경을 짓밟을 수 있는 법이다. 우리가 이 역경을 밟을 수 있을 때, 우리 앞을 가로막을 수 있는 것은 아무것도 없다. 베누스 여신이 내 말을 듣고 있다고 하더라도 할말은 하겠다. 베누스 여신이 디오메데스의 부하들을 증오한다고 하더라도, 사실이 그렇지만, 나는 할말을 하겠다. 우리는 여신의 증오를 비웃어 주자. 우리는 여신의 증오를 비웃어 줄 만큼 강해져야 하는 것이다.'

플레우론 사람 아크몬의 이 도전적인 말에, 베누스 여신은 다시 격노하셨습니다. 아크몬의 말에 동의하는 부하들도 있었습니다만 대다수 여신을 두려워하고 있던 우리는 아크몬에게 우리 생각을 말했습니다. 아크몬은 우리 생각의 부당성을 지적하려고 했지요.

하지만 그럴 수가 없었어요. 아크몬의 목소리와 목은 가늘어지기 시작했습니다. 머리카락은 깃털로 변하고 있었고, 가슴과 가늘어진 목과 등도 깃털로 덮이기 시작했습니다. 나는 아크몬의 팔이 구부러지면서 날개가 되는 것을 똑똑히 보았습니다. 발은 꼬부라지면서 새의 발이 되었고, 입술은 뾰족하

트로이아 전쟁에서는 신들도 편이 갈려 싸웠는데, 자신이 수호하는 영웅을 편들다 베누스는 디오메데스로부터 부상을 입었다(앵그르의 그림). 베누스가 디오메데스의 부하들을 미워하는 것도 다 이 때문이다.

게 튀어나오면서 끝이 꼬부라져 새의 부리가 되는 것을 나는 똑똑히 보았습니다. 놀란 얼굴로 아크몬을 바라보고 있던 뤼코스, 이다스, 뉙테오스, 렉세노르, 아바스도 그렇게 변신하고 있었습니다. 새가 된 내 부하들은 하늘로 날아올랐습니다. 하늘로 날아오른 내 부하들은 날갯짓하면서 우리 배 위를 한동안 날았습니다. 이들은 백조와 모양이 비슷했습니다만 백조는 아니었습니다. 장군께서는 원군을 보내라고 하십니다만 내 부하들 대부분은 이 꼴이 되고 말았습니다. 나는 얼마 안 남은 군사를 끌고 겨우 이 나라에 당도하여, 내 장인이 된 이아퓌기아 사람 다우노스로부터 받은 이 땅을 다스리고 있는 형편입니다. 그러니 장군께서는 나를 원망하지 마시고 내 형편을 헤아려 주시기 바랍니다."

디오메데스의 말이 끝났다. 베눌루스는 이름이 '칼뤼돈'에서 유래한 이 왕국[59]을 떠나 페우케티아 해안과 메사피아 들판을 지나 제 나라로 돌아갔다.

메사피아 들판에서 베눌루스는 고목과 키가 큰 갈대에 묻힌 동굴 하나를 보았다. 당시 이 동굴에는 반인반양의 목양신 판이 살고 있었으나 원래는 요정 무리가 살던 곳이었다. 이 동굴에서 요정들이 떠난 내력은 이러하다. 옛날에 아풀리아의 목동 하나가 이 동굴을 엿보아 요정들을 크게 놀라게 한 일이 있었다. 요정들은 목동의 모습에 놀라 황급히 그곳에서 도망쳤다. 한동안 도망치던 요정들은 목동을 보고 놀라 도망쳐 온 것을 후회하고는, 무리 지어 춤추고 노래하면서 동굴로 돌아갔다. 목동은 요정들을 흉내 내어 춤을 추고 음란한 노래를 부르면서 이 요정들을 놀려 댔다. 요정들로서는 이 목동의 야비한 수작에 속수무책이었다. 그러나 목동은 오래 행패를 부리고 있을 수 없었다. 목이 뻣뻣하게 굳으면서 감람나무 껍질이 되고 있었기 때문이다. 이 목동은 그 자리에서 야생 감람나무가 되었다. 이 야생 감람나무 열매를 맛보면 누구든 그 목동이 얼마나 야비한 인간이었는지 짐작할 수 있다고 한다. 말하자면 욕지거리를 한 야비한 혀가 녹아 이 열매의 맛이 되었다는 것이다.

---

59) 디오메데스는 옛 칼뤼돈 왕 오이네우스의 자손이다.

8 아이네이아스의 배, 아르데아

이렇게 해서 디오메데스를 찾아왔던 사신은 원군을 얻지 못한 채로 되돌아갔다. 그러나 루툴리족은 원군 없이도 전투를 계속했다. 양군의 희생자는 날이 갈수록 늘어만 갔다.

육전(陸戰)에서 승산이 없다는 것을 안 루툴리족의 왕 투르누스는 횃불을 마련하여, 소나무로 지어진 아이네이아스 일행의 함대에 불을 질렀다. 그토록 험한 바다를 건너온 배도 횃불 앞에서는 무력했다. 불길은 배의 방수 도료인 역청과 밀랍에 옮겨붙으면서 걷잡을 수 없이 번졌다. 루툴리족이 불을 지른 지 오래지 않아 불길은 돛대를 타고 올라가 돛을 태우기 시작했다. 신들의 어머니인 거룩한 퀴벨레 여신은 그 배를 지은 나무가 자기의 성산(聖山)인 이다산에서 자란 소나무라는 것을 알고는 격노했다. 여신이 격노하자 하늘에서는 바라 소리와 피리 소리가 낭자했다. 여신은 길들인 사자가 끄는 수레를 타고 내려와 호령했다.

"투르누스야, 하릴없다. 너의 그 오만불손한 손으로 내 성산 나무로 지어진 배를 불태우려는 모양이다만, 내가 그 배를 구할 것이다. 한때 내 성산에서 자랐고, 따라서 내 숲의 일부를 이루고 있던 나무로 지어진 배를 잿더미로 만들 수는 결단코 없다."

여신의 말이 끝나기가 무섭게 일진광풍이 불면서 소나기가 쏟아지기 시작했다. 아스트라이오스의 아들들인 바람의 신들은 하늘을 휘젓고 바다를 뒤집었다. 신들의 어머니인 여신은 강풍 한 자락을 보내 트로이아 배의 닻줄을 끊게 했다. 닻줄이 끊기자 배는 곤두박질하면서 바다로 가라앉기 시작했다. 일단 바닷속으로 들어가자 나무는 말랑말랑해지면서 살덩어리로 변했고, 이물은 머리가 되고 얼굴이 되었으며, 노는 손이 되고 발이 되었다. 선측은 옆구리, 배의 뼈대는 척추, 아딧줄은 머리카락, 돛가름대는 팔이 되었다. 모든 것이 변했는데도 색깔만은 처음의 짙은 청록색 그대로였다. 아이네이아스의 함대의 대부분이 이렇게 해서 바다의 요정이 된 것이다. 이 요정들은 처녀들이 으레 그러듯이 일단 바닷속으로 들어가자, 그토록 두려워하던 바다에서 물장구를 치며 놀았다. 산자락이 고향인 이 배들이 파도를 희롱하며 놀았으니, 이들을 보면서 산자락을 상상할 사람은 없을 터였다. 그러나 이들이 바다에서 그토록 오래 험한 파도와 싸워 왔다는 사실을 아주 잊은 것은 아니었다. 그래서 이들은 폭풍에 시달리는 배를 보면 다가가 그 배를 구해 주기도 했다. 그러나 그리스인들을 태운 배는 본 척도 하지 않았다. 이들은 오뒤세우스의 배가 난파당하는 것도 그저 구경만 한 적도 있고, 알키노오스의 배가 석화(石化)하는 것을 깔깔대면서 구경한 적도 있다.[60]

저희 손으로 불을 질렀던 트로이아 유민들의 함대가 바다의 요정 무리로 전신하는 것을 보았으니 루툴리족은 전쟁을 포기했을 법하다. 그러나 루툴리족의 우두머리 투르누스는 버

60) 알키노오스는 마음먹는 것보다 더 빠른 배로 오뒤세우스를 고향까지 데려다준 파이아케스 나라의 왕. 바다의 신 넵투누스는 자기 적인 오뒤세우스를 돕는 것을 보고는 귀로에 오른 이 배를 바위로 만들어 버린다.

텄다. 그래도 그에게는 편을 들어 주는 신이 있었고, 편들어 주는 신보다도 더욱 귀한 용기가 있었다. 이때부터 전쟁은 장인의 유산과 신부 라비니아를 쟁취하기 위한 전쟁이 아니었다. 양군이 바란 것은 오직 승리, 전쟁의 승리뿐이었다. 양군은 이제 부끄러움을 당하지 않기 위해서라도 싸워서 이겨야 했다. 그러나 아이네이아스에게는 베누스 여신이 있었다. 베누스 여신은 전세를 역전시키고 아들에게 승리를 안겨 주었다. 투르누스는 패자가 되었다.[61]

투르누스 생전에 그 막강한 힘과 부를 자랑하던 도시 아르데아도 무너졌다. 성채는 이방인들의 손에 무너져 내렸고 성읍은 불바다가 되었다. 그 불바다에서, 그때까지는 어느 누구도 본 적이 없는 한 무리의 새들이 날개에 묻은 재를 털며 날아올랐다. 슬피 우는 새들의 모습에서 패망하는 도시의 모습을 찾아보기는 어렵지 않았다. 이 새들의 이름과 이때 패망한 도시의 이름이 같은 것도 그 때문이다. 아르데아[62]는 이로써 날개를 치며 제 운명을 슬픈 울음으로 우는 새가 된 것이다.

9 신이 된 아이네이아스

천궁의 신들 중에는 트로이아의 유민인 이 아이네이아스를

---

61) 아이네이아스와의 일대일 대결에서 패배해 목숨을 잃었다.
62) '해오라기'.

좋아하지 않는 신들도 있었으나, 그의 불굴의 용기만은 칭찬하지 않는 신이 없었다. 심지어 유노 여신까지 해묵은 감정을 눅이고 아이네이아스를 찬양했을 정도였다.[63] 착실하게 힘을 기르는 아들 율루스[64]에게 후사를 맡긴 아이네이아스에게도 이승을 이별할 날이 왔다. 신들이 모두 모인 자리에서 베누스 여신은 아버지 유피테르의 목을 껴안고 이렇게 애원했다.[65]

"늘 저에게 친절하신 아버님, 다시 한번 친절을 베푸시어 하찮은 자리라도 좋으니 제 아들 아이네이아스에게 신성(神性)을 허락해 주십시오. 아이네이아스는 아버님의 손자이자 핏줄에 제 피가 흐르는 제 아들입니다. 스틱스강을 건너 저 무서운 저승으로 가는 것은 한 번으로 족할 테지요."[66]

열석했던 신들이 고개를 끄덕였다. 신들의 왕비인 유노 여신도 표정을 부드럽게 지었다. 그러자 신들의 지배자인 유피테르 대신이 말했다.

"너에게는 천성으로부터 그런 대접을 받을 자격이 있다. 너에게는 아들의 신위(神位)를 요구할 자격이 있고, 네 아들은 신위에 오를 자격이 있다. 네가 소원한 대로 되리라."

---

63) 유노 여신은 저 '파리스의 심판' 사건 이래로 파리스의 나라인 트로이아를 좋아하지 않았다. 그래서 트로이아 전쟁이 계속될 동안 내내 그리스 편을 들었던 것이다.

64) 아이네이아스의 아들 아스카니우스의 별명.

65) 퀴프로스섬 앞바다의 포말에서 태어난 베누스는 유피테르의 친딸이 아니나, 올륌포스 천궁으로 올라와 신들의 반열에 들면서 수양딸이 되었다고 한다.

66) 아이네이아스는 무당 시뷜레와 한 번 저승을 다녀온 바 있다.

유피테르의 말이 끝나자 베누스 여신은 대신에게 예를 표했다. 베누스 여신은 자기의 신조(神鳥)인 흰 비둘기 무리가 끄는 수레를 타고, 갈대숲 사이에서 누미키우스강이 바다와 만나는 곳인 라우렌툼으로 내려갔다. 베누스는 누미키우스강에 명하여 아이네이아스의 몸에서 죽음이 앗아 갈 수 있는 것은 모조리 씻어 가 깊은 바다 바닥에 안치하라고 했다. 뿔이 달린 강의 신은 여신의 명에 따라 아이네이아스의 몸에서 죽음이 앗아 갈 수 있는 것은 모조리 씻어 내고는 영생에 필요한 부분만 남겨 두었다. 베누스 여신은 아들의 몸을 정좌하고, 신들이 쓰는 향수를 뿌린 뒤 그의 입술에 다디단 넥타르와 암브로시아를 발라 주었다. 아이네이아스는 이리하여 신이 되었다. 퀴리누스[67]의 백성들은 신전을 세우고 제단을 꾸민 다음 '인디게스'라는 이름으로 부르면서 이 신을 섬겼다.[68]

10 포모나와 베루툼누스. 아낙사레테의 전신

이 일이 있은 뒤부터 알바 왕국과 라티움 왕국은 이름이

67) 유피테르, 마르스와 함께 로마의 3대 신으로 꼽히는 신. 로마의 시조 로물루스와 동일시된다.

68) 아이네이아스는 투르누스의 사후에도 저항을 계속하는 루툴리족과 싸우다가 누미키우스 강가에서 실종된다. 사람들은 그가 이 강가에서 승천하여 신이 된 것으로 여겼다. 고대 로마 사람들은 이 지방 사람들이 섬기는 토착신 '인디게스'를 아이네이아스와 동일시했다.

둘인, 아이네이아스의 아들 아스카니우스[69]의 지배를 받았다. 이 아스카니우스의 왕위를 물려받은 사람은 실비우스였다. 이 실비우스의 아들 라티누스는 옛 왕권을 되찾고 조상의 이름을 영광되게 했다. 라티누스의 뒤를 이은 왕은 알바, 알바의 뒤를 이은 왕은 에퓌투스였다.[70] 에퓌투스의 뒤를 이은 것은 카퓌스, 카퓌스의 뒤를 이은 것은 카페투스, 그다음은 티베리누스였다.

이 티베리누스는 투스쿠스강에 빠져 죽게 되는데 그가 죽은 뒤로 이 강은 '티베리누스강'이라고 불린다. 이 티베리누스에게는 레물루스라는 아들과 전사로 이름 있는 아크로타라는 아들이 있었다. 장남인 레물루스는 감히 벼락 던지는 시늉을 하다가 벼락을 맞아 죽으면서 형에 못지않게 용감한 아크로타에게 왕위를 넘겨주었고, 아크로타는 영웅 아벤티누스에게 왕위를 물려주었다. 아벤티누스는 천수를 누리고 죽어 그의 영토 안에 있는, 자기의 이름을 붙인 언덕[71]에 묻혔다. 아벤티누스 사후에 프로카에게로 계승되었던 왕위는 그 뒤 팔라티움인들[72]에게로 넘어갔다.

포모나는 프로카왕이 이 땅을 다스리던 시절에 이 땅에서

---

69) 또 하나의 이름은 '율루스'.

70) 이하 트로이아의 패망에서 로마가 설 때까지의 시간적인 공백을 메워주는 수많은 신화적인 왕들이 등장한다. 이 왕들 중에는 이름이 트로이아식인 왕도 있고, 로마식인 왕도 있다. 그러나 세월이 지남에 따라 왕들의 이름은 로마식으로 변해 간다.

71) 로마에 있는 일곱 언덕 중 하나인 아벤티누스 언덕을 말한다.

72) 로마인들.

살던 숲의 요정이다.[73] 라티움에 사는 숲의 요정 중에 이 포모나만큼 과수원을 잘 가꾸는 요정, 자기 이름과 비슷한 것[74]이 열리는 과일나무를 포모나만큼 잘 돌보는 요정은 없었다. 포모나는 숲의 요정이면서도 숲이나 강 같은 것은 본 척도 하지 않았다. 포모나가 좋아하는 것은 오로지 탐스러운 열매가 잔뜩 달린 과일나무뿐이었다. 숲의 요정이니 사냥을 좋아하고 사냥에 능할 터인데도 포모나는 사냥용 창을 드는 대신 꼬부라진 칼만 들고 다녔다. 포모나는 이 칼로 웃자란 가지를 잘라 주기도 했고, 엉뚱한 방향으로 자라는 가지가 있으면 이 칼로 걸어 제자리로 보내기도 했다. 때로는 이 칼로 나무의 외피를 따고 접을 붙이기도 했고, 어린 나무일 경우에는 영양분을 흘려 넣어 주기도 했다.

부지런한 포모나의 나무는 갈증을 몰랐다. 물길을 내 물을 아예 과수원 한가운데로 흐르도록 만들어 놓았기 때문이다. 이 과수원은 포모나가 이 세상에서 유일하게 사랑한 것이자 자랑거리이기도 했다. 포모나에게는 베누스가 장려하는 사랑 같은 것은 안중에도 없었다. 그러나 포모나의 주위에는 추근거리는 자들이 많았다. 그래서 포모나는 그런 자들이 접근하지 못하도록 과수원 안에 울타리를 만들어 놓고 그 안에서 살았다. 나이가 고만고만해진 사튀로스들은 틈만 나면 춤추자고 포모나를 꾀었다. 사튀로스들뿐이 아니었다. 판도 배배 꼬

73) 여기에서는 숲의 요정으로 소개되고 있으나, 원래는 과실의 여신이다. '포모나'라는 이름은 '포마('과실')'에서 유래한다.

74) '포모나'와 이름이 비슷한 '포마', 즉 '과실'.

인 뿔에 소나무 잎으로 만든 꽃다발을 걸고 찾아와 추근거렸고, 늘 나이보다 젊어 보이는 실레노스, 심지어 낫과 배대끈을 들고 다니면서 곡식 도둑을 혼내는 프리아포스도 포모나에게 추파를 던졌다.

이들 이상으로 포모나를 사랑하는 자가 있었다. 베르툼누스였다. 그러나 베르툼누스는 이들 이상으로 포모나를 사랑했다 뿐이지 짝사랑이기는 이들과 마찬가지였다. 베르툼누스는 자주 변장한 모습으로 포모나 앞에 나타나고는 했다. 소쿠리에 곡식 이삭을 가득 담아 어깨에 멘 농부 차림을 하고 나타나는가 하면, 갓 벤 꼴을 짊어진 목동 차림으로 나타나기도 했다. 그 실한 손으로 황소의 코뚜레를 잡고 금방 황소의 코를 꿰어 끌고 오는 농부 행세를 할 때도 있었고, 포도원 일꾼처럼 한 손에는 칼, 다른 손에는 포도 덩굴을 들고 올 때도 있었고, 금방이라도 과일을 딸 사람처럼 어깨에 사다리를 메고 나타날 때도 있었다. 농부로만 변장하는 것도 아니었다. 때로는 전사(戰士)처럼 창칼로 무장하고 나타나는가 하면 때로는 낚싯대를 멘 어부 차림으로 나타나기도 했다. 요컨대 이 베르툼누스는 능한 변장술 덕분에 사랑하는 포모나에게 접근하여 그녀의 아름다움을 감상하는 선까지는 어느 정도 성공하고 있었다.

어느 날 이 베르툼누스는 허옇게 센 머리 위에 모자를 하나 턱 쓴 노파 차림을 하고 포모나 앞에 나타났다. 지팡이에 몸을 의지하고 잘 가꾸어진 포모나의 과수원으로 들어서서 익은 과일을 보면서 베르툼누스는 "과일 사이에 있으니 더 아름다워 보이는군요."라고 수작을 걸고 나서 몇 차례 포모나의 뺨에 입을 맞추었다. 그러나 베르툼누스의 입맞춤은 노파가 처녀에게 할 법한 입맞춤은 어림도 없이 아니었다. 한바탕 과일에 대해 입에 발린 칭송을 늘어놓은 다음 노파는 풀밭에 앉아 가지가 부러질 듯이 열매를 매달고 있는 과일나무를 둘러보기 시작했다.

마침 가까이에는 포도 덩굴에 덮여 보기에 좋은 느릅나무가 한 그루 있었다. 느릅나무를 감고 올라간 포도 덩굴에는 포도송이가 잔뜩 매달려 있었다. 노파로 변장한 베르툼누스는 이 느릅나무와 포도 덩굴을 한동안 올려다보다가 이런 말을 했다.

"저기 저 느릅나무를 좀 보아요. 저 느릅나무가 포도 덩굴과 혼인하지 않고 저 혼자 덜렁 서 있다면 잎밖에 사람들에게 보여 줄 게 뭐 있겠어요? 포도 덩굴도 그렇지요. 포도 덩굴도 느릅나무와 혼인해서 저렇게 가지를 감고 올라가 있으니까 보기에 좋잖아요? 아무리 포도 덩굴이지만 느릅나무와 혼인하지 않았더라면 땅바닥이나 기고 있지 별수 있겠어요? 아가씨는 그래, 저 느릅나무와 포도 덩굴을 보면서도 느껴지는 게 없나요? 그대는 혼인이라는 걸 싫어하지요? 혼인 같은 것은 해도 그만 안 해도 그만이라고 생각하는 것이지요? 그대는 누구와든 혼인을 해야 해요. 헬레네에게 구혼자가 많았다지만 그대와의 혼인을 바라는 구혼자만큼 많았겠어요? 혼례식장에서 라피타이가 행패를 부린 것으로 유명한 저 히포다메이아에게 구혼자가 많았다지만, 그대와의 혼인을 바라는 구혼자만큼 많았겠어요? 용감한 오뒤세우스가 물리쳤다는, 페넬로페에게 구혼하는 자들이 많았다지만 그대와의 혼인을 바라는 구혼자만큼 많았겠어요? 그대가 매정하게 돌아서 있는 이 순간에도 수천 명의 젊은이들이 그대에게 호소하고 있어요. 이들 중에는 신들도 있고, 반신(半神)들도 있고, 이름을 들으면 알바산도 벌벌 떨 신혈(神血)붙이도 허다하답니다. 하지만 아가씨가 영리한 분이고, 또 정말 제대로 된 혼인을 하고 싶어 하는 분이라면, 아가씨의 어떤 구혼자들보다 아가씨를 더 사랑하고, 아가씨가 생각하는 것보다 아가씨를 더 사랑하는 내 말을 들어, 다른 구혼자들은 모두 내치시고 베르툼누스를 아가씨 반려로 고르세요. 그 양반의 말을 들어 봐야겠지만 내 말만으로 그 양반을 믿어도 좋아요. 나는 그 양반 자신 이상으로 그 양반을 잘 알아요. 그 양반은 그저 세상을 떠돌아다니는 것이나 좋아하는 양반이 아니라 이 정도 되는 과수원을 지키면서 과수 가꾸는 것을 좋아하는 양반이랍니다. 그대와의 혼인을 바라는 구혼자들은 대부분 첫눈에 그대에게 반한 이들이지만 내가 말하는 이 베르툼누스는 그런 분이 아니에요. 그대는 이 양반의 첫사랑이자 하나뿐인 애인이랍니다. 그 양반 말로는 이 세상에 자기 온 삶을 바칠 만한 여성은 그대뿐이라고 합디다. 생각해 보세요. 젊겠다, 신들의 은혜를 많이 받아 잘났겠다, 둔갑과 변장의 명수겠다……. 이 양반과 혼인하면 그대가 명하는 대로 무엇으로든 둔갑해 보이기도 할 거예요. 게다가 그대와는 취미도 같아요. 그 양반은 그대가 가꾼 열매를 가장 먼저 손에 넣은 분이고, 그대의 땀이 밴 그 열매를 손에 들고 그대를 느끼는 분이랍니다. 그러나 정말 그 양반이 사랑하는 것은 그대가 가꾼 과실이나 과수원의 풀밭이 아니라 바로 그대랍니다. 그 양반의 길 잃은 연정에 연민도 좀 가지시고, 그 양반이 나를 통해 여기에 와서 그대에게 호소하는 것으로 상상해 주세요. 아가씨, 아가씨를 생각해서 드리는 말씀이니 복수하는 신들이 계시다는 걸 잊지 마세요. 마음 문을 열지 않는 연인을 벌하시는 베누스 여신을 잊지 마시고, 기억력이 좋기로 소문난 람누스의 여신[75]의 진노를 잊지 마셔야 합니다. 아가씨는 이 여신들을 무섭게 여기시지 않는 모양인데, 내 이야기를 잘 들어 보세요. 퀴프로스에서는 아주 유명한 이야기랍니다. 나는 오래 살아서 이런 이야기를 많이 알고 있답니다. 이 이야기를 들으면 아가씨의 마음도 좀 누그러져 구애하는 사람들의 말도 때로는 귀담아들으시겠지요. 옛날 근본이 그다지 귀하지 못한 이피스라는 청년이, 명문(名門) 테우케르의 자손인 공주 아낙사레테를 보는 순간 그만 사랑에 빠지고 말았답니다. 말하자면 이 공주를 보는 순간 뼛속까지 태워 버릴 듯한 사랑의 불길로 타올랐던 것이지요. 이피스 청년은 그러지 말아야 한다고 생각하면서 이성으로 사랑의 불길을 잡아 보려고 했습니다만, 이때 이미 사랑의 욕망은 이성으로 어쩔 수 없을 정도로 뜨거워져 있었던 모양입니다. 그래서 그래서는 안 되는 줄 알면서도 이 처녀가 사는 궁선으로 찾아갔더랍니다.

---

75) '응보천벌(應報天罰)'의 여신인 네메시스. 이 여신은 요정들의 사랑을 외면한 나르키소스에게 천벌을 내린 바 있다.

이피스는 처녀의 유모를 만나 처녀에 대한 사랑을 고백하고는 어떻게든 처녀의 마음을 좀 누그러지게 해 달라고 청을 넣는 한편, 처녀의 시중을 드는 시종들에게도 자기를 도와 달라고 부탁했지요. 이피스는 이따금씩 이들에게 편지를 주어 공주에게 전해 줄 것을 부탁하기도 했고, 이따금씩은 애소(哀訴)의 눈물에 젖은 꽃다발을 그 집 문에 걸기도 했으며, 그 집으로 오르는 돌 계단에 누워 딱딱한 돌에 부드러운 뺨을 대고는 자기 앞에 무정하게 닫힌 육중한 문을 원망하기도 했답니다.

하지만 아낙사레테는 아기 양 별자리가 잠길 즈음[76]에 끓어오르는 바다보다 잔인했고, 노리쿰[77] 대장간에서 벼른 쇠붙이나 땅바닥에 박힌 돌보다 더 단단했어요. 아낙사레테는 쌀쌀맞게 구는 데 그치지 않고 이 청년을 멸시하고 놀리기까지 하는가 하면 청년의 가슴에 못을 박는 막말까지 해서 이 청년의 가슴에 남아 있던 사랑에 대한 가냘픈 희망까지 송두리째 빼앗아 버렸어요. 이피스는 이런 말을 들었으니 얼마나 고통스러웠을까요? 그래서 그 집 문 앞에서 이렇게 외쳤어요. 청년도 막말을 한 것이지요.

'아낙사레테여, 그대가 이겼소. 그대가 이겼으니 이제는 나로 인해 귀찮은 일을 당하지 않아도 좋을 것이오. 그대는 이겼으니 마음껏 좋아하시오. 그대는 이겼으니 파이안[78]이라도 부르시오. 이겼으니 월계관이라도 쓰시오. 그대는 승리자가 되

76) 아기 양 별자리가 바다에 잠기는 것은 폭풍의 계절인 동지 직전이다.
77) 지금의 오스트리아. 당시부터 제철(製鐵)로 유명했다.
78) 치료의 신 아폴로의 별명. 이 신에 대한 찬가, 즉 승리의 노래.

었고 나는 패배자가 되었으니, 패배자가 된 내가 이 세상을 떠나겠어요. 아, 무정한 여인이여, 마음껏 기뻐하시오. 하지만 내 사랑에는 그대도 어쩔 수 없는 힘이 있어요. 그대도 언젠가는 내 사랑을 자랑스럽게 여기지 않으면 안 될 것이오. 그대도 언젠가는 내가 그대로부터 부당한 대접을 받았다는 사실을 인정해야 할 것이오. 하지만 내가 살아 있는 한, 내 사랑의 노래는 끝나지 않는다는 것을 알아야 하오. 내 사랑의 불은, 내 생명의 불이 꺼질 때까지 타오른다는 걸 알아야 하오. 내가 죽었다는 소식을 바람이 그대 귀에 전하게는 하지 않겠소. 나는 그대가 볼 수 있도록 여기 이 자리에서 죽겠소. 여기에서 죽어서 무정한 그대가 내 주검을 바라보며 승리의 노래를 부를 수 있게 하겠소. 아, 하늘의 신들이시여, 신들께서 우리 인간을 내려다보신다는 게 사실이거든 저를 기억해 주십시오. 저는 더 이상 기도를 드리지 못하겠으니 보시고 저를 기억해 주십시오. 저를 기억하시어 저의 이야기가 노래가 되어 세세년년 사람들 입에 오르게 하소서. 신들께서 제 수명에서 빼시는 세월을 저를 기억하는 사람들에게 더하셔서 그만큼 더 오래 저를 기억하게 하소서.'

이피스는 이렇게 외치면서 눈물에 젖은 눈을 들어, 자기 손으로 자주 꽃다발을 걸었던 처녀의 집 문을 바라보았어요. 그러다 떨리는 손으로 문의 상인방에 올가미를 걸고는 다시 외쳤어요.

'여기에 그대가 좋아할 만한 꽃다발이 있소, 무정한 사람이여!'

청년이 이 말 끝에 올가미에 머리를 집어넣었어요. 청년은 올가미에 머리를 집어넣고도 눈으로는 여전히 아낙사레테의 방 쪽을 올려다보았지요. 하지만 청년은 그 올가미에 대롱대롱 매달린 채 곧 숨을 거두었어요.

청년의 몸이 흔들리면서 문을 툭툭 쳤던 모양이지요. 그래서 이 문이 반쯤 열렸어요. 안에서도 밖을 내다볼 수 있을 정도로요. 그 집 시종들이 기겁을 하고 달려나와 청년을 내렸지만 이미 때늦은 다음이었죠. 시종들은 이 청년의 시신을 청년의 어머니인 과부에게 메고 갔어요. 청년의 어머니는 아들의 차가운 시신을 받아 안고는 몸부림쳤지요. 어머니가 자식의 주검을 보고 슬퍼하는 광경이야 더 설명할 필요도 없겠지요. 어머니는 울면서 그 성읍을 빠져나가는 장례 행렬의 앞장을 섰어요. 상여 위에는 화장할 관이 놓여 있었죠.

이 상여는 우연히 아낙사레테의 집 앞을 지나가게 되었어요. 과부 어머니의 곡소리가 이 처녀의 귀에도 들어갔을 테죠. 이때 이미 복수의 여신들은 이 처녀 방에 와 있었어요. 이 매정한 처녀도 곡소리를 듣는 순간에는 청년이 불쌍하게 생각되었던지 '초라한 장례식, 어디 구경이나 좀 할까.'라면서 창문의 문턱 위로 올라갔어요. 창문은 활짝 열려 있었죠. 관 속에 누운 이피스의 모습이 눈에 들어오는 순간, 처녀는 꼼짝도 할 수 없게 되었대요. 더운 피가 빠져나가면서 처녀의 얼굴은 핼쑥해졌지요. 처녀는 창틀에서 내려서려고 했지만 발이 움직이지 않았어요. 얼굴을 돌리려고 했는데도 얼굴이 돌아가지 않았고요. 오랫동안 처녀의 가슴속에 있던 돌 같은 응어리가 온몸으로 퍼졌던 거지요.

아가씨, 이걸 내가 지어낸 이야기라고 생각하면 안 됩니다. 살마이스에 가면 아직도 공주의 모양이 석상으로 남아 있대요. 공주에게 봉헌된 사당도 있는데 이름이 '베누스 프로스피키엔스'[79]라고 하더군요.

자, 요정 아가씨, 이 이야기를 마음속에 따 담고, 남의 사랑은 본 척도 않는 그 오만한 마음을 버리세요. 버리시고 그대를 사랑하는 분에게 사랑으로 화답하세요. 그래서 복을 지으면 봄 서리는 그대 과수원의 열매 눈을 떨어뜨리지 않을 것이고, 여름의 태풍은 그대 과수원의 꽃을 날리지 않을 거예요."

노파로 변장한 베르툼누스 신은 이런 말로 포모나를 꾀었으나 보람이 없었다. 그는 그제서야 변장을 풀고 젊고 잘생긴 본모습을 드러냈다. 세월의 흔적인 주름살을 벗고 베르툼누스 신은 영광스러운 모습으로 포모나 앞에 나타난 것이다. 흡사 태양이 그의 얼굴을 가리던 구름을 벗겨 버린 것 같았다. 베르툼누스 신은 노파로 변장한 자신에게 아무 반응도 보이지 않던 포모나를 힘으로 도모하려고 했다. 그러나 그럴 필요가 없었다. 베르툼누스 신의 잘생긴 모습을 보는 순간, 포모나의 마음도 베르툼누스의 마음처럼 뜨겁게 타오르기 시작했기 때문이다.

---

79) '앞을 내다보는 베누스'.

11 로물루스와 헤르실리아

프로카 다음으로 아우소니아 왕국을 다스린 사람은 간악한 아물리우스[80]였다. 이 아물리우스가 무력으로 왕권을 장악한 것이다. 그러나 누미토르의 외손자들은 외조부가 잃은 왕권을 찾아 되돌려주었다. 그리고 이들은 팔릴리아[81]에 로마라는 도시를 건설했다.

사비니[82] 왕국의 왕 타티우스와 장로들은 이 새 도시로 쳐들어왔다. 이들을 위해 성채로 들어오는 길을 열어 준 타르페이아[83]는 적의 방패에 눌려 죽음으로써 죗값을 했다.

이들 다음으로 로마를 공격해 온 것은 쿠레스[84] 사람들이

80) 프로카의 아들. 형 누미토르를 추방하고 알바롱가의 왕이 되어 형의 아들인 라우소스를 죽이고 자식을 낳지 못하는, 형의 딸 일리아('레아 실비아'라고 불리기도 한다.)를 베스타 여신의 무녀로 만든다. 그러나 일리아는 전쟁신 마르스와의 사랑으로 쌍둥이 형제 로물루스와 레무스를 낳는다. 일리아는 마르스의 반대로 이 쌍둥이를 기르지 못하고 튀베리스강에 버리게 된다. 이 둘은 다행히도 목동에게 발견되어 성장한 뒤, 아물리우스를 죽이고 왕권을 외조부인 누미토르에게 돌려준다. 그 뒤 이 쌍둥이는 로마를 건설하게 되나 둘 사이에 불화가 일어나 형 로물루스가 아우 레무스를 죽이게 된다.

81) '팔레스 축제'. 팔레스는 고대 로마의 가축 수호신. 이 축제 날은 곧 로마의 건국 기념일이 된다.

82) 옛날 아펜니노 산맥 지방에 살던 종족.

83) 사비니 왕 타티우스를 사랑했던 로마의 처녀. 사비니 왕에게 왼손에 있는 것, 즉 금팔찌를 주면 조국을 배반하고 성문을 열어 주겠다고 약속하고, 실제로 성문을 열어 주었다. 그러나 사비니 군사들은 왼손에 있던 것인 금팔찌를 주는 대신 왼손에 들고 있던 방패로 이 처녀를 눌러 죽였다.

84) 사비니의 수도.

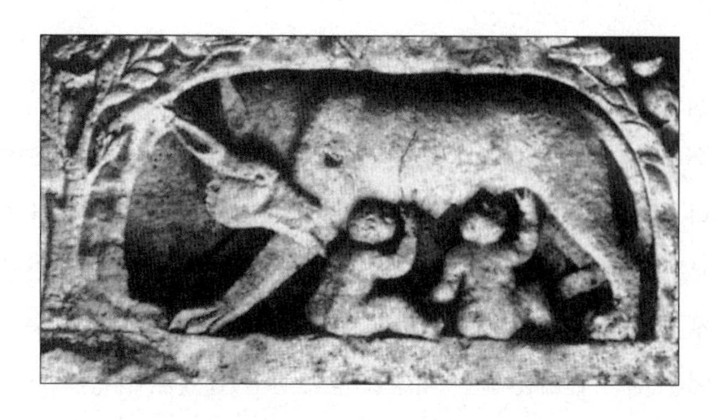

늑대의 젖을 먹는 로물루스와 레무스 형제.

었다. 이들은 발소리를 죽인 이리들처럼 조용히, 잠들어 있는 로마 성채 수비대를 공격하고는, 일리아의 아들 로물루스가 굳게 잠가 놓은 성문을 향해 진격해 왔다. 로물루스는 굳게 잠갔지만 유노 여신은 성문 중 하나를 이들에게 열어 주기로 작정했다.[85] 유노 여신은 성문의 빗장 중 하나를 소리 없이 벗겼다. 빗장이 벗겨지고 있다는 것을 안 것은 베누스 여신뿐이었다. 그러나 베누스는 손을 쓸 수 없었다. 신들의 세계에서는 한 신이 한 일을 다른 신이 원상태로 되돌릴 수 없기 때문이었다.

야누스 신전 가까이에, 샘에서 솟아오른 물로 사시장철 바닥이 눅눅한 곳이 있었다. 이곳에는 아우소니아 물의 요정들이 살고 있었다. 베누스 여신은 이들에게 도움을 요청했다. 물

85) 천상으로 올라온 아이네이아스 본인과는 화해했지만 트로이아 전쟁으로 인한 유노의 감정은 그 뒤로도 오래 아이네이아스의 후손들에게 미쳤다.

의 요정들은 이 여신의 요청을 거절할 수 없었다. 이들에게 여신의 요청은 늘 정당했기 때문이다. 요정들은, 저희 샘에 물을 대 주는 강이라는 강, 시내라는 시내는 모조리 불러들였다. 당시까지만 해도 야누스 신전에 이르는 길은 출입이 자유로웠다. 물이 길을 막고 있지 않았기 때문이다. 요정들은 저희 샘에서 솟아오르는 물에 노란 유황을 쏟아 넣고, 지하의 수맥에는 검은 연기를 뿜는 역청을 넣고 불을 붙였다. 유황과 역청이 뿜어내는 열기는 샘의 바닥까지 전해졌다. 그 결과 그 전까지만 하더라도 알페스[86]의 물과 차기를 겨루던 그 샘의 물이 끓는 물같이 뜨거워졌다. 그 열기로 성문 양쪽에 있던 기둥에서는 연기가 났고, 따라서 사비니인들은 이 뜨거운 새 물길에 막혀 성안으로 들어갈 수 없었다. 사비니인들은 결국 마르스의 군대[87]에 참살을 당했다.

로물루스가 이들을 공격했다. 로마의 땅은 사비니인들과 로마 시민들의 피로 물들었다. 무서운 칼날 아래 목숨을 잃은 장인들과 사위들[88]의 피는 새로 생긴 물길로 흘러 들어갔다. 그러나 이 전투를 마무리 지은 것은 피비린내 나는 싸움이 아니라 평화였다. 이 전투는 로마가 타티우스에게 로마 왕권의 일부를 양여(讓與)한다는 조건으로 끝났다.

타티우스가 죽고 연로한 로물루스가 로마인과 사비니인을

86) 알프스.

87) 로물루스는 마르스의 아들이다.

88) 당시 로마인들은 사비니인 여자들을 약탈해 와서 아내로 삼았다. 그래서 사비니인들을 장인, 로마인들을 사위에 견준 것이다.

한 법으로 다스리고 있을 즈음이었다. 마르스 신은 투구를 벗고 신들의 아버지에게 인간이 들을 수 있는 목소리로 이런 말을 했다.

"아버지이신 대신이시여, 이제 때가 왔습니다. 로마는 반석 위에 섰고, 나라는 한 인간의 손으로 좌지우지할 수 없을 만큼 튼튼해졌습니다. 그리하여 이제 아버지께서 약속하신 것을 이루실 때가 왔습니다. 아버지께서는 저와 제 아들에게 상을 내리기로 약속하셨습니다. 아버지의 손주 되는 제 아들은 그런 상을 받을 만한 재목이 되었습니다. 로물루스를 땅에서 거두시어 이 천성으로 불러 주소서. 저는 아버지의 은혜로우신 말씀을 듣고 마음에 새겨 두었습니다. 제가 어찌 잊을 수 있겠습니까? 신들이 열석한 자리에서 아버지께서는 '장차 천상으로 올라와 신위(神位)를 차지할 자가 네 핏줄에서 태어났구나.'라고 말씀하셨습니다. 이제 때가 이르렀으니 그때 하신 약속이 이루어지게 하소서."

전지전능한 유피테르는 고개를 끄덕이고는 하늘을 검은 장막으로 가리고, 천둥과 번개를 하계로 퍼부었다. 마르스는 그 틈을 이용하여 로물루스를 하늘로 데리고 올라오라는 유피테르의 뜻을 짐작했다. 마르스는 창을 장대 삼아 짚고는, 발굽에 피가 묻은 말들이 끄는 수레에 뛰어올랐다. 그는 말의 잔등을 채찍으로 때리고 전속력으로 수레를 팔라티움 언덕의 정상으로 몰았다. 일리아의 아들 로물루스는 바로 그 팔라티움 언덕 정상의 숲속에서 백성들을 모아 놓고 인간 세상의 법을 집행하고 있었다. 마르스는 그 현장으로 치고 들어갔다. 로물루스왕의 육신은 투석기가 쏜 납탄이 하늘에서 녹듯이 녹아 대기 속으로 비산했다. 하늘에서 그는 신들의 보좌에 어울리는 새 몸을 얻었다. 신들의 옷으로 차림한 퀴리누스[89] 신상(神像)과 그 모습이 똑같은 새 몸을 얻은 것이다.

로물루스의 아내 헤르실리아는 지아비를 잃고 눈물로 세월을 보냈다. 이때 천궁의 왕비인 유노 여신이 무지개 여신 이리스에게 활꼴로 휘어진 길을 따라 내려가 과부가 된 헤르실리아에게 이런 말을 전하게 했다.

"왕비여, 라티니족과 사비니족을 통틀어 으뜸가는 영광의 자리를 차지하고 있는 왕비여. 과거에는 위대한 영웅의 아내였지만 이제는 퀴리누스 신의 비(妃)가 되었구나. 지아비의 모습을 보고 눈물을 말리고 싶거든 나를 따라가자. 퀴리누스 언덕[90]을 올라, 숲속에 있는 로물루스 신전으로 들어가자."

이리스는 활꼴로 굽어진 색색의 무지개 길을 따라 내려가 헤르실리아에게 여신의 말을 그대로 전했다. 헤르실리아는 고개를 숙인 채 무지개 여신에게 대답했다.

"여신이시여, 저는 여신이 어떤 여신이신지 알지 못합니다. 그러나 여신이 분명하시다는 것은 알겠습니다. 저를 데려가소서. 데려가시어 제 지아비를 만나게 해 주소서. 운명이 저에게 지아비를 한 번이라도 만나게 해 주신다면, 저 역시 하늘에 오르는 것이 아니오이까?"

---

89) 로물루스는 로마의 신 퀴리누스와 동일시된다.

90) 로마에 있는 일곱 언덕 중 하나.

로마 건국 신화를 표현한 부조
「사비니 찬가」의 일부.

왕비는 일각의 지체도 없이 타우마스의 딸인 처녀 신을 따라 로물루스 언덕[91]으로 올라갔다. 왕비가 여기에 이르자 하늘에서 별이 하나 떨어지면서 왕비의 머리에 불을 질렀다. 왕비는 머리에 불이 붙은 채 별과 함께 하늘로 올라갔다. 로마의 건설자 로물루스는 왕비에게 너무나 낯익은 포옹으로 아내를 맞았다. 그 순간 왕비의 모습이 달라졌다. 이름도 달라졌다. 로물루스는 왕비 헤르실리아를 '호라'라고 불렀다. 헤르실리아는 퀴리누스 신의 비(妃)인 호라 여신이 된 것이다.

---

91) 리누스 언덕.

15부 카이사르의 승천 외

1 뮈스켈로스, 크로톤

로물루스 사후 로마 사람들은, 그처럼 막중한 책무를 맡아 왕위를 계승할 사람을 찾는 데 혈안이 되어 있었다. 그런데 미래를 신통하게 꿰뚫어 보는 당대의 예언자 파마 여신[1]은 그런 그릇으로 넉넉한 사람으로 누마를 지목했다.[2] 박식한 누마는 사비니족의 문화를 이해하는 데 만족하지 않고 해박한 지식을 구사해 보다 심원한 우주의 본질에까지 파고들고자 하는 사람이었다.[3] 학문에의 열정에 사로잡힌 그는 일찍이 고향 쿠레스를 떠나 옛날 헤라클레스를 환대한 적이 있는 도시 크로톤에 이르렀다. 여기에서 누마는 사람들에게 이탈리아 땅에

1) '소문의 여신'.
2) 이 말은 '그런 그릇으로 넉넉한 사람이 바로 누마라는 소문이 돌았다.'라는 뜻이다.

그리스 도시를 최초로 건설한 사람이 누구냐고 물었다. 그러자 이 지방의 노인 하나가 다음과 같은 이야기를 했다.

"이야기를 들어 보십시오. 유피테르의 아들 헤라클레스가 히베리아[4]에서 소 떼를 몰고 바다를 건너왔을 때의 일입니다. 오랜 항해 끝에 라키니움의 해변에 이른 헤라클레스는 소 떼는 해변에 풀어 풀을 뜯게 하고 자신은 크로톤의 집에서 환대를 받았답니다.[5] 환대를 받고 떠나면서 헤라클레스는 '우리의 손자 대(代)에 이르면, 이곳은 도시가 될 것이다.'라는 말을 했답니다.

헤라클레스의 이 예언은 이루어졌습니다. 이 예언을 성취시킨 사람은 뮈스켈로스라는 사람인데, 이 사람 이야기를 좀 들어 보십시오.

뮈스켈로스는 아르고스 사람인 알레몬의 아들입니다. 그 시대 사람들 중에 신들이 가장 사랑했던 사람은 뮈스켈로스

---

3) 누마는 누마 폼필리우스를 말한다. 쿠레스에서 태어난 사비니인으로 2대 로마 왕이 된다. 누마 법전은 이 누마가 제정한 로마 최고(最古)의 종교 법전. 평화를 사랑하는 철인왕(哲人王)이었던 그는 퓌타고라스의 제자였던 것으로 전해진다. 그러나 퓌타고라스는 후대의, 그러니까 기원전 6세기 적 사람이다. 따라서 이런 전설은 틀렸기가 쉽다.

4) 스페인.

5) 이 이야기는 헤라클레스가 열 번째 난사, 즉 스페인 땅의 괴물 게뤼온의 소 떼를 몰고 오는 일을 하고 있을 때의 이야기다. 이 이야기는 다음과 같은 전설과 함께 전해진다. 헤라클레스가 소 떼를 끌고 가죽 장화같이 생긴 반도 남단에 이르렀을 때 수송아지 한 마리가 바다로 도망쳤다. 이 땅의 말로 수송아지는 '비탈리아'였는데 이 땅 이름인 '이탈리아'는 바로 이 '비탈리아'라는 말에서 유래했다는 전설이다.

였다는 전설이 있습니다. 이 뮈스켈로스가 어느 날 잠을 자는데, 늘 몽둥이를 둘러메고 다니는 영웅 헤라클레스가 꿈에 나타나 그에게 이런 말을 했습니다.

'일어나거라. 일어나서 네 아버지 나라를 떠나 머나먼 아이사르강의 자갈이 많은 지류를 찾아가거라.'

헤라클레스는 이 말만 한 것이 아니고, 시키는 대로 하지 않으면 경을 칠 것이라면서 이 젊은이를 위협하고는 사라졌더랍니다. 헤라클레스가 사라지는 순간 알레몬의 아들은 꿈에서 깨어났지요. 알레몬의 아들 뮈스켈로스는 조용히 자신이 꾼 꿈에 대해 생각하면서 이럴까, 저럴까 망설였습니다. 뮈스켈로스가 망설인 데에는 이유가 있습니다. 영웅 신 헤라클레스는 그 땅을 떠나라고 했습니다만, 그 나라 법은 떠나는 것을 용납하지 않았기 때문이지요. 그 나라 법에 따르면, 누구든 나라를 떠나다 붙잡히는 사람은 사형에 처하기로 되어 있었답니다. 빛나는 태양이 얼굴을 바다에 담그고, 얼굴에 별을 가득 박은 밤이 고개를 들자, 그 영웅 신은 다시 뮈스켈로스의 꿈속에 나타나 같은 말을 했습니다. 즉 하루빨리 떠나라면서, 만일에 떠나지 않으면 경을 칠 것이라고 이 청년을 위협했던 것이지요. 뮈스켈로스는 두려워하면서도 조상 전래의 성물(聖物)을 꾸려 그 나라를 떠날 준비를 하기 시작했습니다. 그러나 뮈스켈로스는 떠나기도 전에 붙잡혔습니다.

온 나라가 술렁거릴 만한 일이 일어났습니다. 알레몬의 아들 뮈스켈로스가 국법을 어긴 죄로 재판을 받게 된 것이지요. 뮈스켈로스를 기소한 법관들이 뮈스켈로스의 죄명을 말했습니다. 증인들의 진술이야 있건 없건 유죄 판결을 받는 것은 시간 문제였습니다. 초라한 행색을 하고 법정에 나와 있던 죄수는 하늘을 향해 두 팔을 벌리고 호소했습니다.

'오, 헤라클레스시여, 열두 가지 난사를 치르시고 지금은 천궁의 신이 되신 분이시여. 기도하오니 저를 도우소서. 저를 이 꼴로 만드신 분은 신이시니 저를 도우소서.'

당시의 관습에 따르면, 죄수를 유죄라고 생각하는 사람은 검은 돌, 무죄라고 생각하는 사람은 흰 돌을 항아리에 던져 넣어 유죄, 무죄 여부를 평결하게 되어 있었습니다. 뮈스켈로스가 재판을 받을 당시에도 평결은 이런 식으로 진행되었죠. 사람들은 무정하게도 항아리 속으로 검은 돌만 던져 넣었습니다. 그러나 이변이 일어났습니다. 분명히 검은 돌만 항아리로 들어갔는데, 재판관이 항아리의 돌을 쏟았을 때는 검은 돌이 모조리 흰 돌로 변해 있었던 것입니다. 헤라클레스가 손을 써 준 덕분에 뮈스켈로스는 무죄 평결을 받을 수 있었던 것이지요. 뮈스켈로스는 암피트뤼온의 아들[6]에게 제사를 올리고는 바다로 배를 내 이오니아 바다를 건넜습니다. 그는 라케다이몬인들이 세운 도시 국가 타렌툼, 쉬바리스, 살렌티니인들의 도시 네레툼, 투리아강 어귀, 크리미사, 이아퓌기아의 해안을 지나, 마침내 목적지인 아이사르강 어귀에 이르렀습니다. 크로돈의 무덤은 이 아이사르강 어귀에서 멀지 않은 곳에 있

6) 헤라클레스는 유피테르의 아들이나 양부(養父) 암피트뤼온의 슬하에서 자라났기 때문에 종종 이렇게도 불린다.

었지요. 뮈스켈로스는 헤라클레스의 말에 따라 도시를 세우고는, 그 아래 묻힌 사람의 이름을 따서 그 도시를 '크로톤'이라고 명명했습니다."

노인의 이야기가 끝났다. 이 이탈리아 땅과, 여기에 세워진 그리스식 도시의 기원은 그 땅에 전해져 내려오는 전승으로도 확인된 바 있다.

2 퓌타고라스의 가르침

당시 이 도시에는 사모스 사람이 하나 있었다.[7] 그는 사모스에서 태어났으나 전제 정치에 대한 혐오감 때문에 이 섬을 떠나 망명자의 삶을 시작한 사람이었다. 그는 심오한 사상으로 인간 세계에서는 아득히 먼 신들에게 다가갔으며, 자연이

---

7) '사모스 사람'은 오늘날 우리가, 퓌타고라스학파의 아버지로 알고 있는 유명한 철학자이자 수학자 퓌타고라스를 말한다. 오비디우스가 쓴 이 책에는 '퓌타고라스'라는 이름이 등장하지 않는다. 기원전 550년 전후에 사모스에서 태어난 퓌타고라스는 기원전 530년에 사모스를 떠나 크로톤에서 제자들을 가르쳤다. '크로톤의 철학자'로 불리는 그는 젊은 시절에 이집트 승려들, 동방 박사로 유명한 페르시아의 마기, 인도의 바라문으로부터도 가르침을 받은 것으로 전해진다. 그가 가르친 메템프쉬코시스('윤회설')는 아이네이아스가 저승에서 안키세스로부터 배운 것과 일치한다. 수(數)는 만물의 근본 원리이며, 침묵을 사랑하고 살생을 삼갈 것을 가르친 그는 제자들에게 질문을 용납하지 않은 것으로도 유명하다. 오비디우스는 이 퓌타고라스의 철학, 특히 영혼 윤회설에 관한 가르침을 장황하게 소개함으로써 이 『변신 이야기』의 철학적 기초를 돋보이게 하려 한 것으로 보인다.

인간에게는 베풀지 않았던 그 나름의 독특한 심안(心眼)으로 사물을 볼 수 있었다. 희대의 천재성과, 지칠 줄 모르는 탐구의 열정으로 사물의 본질과 원리를 인식한 그는 이를 많은 사람들에게 가르쳤다. 그는 경탄의 눈길을 보내면서 묵묵히 듣고 있는 제자들에게,[8] 우주의 기원, 만물의 근원, 자연의 정체, 신들의 속성, 하늘에서 눈이 내리는 까닭, 번개와 천둥의 정체, 이 번개 및 천둥과 유피테르의 관계, 천둥과, 바람이 구름을 찢는 소리의 관계, 별들의 운행에 관한 법칙, 지진이 일어나는 까닭 그리고 그 밖에 사람들이 궁금해하는 것들을 가르쳤다. 처음으로 육식을 금해야 한다고 가르친 사람도 그였고, 처음으로 자신을 '현자'와 유사한 말로 지칭한 사람도 그였다. 그러나 사람들은 그의 말을 귀담아듣지 않았다. 그의 가르침은 이러하다.

"그대들이여, 죄 많은 식물(食物)로 그대들 육체를 더럽히지 마십시오. 우리에게는 곡식이 있고, 가지가 휘어지도록 달린 과실이 있고, 포도 덩굴에서 부풀어 오르는 포도가 있습니다. 먹을 것은 얼마든지 있습니다. 단맛이 도는 나물도 있고, 삶아 먹을 수도 있고 구워 먹을 수도 있는 채소도 있으며, 우유도 있고, 꽃 향기가 도는 꿀도 있습니다. 대지는 그대들에게 죄 없는 식물을 얼마든지 베풀어 주고 있고, 도살하지 않고도, 피를 보지 않고도 먹을 수 있는 잔칫상을 얼마든지 차

---

8) 제자들은 퓌타고라스의 이론을 따지려 하지 않았다. 다른 사람들에게 전할 때도, '입세 딕시트('퓌타고라스가 그러더라.')'라는 단서만 붙이면 그것으로 충분했다.

려 내고 있습니다. 고기로 배를 불리는 것은 짐승들뿐입니다만 짐승이라고 해서 다 고기를 먹고 사는 것은 아닙니다. 말이나 소나 양 같은 가축들은 풀을 먹고 삽니다. 제가 죽인 짐승의 고기를 먹는 것은 성정이 포악하고 잔인한 짐승, 가령 아르메니아의 호랑이나 약탈자인 사자 그리고 곰과 이리들뿐입니다. 우리 몸을 살찌우기 위해, 우리의 탐욕스러운 배를 채우기 위해 다른 동물의 살을 먹다니, 이 어찌 사악하다 하지 않을 수 있겠습니까? 산 것이 죽은 것을 먹다니, 이 어찌 사악하다 하지 않을 수 있겠습니까? 우리 어머니 중에서도 가장 자비로운 어머니신 대지가 우리에게 모자라지 않게 베풀어 주는데도 불구하고 흡사 외눈박이 거인들처럼 사악한 이빨을 다른 짐승에게 박다니요? 다른 동물을 죽이지 않고는 탐욕스러운 배를 채울 수 없다는 말인가요?

흔히 황금 시대로 불리는 시절도 있었습니다. 이 시대 사람들에게는 자연이 저절로 열매 맺는 과일나무와 대지가 가꾸어 내는 곡식이 있었습니다. 이 시대 사람들은 입술을 다른 짐승의 피로 더럽히지 않았습니다. 이 시절에는, 새들은 자유로이 하늘을 날 수 있었고, 메토끼는 아무 두려움 없이 들판을 누빌 수 있었으며 물고기는 낚싯바늘에 대한 걱정 없이 물속을 헤엄쳐 다녔습니다. 이 시절에는 덫도 없었고 속임수도 없어서, 모든 동물이 평화를 누릴 수 있었습니다. 이런 시대가 지나자, 누군지는 알 수 없습니다만, 누군가가 고기를 그 탐욕스러운 목구멍으로 삼키는 사자를 보고는 이를 부러워하고 나쁜 전례를 만들면서 인간은 죄업의 길로 들어섰습니다. 이

자로 인해 인간이 칼에 다른 동물의 피를 묻히는 일이 비롯되었을 것입니다. 그러나 이때는, 우리 인간을 해치려는 동물만 인간의 칼에 희생되었을 것입니다. 따라서 이때의 인간은 아무 죄의식도 느끼지 않았을 것입니다. 그러나 그것으로 끝났어야 했습니다. 죽일 이유는 있었지만 먹을 이유는 없었을 테니까요.

그런데 이 사악한 짓이 계속해서 더 큰 규모로 자행되었습니다. 아마 인간의 먹이로 제일 먼저 희생된 동물은 돼지였을 것입니다. 돼지는 뾰족한 주둥이로 인간이 씨 뿌린 밭을 파헤쳐 수확의 희망을 물거품으로 만들었을 테니까요. 그다음으로는 염소가 박쿠스 신의 제단에서 희생되었을 것입니다. 염소는 박쿠스의 포도 덩굴을 잘라 먹었을 테니까요. 돼지와 염소의 경우는 자업자득이라고 할 수 있을 테지요. 하지만 양은 무슨 죄를 지었다고 이렇게 대접합니까? 인간을 위해 이 땅에 태어난 이 평화스러운 동물이 왜 이런 대접을 받아야 합니까? 그 풍만한 젖으로 우리에게 양유(羊乳)를 주고, 그 부드러운 털을 우리의 옷감으로 주는 이 양, 죽어서보다는 살아서 인간에게 더 유익한 짐승이 왜 죽어야 합니까? 그토록 양순하고 순진한 동물인 소는 인간에게 무슨 잘못을 저질렀길래 이런 신세가 되어야 합니까? 인간은 대지가 베풀어 주는 곡식을 먹을 자격도 없는 참으로 배은망덕한 동물이 아닙니까? 소의 목에 쟁기 띠를 매 굳은 대지를 갈고, 여기에서 곡식을 수확한 인간이, 이번에는 그 쟁기 띠를 벗기고 그 벗긴 자리를 도끼로 내려칩니다. 이런 인간이 배은망덕한 동물이 아닙니까?

인간은 이런 죄를 저지르는 데 만족하지 않고 이번에는 신들을 이 사악한 저희의 수호자로 상정하고, 이런 짐승을 죽여 바치면 하늘의 신들이 좋아할 것이라는 생각을 하기에 이릅니다.

그래서 보기에 좋은 이 황소, 인간에게 아무 죄도 지은 적이 없는 이 황소는 뿔에 꽃다발과 금붙이를 건 채로 신들의 제단으로 끌려 나옵니다. 제단으로 끌려 나온 이 황소는 제관들이 외는 뜻도 모를 기도 소리를 들으면서, 인간이 황소의 힘을 빌려 땅을 갈아 가꾸고 거둔 곡식을 이마에 던지면[9] 이 곡식을 맞으면서 죽을 준비를 합니다. 이윽고 제관이 제단 성수 그릇 옆에 있던 칼로 목을 따면 황소는 제 피로 그 칼을 물들이며 죽어 갑니다. 제관들은 또 어떻게 합니까? 아직 채 숨을 거두지도 않은 황소의 몸속에서 허파를 도려내 신들이 이 황소의 허파에 맡긴 뜻을 읽는다고 수선을 피웁니다.[10]

이런 희생수의 고기를 먹는 풍습은 대체 어디에서 유래한 것이지요? 사람들은 희생수를 죽여 놓고는 우르르 모여들어 이 희생수의 고기를 먹습니다. 그대들이여, 바라노니 내 말을 귀담아들으십시오. 이러면 안 됩니다. 그렇게 도살한 황소의 고기를 먹는다는 것은 곧 그대들의 밭을 가느라고 수고한 경작자의 고기를 먹는 것임을 알아야 합니다.

신들께서 내 입을 주관하시므로 지금부터 그분들의 뜻을

---

9) 희생 제물의 이마에 보리나 소금을 던지는 옛 풍습이 있었다.

10) 희생수(犧牲獸)의 내장에서 신들의 뜻을 읽는 것은 로마 제국의 선주민(先住民)이던 에트루리아인들의 풍습이었다.

좇아, 내가 사랑하는, 내 가슴에 있는 델포이[11]의 비밀, 하늘의 비밀을 그대들에게 밝히 드러내고, 내 정신의 신탁을 그대들에게 전하려고 합니다. 내가 지금부터 누설하려는 것은 일찍이 어떤 지성도 밝힌 적이 없는, 장구한 세월을 비밀의 너울에 가려져 있던 참으로 중요한 비밀입니다.

나는 이 땅, 이 무지한 땅을 떠나 저 하늘에 높이 뜬 별 사이를 여행하기를 즐깁니다. 구름 위에서, 저 거인 아틀라스의 어깨 위에서, 아무것도 모르는 채 지향도 없이 우왕좌왕하는 인간을 내려다보며 운명의 두루말이를 펼쳐 보이고, 죽음의 공포와 불안에 쫓기는 인간에게 이렇게 말하기를 즐깁니다.

그대들이여, 그러니 잘 들으십시오.

그대들이여, 차가운 저승 땅을 두려워하는 그대들이여. 왜 스튁스의 땅을 두려워합니까? 빈 이름뿐인 어둠의 땅, 시인(詩人)의 망상에나 존재하는 땅, 이 세상에는 존재하지 않는 땅을 왜 그렇게 두려워합니까? 그대들은 그렇게 생각하지 않겠지만, 육체라는 것은 화장단에서 재로 화하건, 땅속에서 오랜 세월 썩어 없어지건, 한번 없어지면 고통을 느끼지 못합니다. 그러나 영혼은 영원합니다. 이 영혼이라는 것은, 원래 있던 곳을 떠나면 다른 집을 찾아 들어가 거기에 다시 거합니다.

나는 내 전생을 기억합니다. 트로이아 전쟁 당시 나는 파토오스[12]의 아들 에우포르보스[13]였습니다. 아트레오스의 둘째 아들 메넬라오스의 창을 가슴에 맞고 죽었지요. 근자에 나는

---

11) 아폴로 신의 뜻을 전하는 델포이 신탁전. 여기에서는 '신들의 뜻'.

아바스의 도시 아르고스의 유노 신전에 가 본 적이 있습니다. 내가 왼손에 들고 다니던 방패는 거기에 보관되어 있었습니다. 나는 이 방패를 알아볼 수 있었지요.

모든 것은 변할 뿐입니다. 없어지는 것은 하나도 없습니다. 영혼은 이리저리 방황하다가 알맞은 형상이 있으면 거기에 깃들입니다. 짐승의 육체에 있다가 인간의 육체에 깃들이기도 하고, 인간의 육체에 있다가 짐승의 육체에 깃들이기도 하는 것입니다. 이렇게 돌고 돌 뿐 사라지는 것은 절대로 아닙니다. 말랑말랑한 밀랍을 보십시오. 이 밀랍으로 새로운 형태를 만들면 거기에는 그 전의 형태가 남지 않을뿐더러 그 전의 형태로 되돌릴 수도 없습니다. 하지만 모양만 변했을 뿐, 밀랍은 여전히 밀랍입니다. 이와 같습니다. 영혼은 어디에 가든 처음의 영혼 그대로입니다. 다만 다른 형상 안에 자리를 잡았을 뿐입니다. 그대들에게 경고합니다. 바람직하지 못한 것을 음식으로 삼음으로써, 인간이라는 고귀한 지위를 더럽히지 마십시오. 잔인무도한 살육으로 인간의 혼과 똑같은 혼을 그 거처에서 쫓아내는 짓을 삼가십시오. 피로써 피를 살찌우면 안 됩니다.

내 말을 더 들어 보십시오. 나는 내 배의 돛을 바람으로 부풀리고 넓은 바다를 두루 누벼 본 사람이니, 내 말을 더 들어 보십시오. 이 세상에 변하지 않는 것은 아무것도 없습니다. 모

12) 트로이아성의 아폴로 신관(神官).

13) 아킬레우스의 갑옷을 입고 나온 파트로클로스에게 처음으로 부상을 입힌 트로이아 용사. 뒤에 메넬라오스 손에 목숨을 잃었다. 메넬라오스는 이때 노획한 이 용사의 방패를 유노 신전에 봉헌했다.

든 것은 끊임없이 변합니다. 드러난 것은 단지 찰나적인 형상으로 존재하는 것일 뿐입니다. 시간이라는 것은 항상 흐릅니다. 강처럼 흐릅니다. 강물에 어디 가만히 정지해 있는 순간이 있던가요? 물결은 다른 물결에 밀립니다. 그 다른 물결은 또 다른 물결에 밀리면서 앞에 있는 물결을 밀어냅니다. 그래서 순간순간 물결은 밀고 밀리면서 흐르는 것입니다. 앞에 있던 것은 뒤로 처지고, 오지 않았던 것이 옵니다. 그래서 시시각각으로 자리바꿈을 하는 것입니다. 밤이 끝나고 아침이 시작되면, 빛나는 아침 햇살이 밤의 어둠을 이어받는 것을 아시지요? 만물이 깊이 잠든 한밤의 하늘 색깔과 새벽별이 나타날 때의 하늘 색깔은 같은 것이 아닙니다. 하늘 색깔은 아침의 전령사(傳令使)인 새벽의 여신이 하늘을 새벽빛으로 물들일 때 다르고, 하늘을 태양신 포이부스에게 넘겨줄 때 다릅니다. 아침에 땅 밑에서 솟아오를 때도 붉고, 지평선 너머로 질 때도 붉던 태양신의 낯빛도 땅과는 멀리 떨어진 하늘 한가운데 있을 때는 그곳 공기가 맑기 때문에 하얗게 보입니다. 밤하늘의 달도 같은 모양으로 뜨고 지는 것은 아닙니다. 달이 차는 중이면 오늘보다는 내일이 크고, 기울고 있는 중이라면 내일보다는 오늘이 큰 법입니다.

네 계절이 차례로 바뀌는 것을 눈여겨보셨습니까? 이 네 계절은 우리의 인생과 비슷합니다. 초봄은 유아기와 같아서 부드럽고 따사롭습니다. 아직은 튼튼하지도 곧지도 못하지만, 초봄의 밭에서 자라는 곡물은 농부들의 가슴을 희망으로 채워 줍니다. 식물이라는 식물은 다 꽃을 피우고, 기름진 땅은 색색의 꽃을 한 아름 안고 봄을 노래하지만, 나뭇잎에는 아직 힘이 없습니다. 봄이 자라 여름으로 접어들면 계절은 젊은이를 연상시킵니다. 1년 중에 이때만큼 튼튼한 계절, 풍부한 계절, 뜨거운 계절, 작열하는 계절은 없습니다. 청춘의 시절이 끝나면 가을이 계절을 이어받습니다. 가을은 풍요와 성숙의 계절입니다. 청춘기와 노년기 사이에 드는 계절, 귀밑머리가 희끗희끗해지는 계절입니다. 이어서 노년의 겨울이 추위에 떨면서 비틀거리는 걸음걸이로 다가옵니다. 머리가 빠지거나 백발이 된 모습을 하고 다가옵니다.

이와 같이 우리의 육체도 끊임없이 변합니다. 내일의 우리는 과거의 우리 혹은 오늘의 우리가 아닙니다. 우리에게는 어머니 태 속에 있던 시절이 있습니다. 인간이 될 것이라는 약속만을 받은, 씨앗 같은 상태로 말이지요. 자연은 참으로 섬세한 손길로 이 씨앗을 하나의 형상으로 빚어냅니다. 그리고 마침내 그곳이 너무 비좁아 우리가 몸부림치면, 자연은 우리를 우리의 집에서 텅 빈 공간으로 밀어냅니다. 날빛 아래로 태어난 아기는 연약합니다. 다른 사람의 도움 없이는 살아갈 수 없습니다. 이 시기가 끝나면 아기는 짐승처럼 사지로 기어 다니기 시작하고, 또 이 시기가 지나면 아기는 떨리는 다리, 불안정한 다리이기는 하지만 그래도 두 다리로 섭니다. 옆에 무엇이 있으면 잡고서라도 말이지요. 그러다 튼튼한 다리로 홀로 서기를 시작하고, 재빠른 다리로 세상을 달립니다. 이윽고 청년을 보내고 중년을 보내면, 우리는 노년에 이르는 비탈길, 인생의 황혼으로 통하는 내리막길에 서게 됩니다.

나이는 청년기와 중년기의 힘을 빼앗아 버립니다. 한때는 헤라클레스와도 힘을 겨루던 밀론[14]도 노년에는 힘없이 늘어진 자기 팔을 보면서 울었다고 하지 않습니까? 헬레네도 거울에 비치는, 주름살투성이인 제 얼굴을 바라보면서, 이런 것을 왜 두 번이나 유괴했을까 하고 한탄했다고 하지 않습니까?[15] 탐욕스러운 미식가인 세월은 모든 것을 부수고 갉아 마침내 인간을 죽음에 이르게 합니다.

우리가 '원소(元素)'라고 부르는 것도 불변하는 것이 아닙니다. 이 원소가 어떻게 변하는지 모르시지요? 내가 가르쳐 드리겠습니다. 영속하는 우주는, 형상의 질료가 되는 네 가지 원소[16]로 이루어져 있습니다. 이 중의 두 가지, 즉 흙과 물은 무거워서 가라앉습니다. 반면에 나머지 두 가지, 즉 공기와 공기보다 가벼운 불에는 무게가 없어서 가두는 것이 없으면 위로 솟아오릅니다. 이 네 가지 원소가 비록 공간적으로는 떨어져서 존재하나 만물은 이 네 원소에서 비롯되고 필경은 이 네 원소로 복귀합니다. 흙은 마멸의 과정을 거쳐 물에 분해되고, 물은 증발하면 공기와 바람이 되며, 밀도가 희박해지면 공기

---

14) 크로톤 태생의 격투기 선수. 노년에 이르러 젊은이들이 격투기를 연습하고 있는 광경을 바라보고 있다가 자기 팔을 문지르면서, "내 팔이 죽어버렸구나." 하고 한탄했다는 이야기가 키케로의 『노년에 대하여』에 나와 있다.

15) 트로이아 전쟁의 불씨가 되었던 절세 미녀 헬레네는 두 번 유괴를 당했다. 한 번은 어린 시절에 테세우스에게, 또 한 번은 메넬라오스에게 시집간 뒤에 파리스에게.

16) 고대 그리스 철학에서의 네 원소는 흙, 물, 공기, 불. 불교에서 말하는 네 원소, 이른바 사대(四大)는 지(地), 수(水), 화(火), 풍(風).

역시 무게를 잃고 상승하여 불에 합류합니다. 이러한 과정이 역전되는 경우도 있습니다. 네 원소는 같은 순서를 역으로 밟아 원상으로 되돌아오기도 합니다. 농도가 짙어진 불은 응고하여 공기가 되고, 공기는 물이 되며 물은 압력을 받으면 흙이 되기도 하는 것입니다.

처음의 모양대로 영원히 있을 수 있는 것은 없습니다. 무궁무진한 자연의 조화는 끊임없이 이 물건으로 저 물건을 지어냅니다. 내 말을 믿으십시오. 이 우주에 소멸되는 것은 없습니다. 변할 뿐입니다. 새로운 형상을 취할 뿐입니다. '태어남'이라는 말은, 하나의 물상이 원래의 형상을 버리고 새 형상을 취한다는 뜻입니다. '죽음'이라는 말은, 그 형상대로 있기를 그만둔다는 말입니다. 이것이 변하여 저것이 되고 저것이 변하여 이것이 될지언정 그 합(合)은 변하지 않습니다.

나는 같은 형상을 영원히 그대로 간직하는 것은 이 세상에 없다고 생각하는 사람입니다. 보십시오. 시대도 황금의 시대에서 철의 시대에 이르기까지 변하지 않았습니까? 나는 땅 역시 시대에 따라 변하는 것을 보았습니다. 나는 한때 단단한 땅이었던 곳이 바다로 바뀌는 것을 보았습니다. 바다였던 곳에서 땅이 솟아오르는 것도 보았습니다. 조개껍데기가 바다에서 먼 곳에서 발견되는 수도 있고, 옛날의 닻이 산꼭대기에서 발견되는 수도 있습니다. 흐르는 물 때문에 한때는 벌판이었던 곳이 골짜기가 되는 수도 있고, 홍수에 씻겨 산이 벌판이 되는 수도 있습니다. 늪지가 모래와 자갈뿐인 황무지가 되기도 하고, 사막이 호수가 되기도 합니다. 자연은 어느 곳에서는 계절이 봄이게 하는가 하면, 또 어느 곳에서는 봄이 오는 것을 막아 버리는 수가 있습니다. 강은 자신의 흐름을 가로막은 땅 밑의 장벽에 갇혀 있다가 갑자기 땅거죽을 뚫고 분출하는 수도 있고, 어느 날 갑자기 땅속으로 잦아들어 빈 하상(河床)만 남기기도 합니다. 그래서 땅거죽에 난 틈으로 잦아들었던 뤼코스강이 거기에서 멀리 떨어진 곳에서 홀연 그 모습을 나타내는 일도 있을 수 있는 것입니다. 에라시노스강도 땅속으로 흘러 들어갔다가 아르고스 평원에서 깊고 힘찬 강으로 다시 나타납니다. 나는 뮈소스강도 카이코스강처럼 원래의 하상을 버리고 다른 강에 합류했다고 들었습니다. 시켈리아에 있는 아메나노스강도 여느 때는 바닥의 모래를 나르며 힘차게 흐르다가 이따금씩은 물을 말리고 하상을 드러낸다고 합니다. 원래 아니그로스강의 물은 음료수로 쓰이던 물입니다만 지금은 이 물에 손을 넣는 사람도 없습니다. 시인들의 말을 다 믿을 수는 없겠지만, 그들의 말에 따르면 저 켄타우로스가 몽둥이를 메고 다니는 영웅 헤라클레스의 화살을 맞고 다친 상처를 이 강물에 씻었기 때문이라는 것입니다. 스퀴티아에 있는 어느 산에서 발원한 휘파니스 강물이 한때는 맑기로 유명했지만 지금은 소금맛이 돈다는 말도 있습니다.

안티사, 파로스, 포이니키아의 도시 튀로스도 한때는 바다에 둘러싸인 도시들이었습니다만, 지금은 섬이 아니지 않습니까? 옛날에는 육지였던 레우카스가 지금은 사면이 바다로 둘러싸인 섬이 되어 있지 않습니까? 장클레도 원래는 이탈리아와 연결되어 있었다고 합니다만, 지금은 바다가 이 둑을 허물고 파도의 장막을 치고 말았습니다. 한때는 아카이아의 도시였던 헬리케와 부리스가 지금은 바다 밑에 가라앉아 있다는 것은 그대들도 아시지요?[17] 뱃사람들은 요즘도 이 근처를 지날 때면 도시가 있었던 지점을 손가락질한답니다.

한때 피테우스[18]가 다스리던 트로이젠 땅에는 경사가 급하고 나무 한 그루 없는 산이 있습니다. 한때는 벌판이던 이곳이 산이 된 이야기를 들어 보십시오. 땅속 깊은 곳에 있는 동굴에 바람이 갇혀 있었더랍니다. 이 바람은, 나갈 바위 틈만 있으면 바깥세상으로 나가 빈 하늘을 마음대로 돌아다니겠는데 도무지 나갈 구멍을 찾지 못했다지요. 그래서 땅을 부풀려 놓았다는 것입니다. 우리가 돼지 방광이나 염소 통가죽을 불어서 부풀려 놓듯이 말이지요. 부풀어 오른 땅은 오랜 세월을 지나 오면서 그대로 굳어져 지금의 산이 되었다는 것입니다.

나는 이런 이야기를 무수히 들었습니다만, 몇 가지만 더 예로 들겠습니다. 물이 새로운 형상을 지어 내거나 지어 내는 데 큰 몫을 한다는 것을 아시는지요? 뿔 달린 강의 신 암몬의 물은 대낮에는 차가운데 해가 지면 뜨거워지기 시작합니다. 까닭이 궁금하시겠지요. 아타마네스인들이 달이 사위어 없어지

---

17) 대지진으로 아카이아의 도시 헬리케는 땅속에 매몰되고 부리스는 바다에 가라앉았다. 그러나 이 대지진이 있었던 것은 기원전 373년이고, 이 말을 하는 퓌타고라스는 이보다 약 200년 전 사람이다. 따라서 이러한 말을 하는 사람은 퓌타고라스라기보다는 이 책의 저자 오비디우스 자신이라고 보아야 옳다. 이른바 '퓌타고라스의 가르침' 속에, 오늘날에는 상식인도 납득하기 어려운 비과학적인 대목이 많은 것도 그 때문이 아닐까 싶다.

18) 테세우스의 외조부.

기만 하면 이 강물에 나무를 띄우고 불을 붙인답니다. 나는 이 강물이 그래서 뜨거워진다는 이야기를 들은 적이 있습니다. 키코네스 땅에는 마시는 사람의 장기(臟器)를 석화(石化)시키는 광물이 있답니다. 장기만 석화되는 것이 아니랍니다. 이 돌이 온몸으로 퍼지는 바람에 온몸이 돌이 된다는 것이지요. 크라티스와 쉬바리스 강물에도 이 광물과 비슷한 마력이 있습니다. 여기에서 그리 멀지 않은 곳을 흐르는 쉬바리스 강물에 머리를 감으면, 머리카락이 금빛 혹은 호박색으로 변한다는 것은 그대들도 아시겠지요.

더욱 놀라운 것은, 사람의 겉모습뿐 아니고 성격까지 바꾸어 버리는 물이 있다는 것입니다. 살마키스의 강[19] 이야기, 아이티오피아에 있다는 호수 이야기는 그대들도 들은 바가 있을 것입니다. 아이티오피아에 있다는 이 호수의 물을 마시면, 미치거나 죽음에 이르는 깊은 잠에 떨어진다는 것이지요. 클리토리움에 있는 어느 샘물을 마시면 술을 끊게 된답니다. 이 물을 마신 사람은 평생 물을 술로 즐길 수 있는 것이지요. 이 지방 사람들은 달리 설명합디다만, 이것은 이 샘물에 술과는 다른 방법으로 마음에 불을 지르는 어떤 요소가 있기 때문이 아닌가 싶습니다. 아뮈타온의 아들이 프로이토스의 광기 들린 딸들을 치료할 때 주문과 약초를 썼다고 합디다만, 이 사람이 남은 약초를 이 샘에 버렸다고 하더군요. 내가 생각하기로는 이 약초의 약기운이 이 샘에 풀려 물이 그렇게 변하지

19) 양성인(兩性人) 헤르마프로디토스 이야기로 유명한 강.

않았나 싶습니다. 륀케스타이인들의 나라에 있는 강물은 이와 반대입니다. 이 강물을 한 방울이라도 마신 사람은 포도주만 보면 사족을 못 쓰는 술꾼이 되어 버린다니까요. 옛사람들이 페네오스라고 부르는 아르카디아의 한 곳에도 이상한 호수가 있다고 들었습니다. 이 호수의 물은 밤에 마시면 몸에 해롭지만 낮에 마시면 이롭다고 하더군요. 이같이 호수나 강도, 시대에 따라 이런 일도 하고 저런 일도 하는 것입니다.

오르튀기아섬이 바다에 붙박이지 못하고 물 위에 떠 있었던 적도 있습니다. 지금은 바다의 바닥에 붙박여 있지만요.[20]

아르고호의 원정대원들이 그토록 두려워하던 쉼플레가데스[21]를 아시지요? 물보라를 일으키며 그 사이로 들어오는 배를 침몰시켰다는 유명한 바위산 말입니다. 이제 이 바위산은 아무리 강한 바람이 불어도 끄떡도 않고 서 있습니다. 물론 서로 부딪치지도 않고요.

유황불을 뿜는 아이트나 화산이 옛날에도 그렇게 심술을 부렸던 것은 아닙니다. 앞으로도 계속 그럴 것도 아니고요. 그 까닭은 이렇습니다. 만일에 이 산이 살아 있는 짐승이라면, 몸을 움직이겠지요. 사람들은 이 괴물이 살아서 몸을 꿈틀거리기 때문에 산꼭대기에서 불길이 오른다고 믿으니까요. 만일에

---

20) 오르튀기아섬의 옛 이름은 '델로스섬('떠 있는 섬')'이다. 라토나 여신은 이 섬에서 아폴로와 디아나 여신을 낳았다. 유피테르는 이 섬의 공을 높이 사서 원래는 바다에 떠 있던 이 섬을 바닥에 붙박이게 해 주었다고 한다.
21) '충돌하는 섬'. 두 개의 바위섬으로 이루어진 이 쉼플레가데스는, 그 사이로 배가 지나갈 때마다 맹렬한 속도로 서로 부딪쳐 배를 침몰시켰다고 한다.

몸을 움직인다면 언젠가는 다른 곳에 유황불 구멍이 여러 개 생길 수 있을 것이 아닙니까? 이런 구멍이 여러 곳에 생긴다면 아이트나 화산이 한 구멍으로 불을 뿜을 수는 없을 것이 아닙니까? 그게 아니고 만일에 아이트나산 속에 갇힌 바람이 바위 틈으로 나오려고 하다가 그 안에 있는 유황을 발화시키는 바람에 유황불이 터진다고 한다면, 이 바람이 다른 곳으로 빠져나와 버리는 순간 이 산도 싸늘하게 식어 버릴 것입니다. 그게 아니고 만일에 이 산의 내부에 불에 잘 타는 역청이나 연기를 내는 노란 유황 같은 발화 물질이 있어서 그게 타는 바람에 유황불이 터진다고 한다면, 세월이 지나면 이 발화 물질이 떨어질 때가 오지 않겠습니까? 발화 물질이 떨어지면 불을 뿜을 수는 없겠지요. 대지가 끊임없이 이런 물질을 공급할 수는 없을 테니까요. 원래 불이라는 것은 탐욕스러워서, 끊임없이 태울 것을 요구하는 법입니다. 하지만 태울 것이 없는데 무엇을 태우겠습니까? 결국은 이 화산도 굶다 보면 황량한 굴 하나만 남길 것입니다.

북풍의 고향 너머 있는 팔레네에 이런 이야기가 전해져 내려온답니다. 어떤 사람이 트리톤 호수에 아홉 번 몸을 담갔더니 온몸에서 깃털이 돋았다지요. 나 자신은 이 이야기를 믿지 않습니다만, 스퀴티아 여자들은 지금도 그 마법의 물을 뿌려 몸에 깃털이 돋아나게 할 수 있답니다.

그대들은 확실한 증거로 이러한 풍문을 증명하라고 하실 것입니다. 하지만 그대들은 세월의 조화로 혹은 열기의 조화로 큰 동물의 썩은 몸에서 작은 동물이 태어난다는 것을 알고 있지 않습니까? 가령 살진 황소를 잡아 땅에 묻어 놓아 보십시오. 이 시체가 썩으면 거기에서 벌이 날아 나와 꽃을 찾아다니면서 꿀을 빱니다.[22] 이 벌들이 늘 논밭을 좋아하고, 부지런히 일하는 것을 좋아하고, 가을걷이의 희망에 부풀어 있는 것은 바로 이 벌들이 논밭과 일을 좋아하고 가을걷이의 희망에 부풀어 있던 소의 썩은 살에서 나왔기 때문입니다.

전쟁터에서 죽은 말을 흙으로 덮어 놓으면 여기에서 말벌이 생겨납니다. 해변에서 잡은 게의 집게발을 떼어 묻어 놓으면 여기에서는 전갈이 생겨납니다. 전갈의 구부러진 꼬리를 보세요. 게의 집게발과 흡사하지요.

농부들은 농촌의 나뭇잎에 하얀 실로 번데기 집을 만드는 벌레가 나중에는 죽음의 상징인, 불길한 나비가 된다는 걸 잘 알고 있습니다.

흙에는 청개구리를 만드는 어떤 물질이 섞여 있습니다. 이 흙에서 갓 태어난 청개구리에게는 다리가 없습니다. 하지만 조금 있으면 헤엄치기에 알맞은 다리가 생깁니다. 그것도 뛰기에 알맞게 뒷다리는 앞다리보다 길게 생겨납니다.

곰이 갓 낳아 놓은 새끼는 아기 곰이 아닙니다. 그저 두루뭉술한 살덩어리에 지나지 않지요. 하지만 어미 곰은 이 아기 곰을 핥아 다리가 생겨나게 하고 모양을 곰 꼴로 만듭니다.

---

22) 고대인들은 실제로 이렇게 믿었다. 신화에 나오는 양봉의 신 아리스타이오스는 자기 벌이 떼죽음을 당하자 이 같은 방법으로 다시 벌 떼를 얻었다. 현대인이 보기에 황당무계한 이하의 사례는 고대인들의 자연관(自然觀)을 엿볼 수 있게 한다.

육각형 벌집 속에서 갓 생겨난 꿀벌의 유충을 보셨겠지요? 처음에는 다리가 없습니다. 하지만 며칠이 지나면 이 유충의 몸에서 다리와 날개가 생겨납니다.

꼬리 날개에 별이 무수히 박혀 있는 유노 여신의 신조(神鳥)[23]를 보십시오. 유피테르의 벼락을 나르는 독수리를 보십시오. 베누스 여신의 신조인 비둘기를 보십시오. 다른 새들을 보십시오. 우리가 실제로 보지 않았다면, 이 새들이 알에서 나왔다는 것을 믿을 수 있겠습니까? 이 세상에는 무덤에다 묻은 인간의 등뼈가 썩으면 그 골수는 독사가 된다고 믿는 사람들이 있습니다.

보십시오. 위에서 말한 동물들은 모두 다른 동물의 몸에서 생겨나지 않습니까? 동물들 가운데 외부의 어떤 도움도 빌리지 않고 스스로 재생하는 동물이 새 가운데 딱 한 가지 있습니다. 아시리아 사람들이 '포이닉스'[24]라고 부르는 새가 바로 그것입니다. 이 새는 곡식이나 풀씨를 먹고 사는 것이 아니고 유향 수지(樹脂)나 발삼의 즙을 먹고 삽니다.

이 새는 운명이 정해 준 수명인 500년을 살게 되면, 바람에 흔들리는 야자나무 꼭대기에 깨끗한 부리와 발톱으로 둥우리를 만듭니다. 그런 다음에는 이 둥우리에 육계(肉桂)와 감송(甘松)과 계피(桂皮)와 몰약 같은 향료를 물어다 놓고는 그 위에 누워 한살이를 마칩니다.

---

23) 공작을 말한다.

24) 영/피닉스. '불사조'.

그 지방 사람들의 말에 따르면, 이 포이닉스의 몸에서 역시 같은 햇수를 살게 되는 새끼 포이닉스가 태어난다고 합니다. 이 새끼 포이닉스는, 어느 정도 자라서 힘을 얻으면, 그 아버지의 무덤이자 자신의 요람이었던 이 둥우리를 물고 하늘을 날아 태양의 도시[25]로 가서는, 휘페리온[26] 신전 문 앞에 내려놓는다는 것입니다.[27]

이 이야기가 기이하다고 느끼시는 분들에게는, 휘아이나[28]가 성(性)을 바꾼다는 이야기도 생소하게 들리겠군요. 얼마 전까지만 해도 암컷이던 수휘아이나는 얼마 전까지만 해도 수컷이던 암휘아이나의 잔등을 오른다니까요.

공기와 바람을 먹고 살면서, 누가 건드리면 몸 색깔을 바꿔 버리는 동물도 있다고 합니다. 박쿠스 신이 힌두스를 정복하자 힌두스[29] 땅이 이 포도주의 신께 살쾡이를 바친 것은 다 아시는 일이지요? 그런데 사람들 말을 들으니 이 살쾡이 오줌은 몸 밖으로 나오자마자 돌이 된다고 하더군요. 산호도 이와 비슷합니다. 산호는 바닷속에 있을 때는 식물이지만 공기 속으로 나오면 굳어져 돌이 되니까요.

형상을 바꾸어 다른 것으로 변하는 동물과 식물의 이름을

---

25) 이집트에 있는 헬리오폴리스를 말한다. 헬리오폴리스는 '태양의 도시'라는 뜻이다.

26) 태양신 헬리오스의 아버지. '높은 곳을 달리는 자'.

27) '태워 버린다'라는 뜻인 듯하다.

28) 하이에나. 당시 사람들은 하이에나가 수컷으로 1년을 살면 암컷이 되는데 이때 다른 수컷과 교미하여 새끼를 낳는다고 믿었다.

29) 인도.

다 주워섬기려면, 포이부스가 헐떡거리는 천마 무리와 함께 바다로 들어가 날이 저물 때까지 주워섬겨도 시간이 모자랄 것입니다.

그대들이 잘 알다시피 나라라는 것도 마찬가지입니다. 나라 가운데에는 세월이 흐를수록 강대해져 가는 나라도 있고, 쇠퇴의 길을 걷는 나라도 있습니다. 트로이아는 그 많은 인명을 잃으면서도 그 전쟁의 돌개바람을 10년간이나 버틸 수 있을 만큼 국력도 있고 인구도 많은 나라였습니다. 그러나 지금은 잿더미로 변했습니다. 트로이아가 있던 자리에는 폐허뿐입니다. 이 폐허가 된 나라가 가진 재산으로는 무덤이 있을 뿐입니다. 한때는 만방에 이름을 떨친 스파르타, 한때는 번영의 상징이었던 도시 국가 뮈케나이, 그 장하던 암피온의 성채[30]와 케크롭스의 도시[31]도 같은 길을 걸었습니다. 스파르타는 논밭이 되었고, 뮈케나이는 쑥밭이 되었습니다. 테바이에 오이디푸스의 이름 말고 무엇이 남았습니까? 판디온의 도시 아테나이에 그 이름 말고 남은 것이 무엇입니까? 오늘날 우리는 트로이아 유민들이 일으킨 로마가 융성하여 아펜니노스산에서 발원한 튀브리스강 언덕에 대규모 공사를 시작해 세계 지배의 기틀을 마련하고 있다는 소문을 듣습니다. 이 도시 역시 국력이 신장되면서 변모를 거듭해 언젠가는 이 넓은 세계의 수도가 될 것입니다. 사람들은 이 나라의 이러한 운명이 이미 오래

---

30) 테바이를 말한다.

31) 아테나이를 말한다.

전에 신들의 뜻을 통해 드러나 있었다는 말들을 합니다. 내가 기억하기로도 트로이아가 멸망하기에 앞서 프리아모스의 아들 헬레노스는 눈물을 흘리며 아이네이아스에게 이런 말을 했습니다.

'여신의 아들이시여, 제 예언을 귀담아들어 주십시오. 그대가 살아 있는 한 트로이아가 완전히 멸망하지는 않습니다. 그대는 이 땅을 떠나게 됩니다. 불과 칼이 그대에게 길을 내 줄 것입니다. 그대는 트로이아 부활의 상징[32]과 더불어 먼 길을 여행하여 마침내 그대의 고향이나 그대가 지키던 트로이아보다 그대를 더 따뜻하게 맞아들이는 이국에 이를 것입니다. 지금 내 눈에 그 이국의 땅이 보이는 듯합니다. 과거에 보았던 어떤 땅보다 넓은 땅, 지금 우리가 아는 어떤 땅보다 넓은 땅, 앞으로 우리가 알게 될 어떤 땅보다 더 넓은 땅이 내 눈에 보이는 듯합니다. 다른 지도자들도 그 땅을 차지하려고 나설 것입니다만, 이 땅을 차지할 수 있는 것은 율루스[33]의 핏줄에서 태어나는 지도자뿐입니다. 그만이 이 세계의 주인이 될 수 있을 것입니다. 그가 나타나면 땅도 그를 찬양할 것이고 하늘도 그를 찬양할 것입니다. 따라서 그는 이 세상을 떠나 하늘에서 영생할 것입니다.'

나는 헬레노스가 아이네이아스에게 이런 말을 하는 것을 보았습니다.[34] 아이네이아스는 가정의 수호신과 함께 트로이

---

32) 트로이아 수호신들의 성상(聖像)을 가리키는 듯하다.

33) 아이네이아스의 아들 아스카니우스의 별명.

34) 이 말을 하는 퓌타고라스의 전생(前生)은 트로이아 전쟁 영웅이었으므로.

아를 떠났습니다. 다행히도 트로이아 유민들의 성벽이 다시 오르고 있습니다. 그리스군의 승리는 이렇게 해서 트로이아인들에게는 전화위복의 기회가 될 수도 있었던 것입니다.

이야기가 많이 빗나갔군요. 나를 태운 말이 목적지를 잃고 한동안 엉뚱한 곳을 헤맸군요. 자, 본론으로 되돌아갑시다.

하늘과 하늘 아래 있는 만물은 다 끊임없이 변합니다. 땅과 땅 위에 있는 만물도 끊임없이 변합니다. 피조물의 하나인 우리 인간도 변합니다. 우리라는 존재는 육체로만 이루어져 있는 것이 아니고, 날개 달린 영혼도 여기에 깃들여 있기 때문입니다. 날개 달린 우리의 영혼은 들짐승의 가슴을 찾아 들어갈 수도 있고, 가축의 가슴을 찾아 들어갈 수도 있습니다. 따라서 우리는 이러한 짐승들을 함부로 죽이지 말아야 합니다. 이런 짐승의 몸에 어쩌면 우리 부모 형제나 우리 친척, 우리와 같은 인간의 영혼이 깃들여 있는지도 모르기 때문입니다. 그러니 인간이라는 이 예사롭지 않은 지위를 불명예스럽게 하거나 튀에스테스식(式) 식사[35]로 우리의 배를 채우는 일은 절대로 하지 맙시다.

나지막하게 우는 송아지의 목을 칼로 도리고, 어린아이처럼 우는 어린 양을 죽이고, 제 손으로 기르던 새를 잡아먹는 인간……. 이 얼마나 못된 버릇입니까? 같은 인간의 피를 보려

---

35) 튀에스테스는 펠로프스와 히포다메이아 사이에서 난 아들. 이 튀에스테스가 계수인 아트레오스의 아내와 밀통하자 아트레오스는 튀에스테스가 물의 요정에게서 얻은 세 자식을 요리하여 아비인 튀에스테스에게 먹임으로써 이를 복수한다.

고 예행연습이라도 하는 것 같지 않습니까? 이러한 인간에게 살인은 짓기 어려운 죄가 아닙니다. 자, 이런 식으로 가다가 어떻게 되겠습니까?

소에게는 쟁기나 끌게 하십시오. 그러다 나이를 먹어 죽게 되면 그 죽음을 슬퍼해 주십시오. 양으로부터는 우리를 북풍에서 지켜 줄 양털이나 얻어 냅시다. 염소로부터는 젖을 얻는 것으로 만족하십시오. 짐승을 속이는 함정이나 올가미나 그물 같은 것은 이제부터라도 쓰지 마십시오. 깃털을 꽂아 만든 가짜 새로 새들을 속이지 말고, 소리로 유인하여 사슴을 죽이지 말며, 꼬부라진 낚싯바늘을 미끼로 감춰 물고기를 속이지 마십시오. 해로운 짐승은 죽이되 죽이는 것으로 만족하십시오. 그 고기가 우리 입으로 들어가게 하지는 마십시오. 거친 음식으로 만족하십시오."

그는 이렇게 가르쳤으나 사람들은 그의 귀한 가르침을 제대로 따르지 않았다.

3 에게리아의 전신. 히폴뤼토스의 소생(蘇生)

전설에 따르면 누마왕은 이 사람의 가르침을 받고 고향으로 돌아와 백성들의 천거를 받아들여 라티움의 통치자가 되었다. 통치자가 된 누마는 요정이던 아내[36]와 카메나이의 도움을 받아 종교적인 제사를 가르치고, 그 이전까지만 해도 전쟁밖에 모르던 국민들에게 평화를 가르쳤다.

그러던 중 나이가 들어 이 세상을 떠나게 되자 라티움의 온 백성은 귀천을 불문하고 그의 죽음을 슬퍼했다. 그러나 가장 슬퍼한 것은 역시 그의 아내였다. 그의 아내는 라티움을 떠나 아리키아에 있는 한 계곡을 은둔처로 삼고 파묻힘으로써 세상과는 인연을 끊었다.

이 아리키아에서 누마의 아내는 눈물과 한숨으로 세월을 보냈다. 당시 아리키아 땅에는 오레스테스가 퍼뜨린 디아나교(敎)의 사당이 있었다. 누마왕의 아내 에게리아의 울음소리는 디아나 여신의 신전에까지 들렸던 모양이다. 이 계곡의 숲과 샘의 요정들이 에게리아의 울음소리를 듣고는 달려와 왕을 잃은 이 왕비를 위로했다. 그러나 그러는데도 보람이 없자 테세우스의 아들이 달려와 이렇게 슬퍼하는 에게리아에게 이런 말을 했다.[37)]

"제발 고정하시오. 슬퍼해야 할 사람이 그대 하나뿐인 것은 아니오. 그대가 당한 것과 비슷한 슬픔을 당한 사람들 생각도 좀 하시오. 그러면 그대의 슬픔은 하찮게 느껴질 수도 있을 것이오. 내게도 내가 당하지 않았더라면 좋았을 슬픈 일이 있었소. 그대의 슬픔을 조금이라도 위로할 수 있으면 좋겠다는 뜻

---

36) 그리스의 무사이와 동일시되던 카메나이 중 하나인 에게리아를 말한다. 누미왕의 아내이자 제사 및 정치의 상담역이었다.

37) 테세우스의 아들이란 히폴뤼토스를 말한다. 히폴뤼토스는 테세우스와 아마존족인 히폴뤼테 사이에서 난 아들이다. 베누스 여신을 멀리하는 대신 사냥과 디아나 여신을 광적으로 좋아했다. 미노스왕의 딸인 계모 파이드라가 요구하는 불륜의 사랑을 거절했다가 베누스 여신과 넵투누스의 협공에 걸려 목숨을 잃었다.

에서 내 이야기를 할 테니 들어 주기 바라오.

'히폴뤼토스'라는 이름 들어 보았을 것이오. 저주받을 계모와 우직한 아버지 때문에 억울하게 죽은 왕자의 이름이오. 그대는 내 말을 들으면 놀랄 것이오. 그대에게 증명해 보일 방도가 없기는 하오만 내가 바로 히폴뤼토스올시다. 한 옛날 파시파에의 딸[38]은 나를 꾀어 내 아버지의 침대를 더럽히려고 했소. 하지만 내가 어디 그럴 사람이던가요? 파시파에의 딸은 내가 유혹을 거절하자, 오히려 내가 자기를 유혹하려 했다는 소문을 퍼뜨립디다. 거절당한 게 창피해서 그랬을 테지요.

물론 내게는 아무 죄도 없었소만, 아버지는 나를 저주하면서 왕국에서 쫓아냈소. 나는 수레를 몰고 한동안 방랑하다가 피테우스의 도시 트로이젠으로 가고자 했소. 바다를 건너 코린토스만에 이르렀는데, 갑자기 바다가 뒤집힙디다. 산 같은 파도가 무수히 해변을 때렸지요.

그런데 가만히 보고 있으니까, 산같이 솟았던 파도의 마루가 갈라지면서 뿔 달린 황소 한 마리가 나오는 게 아니겠어요? 이 황소는 코와 벌린 입으로 물을 토해 내면서 물살을 가르고 해변으로 헤엄쳐 왔소. 나와 같이 있던 말들은 놀라 길길이 뛰었소만 내게는 괴물에게 관심을 기울일 여유가 없었소. 떠도는 처량한 내 신세를 한탄하느라고 그럴 여유가 없었던 것이오. 나는 그저 괴물을 구경하고 서 있었는데, 말들은

38) 파시파에는 크레타의 왕 미노스의 아내. 이른바 '미노스의 황소'의 씨를 받아 괴물 미노타우로스를 지어 낳은 여인이다. 이 파시파에의 딸이 바로 후일 테세우스의 아내가 되어 전처 소생인 히폴뤼토스를 유혹한 파이드라이다.

영웅 테세우스의 아들인 히폴뤼토스의 환생.

귀를 세우고 부들부들 떨면서 괴물 쪽으로 달려가려고 기를 썼소. 내가 물에 젖은 고삐를 당겼지만 막무가내였어요. 나는 몸을 뒤로 젖히고 고삐를 놓치지 않으려고 버텼소. 말들이 미친 듯이 날뛰기는 했지만 내 힘도 만만치 않았으니까 뜻밖의 일이 일어나지 않았더라면, 나는 말들을 제압할 수 있었을 것이오. 그러나 뜻밖의 일이 생겼지요. 돌고 있던 수레바퀴의 굴대 한쪽 끝이 나무둥치에 걸려 버린 것이오. 순식간에 바퀴가 부서져 나갔지요. 나는 수레에서 퉁겨 나갔소. 나는 말고삐를 놓지 않고 있었기 때문에 잠깐이나마 말에게 끌리고 말았지요. 그 바람에 내 몸이 나무둥치에 심하게 부딪쳤고요. 사지의 일부는 앞으로 부러지고 일부는 뒤로 부러지고……. 나는 내 뼈가 부서지는 소리를 들었어요. 만신창이가 된 채 마지막 숨을 몰아쉬고 있는 내 모습, 목불인견이었을 것이오. 누가 보았더라도 그게 나라는 것을 알아보지 못했을 것이오.

자, 요정이여, 그대가 당한 슬픔의 고통을 내가 당한 이 고통에 견주려오? 나는 어둠에 싸인 왕국[39]을 보았소. 만신창이가 된 내 몸은 플레게톤[40]까지 건넜소. 만일에 아폴로 신의 아들[41]이 손을 써 주지 않았더라면 나는 정말 죽었을 것이오. 파이안[42]의 도우심과 탁효가 있는 약초 덕분에 나는 죽었다가 다시 살아났소만, 이것은 디스[43]의 뜻을 거스르는 것이었소. 디스의 뜻을 거슬렀으니 만일에 그의 눈에 띈다면 더 큰 화를 당하게 될 것이 아니겠소? 그게 걱정스러웠던지 디아나 여신께서는 나를 안개로 감싸 주셨소. 여신께서는 나를 안전하게 숨겨 주시고, 디스에게 발각되어 벌을 받게 되는 것을 면하게 해 주시려고 나를 늙은이로 만드셨소. 그래야 아무도 나를 알아보지 못할 것이 아니겠소. 꽤 오랫동안 여신께서는 나를 크레타로 보낼까, 델로스로 보낼까 고민하시다가 결국은 나를 이곳에 숨기셨어요. 이곳에 숨기시면서 여신께서는 내게 '말〔馬〕'에 대한 연상을 불러일으킬 가능성이 있는 내 이름[44]

---

39) 저승.
40) 저승을 흐르는 강 중의 하나. '불의 강'.
41) '의신(醫神)'으로 불리는 아스클레피오스를 말한다.
42) 의신.
43) 저승신 플루토의 별명.

을 버리라고 하시면서 이렇게 말씀하셨소.

'한때 히폴뤼토스였던 그대의 이름은 이제부터 비르비오스[45] 이다.'

그때부터 나는 하급 신(下級神)으로 이 숲에 살면서 여신의 비호를 받는 동시에 여신의 종자가 되어 살아가고 있소."

히폴뤼토스의 이야기는 이로써 끝났다.

그러나 타인의 슬픔이나 고통은 에게리아의 슬픔이나 고통을 줄여 줄 수 없었다. 에게리아는 산기슭에 엎드려 하염없이 눈물을 흘렸다. 포이부스의 누이인 디아나 여신은 애통해하는 과부를 불쌍하게 여기고 에게리아의 몸을 샘으로 만들었다. 에게리아의 몸은 늘 맑은 물이 고이는 샘이 된 것이다. 디아나 숲의 요정들은 이 전신의 기적을 보고는 기겁을 하고 벌린 입을 다물지 못했다. 아마존의 아들도 이 놀라운 기적에 기겁을 하고 아연해할 뿐이었다.

4 타게스. 로물루스의 창. 키푸스

기겁했다는 이야기가 나왔으니 말이지만, 히폴뤼토스가 기겁을 했던 정도는 어느 튀레니아[46] 농부가 기겁했던 정도에 견줄 만하다. 이 튀레니아 농부가 기겁을 한 경위는 이렇다.

---

44) 히폴뤼토스라는 이름의 '히포'는 '말'이라는 뜻이다.

45) '두 번 태어난 자'.

46) 에트루리아 지방.

이 농부는 밭을 쟁기질하다 아무도 건드리지 않았는데도 불구하고 흙덩어리가 저절로 움직이는 것을 보았다. 기겁을 했을 수밖에……. 잠시 후 이 흙덩어리는 제 모양을 잃고 사람이 되어 갓 생긴 입으로 미래의 일을 예언했다. 이 지방 사람들은 이 예언자를 '타게스'라고 불렀다. 전해지기로는 튀레니아 사람들에게 처음으로 점술을 가르친 사람이 바로 이 타게스였다고 한다.

로물루스도 비슷한 일로 기겁한 일이 있다. 그는 팔라티움 언덕에 꼿꼿이 선 자기 창에서 잎이 돋아나는 것을 보았다. 창이 꼿꼿이 선 것은 그가 창날을 땅에다 박았기 때문이 아니라 창 자루에 뿌리가 생겼기 때문이다. 그것은 이미 창이 아니라 한 그루의 나무였다. 이 나무는 기겁을 하고 서 있는 로물루스의 머리 위로 그늘을 드리웠다.[47)]

키푸스 장군도 강가에서 강물에 비치는 자기 모습을 보다가 기겁을 했다. 자기 머리 양쪽에 뿔이 돋아 있는 것을 본 것이다. 일렁거리는 수면의 장난이겠거니 여기면서 그는 자기 머리를 만져 보았다. 물에 비치던 것은 실제로 그의 머리 양쪽에 붙어 있었다. 머리에 뿔이 돋았다는 사실을 인정하지 않으려야 인정하지 않을 수 없었다. 적을 물리치고 개선하던 그는 승리의 기쁨은 뒷전으로 밀어 놓고 하늘을 우러러 외쳤다.

"하늘에 계신 신들이시여, 저는 신들께서 부리신 조화가 무

---

47) 이 나무는 로마의 운명을 상징했다. 후일 공사하는 사람들이 나무의 뿌리를 상하게 하자 나무는 시들기 시작했고, 이때부터 로마는 내리막길을 걸었다고 한다. 플루타르코스의 『영웅전』에 나오는 이야기이다.

엇을 뜻하는지 알지 못합니다. 그러나 만일에 이것이 좋은 징조라면 제 조국과 퀴리누스의 백성들을 위한 징조이게 하시고, 나쁜 징조라면 저에게 나쁜 징조이게 하소서."

기도를 끝낸 그는 떼를 떠서 제단을 만들고 신들에게 제물을 드리고 향연을 피워 올렸다. 그러고는 점술사에게 명하여 갓 잡은 양의 내장을 꺼내 어떤 징조인지 점을 쳐 보게 했다. 에트루리아인 점술사는 양의 내장을 꺼내어 보는 순간, 어떤 일이 일어날 징조인지는 몰라도 어쨌든 중대한 일이 터질 징조라는 것까지는 읽어 냈다. 그는 양의 내장을 보던 눈을 들어 키푸스의 뿔을 바라보면서 이렇게 말했다.

"만세, 만세, 대왕 만세! 키푸스 장군이시여, 이 땅과 라티움 성채는 장군과 장군의 뿔에 충성을 맹세할 것입니다. 하루속히 장군을 위해 열린 라티움성으로 입성하소서. 이것은 장군의 운명입니다. 성안에 드시면 장군께서는 왕이 되시어 영원한 국왕의 보좌에 앉으실 것입니다."

그러나 키푸스는 망설였다. 그는 초췌한 모습으로 성채를 바라보다가 점술가에게 말했다.

"바라건대 신들께서는 이 운명의 손길을 거두시기를……. 나는 카피톨리움 언덕의 왕좌에 앉느니 차라리 방랑으로 여생을 보내겠다."

그는 승리의 상징인 월계관으로 뿔을 가리고는 백성들과 원로들을 불렀다. 이들이 모이자 가마 위에 올라선 그는 관례에 따라 신들에게 축수하고는 백성들을 향해 입을 열었다.

"여기에 그대들이 쫓아내지 않으면 장차 왕이 될 자가 있다. 내가 이름을 거론하지는 않겠지만, 그런 사람이 분명히 있다. 이 사람의 이마에는 뿔이 돋아 있다. 점술사는 만일에 이 사람이 로마에 입성하면 그대들을 노예로 만드는 법을 제정하게 될 것이라고 한다. 이 사람은 성문을 부수고 들어갈 수도 있다. 나와는 이 세상에서 가장 가까운 사람이지만, 나는 이 사람의 입성을 반대해 왔고 막아 왔다. 이번에는, 시민들이여, 그대들이 막아야 한다. 그대들은 이 사람에게 죄 없다고 아니 할 것이다. 그러니 전제 군주가 두렵거든 이 사람을 사슬로 묶어 추방하거나 죽여 버리기 바란다."

사나운 동풍이 불 때 키 큰 소나무에서 나는 소리, 멀리서 들리는 파도 소리와 흡사한, 웅성거리는 소리가 백성들 사이에서 들려왔다. 잠시 후 웅성거리던 군중 속에서 한 사람이 외쳤다.

"그 사람이 누굽니까?"

"그대들이 찾는 사람이 여기에 있다."

키푸스는 이렇게 대답하고는 머리에 쓰고 있던 월계관을 벗었다. 그는 측근의 만류를 뿌리치고 백성들에게 월계관으로 감추고 있던 양쪽 관자놀이를 보여 주었다. 양쪽 관자놀이에는 뿔이 나 있었다.

백성들은 다시 웅성거리며 시선을 돌렸다. 곳곳에서 한숨 쉬는 소리가 들렸다. 백성들에게는 그토록 유명한 장군의 머리에 뿔이 돋아 있었다는 게 믿어지지 않았다. 그래서 시선을 돌렸다가도 주뼛주뼛 장군의 머리를 올려다보고는 했다. 그러나 백성들은 장군의 머리에서 명예의 상징인 월계관을 벗겨 놓고 있기가 송구스러웠다. 그래서 그 관을 다시 씌워 주었다. 장로들은 키푸스를 성안으로 들어가지 않게 하는 대신 전쟁을 승리로 이끈 그 빛나는 영광에 대한 답례로 황소 여러 마리를 맨 쟁기를 주었다. 해 뜨고 나서부터 해 질 때까지 이 쟁기로 둥그렇게 땅을 긁게 하고는 그 안의 땅은 모조리 그에게 주기로 한 것이다.

영광의 보답이 이로써 만족스럽지 않다고 여겼던지 백성들은 이를 오래오래 기리기 위해 청동으로 된 성문 기둥에 이 영웅의 불가사의한 뿔을 상징하는 뿔 문양을 새겨 넣었다.

5 역질(疫疾)로부터 로마를 구한 아스클레피오스

늘 오셔서 시인을 지켜 주시는, 오, 무사이 여신들이시여, 이번에는 코로니스의 아들 이야기를 들려주소서. 코로니스의 아들[48]이 어떻게 로물루스의 도시에서 그 신성(神聖)을 높였는지, 어떻게 로물루스의 도시로 오게 되었는지, 어떻게 튀브리

48) 의신 아스클레피오스를 말한다. 아스클레피오스의 로마식 이름은 아에스쿨라피우스. 여기에서는 그리스식 이름 아스클레피오스를 취하기로 한다. 아폴로의 아들인 아스클레피오스는 어머니 코로니스의 타다 남은 몸에서 태어났다. 일찍이 의술을 익힌 아스클레피오스는 언젠가 죽은 사람을 살려 저승신 플루토를 몹시 노하게 한 적이 있다. 유피테르 대신은 저승신의 탄원을 받아들여 아스클레피오스를 벼락으로 쳐 죽였다. 그러나 유피테르는 벼락으로 쳐 죽인 것을 미안하게 여겨 아스클레피오스를 신위(神位)에 올려 주었다.

스강으로 둘러싸인 이 도시에 거하게 되었는지 소상하게 일러 주소서. 세월이라는 것은 기억을 좀먹게 하는 것입니다만 여신들께서는 이 내막을 소상히 아실 것입니다.

옛날 무서운 역질이 라티움 땅을 휩쓴 적이 있다. 라티움 사람들은 이 역질로 피를 말리다가 맥없이 쓰러져 갔다. 장례 행렬을 보는 것도 지겨워졌을 때에 이르러서야 사람들은 인간의 노력으로는 이 역질을 물리칠 수 없고, 의사의 힘으로는 역질에 걸린 환자를 치료할 수 없음을 알았다. 그래서 사람들은 하늘의 도움을 받아야겠다고 생각했다. 사람들은 포이부스 아폴로 신의 신탁을 받으려고 세계의 중심에 있는 델포이 신탁전으로 갔다. 그들은 이 신탁전에서 아폴로 신에게 기도를 드렸다. 오셔서 도와주십사고, 병든 자들을 살리고 그 고난의 시대를 마감할 신탁을 내려 주십사고 기도를 드렸다. 그러자 대지와 월계수와 아폴로 신께서 늘 들고 다니시던 활이 부르르 떨리면서 신전 깊은 곳에서 들려오는 목소리로 거룩한 삼각대[49]는 이렇게 말했다. 사람들은 공포에 질려 낯색을 잃고 무녀가 전하는 신탁을 들었다

"로마인들아, 가까이서 구할 수 있는 것을 너희는 멀리 있는 나에게까지 와서 구하는구나. 너희 기도를 들어 너희를 환란에서 구할 자는 나 아폴로가 아니라 아폴로의 아들이다. 내가 너희를 축복할 터이니 내 아들의 이름을 부르거라."

---

49) 아폴로의 신탁을 전하는 무녀, 즉 퓌티아는 이 삼각대에 앉아 아폴로 신의 뜻을 전한다. 여기에서는 '삼각대에 앉은 퓌티아'라는 뜻이다.

현명한 로마의 장로들은 이 신탁을 듣고 아폴로의 아들이 살던 곳을 수소문하고는 사신(使臣)들을 에피다우로스[50] 해안으로 보냈다. 사신들은 배를 이 해안에 대는 즉시 그리스 장로들을 찾아가 아폴로의 아들이 있어야 이탈리아인들의 씨를 말리는 역질을 물리칠 수 있을 것이라는, 움직일 수 없는 신탁을 받았다면서 그 그리스 신을 로마로 파견해 줄 것을 요청했다.

그리스 장로들의 의견은 둘로 갈렸다. 한 무리의 장로들은 그런 요청을 거절할 수 없다는 주장을 폈고, 또 한 무리의 장로들은 그리스 신을 로마로 보낼 수는 없다는 주장을 폈다. 보낼 수 없다는 주장을 펴는 장로들은 보내자는 주장을 펴는 장로들에게 그 신을 파견하면 그리스의 안전은 누가 보장하느냐고 물었다. 이 그리스 장로들의 논쟁은 황혼이 날빛을 몰아낼 때까지 계속되었다.

이윽고 세상에 어둠이 내리고 밤이 깊어 갔다. 로마의 사신은 잠자리에 들었다. 이날 밤 로마 사신의 우두머리는 꿈을 꾸었다. 건강을 지켜 주는 의신이 꿈에 나타났다. 의신의 모습은 신전에서 보았던 것과 똑같았다. 그는 왼손에 지팡이를 들고, 오른손으로는 긴 수염을 쓸면서 사신의 침대 머리에 서서 부드러운 목소리로 이렇게 말하는 것 같았다.

"두려워 말아라. 여기에는 허깨비를 하나 만들어 세워 놓고 내가 가리라. 내 지팡이를 감고 있는 이 뱀을 자세히 보아 두

---

50) 아스클레피오스의 신전이 있는 곳.

어라. 이 뱀을 잘 보아 두면 나를 알아볼 수 있으리라. 나는 뱀으로 둔갑해서 너희에게 나타날 것이다만 이 지팡이의 뱀보다는 훨씬 클 것이다. 그래야 둔갑한 신의 위의(威儀)에 어울리지 않겠느냐."

그의 말이 끝나는 순간 그의 모습도 사라졌다. 사신도 잠을 깨었다. 잠의 신이 황급히 쫓겨 가고 있었다.

햇빛이 하늘의 별들을 몰아낸 시각, 로마인들이 모시러 온 신의 신전에 모인 그리스 장로들은 여전히 결정을 내리지 못한 채 그리스에 있기를 원하는지, 로마로 가기를 원하는지 신의 뜻을 징조로 내려 주십사고 기도했다. 이들의 기도가 마악 끝났을 때였다. 황금빛 뱀으로 둔갑한 신이 머리를 쳐들고 쉭쉭 소리를 내며 나타났다. 뱀이 나타나자 신상과 제단, 신전 문과 대리석 문턱 그리고 황금 술잔이 흔들렸다. 신전 한가운데 선 뱀은 가슴을 바닥에 붙인 채 머리를 쳐들고 거기에 모여 있는 그리스 장로들과 로마 사신들을 둘러보았다. 그 눈에서는 불길이 일고 있었다. 장로들과 사신들은 두려워 부들부들 떨었다. 머리카락을 흰 댕기로 묶은 이 신전의 신관만은 신이 현재(顯在)하신 것을 알아보고 소리쳤다.

"보시오, 신이시오, 신께서 임재하시었소. 여기에 와 있는 분들은 모두 입을 다물고 더러운 생각을 몰아내 마음을 맑게 가지시오. 오, 아름다운 신이시여, 이렇게 임재하심이 저희에게 유익한 바가 있게 하소서. 신의 신전에 모인 저희를 축복하소서."

그 자리에 모인 사람들은 신관이 시키는 대로 일제히 신을

아버지와 함께 의신으로 대접받는 아스클레피오스의 딸 휘게이아(왼쪽). 아스클레피오스의 아들 포달레이오스. 트로이아 전쟁 때 명의로 이름을 떨쳤다(오른쪽).

경배하고, 신관이 시키는 대로 마음과 목소리를 하나로 하여 신을 찬양했다. 로마인들도 저희 식으로 신을 경배했다. 뱀으로 둔갑한 신은 이들의 경배를 가납(嘉納)한다는 뜻으로 고개를 주억거리고는, 끝이 갈라진 혀를 낼름거리며 쉭쉭 소리를 내었다.

이윽고 신사(神蛇)는 빛나는 신전 계단을 기어 내려와 뒤를 돌아다보았다. 떠나기에 앞서 정든 제단을 돌아본 것이었다. 정든 집인 신전과 작별 인사를 나눈 이 거대한 신사는 지기에게 바쳐진 무수한 꽃다발 위를 기어 도시 한복판을 지나 방파제 있는 곳으로 갔다. 방파제에 이르렀을 때는 고개를 돌려 군중을 바라보았다. 배웅하러 나온 군중과의 작별을 아쉬워하는 것 같았다. 이윽고 신사는 이탈리아 배에 올랐다. 배는 신사의 무게가 버거웠던지 용골이 잠길 정도로 내려앉았다.

아이네이아스의 자손들은 함성을 질렀다. 그들은 해변에서 소를 한 마리 잡아 제사를 지낸 뒤에, 갑판을 온통 꽃으로 장식한 배의 닻을 올렸다. 그러자 미풍이 이 배를 밀어 주었다. 승선한 신사는 그 육중한 머리를 고물의 난간에 올려놓은 채로 검푸른 바다를 내려다보고 있었다.

순풍 덕분에 무사히 이오니아 바다를 건넌 이 배는 엿새째 되는 날 새벽에 이탈리아 땅에 이르렀다. 여기에서 이 배는 유노 신전으로 이름 높은 라키니움곶과 스퀼라키움 해안을 지나 이아퓌기아를 뒤로하고, 왼쪽으로는 암프리시아 바위, 오른쪽으로는 코킨토스 단애를 끼고 나아가 로메티움, 카우론, 나뤽스 해변을 지났다. 이어서 이 배는 시켈리아섬의 펠로로스에 있는 좁은 해협을 무사히 지나고, 히포테스의 아들인 아이올로스의 왕궁이 있는 섬,[51] 테메세 광산, 레우코시아를 지나 장미꽃 만발한 따뜻한 섬 파에스툼에 이르렀다. 여기에서는 다시 카프레아이,[52] 미네르바의 곶,[53] 포도밭이 많은 아름다운 섬인 수렌툼산, 헤라클레스의 이름을 딴 도시,[54] 스타비

---

51) 아이올리아.

52) 지금의 카프리.

53) 캄파니아 곶을 말한다. 이곳은 지금도 '카포 델라 미네르바', 즉 '미네르바 곶'이라고 불린다.

54) 헤라클라네움. 서기 79년의 베수비오 화산 폭발 때 폼페이와 함께 매몰되었다.

아이, 게으름뱅이들의 낙원 파르테노페 그리고 시빌레의 사당이 있는 퀴메를 뒤로하고 따뜻한 온천 도시 바이아에, 유향수가 많기로 유명한 리테르눔, 엄청나게 많은 토사를 나르면서 흐르는 볼투르누스강, 백구(白鷗)의 둥우리가 많은 시누에사, 썩어 가는 늪지가 많은 민투르나이, 일찍이 한 영웅의 유모의 유해가 묻힌 카이에타,[55] 늪에 둘러싸인 트라카스, 안티파스가 살던 땅, 키르케의 땅을 차례로 지나 모래톱이 단단한 안티움 해변에 도착했다. 여기서부터는 파도가 높아 항해를 계속할 수 없어 뱃사람들은 배를 해변으로 끌어 올렸다.

의신은 똬리를 풀고 배에서 해변으로 내려와 그 거대한 몸을 움직여 모래가 누런 해변에 있는 자기 아버지[56]의 신전에 들었다. 이윽고 바람이 자고 바다가 잔잔해지자 에피다우로스의 신은 아버지의 신전을 나와 모랫바닥을 기어 뱃사람들이 대 놓은 사다리를 타고 다시 배에 올라, 배가 카스트룸을 지나고 성도(聖都) 라비니움을 거쳐 튀브리스강 어귀에 이를 때까지 고물 난간에 머리를 얹고 가만히 있었다.

배가 항구에 닿자 수많은 사람들이 이 도시 사방에서 몰려나와 이 의신을 맞았다. 트로이아의 베스타[57]를 섬기는 여사제들은 합성으로 이 신을 맞아들였다. 배가 강을 거슬러 올라가자 강 양쪽에 위치해 있는 신전에서는 자욱이 향연이 올랐다. 신전의 사제들은 그 향연 속에서 갈로 희생 제물의 목을

---

55) 아이네이아스의 유모 카이에타가 묻힌 곳.
56) 아폴로.

아스클레피오스의 두 딸 아이글레와 파나케아(등을 돌리고 있는 이는 베누스 여신).

땄다.

이윽고 뱀 모습을 한 의신은 세계의 수도 로마에 입성했다. 의신은 몸을 꼿꼿이 세우고 목을 돛대에 올려놓고는 자신이 집으로 삼을 만한 곳을 찾느라 좌우를 둘러보았다. 튀브리스

57) 그/헤스티아. 부뚜막의 여신. 혹은 불씨의 수호 여신. 가정의 수호 여신인 동시에 국가의 수호 여신으로 섬김을 받았다. 이 여신에게는 신상(神像)이 없는데, 이는 불이 곧 이 여신의 신체(神體)이기 때문이다. 이 여신을 모시는 여사제들은 '베스탈리스'라고 불린다. 이 베스타 여신이 '트로이아의 베스타'라고 불리는 것은, 아이네이아스가 이 여신을 섬기는 풍습을 전했기 때문이라고 한다.

강이 두 갈래로 갈라지는 곳에 강이 두 개의 긴 팔로 조심스럽게 안고 있는 듯한 땅이 있다. 사람들은 이 땅을 '섬'[58]이라고 했다. 포이부스의 피를 받은 이 신사는 배에서 내려 이 섬으로 들어갔다. 신이 뱀의 모습을 버리고 신의 모습을 드러내자 로마의 역질은 그것으로 끝났다. 이 신이 로마를 구한 것이다.

6 카이사르의 승천

이 신은 이방에서 오시어 우리 신전에 드신, 말하자면 이국의 신이다. 그러나 카이사르[59]는 당신의 나라에서 신이 되신 분이시다. 마르스 신의 직분인 전쟁은 물론이고 평화를 정착시키는 정치에도 능하신 이분께서 새로운 별, 즉 새로운 혜성이 되신 것은, 이분께서 수많은 전쟁을 승리로 이끄셨고, 평화 시에는 많은 업적을 쌓으셨으며 엄청난 명성을 얻으셨기 때문이라기보다는 훌륭한 아드님을 두셨기 때문이라고 보아야 옳다. 카이사르의 공적 가운데 이분을 아드님으로 삼으신 것 이상으로 빛나는 공적이 없을 것이기 때문이다.[60]

카이사르께서는 바다를 주름잡고 다니는 브리타니아인[61]들을 정복하셨고, 승승장구하는 함대를 몰고 파피루스[62]가

58) 지금의 티베리나.

59) 영/줄리어스 시저. 즉 카이우스 율리우스 카이사르를 말한다. 아이네이아스의 아들 율루스의 자손. 따라서 이 족보는 베누스 여신에게 닿는다.

자라는 닐루스강[63]의 일곱 하구를 누비셨으며, 반역하는 누미디아인들을 로마에 복속시키셨고, 유바의 왕국 키뉩스와, 저 유명한 미트리다테스왕의 왕국 폰투스를 정복하셨다. 이 분께서 거둔 승리를 이루 헤아릴 수도 없으니, 개선 행진을 한 일도 한두 번이 아니다.[64] 이런 일들이 그분의 영광을 드높이는 것임이 분명하다. 그러나 이런 일들을 어찌 한 위대한 인물을 탄생시킨 영광에 비기랴. 카이사르의 아드님이 위대하시다는 것은, 일찍이 신들께서 이분을 세계 평화의 수호자로 정하셨고, 이분을 통하여 인간에게 자비를 베푸시기 때문이다. 그러므로 카이사르께서 신이 되신 것은, 이러한 아드님을 두셨으니 당연하다.

아이네이아스의 어머니이신 베누스 여신은, 로마의 대제관(大祭官)[65]에 대한 암살 음모가 진행되고 있다는 것을 안 순

---

60) '아드님'은 로마의 초대 황제가 된 아우구스투스를 가리킨다. 카이사르의 조카였던 아우구스투스는 카이사르의 유언에 따라 대를 잇게 된다. 즉 저자 오비디우스는 아우구스투스에게 대를 물린 것이야말로 카이사르가 한 일 중 가장 잘한 일이라고 말하고 있는 것이다. 저자 오비디우스는 이 황제의 비위를 건드려 먼 땅으로 유배되어 있을 동안에 이 책을 쓴 것으로 알려져 있다. 그래서 그런지 의도적으로 카이사르의 후계자인 황제 아우구스투스를 미화(美化)하고 있는 것 같다.

61) '영국인'.

62) 지초(紙草).

63) 나일강의 로마식 표기.

64) 고대 로마에서는 5000명 이상의 적을 죽인 큰 승리일 경우에만 카피톨리움의 유피테르 신전 앞에서 개선 행진을 했다.

65) 카이사르를 말한다. 대제관은 국가적인 제사를 관장하고 역법(曆法)을 정하는 로마 최고의 종교적인 지위이다.

간, 기겁을 한 나머지 낯빛을 잃고는 신들을 만날 때마다 이런 말로 불만을 토로했다.

"내 말 좀 들어 보세요. 나와 내 자손에 대한, 주도면밀한 음모가 진행되고 있어요. 하나 남은 내 핏줄인 트로이아인 율루스의 자손에 대해 잔학무도한 음모가 진행되고 있답니다. 나만 왜 이렇게 피를 말리는 일을 당해야 한다지요? 내가 이렇게 괴로운 일을 당한 것은 한두 번이 아니랍니다. 디오메데스의 창에 손을 다치기도 했지요, 방비가 튼튼하지 못한 트로이아 성벽 때문에 불면의 밤을 무수히 밝혔지요, 내 자식이 유랑 길에 나서는 것을 보아야 했지요, 바다에서 시달리는 것도 보아야 했지요, 저 무서운 저승길 드나드는 것도 보아야 했지요, 투르누스 같은 자를 상대로, 이런 말 해서 될까 몰라도 유노 여신 같은 분을 상대로 싸우는 것도 보아야 했지요……. 하기야 내 자손들이 과거에 당한 고통을 일일이 말해 봐야 무슨 소용이 있겠습니까만, 지금 이런 꼴을 또 당하고 나니 지난날의 일은 생각나지도 않습니다. 저기를 좀 보세요, 죄 많은 자들이 겨누는 저 무기가 얼마나 날카롭습니까? 저들을 쫓아 주세요, 저 짓들을 못 하게 좀 해 주세요. 대제관의 피에 베스타의 불꽃이 꺼지는 것을 보고만 있지 말아 주세요."[66]

베누스는 하늘에 사무치게 애원하면서 신들의 마음을 돌

66) 로마 사람들은 국가가 위기에 처하면 베스타 신전에서 타고 있는 여신의 신체(神體)인 성화(聖火)가 꺼진다고 믿었다. 여기에서 베누스가 걱정하고 있는 것은 브루투스, 카시우스 등에 의한 카이사르 암살 계획을 말한다.

려 보려 했으나 하릴없었다. 신들도 연세 많은 세 자매 여신[67]의 뜻을 거스를 수는 없었다. 세 자매 여신들은 뜻을 굽히지 않는 대신 다른 신들이 징조를 미리 보여 이 슬픈 일이 일어날 것임을 예고하는 것은 말리지 않았다. 전해지는 이야기에 따르면, 먹구름 속에서 난, 무기와 무기가 서로 부딪치는 소리, 하늘에서 들려온 나팔 소리와 뿔고둥 소리가 이 일이 있을 것임을 예고했다고 한다. 신들이 보인 징조는 이것뿐이 아니었다. 태양이 어두운 얼굴을 하는 바람에 땅에 이르는 빛은 납빛이었고, 별 사이에서는 횃불과 같은 붉은 빛줄기가 보였으며, 빗방울은 핏방울과 함께 떨어졌다. 루키페르는 빛을 잃어 불그스레하게 보였고, 루나[68]의 수레는 핏빛으로 보였다. 지옥의 새인 부엉이도 불길한 징조를 전했다. 많은 지방에서는 상아로 만든 신상(神像)이 눈물을 떨구었고, 성림(聖林)에서는 노랫소리, 외마디 소리가 울려 나왔다. 희생 제물을 드리는 데도 이러한 흉조(凶兆)는 길조로 바뀌지 않았다. 점술사들이 잡은 짐승의 간은 윗부분이 크게 상해 있어서 국가에 변란이 생길 것이라는 점괘를 보여 주었다.[69] 밤이 되자 포룸[70]과 민가와 신들의 신전 근처에서는 개들이 어지러이 짖어 댔고, 유

---

67) 즉 파르카이 여신들. 그/모이라이. '운명의 여신들'.

68) 그/셀레네. '달'의 여신.

69) 점술사들이 짐승을 잡아 내장을 꺼내 보는데 이때 간에 상처가 나지 않았으면 길조, 간이 상해 있으면 흉조로 여겼다.

70) 로마 시민 생활 및 정치의 중심이었던 광장. 지금도 '포룸 로마눔'의 유적으로 남아 있다.

령들이 나와 배회하는가 하면 지진이 도시를 흔들었다.

신들이 보인 이러한 징조는 징조에서 끝났을 뿐 음모는 그대로 진행되었다. 운명의 여신들은 일각의 유예도 없이 이 섭리를 집행했다. 음모가들은 칼을 빼 들고 신성한 곳[71]으로 들어갔다. 음모가들이 이곳을 고른 까닭은 이 건물이 마침 원로원으로 쓰이고 있었기 때문이다. 베누스는 두 손으로 가슴을 치며, 아트레오스의 아들 메넬라오스의 칼날로부터 파리스를 구할 때처럼, 디오메데스의 칼날로부터 아이네이아스를 구할 때처럼, 구름으로 이 아이네이아스의 자손을 가려 목숨만은 구해 주려 했다. 그러나 신들의 아버지는 이런 베누스를 몹시 꾸짖었다.

"베누스여, 네가 네 마음대로, 아무도 거스를 수 없는 운명의 여신들 뜻을 거스르려 하느냐? 운명의 세 자매 여신의 집으로 가서 네가 확인해 보아라. 거기에는 동판과 철판으로 된 운명의 서(書)가 있다. 이 운명의 서는 벼락도 번개도 두려워하지 않는다. 하늘이 무너져도 끄떡 않을 이 운명의 서를 네가 어쩌려느냐? 네 자손의 운명도 거기에 영원한 기록으로 고스란히 보존되어 있다. 나는 그 기록을 읽어 보았다. 내 그 내용을 너에게 일러 주어 앞일에 무식한 너를 일깨우리라.

베누스여, 네가 관심하는 카이사르는 운명의 서에 기록된 삶을 다 살았다. 이 땅에서 살게 되어 있는 햇수를 다 채웠다

---

71) 원로원의 집회소였던 건물 '쿠리아 폼페이아'. 카이사르는 이곳에서 기원전 44년 3월 15일에 암살당했다.

는 말이다. 카이사르는 이제 죽어야 한다. 그러나 그냥 죽는 것이 아니다. 죽어서는 신이 되어 하늘에 오르게 되어 있고, 인간은 신이 된 카이사르를 위해 신전을 세우게 되어 있다. 카이사르의 아들은 아버지의 이름을 물려받고,[72] 자신에게 맡겨진 임무를 다하게 되며 아버지를 살해한 자들과 복수전을 시작하게 되는데 이때가 되면 우리를 제 편으로 끌어넣어 싸우게 된다. 그뿐이냐, 이 아우구스투스는 위대한 로마의 지도자가 되고, 아우구스투스에게 포위된 무티나성은 그에게 강화를 빌고, 파르살리아는 그의 막강한 힘을 알고는 땅을 칠 것이며, 마케도니아의 필리피는 다시 한번 피투성이가 된다. 폼페이우스[73]라는 위대한 이름은 시켈리아의 바다에서 사라질 것이다. 내 카피톨리움이 있는 로마를 저의 카노푸스[74]의 노예로 만들겠다는 위협이 하릴없구나. 로마 장군의 아내가 된 그 땅의 여왕은 이 장군의 약속을 과신하다가 패망한다.[75] 먼 동쪽, 먼 서쪽 바닷가에 있는 오랑캐들 이야기야 구태여 해서 무엇 하겠느냐? 이 세상의 땅이라는 땅은 다 아우구스투스의 땅이 되고, 바다라는 바다는 다 아우구스투스의 바다가 될

---

72) 아우구스투스는 카이사르의 양자가 되고 그 이름을 물려받아 '카이우스 율리우스 카이사르 옥타비아누스'가 된다는 뜻이다. 이때부터 로마 황제는 '카이사르'라는 칭호로 불리게 된다.

73) 폼페이우스 섹스투스는 아우구스투스의 충신 아그리파에 의해 시켈리아에서 목숨을 잃는다.

74) 이집트의 나일 강가에 있는 도시.

75) 이집트 여왕 클레오파트라는 로마의 장군 안토니우스의 아내가 되었다가 로마군의 침공을 받아 나라와 지아비를 잃고는 자살하게 된다.

터인데.

이 땅을 평정하면 아우구스투스는 백성들에게 눈을 돌리고 더없이 공정한 입법자가 되어 법률을 제정할 것이다. 그는 스스로 본을 보여 백성들을 가르치고, 미구에 올 자손들의 시대를 내다보고 정숙한 아내가 낳은 아들에게 자기 이름과 자기가 지고 있던 막중한 책임을 물려줄 것이다. 이윽고 퓔로스의 네스토르[76]에 못지않게 오래 살다가 때가 되면 우리가 사는 이 천상으로 올라와, 이때 이미 별이 되어 있을 터인 저희 아버지와 비슷한 별이 될 게다.

그러니 슬퍼하지 말아라. 그렇게 되기에 앞서 율리우스[77]로부터 영혼을 수습하여 별로 전신시킬 것이니……. 그러면 이 율리우스는 하늘의 보좌에서 나의 도시 로마의 카피톨리움과 원로원이 있는 광장을 지킬 수 있을 것이 아니겠느냐."

유피테르의 말이 끝나기가 무섭게 베누스 여신은 로마의 원로원 광장으로 내려왔다. 물론 베누스의 모습은 인간의 눈에는 보이지 않았다. 베누스는 카이사르의 육신에서 갓 떨어져 나온 그의 영혼을 수습하여, 허공으로 사라지지 않도록 가슴으로 끌어안고 별들이 있는 곳으로 날아 올라갔다. 그러나 여신은 가슴이 뜨거워지는 바람에 영혼을 놓치고 말았다. 영혼에 불이 붙은 것이었다. 여신의 품을 빠져나온 영혼은 하늘 높이 솟아 달에 이르기까지 날아오르다가 드디어 긴 불꽃의

76) 장수(長壽)한 것으로 유명하다.

77) 카이사르.

꼬리가 달린 별이 되었다.

신이 된 율리우스는 아들을 내려다보다가, 아들이 하는 일이 자기를 앞서고 아들의 영광이 자기 영광 이상으로 빛나는 것을 보고는 흡족해했다. 아우구스투스는 백성들이 자기의 이름을 아버지 율리우스 카이사르의 이름 앞에 세우는 것을 금했다. 그러나 온갖 자유를 누리며 살던 백성들인지라 이 점에 관한 한 그의 뜻을 따라 주지 않고 그의 이름을 카이사르의 이름 이상의 위대한 이름으로 기억했다. 아가멤논이 그 아버지 아트레오스보다, 테세우스가 그 아버지 아이게우스보다, 아킬레우스가 그 아버지 펠레우스보다 더 유명하게 된 것과 비슷하다. 말하자면 그 밖에 카이사르와 아우구스투스에 견주어질 만한 예를 찾는다면 유피테르 대신과 그 아버지 사투르누스의 경우가 될 터였다.

유피테르 대신은 천궁과 우주의 삼계(三界)를 다스리시고 아우구스투스께서는 이 땅을 다스리신다. 이 두 분은 모두 다스리시는 세계의 아버지시자 지배자이시다.

아이네이아스를 도우시어, 불과 칼을 헤치고 길을 내어 주신 신들이시여, 인디게테스[78]시여, 로마를 세우신 퀴리누스이시자 불굴의 영웅이신 로물루스의 아버지이신 마르스 신이시여, 카이사르의 가문에서도 으뜸가는 신이신 베스타 여신이시여, 베스타 여신과 나란히 카이사르 가문의 가신(家神)이 되신 포이부스 신이시여, 타르페이아 성채에 거하시는 유피테르 대

78) '고향의 신들'.

신이시여, 시인(詩人)의 기도를 들어주시는 신들이시여. 신들께 기도를 드리오니, 아우구스투스 폐하께서, 당신께서 다스리시던 이 땅을 떠나 하늘에 오르시고, 그 높은 곳에서 인자하시게도 저희의 기도를 듣고 이루어지게 하시는 날이 더디 오게 하소서, 다음 세기에나 오게 하소서.

7 결사(結詞)

이제 내 일은 끝났다.

유피테르 대신의 분노도, 불길도, 칼도, 탐욕스러운 세월도 소멸시킬 수 없는 나의 일은 이제 끝났다.

내 육체밖에 앗아 가지 못할 운명의 날은 언제든 나를 찾아와 언제 끝날지 모르는 내 이승의 삶을 앗아 갈 것이다.

그러나 육체보다 귀한 내 영혼은 죽지 않고 별 위로 날아오를 것이며 내 이름은 영원히 사라지지 않을 것이다. 로마가 정복하는 땅이면 그 땅이 어느 땅이건 백성들은 내 시를 읽을 것이다.

시인의 예감이 그르지 않다면 단언하거니와 명성을 통해 불사(不死)를 얻은 나는 영원히 살 것이다.

초판에 부치는 역자 후기

오비디우스의 유쾌한 경망(輕妄)

영어권 독자들에게 '오비드(Ovid)'로 알려져 있는 푸블리우스 오비디우스(Publius Ovidius)는 기원전 43년 로마의 술모(이탈리아에 있는 지금의 술모나)에서 부유한 기사(騎士)의 아들로 태어났습니다. 오비디우스는 아버지의 희망에 따라 관리가 되기 위해 로마로 나와 수사학과 법률을 배우게 됩니다만, 바야흐로 카이사르의 뒤를 이은 아우구스투스가 평화를 정착시킨 이 역동적인 도시에서 따분하게 관리 노릇이나 하고 있을 사람이 못 되었던 모양입니다.

당시의 로마는 아우구스투스에 의한 이른바 '팍스 로마나(로마에 의한 평화)'가 꽃피던 시절, 도시에는 호화스러운 극장이 속속 들어서고 있던 시절, 메살라와 마이케나스(예술의 후원자를 뜻하는 프랑스어 '메세나'는 이 이름에서 유래한다.)의 문단

(文壇)은 젊은 문학 지망생들을 고무하여 현실적인 근심 걱정에 구애되지 않은 채 문학적인 재능을 갈고닦을 수 있게 해 주던 시절을 구가하고 있었습니다.

아버지의 희망을 저버리지 못해 오비디우스는 짧은 기간 관리 노릇을 한 것으로 되어 있습니다. 그러나 그런 세월을 보내기에 오비디우스는 지나치게 재주 있는 사람, 유쾌한 사람, 유복한 사람이었고, 로마는 지나치게 관능적인 도시, 호화로운 도시, 평화로운 도시였습니다. 시인으로서 누릴 수 있는 명예에 견주면 관리로서 누릴 수 있는 영달이 참으로 하찮은 것임을 깨달은 오비디우스는 곧 기지(機知) 놀음이 통하는 문단으로 진출하고 오래지 않아 그 방면의 선두 주자로 떠오르게 됩니다. 이때부터 오비디우스는 풍족한 유산, 빛나는 기지, 엄청난 기억력, 반듯한 사교술을 가로세로로 구사하면서 일약 문단과 사교계의 총아가 됩니다.

이 시절에 그가 쓴 작품이 저 유명한 『사랑의 기술』입니다. 그는 이 책에서, 사랑에 대한 점잖은 교과서적 가르침을 우롱하면서, '보아 주는 이 없는데 곱게 핀 꽃에 무슨 소용이 있느냐'라는 식으로 구체적인 연애 기술, 활달한 사랑법을 가르칩니다. 남성에게는 여성을 꾀는 방법, 여성에게는 남성을 유혹하는 방법을 가르치는 이 책은 당시 로마인들에게 상당한 입씨름거리를 제공했던 모양입니다. 말하자면 이 작품은 찬양하는 사람들에게는 '명쾌한 탁견'이었고, 악평하는 사람들에게는 '경망스러운 말장난'이었던 것입니다.

그런데 이 시대는, 말이 '프린켑스 세나투스(원로 중 으뜸가는 원로)'였지 실제로는 황제나 다름없던 아우구스투스가 '파트리 파트리아이(國父)'로서 풍속의 새마을 운동을 근엄하게 펼치던 시절입니다. 그는 검투사들이 죽고 죽이는 광경을 짜릿하게 즐기던 로마의 여인들에게 검투장 출입을 금지시킴으로써, 죽이는 검투사와 죽는 검투사의 알몸을 마음껏 감상해 오던 로마 여성들을 매우 심심하게 만드는가 하면, 50세 이하의 모든 여성에게 결혼과 출산의 의무를 부여함으로써 남성들 사이를 부유하던 불나비 여성들을 몹시 갑갑하게 만들어 버립니다.

그러나 아우구스투스의 유신(維新)이 추상같았는데도 불구하고 외동딸 율리아는 아버지의 율령을 귓전으로 흘리고 그 명령과 금령을 교묘하게 피하는 수단과 방법을 종횡으로 구사함으로써 로마의 미풍양속을 비웃습니다. 아우구스투스는 정적(政敵)들의 위협에 견디지 못하고 결국 이 딸을 로마에서 황량한 섬으로 추방합니다. 그런데 어머니와 동명(同名)인 율리아의 딸 율리아 역시 어머니를 그대로 시늉함으로써 아우구스투스가 요구하는 미풍양속의 호소에 순응할 생각이 없는 무리의 찬양을 받으며 로마의 불나비가 되어 버립니다.

고삐 풀린 말처럼 설치고 다니던 율리아는 많은 로마의 호걸들을 사랑하는데 바로 그중 한 사람이 『사랑의 기술』로 한 차례 로마의 미풍양속을 뒤흔들어 놓은 오비디우스입니다. 결국 오비디우스는 그 시대를 비웃으면서 『사랑의 기술』로 성공을 거두고, 두 율리아와 어울림으로써 아우구스투스로부터 용서받기 어려운 괘씸죄를 얻게 됩니다. 참다못한 아우구스투스는, 딸 율리아의 방탕한 삶을 찬양한 데다 손녀 율리아의 애인 노릇까지 한 오비디우스를 토미스(지금의 루마니아 콘스탄티아)라는 땅으로 귀양을 보냅니다. 오비디우스 자신은 귀양당한 원인에 대해 "어떤 시구(詩句)와 어떤 과실(過失)" 때문이었다고 고백하고 있는데 바로 이 시구는 큰 율리아를 찬양하는 시구이고, 과실은 율리아의 애인 노릇을 한 일을 말하는 것으로 보입니다.

정신이 번쩍 들었을 법한 오비디우스가 유배지에서 정신을 가다듬고 쓴 작품이 바로 이 『메타모르포시스』입니다.

아우구스투스가 풍속 새마을 운동을 펼치던 이 시대는 바로 리비우스가 『로마 건국사』를 쓰던 시절, 호라티우스가 "조국을 위해 죽는 것은 기쁘고도 영광스러운 일"이라고 주장하던 시절, 베르길리우스가 대작 『아이네이스』를 씀으로써 어떻게 하든지 로마 황제에게 신통성(神統性)을 부여하려고 하던 시절입니다. 우리의 『용비어천가(龍飛御天歌)』를 보면, 중국의 역사를 끌어들임으로써 어떻게 하든지 조선 건국에 정통성을 부여하려 노력한 흔적이 보이는데, 베르길리우스의 『아이네이스』와 오비디우스의 『메타모르포시스』는 바로 우리의 이 용비어천가를 상기시킵니다.

널리 알려져 있다시피 로마의 신화는 등장하는 고유명사만 달랐지 사실은 그리스의 신화와 별반 다를 것이 없습니다. 그리스의 신화는 우라노스와 가이아에 의한 천지창조 시대, 이 천지창조 뒤에 오는 티타노마키아(거신(巨神)들의 전쟁) 시대, 기간토마키아(거인(巨人)들의 전쟁) 시대로 이어지고, 이윽고 이 시대는 올림포스 신들의 시대, 영웅의 시대, 인간의 시대로 이어지다가 트로이아 전쟁으로 일단 막을 내립니다.

그런데 베르길리우스는 『아이네이스』를 통해 트로이아의 전쟁 유민 아이네이아스를 이탈리아의 라틴 평원으로 이주시키면서 이 아이네이아스가 사랑의 여신 아프로디테의 아들이라고 주장하게 됩니다. 이렇게 되면, 로마인의 조상은 로물루스와 레무스를 거쳐 아이네이아스까지 거슬러 올라가게 되고, 따라서 이 족보는 다시 아프로디테(베누스)를 거쳐 신들의 아버지라고 할 수 있는 우라노스까지 소급됩니다. 로마의 문화 공보부가 로마의 황제들을 신격화한 이론적 근거는 바로 여기에 그 뿌리를 댑니다.

오비디우스의 이 『메타모르포시스』는 한술 더 떠서 방대한 그리스 신화는 물론이고 당시에 떠돌던 소아시아의 설화, 트로이아 전사(戰史), 로마의 건국신화까지 한 줄에 꿰어 아우구스투스에게 신성(神性)을 부여합니다. 오비디우스가 이것을 집필하게 된 정황과 의도는 대체로 이러합니다만, 이 작품은 오비디우스의 대표작인 것은 물론 그리스와 로마 신화의 가장 충실한 길잡이의 하나라는 평을 받고 있습니다. 우리가 즐겨 읽는 토마스 불핀치의 『그리스 로마 신화』는 대부분 바로 이 『메타모르포시스』를 인용하는 것으로 되어 있습니다.

중세를 '기독교와 오비디우스의 시대'라고 부르는 사람들이 있습니다만, 이 말은 오비디우스가 그려 낸 그리스와 로마의 신화체계가 작가와 시인과 화가의 상상력을 자극하고 그들의 붓끝에 세례를 베풀고 끊임없이 그 시대로 돌아가게 했다는 뜻일 것입니다.

오비디우스의 '명쾌한 경망스러움'은 주신(主神) 유피테르의 '위대한 난봉'을 연상시킵니다. 이 세상의 인간과 문화와 문명의 살림살이를 지어 내고 온갖 개념을 시운전(試運轉)해 낸 유피테르에게 난봉기가 필요했듯이, 신들의 세계를 엿보고 이를 많은 사람들에게 전하려 했던 오비디우스에게 약간의 명쾌한 경망스러움은 어쩌면 필요악이었는지도 모르겠습니다.

이 책의 원제인 '메타모르포시스[變形, 變身, 變貌]'는 사물이 비롯되는 정황을 설명하는 개념입니다. 유대교와 기독교에 창조설이 있듯이 많은 문화권의 신화나 설화는 그 나름의 창조설과 전신설(轉身說)을 보유하고 있습니다. 말하자면 원숭이의 엉덩이는 이러저러한 이유로 빨갛게 되었다느니, 게는 이러저러한 이유로 게걸음을 걷게 되었다느니, 수수 대궁이는 이러저러한 이유에서 피가 묻게 되었는데 그래서 수수 대궁이는 빨갛다……는 식입니다.

물론 순진한 신화해석학에 속하는 이 '메타모르포시스'는 과학적으로는 더 이상 유효하지 못한 개념임이 분명합니다. 그러나 이 개념은 '시적 메타모르포시스'라는 표현으로 바뀌면 그 성격이 사뭇 달라져서 오비디우스의 시대에는 물론 오늘날까지도 조금도 다름없이 유효한 개념이 됩니다. 따라서 오비디우스의 메타모르포시스는 그 시대 사람들의 시적 상상력이 투사된 '시적 메타모르포시스'쯤으로 이해되면 좋을 듯합니다. 사실 '메타모르포시스'라는 개념은, 세계의 모든 민족이 자기 나름의 신화와 전설의 체계에서 자연과 인간 사이의 모순을 해소하는 하나의 만병통치약 노릇을 해 온 듯합니다.

많은 사람들은, 장쾌미려한 신화의 정교한 철학체계와 웅대한 서사문학을 지어낸 그리스에 견주면, 이 그리스를 정복하고 세계 제국을 건설한 로마는 어쩐지 초라하게 보인다는 말들을 곧잘 합니다. 로마의 시인 호라티우스 같은 사람은 "정복당한 그리스는 오히려 광포한 로마를 문화로써 재정복했다."라고 말했을 정도입니다.

호메로스와는 달리 이 오비디우스를 읽다 보면 이따금씩 궁색한 대목을 만나게 됩니다. 아마 오비디우스가 저희 왕통(王統)을 그리스의 신통(神統)에 끌어다 붙이기 위해 그리스 신화를 지나치게 아전인수로 윤색해서 풀어먹기 때문일 것입니다. 그러나 이따금씩 신화의 아귀가 맞지 않아서 마뜩지 못한 대목을 만나게 되는데도 불구하고 이 책은 귀합니다. 인류 2000년 문화의 두 대궁 중 한 대궁은 기독교적 인식체계를 바탕으로 한 문화인데, 그 인식체계에 물들지 않은 고대의 인식체계, 그리스도 이전의 세계관과 인간관을 읽는 것은 신선한 읽기의 즐거움을 줄 뿐만 아니라, 하늘이 열리던 아득한 때와 우리가 사는 때 사이에 가로놓인 긴긴 세월이 소거(消去)되는 듯한 희한한 경험도 가능하게 합니다.

번역 대본으로는 영어 판을 썼습니다만, 일본어 판 『轉身物語』의 고유명사 색인도 좋은 참고가 되었습니다.

원래 이 책은 2인칭의 운문으로 되어 있습니다. 말하자면 상당 부분이 "유피테르여, 그대는 올림포스의 신이었도다." 하는 식입니다. 그러나 이러한 문체는 우리 독자들에게 지나치게 생소

할 것 같아서 읽기 쉽도록 3인칭의 산문으로 바꾸면서 번역했습니다. 역어(譯語) 중 고유명사는, 이 책의 저자가 로마인인 만큼 라틴어식으로 표기했습니다만 필요하다고 여겨지는 대목에서는 그리스식 표기 및 영어식 표기도 덧붙여 두었습니다. 가령 올림포스의 주신 유피테르의 경우 라틴어식으로는 유피테르이지만, 그리스식으로는 제우스, 영어식으로는 주피터가 됩니다. 베누스의 경우도 라틴어식으로는 베누스이지만, 그리스식으로는 아프로디테, 영어식으로는 비너스가 됩니다.

정확하게 하고 싶었고, 저 나름대로 필요를 느꼈기 때문에 이렇게 다른 이름을 덧붙여 두었습니다만, 이것이 독자를 조금 헛갈리게 할지도 모르겠습니다. 저는 영어권 학자들과 그리스와 로마의 신화 이야기를 할 때마다 고유명사의 발음에서 혼란을 느끼고는 합니다. 영어권에서는 그리스식 독법(讀法)으로는 거의 소통이 불가능하기 때문입니다.

이 책의 전반부는 평단문화사를 통하여 『둔갑이야기』라는 제목으로 선을 보인 적이 있습니다. 그러나 완역판이 되어 나오기는 이번이 처음입니다.

그리스도 시대에 출판된 이 고전의 한국어 판이 민음사에서 나오게 된 것이 기쁩니다. 수십 권의 애장서를 흔쾌히 빌려주어 도판본을 가능케 한 김준일 형과, 책꼴을 잡고 그림을 아름답게 앉혀 준 정병규 형께 감사드립니다.

1993년 11월

서울 가락동에서

개정판 후기

양장 도판본 『변신 이야기』에 이어 새로 나올 보급판 출간에 앞서 처음부터 끝까지 고유명사를 다시 교열했다. 이로써 양장 도판본을 내어놓고 늘 부끄럽게 여기던 오류를 상당수 바로잡을 수 있는, 좋은 기회가 되었다.

이 『변신 이야기』는 연대순으로는 비교적 후대에 쓰인 것이기는 하나 역자의 손에서 이루어질 고대 신화 번역 총서의 한 시발점을 이룬다. 이 작업은 호메로스의 『일리아스』와 『오뒤세이아』 그리고 베르길리우스의 『아이네이스』, 아폴로도로스의 『황금 나귀』, 로버트 그레이브스의 『그리스 신화』로 이어질 것이다. 실로 평생 소원하여 마지않던 대장정이다. 험할 것으로 예감하나 이 대장정이 끝날 때까지 붓을 놓지 않을 것을 다짐한다. 이로써 한국의 독자들을 위한 고전 교실을 하나 우뚝 세울 수 있다면 이 또한 우리 문화, 우리 문학의 한 초석이 될 터이다. 세계 고전문학의 고삐를 잡고 우리 문학으로 끌어들이는 일은 앞으로도 계속될 것이다. 나는 민음사의 『세계문학전집』이 이것을 가능하게 할 것이라고 굳게 믿는다.

1998년 8월

이윤기

세계문학전집 2

변신 이야기 2

1판 1쇄 펴냄 1998년 8월 5일
1판 58쇄 펴냄 2024년 8월 8일

지은이 오비디우스
옮긴이 이윤기
발행인 박근섭, 박상준
펴낸곳 (주)민음사

출판등록 1966. 5. 19. (제 16-490호)
서울특별시 강남구 도산대로1길 62(신사동) 강남출판문화센터 5층 (우편번호 06027)
대표전화 02-515-2000 팩시밀리 02-515-2007
www.minumsa.com

ISBN 978-89-374-6002-9 04800
ISBN 978-89-374-6000-5 (세트)

민음사 세계문학전집

세계문학전집 목록

1·2 **변신 이야기 오비디우스·이윤기 옮김** 서울대 권장도서 100선
3 **햄릿 셰익스피어·최종철 옮김** 서울대 권장도서 100선 | 미국대학위원회 선정 SAT 추천도서
4 **변신·시골의사 카프카·전영애 옮김** 서울대 권장도서 100선
5 **동물농장 오웰·도정일 옮김** 미국대학위원회 선정 SAT 추천도서 | 《타임》 선정 현대 100대 영문소설
6 **허클베리 핀의 모험 트웨인·김욱동 옮김** 《뉴스위크》 선정 100대 명저
7 **암흑의 핵심 콘래드·이상옥 옮김** 미국대학위원회 선정 SAT 추천도서 | 《뉴스위크》 선정 10대 명저
8 **토니오 크뢰거·트리스탄·베네치아에서의 죽음 토마스 만·안삼환 외 옮김** 노벨 문학상 수상 작가
9 **문학이란 무엇인가 사르트르·정명환 옮김**
10 **한국단편문학선 1 김동인 외·이남호 엮음** 국립중앙도서관 선정 청소년 권장도서
11·12 **인간의 굴레에서 서머싯 몸·송무 옮김**
13 **이반 데니소비치, 수용소의 하루 솔제니친·이영의 옮김** 노벨 문학상 수상 작가
14 **너새니얼 호손 단편선 호손·천승걸 옮김**
15 **나의 미카엘 오즈·최창모 옮김**
16·17 **중국신화전설 위앤커·전인초, 김선자 옮김**
18 **고리오 영감 발자크·박영근 옮김**
19 **파리대왕 골딩·유종호 옮김** 노벨 문학상 수상 작가 | 《타임》 선정 현대 100대 영문소설
20 **한국단편문학선 2 김동리 외·이남호 엮음**
21·22 **파우스트 괴테·정서웅 옮김** 서울대 권장도서 100선 | 미국대학위원회 선정 SAT 추천도서
23·24 **빌헬름 마이스터의 수업시대 괴테·안삼환 옮김**
25 **젊은 베르테르의 슬픔 괴테·박찬기 옮김** 논술 및 수능에 출제된 책(1998~2005)
26 **이피게니에·스텔라 괴테·박찬기 외 옮김**
27 **다섯째 아이 레싱·정덕애 옮김** 노벨 문학상 수상 작가
28 **삶의 한가운데 린저·박찬일 옮김**
29 **농담 쿤데라·방미경 옮김**
30 **야성의 부름 런던·권택영 옮김**
31 **아메리칸 제임스·최경도 옮김**
32·33 **양철북 그라스·장희창 옮김** 노벨 문학상 수상 작가 | 서울대 권장도서 100선
34·35 **백년의 고독 마르케스·조구호 옮김** 노벨 문학상 수상 작가 | 서울대 권장도서 100선
36 **마담 보바리 플로베르·김화영 옮김** 서울대 권장도서 100선
37 **거미여인의 키스 푸익·송병선 옮김**
38 **달과 6펜스 서머싯 몸·송무 옮김**
39 **플란드의 풍차 지오노·박인철 옮김**
40·41 **독일어 시간 렌츠·정서웅 옮김**
42 **말테의 수기 릴케·문현미 옮김**
43 **고도를 기다리며 베케트·오증자 옮김** 노벨 문학상 수상 작가 | 서울대 권장도서 100선
44 **데미안 헤세·전영애 옮김** 노벨 문학상 수상 작가
45 **젊은 예술가의 초상 조이스·이상옥 옮김** 서울대 권장도서 100선
46 **카탈로니아 찬가 오웰·정영목 옮김**
47 **호밀밭의 파수꾼 샐린저·정영목 옮김** 《타임》 선정 현대 100대 영문소설 | 미국대학위원회 선정 SAT 추천도서 | 《뉴스위크》 선정 100대 명저 | BBC 선정 꼭 읽어야 할 책
48·49 **파르마의 수도원 스탕달·원윤수, 임미경 옮김**
50 **수레바퀴 아래서 헤세·김이섭 옮김** 노벨 문학상 수상 작가 | 국립중앙도서관 선정 청소년 권장도서

51·52 **내 이름은 빨강** 파묵 · 이난아 옮김 노벨 문학상 수상 작가
53 **오셀로** 셰익스피어 · 최종철 옮김 서울대 권장도서 100선
54 **조서** 르 클레지오 · 김윤진 옮김 노벨 문학상 수상 작가
55 **모래의 여자** 아베 코보 · 김난주 옮김
56·57 **부덴브로크 가의 사람들** 토마스 만 · 홍성광 옮김 노벨 문학상 수상 작가
58 **싯다르타** 헤세 · 박병덕 옮김 노벨 문학상 수상 작가
59·60 **아들과 연인** 로렌스 · 정상준 옮김 《뉴스위크》 선정 100대 명저
61 **설국** 가와바타 야스나리 · 유숙자 옮김 노벨 문학상 수상 작가 | 서울대 권장도서 100선
62 **벨킨 이야기 · 스페이드 여왕** 푸슈킨 · 최선 옮김
63·64 **넙치** 그라스 · 김재혁 옮김 노벨 문학상 수상 작가
65 **소망 없는 불행** 한트케 · 윤용호 옮김 노벨 문학상 수상 작가
66 **나르치스와 골드문트** 헤세 · 임홍배 옮김 노벨 문학상 수상 작가
67 **황야의 이리** 헤세 · 김누리 옮김 노벨 문학상 수상 작가
68 **페테르부르크 이야기** 고골 · 조주관 옮김
69 **밤으로의 긴 여로** 오닐 · 민승남 옮김 노벨 문학상 수상 작가 | 미국대학위원회 선정 SAT 추천도서
70 **체호프 단편선** 체호프 · 박현섭 옮김
71 **버스 정류장** 가오싱젠 · 오수경 옮김 노벨 문학상 수상 작가
72 **구운몽** 김만중 · 송성욱 옮김 서울대 권장도서 100선 | 국립중앙도서관 선정 청소년 권장도서
73 **대머리 여가수** 이오네스코 · 오세곤 옮김
74 **이솝 우화집** 이솝 · 유종호 옮김 논술 및 수능에 출제된 책(1998~2005)
75 **위대한 개츠비** 피츠제럴드 · 김욱동 옮김 《타임》 선정 현대 100대 영문소설
76 **푸른 꽃** 노발리스 · 김재혁 옮김
77 **1984** 오웰 · 정회성 옮김 《타임》 선정 현대 100대 영문소설 | 《뉴스위크》 선정 100대 명저
78·79 **영혼의 집** 아옌데 · 권미선 옮김
80 **첫사랑** 투르게네프 · 이항재 옮김
81 **내가 죽어 누워 있을 때** 포크너 · 김명주 옮김 노벨 문학상 수상 작가
82 **런던 스케치** 레싱 · 서숙 옮김 노벨 문학상 수상 작가
83 **팡세** 파스칼 · 이환 옮김
84 **질투** 로브그리예 · 박이문, 박희원 옮김
85·86 **채털리 부인의 연인** 로렌스 · 이인규 옮김
87 **그 후** 나쓰메 소세키 · 윤상인 옮김
88 **오만과 편견** 오스틴 · 윤지관, 전승희 옮김 미국대학위원회 선정 SAT 추천도서
89·90 **부활** 톨스토이 · 연진희 옮김 논술 및 수능에 출제된 책(1998~2005)
91 **방드르디, 태평양의 끝** 투르니에 · 김화영 옮김
92 **미겔 스트리트** 나이폴 · 이상옥 옮김 노벨 문학상 수상 작가
93 **페드로 파라모** 룰포 · 정창 옮김
94 **차라투스트라는 이렇게 말했다** 니체 · 장희창 옮김 국립중앙도서관 선정 청소년 권장도서
95·96 **적과 흑** 스탕달 · 이동렬 옮김 국립중앙도서관 선정 청소년 권장도서
97·98 **콜레라 시대의 사랑** 마르케스 · 송병선 옮김 노벨 문학상 수상 작가 | BBC 선정 꼭 읽어야 할 책
99 **맥베스** 셰익스피어 · 최종철 옮김 서울대 권장도서 100선 | 미국대학위원회 선정 SAT 추천도서
100 **춘향전** 작자 미상 · 송성욱 풀어 옮김 서울대 권장도서 100선
101 **페르디두르케** 곰브로비치 · 윤진 옮김
102 **포르노그라피아** 곰브로비치 · 임미경 옮김
103 **인간 실격** 다자이 오사무 · 김춘미 옮김
104 **네루다의 우편배달부** 스카르메타 · 우석균 옮김

105·106 이탈리아 기행 괴테·박찬기 외 옮김

107 나무 위의 남작 칼비노·이현경 옮김

108 달콤 쌉싸름한 초콜릿 에스키벨·권미선 옮김

109·110 제인 에어 C. 브론테·유종호 옮김 BBC 선정 꼭 읽어야 할 책

111 크눌프 헤세·이노은 옮김 노벨 문학상 수상 작가

112 시계태엽 오렌지 버지스·박시영 옮김 《타임》 선정 현대 100대 영문소설 | 《뉴스위크》 선정 100대 명저

113·114 파리의 노트르담 위고·정기수 옮김 미국대학위원회 선정 SAT 추천도서

115 새로운 인생 단테·박우수 옮김

116·117 로드 짐 콘래드·이상옥 옮김 《뉴스위크》 선정 100대 명저

118 폭풍의 언덕 E. 브론테·김종길 옮김 미국대학위원회 선정 SAT 추천도서

119 텔크테에서의 만남 그라스·안삼환 옮김 노벨 문학상 수상 작가

120 검찰관 고골·조주관 옮김

121 안개 우나무노·조민현 옮김

122 나사의 회전 제임스·최경도 옮김 미국대학위원회 선정 SAT 추천도서

123 피츠제럴드 단편선 1 피츠제럴드·김욱동 옮김

124 목화밭의 고독 속에서 콜테스·임수현 옮김

125 돼지꿈 황석영

126 라셀라스 존슨·이인규 옮김

127 리어 왕 셰익스피어·최종철 옮김 서울대 권장도서 100선 | 《뉴스위크》 선정 100대 명저

128·129 쿠오 바디스 시엔키에비츠·최성은 옮김 노벨 문학상 수상 작가

130 자기만의 방·3기니 울프·이미애 옮김

131 시르트의 바닷가 그라크·송진석 옮김

132 이성과 감성 오스틴·윤지관 옮김

133 바덴바덴에서의 여름 치프킨·이장욱 옮김

134 새로운 인생 파묵·이난아 옮김 노벨 문학상 수상 작가

135·136 무지개 로렌스·김정매 옮김

137 인생의 베일 서머싯 몸·황소연 옮김

138 보이지 않는 도시들 칼비노·이현경 옮김

139·140·141 연초 도매상 바스·이운경 옮김 《타임》 선정 현대 100대 영문소설

142·143 플로스 강의 물방앗간 엘리엇·한애경, 이봉지 옮김 미국대학위원회 선정 SAT 추천도서

144 연인 뒤라스·김인환 옮김

145·146 이름 없는 주드 하디·정종화 옮김

147 제49호 품목의 경매 핀천·김성곤 옮김 《타임》 선정 현대 100대 영문소설

148 성역 포크너·이진준 옮김 노벨 문학상 수상 작가 | 퓰리처상 수상 작가

149 무진기행 김승옥

150·151·152 신곡(지옥편·연옥편·천국편) 단테·박상진 옮김 《뉴스위크》 선정 100대 명저

153 구덩이 플라토노프·정보라 옮김

154·155·156 카라마조프가의 형제들 도스토옙스키·김연경 옮김

157 지상의 양식 지드·김화영 옮김 노벨 문학상 수상 작가

158 밤의 군대들 메일러·권택영 옮김 퓰리처상 수상 작가

159 주홍 글자 호손·김욱동 옮김 서울대 권장도서 100선 | 미국대학위원회 선정 SAT 추천도서

160 깊은 강 엔도 슈사쿠·유숙자 옮김

161 욕망이라는 이름의 전차 윌리엄스·김소임 옮김

162 마사 퀘스트 레싱·나영균 옮김 노벨 문학상 수상 작가

163·164 운명의 딸 아옌데·권미선 옮김

165 모렐의 발명 비오이 카사레스·송병선 옮김
166 삼국유사 일연·김원중 옮김 서울대 권장도서 100선
167 풀잎은 노래한다 레싱·이태동 옮김 노벨 문학상 수상 작가
168 파리의 우울 보들레르·윤영애 옮김
169 포스트맨은 벨을 두 번 울린다 케인·이만식 옮김
170 썩은 잎 마르케스·송병선 옮김 노벨 문학상 수상 작가
171 모든 것이 산산이 부서지다 아체베·조규형 옮김 《타임》 선정 현대 100대 영문소설
172 한여름 밤의 꿈 셰익스피어·최종철 옮김 미국대학위원회 선정 SAT 추천도서
173 로미오와 줄리엣 셰익스피어·최종철 옮김 미국대학위원회 선정 SAT 추천도서
174·175 분노의 포도 스타인벡·김승욱 옮김 노벨 문학상 수상 작가 | 《타임》 선정 현대 100대 영문소설
176·177 괴테와의 대화 에커만·장희창 옮김
178 그물을 헤치고 머독·유종호 옮김 《타임》 선정 현대 100대 영문소설
179 브람스를 좋아하세요... 사강·김남주 옮김
180 카타리나 블룸의 잃어버린 명예 하인리히 뵐·김연수 옮김 노벨 문학상 수상 작가
181·182 에덴의 동쪽 스타인벡·정회성 옮김 노벨 문학상 수상 작가
183 순수의 시대 워튼·송은주 옮김 《뉴스위크》 선정 100대 명저 | 퓰리처상 수상작
184 도둑 일기 주네·박형섭 옮김
185 나자 브르통·오생근 옮김
186·187 캐치-22 헬러·안정효 옮김 《타임》 선정 현대 100대 영문소설
188 숄로호프 단편선 숄로호프·이항재 옮김 노벨 문학상 수상 작가
189 말 사르트르·정명환 옮김
190·191 보이지 않는 인간 엘리슨·조영환 옮김 《타임》 선정 현대 100대 영문소설
192 왑샷 가문 연대기 치버·김승욱 옮김 퓰리처상 수상 작가
193 왑샷 가문 몰락기 치버·김승욱 옮김 퓰리처상 수상 작가
194 필립과 다른 사람들 노터봄·지명숙 옮김
195·196 하드리아누스 황제의 회상록 유르스나르·곽광수 옮김
197·198 소피의 선택 스타이런·한정아 옮김 퓰리처상 수상 작가
199 피츠제럴드 단편선 2 피츠제럴드·한은경 옮김
200 홍길동전 허균·김탁환 옮김
201 요술 부지깽이 쿠버·양윤희 옮김
202 북호텔 다비·원윤수 옮김
203 톰 소여의 모험 트웨인·김욱동 옮김
204 금오신화 김시습·이지하 옮김
205·206 테스 하디·정종화 옮김 미국대학위원회 선정 SAT 추천도서 | BBC 선정 꼭 읽어야 할 책
207 브루스터플레이스의 여자들 네일러·이소영 옮김
208 더 이상 평안은 없다 아체베·이소영 옮김
209 그레인지 코플랜드의 세 번째 인생 워커·김시현 옮김 퓰리처상 수상 작가
210 어느 시골 신부의 일기 베르나노스·정영란 옮김
211 타라스 불바 고골·조주관 옮김
212·213 위대한 유산 디킨스·이인규 옮김 서울대 권장도서 100선 | BBC 선정 꼭 읽어야 할 책
214 면도날 서머싯 몸·안진환 옮김
215·216 성채 크로닌·이은정 옮김
217 오이디푸스 왕 소포클레스·강대진 옮김 서울대 권장도서 100선
218 세일즈맨의 죽음 밀러·강유나 옮김
219·220·221 안나 카레니나 톨스토이·연진희 옮김 서울대 권장도서 100선

222 오스카 와일드 작품선 와일드·정영목 옮김
223 벨아미 모파상·송덕호 옮김
224 파스쿠알 두아르테 가족 호세 셀라·정동섭 옮김 노벨 문학상 수상 작가
225 시칠리아에서의 대화 비토리니·김운찬 옮김
226·227 길 위에서 케루악·이만식 옮김 《타임》 선정 현대 100대 영문소설 | 《뉴스위크》 선정 100대 명저
228 우리 시대의 영웅 레르몬토프·오정미 옮김
229 아우라 푸엔테스·송상기 옮김
230 클링조어의 마지막 여름 헤세·황승환 옮김 노벨 문학상 수상 작가
231 리스본의 겨울 무뇨스 몰리나·나송주 옮김
232 뻐꾸기 둥지 위로 날아간 새 키지·정회성 옮김 《타임》 선정 현대 100대 영문소설
233 페널티킥 앞에 선 골키퍼의 불안 한트케·윤용호 옮김 노벨 문학상 수상 작가
234 참을 수 없는 존재의 가벼움 쿤데라·이재룡 옮김
235·236 바다여, 바다여 머독·최옥영 옮김
237 한 줌의 먼지 에벌린 워·안진환 옮김 《타임》 선정 현대 100대 영문소설
238 뜨거운 양철 지붕 위의 고양이·유리 동물원 윌리엄스·김소임 옮김 퓰리처상 수상작
239 지하로부터의 수기 도스토옙스키·김연경 옮김
240 키메라 바스·이운경 옮김
241 반쪼가리 자작 칼비노·이현경 옮김
242 벌집 호세 셀라·남진희 옮김 노벨 문학상 수상 작가
243 불멸 쿤데라·김병욱 옮김
244·245 파우스트 박사 토마스 만·임홍배, 박병덕 옮김 노벨 문학상 수상 작가
246 사랑할 때와 죽을 때 레마르크·장희창 옮김
247 누가 버지니아 울프를 두려워하랴? 올비·강유나 옮김
248 인형의 집 입센·안미란 옮김
249 위폐범들 지드·원윤수 옮김 노벨 문학상 수상 작가
250 무정 이광수·정영훈 책임 편집 서울대 권장도서 100선
251·252 의지와 운명 푸엔테스·김현철 옮김
253 폭력적인 삶 파솔리니·이승수 옮김
254 거장과 마르가리타 불가코프·정보라 옮김
255·256 경이로운 도시 멘도사·김현철 옮김
257 야콥을 둘러싼 추측들 욘존·손대영 옮김
258 왕자와 거지 트웨인·김욱동 옮김
259 존재하지 않는 기사 칼비노·이현경 옮김
260·261 눈먼 암살자 애트우드·차은정 옮김 《타임》 선정 현대 100대 영문소설
262 베니스의 상인 셰익스피어·최종철 옮김
263 말리나 바흐만·남정애 옮김
264 사볼타 사건의 진실 멘도사·권미선 옮김
265 뒤렌마트 희곡선 뒤렌마트·김혜숙 옮김
266 이방인 카뮈·김화영 옮김 노벨 문학상 수상 작가 | 미국대학위원회 선정 SAT 추천도서
267 페스트 카뮈·김화영 옮김 노벨 문학상 수상 작가 | 국립중앙도서관 선정 청소년 권장도서
268 검은 튤립 뒤마·송진석 옮김
269·270 베를린 알렉산더 광장 되블린·김재혁 옮김
271 하얀 성 파묵·이난아 옮김 노벨 문학상 수상 작가
272 푸슈킨 선집 푸슈킨·최선 옮김
273·274 유리알 유희 헤세·이영임 옮김 노벨 문학상 수상 작가

275 픽션들 보르헤스·송병선 옮김 서울대 권장도서 100선
276 신의 화살 아체베·이소영 옮김
277 빌헬름 텔·간계와 사랑 실러·홍성광 옮김
278 노인과 바다 헤밍웨이·김욱동 옮김 노벨 문학상 수상 작가 | 퓰리처상 수상작
279 무기여 잘 있어라 헤밍웨이·김욱동 옮김 미국대학위원회 선정 SAT 추천도서
280 태양은 다시 떠오른다 헤밍웨이·김욱동 옮김 《타임》 선정 현대 100대 영문 소설
281 알레프 보르헤스·송병선 옮김
282 일곱 박공의 집 호손·정소영 옮김
283 에마 오스틴·윤지관, 김영희 옮김
284·285 죄와 벌 도스토옙스키·김연경 옮김 미국대학위원회 선정 SAT 추천도서
286 시련 밀러·최영 옮김
287 모두가 나의 아들 밀러·최영 옮김
288·289 누구를 위하여 종은 울리나 헤밍웨이·김욱동 옮김 노벨 문학상 수상 작가
290 구르브 연락 없다 멘도사·정창 옮김
291·292·293 데카메론 보카치오·박상진 옮김
294 나누어진 하늘 볼프·전영애 옮김
295·296 제브데트 씨와 아들들 파묵·이난아 옮김 노벨 문학상 수상 작가
297·298 여인의 초상 제임스·최경도 옮김 미국대학위원회 선정 SAT 추천도서
299 압살롬, 압살롬! 포크너·이태동 옮김 노벨 문학상 수상 작가
300 이상 소설 전집 이상·권영민 책임 편집
301·302·303·304·305 레 미제라블 위고·정기수 옮김
306 관객모독 한트케·윤용호 옮김 노벨 문학상 수상 작가
307 더블린 사람들 조이스·이종일 옮김
308 에드거 앨런 포 단편선 앨런 포·전승희 옮김 미국대학위원회 선정 SAT 추천도서
309 보이체크·당통의 죽음 뷔히너·홍성광 옮김
310 노르웨이의 숲 무라카미 하루키·양억관 옮김
311 운명론자 자크와 그의 주인 디드로·김희영 옮김
312·313 헤밍웨이 단편선 헤밍웨이·김욱동 옮김 노벨 문학상 수상 작가
314 피라미드 골딩·안지현 옮김 노벨 문학상 수상 작가
315 닫힌 방·악마와 선한 신 사르트르·지영래 옮김
316 등대로 울프·이미애 옮김 《타임》 선정 현대 100대 영문소설 | 《뉴스위크》 선정 100대 명저
317·318 한국 희곡선 송영 외·양승국 엮음
319 여자의 일생 모파상·이동렬 옮김
320 의식 노터봄·김영중 옮김
321 육체의 악마 라디게·원윤수 옮김
322·323 감정 교육 플로베르·지영화 옮김
324 불타는 평원 룰포·정창 옮김
325 위대한 몬느 알랭푸르니에·박영근 옮김
326 라쇼몬 아쿠타가와 류노스케·서은혜 옮김
327 반바지 당나귀 보스코·정영란 옮김
328 정복자들 말로·최윤주 옮김
329·330 우리 동네 아이들 마흐푸즈·배혜경 옮김 노벨 문학상 수상 작가
331·332 개선문 레마르크·장희창 옮김
333 사바나의 개미 언덕 아체베·이소영 옮김
334 게걸음으로 그라스·장희창 옮김 노벨 문학상 수상 작가

335 코스모스 곰브로비치 · 최성은 옮김
336 좁은 문 · 전원교향곡 · 배덕자 지드 · 동성식 옮김 노벨 문학상 수상 작가
337·338 암 병동 솔제니친 · 이영의 옮김 노벨 문학상 수상 작가
339 피의 꽃잎들 응구기 와 시옹오 · 왕은철 옮김
340 운명 케르테스 · 유진일 옮김 노벨 문학상 수상 작가
341·342 벌거벗은 자와 죽은 자 메일러 · 이운경 옮김 퓰리처상 수상 작가
343 시지프 신화 카뮈 · 김화영 옮김 노벨 문학상 수상 작가
344 뇌우 차오위 · 오수경 옮김
345 모옌 중단편선 모옌 · 심규호, 유소영 옮김 노벨 문학상 수상 작가
346 일야서 한사오궁 · 심규호, 유소영 옮김
347 상속자들 골딩 · 안지현 옮김 노벨 문학상 수상 작가
348 설득 오스틴 · 전승희 옮김
349 히로시마 내 사랑 뒤라스 · 방미경 옮김
350 오 헨리 단편선 오 헨리 · 김희용 옮김
351·352 올리버 트위스트 디킨스 · 이인규 옮김
353·354·355·356 전쟁과 평화 톨스토이 · 연진희 옮김
357 다시 찾은 브라이즈헤드 에벌린 워 · 백지민 옮김
358 아무도 대령에게 편지하지 않다 마르케스 · 송병선 옮김
359 사양 다자이 오사무 · 유숙자 옮김
360 좌절 케르테스 · 한경민 옮김 노벨 문학상 수상 작가
361·362 닥터 지바고 파스테르나크 · 김연경 옮김 노벨 문학상 수상 작가
363 노생거 사원 오스틴 · 윤지관 옮김
364 개구리 모옌 · 심규호, 유소영 옮김 노벨 문학상 수상 작가
365 마왕 투르니에 · 이원복 옮김 공쿠르상 수상 작가
366 맨스필드 파크 오스틴 · 김영희 옮김
367 이선 프롬 이디스 워튼 · 김욱동 옮김 퓰리처상 수상 작가
368 여름 이디스 워튼 · 김욱동 옮김 퓰리처상 수상 작가
369·370·371 나는 고백한다 자우메 카브레 · 권가람 옮김
372·373·374 태엽 감는 새 연대기 무라카미 하루키 · 김난주 옮김
375·376 대사들 제임스 · 정소영 옮김
377 족장의 가을 마르케스 · 송병선 옮김 노벨 문학상 수상 작가
378 핏빛 자오선 매카시 · 김시현 옮김
379 모두 다 예쁜 말들 매카시 · 김시현 옮김
380 국경을 넘어 매카시 · 김시현 옮김
381 평원의 도시들 매카시 · 김시현 옮김
382 만년 다자이 오사무 · 유숙자 옮김
383 반항하는 인간 카뮈 · 김화영 옮김 노벨 문학상 수상 작가
384·385·386 악령 도스토옙스키 · 김연경 옮김
387 태평양을 막는 제방 뒤라스 · 윤진 옮김
388 남아 있는 나날 가즈오 이시구로 · 송은경 옮김
389 앙리 브륄라르의 생애 스탕달 · 원윤수 옮김
390 찻집 라오서 · 오수경 옮김
391 태어나지 않은 아이를 위한 기도 케르테스 · 이상동 옮김 노벨 문학상 수상 작가
392·393 서머싯 몸 단편선 서머싯 몸 · 황소연 옮김
394 케이크와 맥주 서머싯 몸 · 황소연 옮김

395 월든 소로 · 정회성 옮김

396 모래 사나이 E. T. A. 호프만 · 신동화 옮김

397·398 검은 책 오르한 파묵 · 이난아 옮김 노벨 문학상 수상 작가

399 방랑자들 올가 토카르추크 · 최성은 옮김 노벨 문학상 수상 작가

400 시여, 침을 뱉어라 김수영 · 이영준 엮음

401·402 환락의 집 이디스 워튼 · 전승희 옮김

403 달려라 메로스 다자이 오사무 · 유숙자 옮김

404 아버지와 자식 투르게네프 · 연진희 옮김

405 청부 살인자의 성모 바예호 · 송병선 옮김

406 세피아빛 초상 아옌데 · 조영실 옮김

407·408·409·410 사기 열전 사마천 · 김원중 옮김 서울대 권장도서 100선

411 이상 시 전집 이상 · 권영민 책임 편집

412 어둠 속의 사건 발자크 · 이동렬 옮김

413 태평천하 채만식 · 권영민 책임 편집

414·415 노스트로모 콘래드 · 이미애 옮김

416·417 제르미날 졸라 · 강충권 옮김

418 명인 가와바타 야스나리 · 유숙자 옮김 노벨 문학상 수상 작가

419 핀처 마틴 골딩 · 백지민 옮김 노벨 문학상 수상 작가

420 사라진 · 샤베르 대령 발자크 · 선영아 옮김

421 빅 서 케루악 · 김재성 옮김

422 코뿔소 이오네스코 · 박형섭 옮김

423 블랙박스 오즈 · 윤성덕, 김영화 옮김

424·425 고양이 눈 애트우드 · 차은정 옮김

426·427 도둑 신부 애트우드 · 이은선 옮김

428 슈니츨러 작품선 슈니츨러 · 신동화 옮김

429·430 세계의 끝과 하드보일드 원더랜드 무라카미 하루키 · 김난주 옮김

431 멜랑콜리아 I–II 욘 포세 · 손화수 옮김 노벨 문학상 수상 작가

432 도적들 실러 · 홍성광 옮김

433 예브게니 오네긴 · 대위의 딸 푸시킨 · 최선 옮김

434·435 초대받은 여자 보부아르 · 강초롱 옮김

436·437 미들마치 엘리엇 · 이미애 옮김

438 이반 일리치의 죽음 톨스토이 · 김연경 옮김

439·440 캔터베리 이야기 초서 · 이동일, 이동춘 옮김

441·442 아소무아르 졸라 · 윤진 옮김

443 가난한 사람들 도스토옙스키 · 이항재 옮김

444·445 마차오 사전 한사오궁 · 심규호, 유소영 옮김

446 집으로 날아가다 렐프 앨리슨 · 왕은철 옮김

세계문학전집은 계속 간행됩니다.